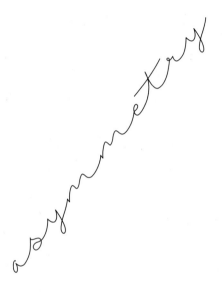

리사 할리데이
장편소설

허진 옮김

비 대
칭

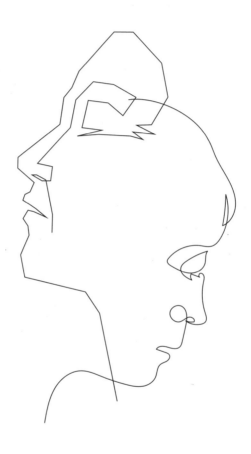

H

시어를 위하여

차례

일러두기

* 본문의 주는 모두 옮긴이 주입니다.
* 단행본 제목은 『』, 단편소설이나 시는 「」, 신문, 정기간행물은 《》, 음악, 뮤지컬, 영화, 그 밖의
  작품은 〈〉로 표시하였습니다.

I 어리석음

우리는 모두 설명할 수 없는
사형선고를 받은 채
슬랩스틱 같은 삶을 산다.

루이스 캐럴 원작·마틴 가드너 주석,
『주석 달린 엘리스The Annotated Alice』

앨리스는 할 일도 없이 혼자 앉아 있는 것이 정말 지겨워지기 시작했다. 이따금 무릎에 놓인 책을 다시 읽으려 했지만, 길고 따옴표 하나 없는 문단이 대부분이어서 앨리스는 따옴표 없는 책이 도대체 무슨 소용이지? 하고 생각했다.

앨리스가 언젠가 자기도 책을 쓰게 될까 생각하고 있는데 (뭐든지 좀처럼 끝내지를 못했으므로 좀 어리석은 생각이었다) 백랍빛 고수머리의 남자가 모퉁이의 미스터소프티 트럭에서 산 아이스크림콘을 들고 옆자리에 앉았다.

"뭘 읽고 있나?"

앨리스가 그에게 보여주었다.

"수박이 나오는 그 책인가?"

앨리스는 아직 수박에 대한 언급은 못 봤지만 어쨌든 고개를 끄덕였다.

"또 어떤 책을 읽지?"

"아, 주로 옛날 거요."

두 사람은 잠시 아무 말 없이 앉아서 남자는 아이스크림을 먹고 앨리스는 책을 읽는 척했다. 조깅하던 사람 두 명이 한 줄로 지나가다가 두 사람을 한 번 더 흘긋 보았다. 앨리스는 이 남자가 누구인지 알았지만―그가 옆에 앉는 순간부터 알았고, 뺨이 수박처럼 붉게 물들었다―너무 놀라는 바람에 꼼꼼한 대지의 요정처럼 자기 무릎에 펼쳐진, 도무지 넘어가지 않는 책장을 빤히 바라볼 수밖에 없었다. 책장을 콘크리트로 만든 것 같았다.

"자." 남자가 일어나며 물었다. "이름이 뭐지?"

"앨리스요."

"옛날 걸 좋아하는 앨리스. 다음에 봐요."

다음 일요일, 앨리스는 같은 장소에 앉아서 다른 책을 읽으려 애쓰고 있었다. 이번에는 성난 화산과 허세 넘치는 왕에 대한 이야기였다.

"당신이군." 그가 말했다.

"앨리스요."

"앨리스. 그건 뭐 하러 읽지? 작가가 되고 싶은 줄 알았는데."

"누가 그래요?"

"당신이 안 그랬나?"

판 초콜릿을 조금 부러뜨려서 내미는 그의 손이 떨렸다.

어리석음

"고맙습니다." 앨리스가 말했다.

"별말씀을." 그가 대답했다.

앨리스가 초콜릿을 깨물어 먹으며 잘 모르겠다는 표정으로 그를 바라보았다.

"그 이야기 모르나? 어떤 남자가 비행기를 타고 모리셔스로 가면서 옆자리 남자한테 물었지. '실례지만 무슨 발음이 맞는 겁니까? 모리티어스인가요, 모리셔스인가요?' 옆자리 남자가 대답했지. '모리티어스예요.' '고맙습니다.' 그러자 상대방이 말했지. '별말씀을.'"

초콜릿을 씹던 앨리스가 웃었다. "유대인식 농담인가요?"

작가가 다리를 꼬고 무릎에 양손을 포개어 얹었다. "어떨 것 같나?"

세 번째 일요일, 남자는 미스터소프티에서 아이스크림콘을 두 개 사 와서 앨리스에게 하나 내밀었다. 앨리스는 초콜릿을 받은 것처럼 아이스크림도 받았다. 벌써 녹아서 뚝뚝 떨어지고 있었고, 어쨌든 퓰리처상을 몇 번이나 받은 작가가 사람들을 독살하고 다니지는 않을 테니까.

두 사람은 아이스크림을 먹으면서 비둘기 두 마리가 빨대를 쪼는 모습을 바라보았다. 원피스의 지그재그 무늬와 어울리는 파란 샌들을 신은 앨리스가 햇볕을 받으며 한쪽 발을 한가롭게 움직였다.

"그래, 앨리스 양. 할 마음 있나?"

그녀가 그를 보았다.

그가 그녀를 보았다.

앨리스가 웃었다.

"할 마음 있나?" 그가 다시 물었다.

앨리스가 다시 아이스크림콘을 먹으며 말했다. "음, 안 할 이유도 없겠죠."

작가가 일어나서 냅킨을 버리고 돌아왔다. "안 할 이유야 아주 많지."

앨리스가 눈을 가늘게 뜨고 그를 올려다보며 미소를 지었다.

"몇 살이지?"

"스물다섯 살요."

"남자 친구는?"

그녀가 고개를 저었다.

"직업은?"

"보조 편집자예요. 그리폰 출판사에 다녀요."

그는 주머니에 양손을 넣고 턱을 약간 들더니 그럴듯하다고 결론을 내린 것 같았다.

"좋아. 다음 토요일에 같이 산책할까?"

앨리스가 고개를 끄덕였다.

"여기서 4시?"

앨리스가 다시 고개를 끄덕였다.

"전화번호를 받아 가야겠군. 무슨 일이 생길 경우에 대비해서."

이번에도 조깅을 하던 사람이 그를 보려고 속도를 늦추었고, 앨리스는 책에 끼워져 있던 책갈피에 번호를 적었다.

"어디까지 읽었는지 잊어버렸군." 작가가 말했다.

"괜찮아요." 앨리스가 말했다.

토요일에는 비가 왔다. 앨리스가 체크무늬 화장실 바닥에 앉아서 버터나이프로 부서진 변기 시트의 나사를 조이려 애쓰고 있는데 휴대전화가 울렸다. **발신자 표시 제한.**

"여보세요, 앨리스? 미스터소프티인데. 지금 어디지?"

"집이에요."

"거기가 어딘가?"

"85번가 브로드웨이요."

"아, 모퉁이만 돌면 바로군. 깡통에 줄을 연결해도 되겠어."

앨리스는 머릿속으로 앰스터댐 애비뉴에 거대한 줄넘기 줄처럼 늘어져 있다가 그들이 대화를 할 때마다 떨리는 줄을 그려보았다.

"그럼, 앨리스 양. 어떻게 할까? 여기로 와서 얘기나 좀 할까? 아니면 다음에 산책할까?"

"제가 갈게요."

"여기로 온단 말이지. 아주 좋아. 4시 반?"

앨리스가 광고지에 주소를 적었다. 그런 다음 손으로 입을 가리고 기다렸다.

"아니, 5시로 하지. 5시에 볼까?"

빗물이 보도까지 넘쳐 그녀의 발을 적셨다. 맑은 날보다 훨씬 더 빨리 달리는 택시들이 빗물을 휘저어 앰스터댐 애비뉴에 뿌렸다. 건물 관리인이 십자가처럼 팔을 벌리고 벽에 바짝 붙어 길을 내주자 앨리스가 마음을 굳게 먹고 안으로 들어갔다. 그녀는 볼을 잔뜩 부풀리고 우산을 털면서 성큼성큼 걸었다. 엘리베이터 전체에 구불구불한 놋쇠 판이 대어져 있었다. 층고가 아주 높든지 엘리베이터가 무척 느릿느릿 움직이는 것 같았다. 앨리스는 거울의 방에 들어갔을 때처럼 양쪽 벽에 무한히 비친 자기 모습을 보며 찌푸린 얼굴로 이제부터 어떻게 될지 걱정할 시간이 무척 많았다.

엘리베이터 문이 열리자 복도와 회색 문 여섯 개가 나왔다. 앨리스가 첫 번째 문을 두드리려 할 때 엘리베이터 건너편의 다른 문이 살짝 열리더니 유리잔을 든 손이 나왔다.

앨리스는 물이 가득한 잔을 받았다.

문이 닫혔다.

앨리스가 물을 한 모금 마셨다.

다시 열린 문은 저절로 활짝 열리는 느낌이었다. 망설이던 앨리스가 물 잔을 들고 짧은 복도로 들어섰다. 복도 끝에는 밝고 하얀 방이 있었다. 여러 가지 중에서도 제도용 책상과 유달리 넓은 침대가 눈에 띄었다.

"가방 좀 보여주지." 그가 뒤에서 말했다.

앨리스가 보여주었다.

"열어봐요. 보안 때문에."

앨리스는 두 사람 사이의 작은 유리 테이블에 가방을 내려놓고 걸쇠를 풀었다. 그녀가 지갑을 꺼냈다. 남성용 갈색 가죽 지갑이었는데, 심하게 낡고 찢어져 있었다. 1달러에 사서 1달러 당첨된 즉석 복권. 챕스틱. 빗. 열쇠고리. 머리핀. 샤프. 동전 몇 개. 마지막으로, 앨리스가 총알처럼 손에 쥔 휴대용 탐폰 세 개. 솜털. 모래.

"전화기는 없나?"

"집에 놓고 왔어요."

그가 지갑을 집어 들고 풀린 실밥 몇 개를 만지작거렸다. "이 꼴이 뭐야, 앨리스."

"알아요."

그가 지갑을 열고 체크카드, 신용카드, 유효기간이 지난 던킨도너츠 상품권, 운전면허증, 대학교 학생증, 지폐 23달러를 꺼냈다. 그런 다음 카드를 하나 들고 말했다. "메리앨리스군." 앨리스가 콧잔등을 찌푸렸다.

"메리 부분은 마음에 안 드나 봐."

"당신은 마음에 들어요?"

그는 어느 쪽이 더 마음에 드는지 결정하려는 듯 잠시 앨리스와 신분증을 번갈아 보았다. 그런 다음 고개를 끄덕이고 카드를 모아 탁탁 쳐서 정리하더니, 책상에서 고무 밴드를 하나 가져와서 카드와 지폐를 하나로 묶어 가방에 다시 넣었다. 지갑은 고깔처럼 돌돌 말아서 버린 타자 원고로 이미 가득 찬 철망 쓰레기통에 던져 넣었다. 그는 이 광경이 잠시 신경 쓰이는 듯했다.

"그래, 메리앨리스……." 그가 자리에 앉더니 앨리스에게도 앉으라고 손짓했다. 독서용 의자 좌석은 검은 가죽이었고 포르셰처럼 바닥과 거의 같은 높이였다. "내가 또 뭘 해줄 수 있을까?"

앨리스가 주변을 둘러보았다. 제도용 책상에서 새 원고가 그의 관심을 기다리고 있었다. 책상 뒤의 미닫이 유리문 한 쌍은 작은 발코니로 이어졌는데, 위층 발코니 덕분에 비에 젖지 않았다. 앨리스 뒤쪽의 거대한 침대는 초연해 보일 만큼 깔끔하게 정리되어 있었다.

"나가고 싶어?"

"좋아요."

"아무도 밑으로 내던지지 않기. 약속?"

앨리스는 미소를 지었고, 그와 1.5미터 정도 떨어진 곳에 앉은 채 한 손을 내밀었다. 작가가 시선을 낮춰 그녀의 손을 오래, 미심쩍게 바라보았다. 그가 지금까지 나눈 모든 악수의 장단점이 그녀의 손바닥에 씌어 있다는 듯이.

"생각이 바뀌었어." 그가 말했다. "이리 와."

그의 피부는 쭈글쭈글하고 서늘했다.

그의 입술은 부드러웠지만…… 그 뒤에 치아가 있었다.

앨리스의 회사 로비 벽에는 그의 이름이 적힌 전미도서상 상장 액자가 적어도 세 개는 걸려 있었다.

두 번째로 그녀가 문을 두드렸을 때, 몇 초 동안 아무런 대답도 없었다.

"저예요." 앨리스가 문을 향해 말했다.

문이 약간 열리더니 상자를 든 손이 나왔다.

앨리스가 상자를 받았다.

문이 닫혔다.

상자에 링컨 문구점이라는 금빛 글자가 깔끔하게 박혀 있었다. 뚜껑을 열자 흰 박엽지 밑에서 버건디색 지갑이 나왔다. 동전 넣는 칸이 있고 걸쇠가 달려 있었다.

"어머나, 세상에!" 앨리스가 말했다. "너무 예뻐요. 고마워요."

"별말씀을." 문이 말했다.

다시 한번 앨리스는 물을 건네받았다.

다시 한번 두 사람은 침대를 어지럽히지도 않고 했다.

그가 그녀를 조용히 시키려는 듯 스웨터 위로 양쪽 가슴에 각각 손을 올렸다.

"이쪽이 더 크군."

"아." 앨리스가 불만스러운 표정으로 내려다보며 말했다.

"아니, 아니. 결함이라는 뜻은 아니야. 똑같은 한 쌍 같은 건 없어."

"눈송이처럼요?" 앨리스가 말했다.

"눈송이처럼." 그가 동의했다.

그의 몸에는 배에서 흉골까지 분홍색 지퍼 같은 흉터가 있었다. 또 다른 흉터는 그의 다리를 사타구니 쪽과 발목 쪽으로 나누었다.

골반에는 흐릿한 발음부호 같은 흉터가 두 개 있었다. 앞쪽만 봐도 이 정도였다.

"누가 이랬어요?"

"노먼 메일러."

그녀가 스타킹을 끌어 올릴 때 그가 일어나서 양키스 경기를 틀었다. "와아, 나 야구 정말 좋아하는데." 앨리스가 말했다.

"그래? 어느 팀?"

"레드삭스요. 어렸을 때 할머니가 매년 펜웨이 구장에 데려가주셨어요."

"할머니는 아직 살아 계신가?"

"그럼요. 전화번호 알려드릴까요? 나이도 비슷하실 텐데."

"당신이 나를 비꼬기에는 우리 관계가 아직 좀 이른 것 같은데, 메리앨리스."

"그렇죠." 앨리스가 웃었다. "미안해요."

그들은 스트라이크 두 개, 볼 세 개 상황에서 제이슨 지암비가 공을 세게 때려 왼쪽 중앙으로 날리는 것을 보았다.

"아!" 작가가 벌떡 일어나며 말했다. "잊을 뻔했군. 쿠키 사놨어."

두 사람이 작은 유리 테이블을 사이에 두고 앉아 있을 때, 또는 그녀는 침대에 그는 의자에 앉아서 서로 바라볼 때, 앨리스는 그의 머리가 심장박동과 박자를 맞추듯이 미세하게 떨리는 것을 알아차렸다.

어리석음

그리고 그는 척추 수술을 세 번이나 받았는데, 이는 두 사람이 할 수 있는 것과 할 수 없는 것이 있다는 뜻이었다. 하면 안 되는 것이 말이다.

"당신이 아픈 건 싫어요." 앨리스가 얼굴을 찌푸리며 말했다.

"그러기엔 좀 늦었는데."

그들은 이제 침대를 썼다. 그의 매트리스는 정형외과 특수 소재로 만든 것이라서 앨리스는 침대에 누우면 거대한 퍼지 속으로 서서히 가라앉는 느낌이 들었다. 고개를 옆으로 돌리자 2층 높이의 창문 너머로 비 때문에 장엄하고 혼잡해 보이는 미드타운의 스카이라인이 보였다.

"아, 세상에. 아, 이런. 아, 세상에. 아, 이런 세상에. 뭐 하는 거지? 당신…… 뭘 하는 건지…… 알아?"

끝난 다음, 앨리스가 쿠키를 하나 더 먹고 있을 때였다.

"그런 건 누가 가르쳐줬지, 메리앨리스? 어떤 사람을 만난 거야?"

"아무도 안 가르쳐줬어요." 앨리스가 무릎에 떨어진 부스러기를 주워 먹으며 말했다. "그냥 어떻게 하면 기분이 좋을까 상상하면서 해본 거예요."

"음, 상상력이 대단하군."

그는 그녀를 인어라고 불렀다. 그녀는 그 이유를 몰랐다.

그녀의 키보드 옆에는 그가 타자기로 친 하얀 원고가 텐트처럼 세워져 있었다.

당신은 오랫동안 빈 그릇이지만 어느새 당신이 원하지 않는 것이 자란다. 당신이 어떻게 할 수 없는 것이 살며시 스며든다. 우연의 신이 우리 안에 창조하는 것……. 예술적 노력은 많은 인내를 필요로 한다.

그 밑에는 이렇게 적혀 있었다.

내 생각에 예술이란 어떤 경험들 사이를 마음대로 오갈 수 있는 강력한 기억에 지나지 않는다…….

그녀가 냉장고를 열자 손잡이에 묶여 있던, 백악관에서 받은 금메달이 문에 부딪쳐 큰 소리를 냈다. 앨리스는 침대로 돌아갔다.
"앨리스." 그가 말했다. "난 콘돔은 못 써. 다들 그래."
"괜찮아요."
"그럼 병은 어떻게 하지?"
"음, 당신을 믿어요. 만약 당신이……."
"아무도 믿으면 안 돼. 임신하면 어쩔 생각이지?"
"아, 그건 걱정 말아요. 낙태할 거예요."
나중에 앨리스가 욕실에서 씻을 때 그가 백포도주를 한 잔 건넸다.

그가 매일 산책길에 지나는 콜럼버스 베이커리에서 블랙아웃 쿠키라는 것을 사 왔다. 그는 쿠키를 먹지 않으려고 했다. 술도 마시지 않았다. 그가 먹는 약들 중에 알코올과 맞지 않는 것이 있었다. 그러나 그는 앨리스를 위해 상세르 백포도주나 푸이퓌세 백포도주를 샀고, 그녀가 원하는 것을 따라준 다음 코르크 마개를 닫고 집에 가져갈 수 있도록 문 옆에 놓아두었다.

어느 날 저녁, 앨리스가 쿠키를 몇 입 먹고 포도주를 한 모금 마시더니 아주 살짝 역한 표정을 지었다.

"왜?"

"미안해요." 그녀가 말했다. "배은망덕하게 굴 생각은 아니었어요. 그냥, 음, 별로 안 어울려서요."

그가 잠시 생각하더니 자리에서 일어나 부엌에서 노브크리크 버번위스키와 잔을 가지고 왔다.

"이걸 마셔봐."

그는 앨리스가 한 입 먹고 한 모금 마시는 모습을 굶주린 듯 바라보았다. 버번은 불꽃처럼 내려갔다.

앨리스가 기침을 했다. "천국이네요." 그녀가 말했다.

다른 선물들 :

아주 실용적인 아날로그 방수 손목시계.

알뤼르 샤넬 오드파르펭.

해럴드 알런, 조니 머서, 도러시 필즈, 호기 카마이클이 그려진 미국의 전설적인 음악가 시리즈 32센트짜리 우표 전지 한 장.

'불펜에서의 괴상한 성적 행위'라는 표제가 붙은 1992년 3월 《뉴욕 포스트》첫 장(시내 보급용 최종판).

   여덟 번째 만남에서 두 사람이 그가 하면 안 되는 것들 중 하나를
하고 있을 때 그가 말했다.

   "사랑해. 이것 때문에 당신을 사랑해."

   끝나고 나서, 그녀는 테이블 앞에 앉아 쿠키를 먹었고 그는 그녀
를 말없이 바라보았다.

   다음 날 아침.

   발신자 표시 제한.

   "나한테 그런 말을 들어서 이상했겠다는 말을 하고 싶어서. 확실
히 어질어질했겠지. '어질어질했다'야, '아찔했다'가 아니라. 뭐, 그
것도 나쁜 단어는 아니지만. 무슨 뜻이냐면, 그 순간에는 진심이었
지만 그렇다고 우리 사이가 바뀌지는 않는다는 말이야. 난 아무것
도 바뀌지 않았으면 좋겠어. 당신은 당신이 원하는 대로 하고 나는
내가 원하는 대로 하고."

   "물론이죠."

   "착하기도 하지."

   앨리스는 전화를 끊으며 미소를 지었다.

   그런 다음 조금 더 생각하고선 얼굴을 찌푸렸다.

   그녀가 손목시계 설명서를 읽고 있는데 아버지가 전화를 해서 쌍
둥이 빌딩이 무너지던 날 그곳에서 일하고 있었다고 알려진 유대인
이 하나도 없다고 말했다. 이번 주에만 벌써 두 번째였다. 그러나 작

가에게서는 한참 동안 전화가 없었다. 앨리스는 전화기를 베개 옆에 놓고 잤고, 침대에 누워 있지 않을 때는 어디를 가든—물을 마실 때는 부엌으로, 화장실에 갈 때는 화장실로—전화기를 가져갔다. 변기 시트도 앉을 때마다 자꾸 옆으로 미끄러져 그녀를 미치게 만들었다.

앨리스는 두 사람이 만났던 공원 벤치에 다시 갈까 생각했지만 그 대신 산책을 하기로 했다. 전몰장병기념일* 주말이라서 거리 축제 때문에 브로드웨이가 폐쇄되었다. 11시부터 온 동네에 연기가 자욱했고 팔라펠,** 파히타, 감자튀김, 슬로피조,*** 통옥수수, 회향 소시지, 퍼넬 케이크,**** 프리스비만 한 튀김 빵 냄새가 지글거렸다. 얼음처럼 차가운 레모네이드. 척추 건강 무료 검사. 위더피플 재단의 법률 문서 작성 서비스……. 이혼 399달러, 파산 199달러. 상표 없는 보헤미안 패션의 옷을 파는 가판대에서 예쁜 양귀비색 원피스가 바람에 흔들렸다. 겨우 10달러였다. 가판대 주인인 인도인이 옷을 내려주자 앨리스가 그의 밴 뒤에서 입어보았다. 촉촉한 눈을 가진 저먼 셰퍼드가 앞발에 턱을 괴고 그녀를 지켜보았다.

그날 밤, 앨리스가 벌써 잠옷으로 갈아입었을 때였다.

---

* 한국의 현충일과 비슷한 미국의 기념일. 5월 마지막 월요일로, 대부분의 주에서 공휴일이다.
** 병아리콩 따위를 갈아 둥글게 빚어 튀긴 요리.
*** 간 소고기나 돼지고기와 양파, 토마토소스, 우스터소스 등을 끓여서 햄버거 빵 사이에 넣어 먹는 샌드위치.
**** 반죽을 깔때기로 짜서 튀긴 빵.

발신자 표시 제한.

"여보세요?"

"여보세요, 메리앨리스. 경기 봤어?"

"무슨 경기요?"

"레드삭스 대 양키스 경기. 양키스가 14대 5로 이겼지."

"텔레비전이 없어요. 누가 던졌어요?"

"누가 던졌지. 다들 던졌어. 당신 할머니가 몇 이닝 던지셨고. 뭐 하고 있지?"

"아무것도 안 해요."

"올래?"

앨리스는 잠옷을 벗고 새로 산 원피스를 입었다. 벌써 실밥이 튀어나왔다.

그의 아파트에 도착해보니 협탁 램프만 켜져 있고 그는 침대에 기대앉아 초콜릿 두유를 마시며 책을 읽고 있었다.

"봄이에요!" 앨리스가 머리 위로 원피스를 벗으며 외쳤다.

"봄이군." 그가 지친 듯 한숨을 쉬며 말했다.

앨리스가 눈처럼 하얀 깃털 이불 위로 스라소니처럼 그를 향해 기어갔다. "메리앨리스, 가끔 당신은 정말 열여섯 살짜리 같아."

"요람 도둑."

"무덤 도둑. 내 등 조심해."

가끔은 수술 놀이를 하는 느낌이 들었다. 그녀가 그의 척골을 말끔하게 들어내지 못하면 그의 코에서 불이 켜지고 회로에서 윙윙

소리가 날 것 같았다.

"아, 메리앨리스. 당신은 제정신이 아니야, 알고 있어? 당신은 제정신이 아니고, 너무 잘 알아. 그래서 당신을 사랑해."

앨리스가 미소를 지었다.

그녀가 집에 돌아와보니 그가 전화를 건 지 1시간 40분밖에 지나지 않았고 모든 것이 그녀가 나갈 때 상태 그대로였다. 그러나 왠지 침실이 너무 밝고 낯설어 보였다. 이제 다른 사람의 침실 같았다.

발신자 표시 제한.

발신자 표시 제한.

발신자 표시 제한.

그가 메시지를 남겼다.

'다른 사람을 타락시키면서 즐거워하는 사람이 누구지?'

또 다른 메시지 :

'어디서 인어 냄새 안 나?'

발신자 표시 제한.

"메리앨리스?"

"네?"

"당신이야?"

"네."

"어떻게 지내?"

"잘 지내요."

"뭐 하고 있어?"

"책 읽어요."

"뭐 읽는데?"

"아, 별거 아니에요."

"에어컨 있어?"

"아뇨."

"덥겠군."

"맞아요."

"주말은 더 덥대."

"알아요."

"어쩔 거야?"

"모르겠어요. 녹겠죠."

"토요일에 돌아갈 거야. 그때 만날까?"

"네."

"6시?"

"넵."

"미안. 6시 반 어때?"

"좋아요."

"내가 당신 저녁까지 준비할지도 몰라."

"좋네요."

그는 저녁에 대해서 잊었거나 준비하지 않기로 한 것 같았다. 그 대신 그는 앨리스가 도착하자 침대 가장자리에 앉히고 손잡이까지 책이 가득 찬 커다란 반스앤드노블 서점 쇼핑백을 두 개 주었다. 『허클베리 핀』 『밤은 부드러워라』 『밤 끝으로의 여행』 『도둑 일기』 『줄라이의 사람들』 『북회귀선』 『액셀의 성』 『에덴동산』 『농담』 『연인』 『베니스에서의 죽음』 『첫사랑』 『원수들, 사랑 이야기』……. 앨리스는 한 번도 들어보지 못한 작가의 책을 집었다. "우, 케이머스Camus!" 그녀가 처음 보는 이름을 '셰이머스Seamus'와 비슷하게 읽었다. 작가는 한참 동안 아무 말도 없었고, 앨리스는 『최초의 인간』 뒤표지를 읽었다. 그녀가 고개를 들었을 때 그는 아직도 약간 놀란 표정을 하고 있었다.

"카뮈야, 앨리스. 프랑스인이지. 카뮈라고 읽는 거야."

앨리스의 아파트는 오래된 브라운스톤 건물 꼭대기 층으로, 햇볕이 잘 들고 열기가 빠져나가지 않았다. 같은 층에 다른 세입자는 애나라는 노파밖에 없었는데, 애나에게 계단 네 층을 오르는 것은 20분짜리 시련이었다. 한 단, 쉬고. 한 단, 쉬고. 한번은 앨리스가 H&H 베이글 가게에 가는 길에 아파트로 들어오는 애나를 지나쳤는데, 돌아와보니 불쌍한 노파는 아직도 계단을 오르는 중이었다. 애나가 들고 있는 쇼핑백들을 보면 아침으로 볼링공이라도 먹나 보다 생각했을 것이다.

"애나, 도와드릴까요?"

"오, 괜찮아. 50년 동안 다녔는걸. 덕분에 살아 있지."

한 단, 쉬고.

"정말 괜찮아요?"

"아, 그럼. 참 예쁘기도 하지. 말해봐. 애인은 있어?"

"지금은 없어요."

"음, 너무 오래 기다리지 마."

"그럴게요." 앨리스가 웃으면서 계단을 달려 올라갔다.

"카피타나!"*

그의 아파트 관리인은 이제 그녀에게 다정한 인사를 건넸다. 관리인이 작가를 불러주고 산책하러 나가는 두 사람을 배웅했다. 작가는 징곤브러더스 식품점에서 산 자두 봉지를 휘두르면서 시 당국이 고급 주택단지에 메이저리그 야구 선수 이름을 붙이기로 했다는 소식을 들었냐고 앨리스에게 물었다. 더 포사다, 더 리베라, 더 소리아노. "더 가르시아파라." 앨리스가 말했다. "아니, 아니야." 그가 거드름을 피우며 그녀의 말을 막았다. "양키스 선수만이야." 그들은 자연사박물관 뒤편의 작은 공원에 들어갔고, 거기서 앨리스는 그의 자두를 하나 깨물어 먹으며 미국 노벨상 수상자 기념탑에 새겨진 조지프 스티글리츠의 이름 밑에 그의 이름을 새기는 척했다. 그러나 대체로 두 사람은 집 안에 있었다. 그는 그녀에게 자신이 쓴 글을

* capitana, 스페인어로 '대장의 아내'라는 뜻.

읽어주었다. 그녀는 '키스터'*의 철자를 물었다. 그들은 야구를 보았고, 주말 오후에는 라디오 디제이 조너선 슈워츠가 호들갑을 떨며 틀어주는 티어니 서턴과 낸시 라모트의 노래를 들었다. 〈컴 레인 오어 컴 샤인〉〈저스트 유, 저스트 미〉, 도리스 데이가 떨리는 목소리로 구슬프게 노래하는 〈더 파티 이즈 오버〉. 어느 날 오후, 앨리스가 웃음을 터뜨리며 말했다. "이 디제이 진짜 감상적이에요."

"'감상적'이라." 작가가 천도복숭아를 먹으며 말했다. "훌륭한 구식 표현이지."

"나에 대해서도 똑같이 말할 수 있을 거예요." 앨리스가 바닥에서 속옷을 찾으며 말했다. "훌륭한 구식 여자라고 말이에요."

"'파티는 끝났어요…….'" 그는 앨리스가 돌아가기를 바랄 때마다 이렇게 노래했다. "'이제 하루를 끝낼 시간이에요…….'"

그런 다음 쾌활하게 방 안을 돌아다니면서 전화기와 팩스, 조명을 끄고, 자기가 마실 초콜릿 두유를 따르고, 작은 알약들을 헤아렸다. "나이를 먹을수록 자기 전에 할 일이 많아지지." 그가 설명했다. "나는 100가지 정도 돼."

파티는 끝났다. 에어컨도 끝났다. 앨리스는 배 속 가득 버번과 초콜릿을 채우고, 속옷을 주머니에 넣고, 뜨거운 열기 속에서 약간 휘청거리며 집으로 돌아갔다. 그녀는 점점 더 습해지는 계단을 네 층 올라서 아파트로 돌아온 다음 자기 전에 딱 한 가지 일을 했는데, 화

---

* keister, '엉덩이'를 가리키는 속어.

재 대피용 비상계단 바로 앞 거실 바닥으로 베개를 옮기는 것이었다. 여기는 적어도 바람이 불 가능성이라도 있었다.

"있잖아, 앨리스. 한동안 멀리 가 있을 거야."

앨리스가 쿠키를 내려놓고 입을 닦았다.

"당분간 시골에 머물 거야. 초고를 끝내야 하거든."

"알았어요."

"하지만 대화도 나눌 수 없다는 뜻은 아니야. 정기적으로 통화를 하다가 내가 원고를 끝내면 다시 만날 수 있어. 당신이 원한다면 말이야. 괜찮아?"

앨리스가 고개를 끄덕였다. "괜찮아요."

"그동안……." 그가 테이블 위로 봉투를 내밀었다. "당신 거야."

앨리스가 봉투를 집어 들고—앞면에 요트 경주 로고와 브리지햄프턴 내셔널뱅크라는 글자가 있었다—100달러짜리 지폐 여섯 장을 꺼냈다.

"에어컨값이야."

앨리스가 고개를 저었다. "이러면—"

"괜찮아. 그러면 내 기분이 좋아질 거야."

그녀가 집에 가려고 나섰을 때는 아직 낮이었다. 하늘이 고여 있는 느낌이었다. 뇌우를 뿌려야 하는데 어쩔 줄 몰라서 허둥대는 것 같았다. 보도에서 술을 마시는 젊은 사람들에게는 이제 겨우 밤의 시작이었다. 앨리스는 자기 아파트 현관 계단을 향해 천천히, 마지못해 걸어가면서 한 손으로는 가방 안에 든 봉투를 잡고 어떻게 할

어리석음

지 결정하려고 애썼다. 엘리베이터에 타고 있는데 누가 줄을 끊은 것처럼 배 속이 울렁거렸다.

북쪽으로 한 블록 떨어진 곳에 대체로 세련된 단골손님들이 다니는 식당이 하나 있었는데, 한쪽에 나무로 만든 길쭉한 바가 있었다. 앨리스는 제일 안쪽 냅킨 상자 바로 옆자리를 찾아서 한구석 높이 올려져 있는 텔레비전을 보러 온 척하며 앉았다. 3회 말, 뉴욕이 캔자스시티를 4점 차로 앞서고 있었다.

캔자스시티 로열스 힘내. 그녀가 생각했다.

바텐더가 앨리스 앞에 냅킨을 한 장 내려놓고 무엇을 마시겠냐고 물었다. 그녀는 벽에 적힌 포도주 특별 메뉴를 열심히 보았다.

"저는……."

"우유?"

"음, 노브크리크 있어요?"

계산서를 받아보니 24달러였다. 앨리스는 신용카드를 냈다가 다시 집어 들고 작가에게 받은 100달러짜리 지폐를 꺼냈다. 바텐더가 20달러 세 장, 10달러 한 장, 1달러 여섯 장을 가지고 돌아왔다.

"이건 가져요." 앨리스가 1달러 지폐들을 내밀며 말했다.

양키스가 이겼다.

중고 프리지데어 에어컨이 뿜어내는 시원찮고 곰팡내 나는 바람을 맞으며.

……나는 우리가 스페인 사람들과 아랍 사람들을 제압할 수 있다고 믿지 않았지만 낙타와 코끼리는 보고 싶었기 때문에 다음 날인 토요일에 매복 팀에 들어갔다. 그러나 스페인 사람과 아랍 사람도 없었고, 낙타와 코끼리도 없었다. 그냥 주일학교 피크닉이었고, 그것도 1학년 모임이었다. 우리는 피크닉을 급습해서 아이들을 동굴로 몰았지만 수확한 거라고는 도넛과 잼밖에 없었다. 벤 로저스는 헝겊 인형을, 조 하퍼는 성가집과 기도서를 손에 넣었다. 그때 주일학교 선생님이 달려오는 바람에 우리는 전부 내팽개치고 도망쳤다…….*

* 34~35쪽의 인용문은 마크 트웨인의 『허클베리 핀의 모험』.

어리석음

밤에 비가 와서 에어컨과 환기통을 연결한 부분에 빗방울이 떨어지자 땅을 향해 금속 화살촉을 쏘는 듯한 소리가 났다. 뇌우가 몰려오자 후두둑거리는 소리가 점점 커져서 날카롭게 탁탁거리고 눈을 감아도 보일 만큼 환한 번개가 치더니 다시 물러갔다. 빗물이 산속 바위틈에서 흐르는 샘물처럼 홈통으로 빨려 들어갔다. 폭우가 물러가자 남은 빗물이 느릿하고 규칙적으로 똑똑 떨어지며 이른 아침 시간을 헤아렸다…….

나는 한밤중에 망을 보기로 했지만 그때쯤 되자 무척 졸렸고, 그러자 짐이 처음 반은 자기가 보초를 대신 서주겠다고 했다. 짐은 그런 면에서 항상 정말 착했다. 나는 천막으로 기어들어갔지만 왕과 공작이 다리를 쩍 벌리고 잤기 때문에 내가 누울 자리가 없었다. 그래서 나는 바깥에 누웠다. 날씨가 따뜻하고 아직 파도가 높지 않았으므로 비는 상관없었다. 하지만 2시쯤 파도가 다시 높아지자 짐이 나를 부르려다가 아직 피해를 줄 만큼 높지는 않다 싶어서 생각을 바꾸었다. 그러나 그것은 짐의 오판이었다. 곧 엄청난 파도가 갑자기 덮쳐서 나를 배 밖으로 쓸어냈다. 짐은 배를 잡고 깔깔 웃었다. 아무튼 짐은 세상에서 제일 웃기기 쉬운 흑인이었다…….

앨리스는 남은 돈으로 새 변기 시트, 찻물을 끓이는 주전자, 드라이버, 콜럼버스의 주말 골동품 시장에서 파는 작은 나무 화장대를 샀다. 주전자는 매끈하고 전체가 금속으로 된 스칸디나비아 디자인이었다. 그녀는 조너선 슈워츠를 들으며 변기 시트를 나사로 고정

시켰다. 아주 흡족했다.

이제 회사 업무가 그 어느 때보다도 지루하고 시시하게 느껴졌다. 이거 팩스로 보내, 이거 파일로 정리해, 이거 복사해. 어느 날 밤 다른 직원들이 모두 퇴근한 뒤에 앨리스가 상사의 전화번호부에 적힌 작가의 번호를 물끄러미 바라보고 있는데, 동료 하나가 사무실로 고개를 들이밀고 말했다. "어이, 앨리스. 아 드맹.*"

"네?"

"아 드맹."

앨리스가 고개를 저었다.

"내일 보자고."

"아. 네."

날씨는 시원해지기 전에 더욱 더워졌다. 앨리스는 3주 연속으로 주말 내내 침실 문을 닫고 침대에 누워서 시간을 보냈고, 최대로 틀어놓은 프리지데어가 덜컹덜컹 윙윙 작동했다. 그녀는 작가에 대해서, 섬에서 항구가 내려다보이는 19세기 농가와 수영장, 스튜디오를 오가고 있을 그에 대해서 생각했다.

꼭 그래야 한다면 앨리스는 아주 오랫동안 기다릴 수 있었다.

내가 도둑이 된 다른 이유들을 이 일기에서까지 숨기고 싶지는 않다. 가장 단순한 이유는 먹고살아야 한다는 것이었지만, 내 선택에는 반감, 쓰라림, 분노

---

* à demain, 프랑스어로 '내일 봐'라는 뜻.

어리석음

를 비롯해서 그 어떤 익숙한 감정도 들어 있지 않았다. 열광적으로, '질투 어린 주의'를 기울이면서 나는 사랑을 나눌 소파나 방을 준비하듯이 내 모험을 준비했다. 나는 범죄에 흥분했다.*

말랑은 동그란 얼굴, 약간 납작한 코, 듬성한 눈썹, 바가지 머리에다가 두껍고 관능적인 입술을 미처 가리지 못하는 무성한 콧수염 때문에 중국인 같은 인상이었다. 부드럽고 둥글둥글한 몸, 포동포동한 손가락이 달린 통통한 손을 보면 제 발로 걷는 것을 질색했던 중국 고관이 떠올랐다. 그가 음식을 맛있게 먹으면서 눈을 반쯤 감을 때면 비단옷을 입고 젓가락을 든 모습을 상상하지 않을 수가 없었다. 그러나 표정이 이 모든 것을 바꾸었다. 불안하게 동요하다가도 어느 구체적인 지점을 겨냥하듯 갑자기 몰두하는 짙은 갈색의 열띤 눈은 무척 민감하고 교양이 풍부한 서양인의 눈이었다.**

버터를 데우는 역한 냄새는 딱히 입맛을 돋우지 않는데, 어떠한 환기장치도 없는 곳에서 요리할 때는 더욱 그렇다. 나는 문을 열자마자 토할 것 같다. 그러나 유진은 보통 내가 오는 소리가 들리자마자 덧문을 열고 햇볕을 가리려고 그물처럼 걸어놓은 침대보를 끌어당긴다. 불쌍한 유진! 그는 방 안의 빈약한 가구 몇 점을, 더러운 침대보와 오수가 그대로 들어 있는 대야를 둘러보고 이렇게 말한다. "나는 노예야!"***

* 장 주네, 『도둑 일기』.
** 알베르 카뮈, 『최초의 인간』.
*** 헨리 밀러, 『북회귀선』.

앨리스가 전화기를 들었다.

노키아라고 뜰 뿐이었다.

그러나 역한 버터 냄새에 대해서라면······.

어느 날 밤 파티가 열렸다. 어떤 편집자의 은퇴 기념 파티인가 뭐 그랬다. 파티가 끝난 다음 앨리스는 2차적 저작권 담당 부서의 보조 직원과 잤다. 콘돔을 착용했지만 밖으로 빠져나오지 않고 앨리스의 체내에 남아 있었다.

"제길." 남자가 말했다.

"어디로 간 거야?" 앨리스가 두 사람 사이의 그늘진 골짜기를 내려다보며 물었다. 그녀의 목소리는 이게 마술이라도 된다는 듯이, 그가 금방이라도 앨리스의 귀 뒤에서 새 콘돔을 꺼낼 거라고 생각하는 듯이, 소녀 같고 아둔하게 들렸다.

마술을 완성한 사람은 오히려 그녀였다. 욕실에서 혼자, 한쪽 발을 새 변기 시트에 올리고, 숨을 참으면서. 깊고 미끈미끈한 둔덕 안에서 손가락 하나를 구부려서 더듬어 찾는 것은 쉽지 않았다. 그런 다음 앨리스는 이런 방법으로는 두려워하던 모든 결과를 예방할 수 없음을 빤히 알면서도 욕조에 들어가 견딜 수 있는 제일 뜨거운 물로 씻어냈다.

"무슨 계획 있어?" 아침에 남자가 코듀로이 바지의 벨트를 맬 때 앨리스가 물었다.

"몰라. 잠깐 사무실에 들를지도. 너는?"

"오늘 오후에 레드삭스랑 블루제이스 경기가 있어."

"난 야구 싫어해." 남자가 말했다.

리버메드 병원에 오신 것을 환영합니다. 다음은 환자를 위한 정보입니다. 그 밖에 궁금한 점이 있으면 진료 시 문의하시기 바랍니다.

총 시술 시간은 보통 5~10분입니다. 검사실로 들어가면 간호사, 의사, 마취과 의사나 마취 담당 간호사가 있고, 마취 담당자가 팔이나 손 정맥에 삽입된 카테터를 통해 전신마취제를 주입합니다. 환자는 검사대에 앉아서 뒤로 누운 다음 발걸이에 다리를 올립니다. 의사가 내진(질에 손가락 두 개를 넣어서 실시하는 자궁 촉진)을 한 다음 자궁 경부(자궁의 입구)를 보기 위해서 질에 기구(반사경)를 삽입하여 양옆으로 벌립니다. 자궁 경부를 열어야 임신을 중단시킬 수 있습니다.

확장기라는 막대나 관 모양의 기구에 의해 입구가 충분히 벌어지면 의사가 자궁에 관이나 흡입기를 넣습니다. 관은 흡입기계와 연결되어 있습니다. 기계를 작동시키면 자궁의 내용물이 관을 통해 병으로 빨려 나옵니다. 관을 제거한 다음 잔여물이 남지 않도록 길쭉하고 가느다란 숟가락 같은 기구를 삽입하여 자궁 내부 표면을 긁어냅니다.

시술이 끝나면 의사가 반사경을 빼고 다리를 내려주고, 환자는 누운 상태로 회복실로 이동하여 경과를 지켜봅니다. 보통 20분에서 한 시간 뒤에 충분히 회복되면 휴식을 취하고 옷을 입을 수 있는 방으로 이동합니다. 간호사가 환자와 상담한 다음 마지막 지시 사항을 알려줍니다.

3주 동안 간헐적인 출혈이 생길 수 있습니다.

불편한 점이 있다면 알려주시기 바랍니다. 우리 병원에서 보내는 시간이 긍정적인 경험이 되기를 바랍니다.

10월 둘째 목요일, 앨리스가 축축하고 엉킨 머리카락을 브러시로 빗고 있을 때 라디오에서 헝가리 소설가 임레 케르테스가 "역사의 야만적인 독단성에 맞서는 연약한 인간의 경험을 격려하는 글"로 노벨상을 받았다는 소식이 흘러나왔다.

발신자 표시 제한.

앨리스는 스스로의 충고로부터 도망치려는 것처럼 무엇을 샀는지 전부, 숨이 차도록 말했다. 변기 시트, 주전자, 골동품 상인이 "1930년대 빈티지"라고 설명한 화장대까지.

"나랑 같군." 그가 말했다.

"생리 중이에요." 앨리스가 사과했다.

사흘 뒤, 그녀는 허리에 브래지어를 걸친 채 양팔로 그의 머리를 끌어안고 누워서 그의 뇌가 바로 거기 자기 턱 아래에 있다는 사실이, 자기 양쪽 팔꿈치 사이의 좁은 공간에 쉽게 들어간다는 사실이 신기하다고 생각했다. 처음에는 장난스럽게 시작한 생각이었지만 이 머리를 부수고 싶다는 생각에, 이 두뇌를 꺼버리고 싶다는 생각에 저항할 수 있을지 갑자기 스스로를 믿을 수가 없었다.

이 감정은 어느 정도 상호적이었음이 틀림없다. 잠시 후 키스를 하던 그가 갑자기 그녀를 깨물었으니까.

두 사람은 예전보다 드문드문 만났다. 그가 앨리스를 경계하는 듯했다. 게다가 그의 등도 문제였다.

"우리가 한 것 때문이에요?"

"아니, 앨리스. 당신은 아무것도 안 했어."

"혹시 내가……?"

"오늘 밤은 됐어, 앨리스. 오늘 밤은 탕드레스*만."

가끔 두 사람이 마주 보고 누워 있을 때, 또는 그가 작은 테이블을 사이에 두고 그녀의 맞은편에 앉아서 머리를 살짝 떨 때, 그는 슬프면서도 당황한 표정을 짓곤 했다. 마치 그녀가 현재로서는 가장 큰 삶의 즐거움이지만 그 사실 자체가 너무나 한심하다고 깨닫기라도 한 것처럼.

"당신은 최고의 여자야, 알아?"

앨리스가 숨을 멈췄다.

한숨을 쉬며. "최고의 여자야."

"에즈라." 앨리스가 배를 움켜쥐며 말했다. "정말 미안하지만, 갑자기 몸이 너무 안 좋아요."

"무슨 일이야?"

"쿠키가 좀 이상했나 봐요."

"토할 것 같아?"

앨리스는 몸을 굴려서 손과 무릎으로 지탱하며 일어나려다가

* tendresse, 프랑스어로 '애무'라는 뜻.

서늘하고 흰 깃털 이불에 얼굴을 묻었다. 그녀가 숨을 몰아쉬었다.

"모르겠어요."

"욕실로 가자."

"그래요." 그러나 앨리스는 움직이지 않았다.

"자, 가자."

갑자기 앨리스가 입을 가린 채 달렸다. 에즈라는 침대에서 내려와서 침착하게, 조용히 뒤따라가더니 욕실 문을 매끄럽고 우아하게 딸깍 닫았다. 잠시 후 앨리스는 변기 물을 내리고 얼굴과 입을 헹군 다음 덜덜 떨리는 몸을 화장대에 기댔다. 문 너머로 그가 아무렇지도 않게 저녁 일과를 해나가는 소리가 들렸다. 냉장고를 열고, 접시를 달그락달그락 싱크대에 넣고, 페달을 밟아 휴지통 뚜껑을 열고. 그녀는 다시 물을 내렸다. 그런 다음 화장지를 약간 풀어서 변기와 변기 시트, 뚜껑, 욕조 가장자리, 휴지걸이, 바닥을 닦았다. 사방이 블랙아웃 쿠키였다. 앨리스가 변기 뚜껑을 내리고 그 위에 앉았다. 휴지통 안에는 그녀와 대학을 같이 다녔던 남자가 쓴 소설 교정쇄가 버려져 있었다. 추천사를 부탁하는 에이전트의 편지가 클립으로 끼워진 채였다.

앨리스가 화장실에서 나왔을 때 에즈라는 뉴딜에 대한 책을 들고 의자에 다리를 꼬고 앉아 있었다. 그가 얼굴을 찌푸리면서 앨리스가 알몸으로 방을 가로질러 옷장과 침대 사이 바닥에 천천히 눕는 모습을 지켜보았다.

"앨리스, 뭐 하는 거지?"

"미안해요. 좀 누워야겠는데, 당신의 깃털 이불을 망치고 싶지 않아서요."

"메리앨리스, 침대로 가."

그가 다가와서 옆에 앉더니 예전에 엄마가 해주던 것처럼 등을 위아래로 몇 분 동안 쓸어주었다. 그런 다음 깃털 이불을 어깨까지 끌어 올려 덮어주고 조용히 물러가서 100가지 일과를 하기 시작했다. 소리 나는 기기들을 끄고, 불을 끄고, 약을 분류했다. 그런 다음 욕실로 들어가더니 라디오를 나지막이 틀었다.

다시 나타난 에즈라는 하늘색 캘빈클라인 티셔츠에 반바지 차림이었다. 그가 침대 옆 협탁에 물을 한 잔 내려놓고 책을 가져왔다. 그리고 베개를 다시 정리했다.

"97, 98, 99······."

그가 침대에 눕더니 연극적으로 한숨을 쉬었다.

"100!"

앨리스는 소리 없이, 꼼짝 없이 누워 있었다. 그가 책을 펼쳤다.

"앨리스." 마침내 에즈라가 말했다. 용감하게, 명랑하게. "여기서 자고 가지 그래? 이번 한 번만. 이 상태로는 집에 못 가. 알았지?"

"알았어요." 앨리스가 중얼거렸다. "고마워요."

"별말틈을." 그가 말했다.

밤사이 앨리스는 세 번 잠에서 깼다. 처음에는 에즈라가 똑바로 누워 있고 그의 뒤로 건물들의 실루엣이 번쩍거렸으며 엠파이어스 테이트 빌딩 꼭대기에 빨간색과 금색 불이 들어와 있었다.

두 번째에는 그가 등을 돌리고 모로 누워 있었다. 앨리스는 머리가 아파서 아스피린을 찾으러 욕실로 갔다. 누군가가 엠파이어스테이트 빌딩을 껐다.

세 번째로 깼을 때는 에즈라가 뒤에서 그녀를 꼭 껴안고 있었다.

네 번째는 아침이었다. 두 사람의 얼굴이 거의 닿을 듯 가까웠고, 그는 이미 눈을 뜨고 그녀의 눈을 들여다보고 있었다.

"아주 좋지 않은 생각이었어." 그가 냉혹하게 말했다.

다음 날 아침, 그는 다시 섬으로 떠났다. 에즈라가 전화를 걸어서 섬으로 간다고 말하자 앨리스는 전화를 끊은 다음 전화기를 빨래바구니에 던지고 신음했다. 같은 날, 아버지가 전화를 걸어와 수돗물에 불소를 첨가한 것은 뉴월드오더*의 악독한 계략이라고 말했다. 한 시간 뒤, 아버지가 다시 전화를 걸어서 인간은 달에 간 적이 없다고 선언했다. 앨리스는 지난 8년 동안 매주 한두 번씩 그래왔듯이 이러한 속보를 잘 받아넘겼다. 생각이 다르더라도 상대방의 감정을 해치지 않으면서 표현할 방법을 찾을 때까지 자기 의견을 말하지 않는 긍정적인 과묵함을 통해서 말이다. 한편, 앨리스는 새로 산 아름다운 찻주전자에 어마어마한 결점이 있음을 깨달았다. 불위에 30초만 올려놔도 이음매 없이 연결된 금속 손잡이가 너무 뜨거워져서 들 수가 없었다. 앨리스는 손으로 잡지도 못하는 손잡이

* 음모론에서 하나의 세계 정부를 구성하기 위해 은밀하게 활동한다고 알려진 비밀결사 단체.

가 어디 있어? 라고 생각했다. 그녀는 뗀 손가락을 흐르는 수돗물에 대고 서서 이것도 전부 작가 때문이라고 생각했다. 하지만 이번에는 사흘 만에 전화가 왔다. 그는 스크린하우스에서 전화를 걸어 나무들이 어떻게 변화하는지, 야생 칠면조들이 진입로에서 어떻게 걸어 다니는지, 자기 소유의 6에이커 숲 뒤로 짙은 주황색 해가 어떻게 저무는지 설명했다. 그리고 다시, 겨우 이틀 뒤에 전화를 걸어 수화기를 들고서 까마귀가 까옥까옥 우는 소리, 나뭇잎이 바람에 바스락거리는 소리를 들려주었고, 그다음에는—아무 소리도 들리지 않았다. "아무것도 안 들려요." 앨리스가 웃었다. "바로 그거야." 그가 대답했다. "조용하지. 지극히 행복할 만큼 조용해." 그러나 이제 날이 너무 추워져서 수영도 할 수 없고 땅을 파는 배관 공사가 잡혀 있었기 때문에 그는 일주일 정도 뒤에 도시로 아예 돌아왔다.

그는 낡은 폴라로이드 SX-70을 가지고 왔다.

"어디 보자." 그가 손안에서 카메라를 굴리며 말했다. "사용법이 기억나려나."

두 사람이 찍은 사진 열 장 중에서 한 장, 딱 한 장만 그의 사진이었다. 캘빈클라인 티셔츠와 아주 실용적인 손목시계 외에는 아무것도 걸치지 않고 침대에 모로 누운 모습이었다. 그의 옆에는 그때까지 찍은 사진 아홉 장이 그에게 잘 보이도록 중심이 같은 두 개의 호를 그리며 펼쳐져 있었다. 흐릿한 갈색 형체들이 햇빛 반짝이는 강에서 떠오르는 것처럼 유백색 테두리 안에서 떠올랐다. 사실 사진이 선명할수록 찍는 즐거움은 줄어들었고, 앨리스가 욕실에 간 사이 에즈라는 사진 열 장을 전부 그녀의 가방 주머니에 넣었다. 그런 다음 두 사람은 진저 로저스와 프레드 아스테어가 나오는 〈톱해트〉를 보았고, 에즈라는 양치질을 하면서 〈치크 투 치크〉를 가볍게 흥얼거렸다. 앨리스는 다음 날 아침 엘리베이터에서 열쇠를 찾으려고 가방에 손을 넣었다가 뒤늦게 그것을 발견했다. 네모나고 깔끔하게 차곡차곡 쌓여 자기 머리끈으로 단단히 묶인 그녀.

집으로 돌아온 앨리스는 솔리테어 카드 게임을 하는 것처럼 폴라로이드 사진을 몇 개의 더미로 나누어 침대 위에 늘어놓았다. 어떤 사진에서는 피부색이 물 탄 우유처럼 너무 옅어서 팔과 가슴 안의 정맥을 숨기지 못하는 것처럼 보였다. 또 어떤 사진에서는 짙은 홍조가 뺨에서 귀까지 피어올랐고, 도자기 같은 어깨선 너머로 보이는 크라이슬러 빌딩은 화이트골드 안에 갇힌 작은 불꽃 같았다. 또 다른 사진에서는 앨리스의 머리가 그의 허벅지에 놓여 있었는데, 사진에 찍힌 한쪽 눈은 감겨 있고 에즈라의 손가락이 그녀의 머리카락을 옆으로 치우고 있었다. 다른 사진에서는 앨리스가 자기 손으로 받쳐 올린 가슴이 매끄럽고 둥글게 솟아 있었다. 그는 그녀의 밑에서 이 사진을 찍었기 때문에 앨리스는 콧대 아래로 카메라를 내려다보아야 했다. 귀 뒤로 넘긴 머리카락이 턱 양쪽으로 묵직한 금발 커튼처럼 걸려 있었다. 너무 길게 자란 앞머리는 중간보다 약간 왼쪽에서 갈라져서 속눈썹 위로 두껍게 내려왔다. 아름답다고 할 만한 사진이었다. 확실히 이 사진을 자르는 것이 가장 힘들었다. 앨리스는 앨리스다움이 문제라고 생각했다. 사진을 찍을 때마다 깜짝 놀라고 짜증 나게 만드는, 너무나 소녀 같은 분위기.

작게, 저 멀리 보이는 신호등처럼, 그녀의 동공이 붉게 번득였다.

발신자 표시 제한.

"아, 미안해, 앨리스. 잘못 걸었군."

발신자 표시 제한.

발신자 표시 제한.

발신자 표시 제한.

"메리앨리스, 오늘 밤에 당신을 만나는 것이 무척 기대돼. 그런데, 오는 길에 제이바스*에 들러서 팁트리 프리저브 좀 사다 주겠어? 팁트리 프리저브야—T-I-P-T-R-E-E 프리저브, 젤리같이 생긴 거 말이야. 아무 맛이나 사면 안 되고, 리틀 스칼릿이어야만 해. 제일 비싼 거야. 한 병에 100달러쯤 하지. 당신 같은 소녀들로 만들거든. 그럼, 리틀 스칼릿 팁트리 프리저브 한 병, 최고급 피넛 버터 한 병, 그리고 러시아 흑빵 한 덩이 부탁해, 썰지 않은 걸로. 여기로 가져와!"

"카피타나!"

더 많은 선물 :

옛날 기념 카드 같은 디자인에 미국의 주를 하나씩 담은 37센트

* 뉴욕의 유명한 고급 식품 전문점.

짜리 우표 전지.

요요마와 런던 심포니 오케스트라가 연주한 엘가의 첼로 협주곡 CD.

허니크리스프 사과 한 봉지. ("턱받이가 필요하겠군.")

그는 스텐트가 필요했다. 점점 좁아지는 관상동맥에 넣으면 혈관을 떠받쳐 열고 혈류를 회복시키는 작은 망상 튜브. 간단한 시술이었다. 그는 벌써 일곱 번이나 받았다. 마취를 하지 않고 진정제만 놓은 다음 삽입 부위 주변을 국소 마취하고 카테터를 통해서 넣으면 끝이다. 그런 다음 작은 풍선을 부풀려서 스텐트를 배드민턴 셔틀콕처럼 펴면…… 짠. 한 시간 정도 걸린다. 친구가 병원에 같이 가주기로 했다. 원한다면 친구에게 시술이 끝나고 앨리스에게 전화를 하라고 하겠다.

"그렇게 해줘요."

그러나 이렇게 호언장담해놓고 막상 에즈라 자신이 우울해졌다. 앨리스는 이 극적인 상황에서 시험당하는 느낌이 들었는데, 기분이 나쁘지는 않았다.

"물론 누구나 걱정해야죠." 그녀가 말했다. "내가 암에 걸릴 수도 있잖아요. 아니면 내일 당장 당신이 길을 가다가—"

그가 눈을 감고 한 손을 들었다. "버스 얘기는 나도 알아."

에즈라가 시술을 받는 날 앨리스는 퇴근하고 집으로 돌아와 엘가의 CD를 틀었다. 음악은 지독히 아름답고 구슬프면서 다급했고, 어쨌든 처음에는 앨리스의 기분과 완벽하게 어울렸다. 그러나 20분 뒤에도 웅장하게 울리는 첼로는 그녀의 걱정에 무심한 채 앨리스를 두고 혼자 나아가버린 느낌이었다. 마침내 9시 40분에 휴대전화가 울리고 모르는 번호가 떴다. 어떤 남자가 불분명하고 늘어진 말투로 시술이 좀 늦춰지긴 했지만 잘됐다고 사무적으로 알려주었다. 몇 가지 지켜봐야 해서 하룻밤 입원하기로 했지만 다 잘됐다고, 다 괜찮다고 했다.

"정말 감사합니다." 앨리스가 말했다.

"별말씀을." 친구가 말했다.

친구는 앨리스를 "그 애"라고 불렀다. 예를 들어, "그 애한테 전화했어". 에즈라는 재미있다고 생각했다. 앨리스는 고개를 저었다.

한동안 그는 기분이 좋았다. 스텐트는 효과가 있었다. 패러마운트 영화사에서 그의 책을 영화화하기로 했다. 수상 경력이 있는 여배우가 주인공 역할에 캐스팅되었고, 그는 현장 컨설턴트로 참여했다. 어느 날 아침, 그가 평소보다 약간 늦게 전화를 걸어서—앨리스는 벌써 샤워를 마치고 옷을 입으며 출근 준비 중이었다—말했다. "어젯밤에 우리 집에 누가 왔었는지 맞혀봐."

앨리스가 맞혔다.

"어떻게 알았지?"

"아니면 누구겠어요?"

"어쨌든, 안 잤어."

"고마워요."

"내 여분의 동전 접시에 썩 감명받지 않은 것 같아."

"가습기에도 말이죠."

그들은 사진을 더 찍었다.

"이 사진에서 나, 우리 아빠 같아요." 앨리스가 이렇게 말하며 웃었다. "45구경 콜트만 있으면 되겠다."

"당신 아버지한테 총이 있어?"

"총이 많죠."

"왜?"

"혁명이 일어날까 봐요."

에즈라가 얼굴을 찌푸렸다.

"앨리스." 나중에 앨리스가 빵에 리틀 스칼릿을 두껍게 바를 때 그가 말했다. "당신이 아버지 집에 가면 그 총들이…… 그냥 막 사방에 널려 있나?"

앨리스가 엄지에 묻은 젤리를 빨아 먹으며 대답했다. "아뇨, 금고에 넣어둬요. 하지만 가끔 꺼내서 뒷마당의 낡은 식기세척기에 박을 올려놓고 사격 연습을 하죠."

앨리스가 그의 에이전트가 전달한 팬의 편지를 읽고 있을 때 그가 옷장에 대고 뭐라고 말했지만 잘 들리지 않았다.

"뭐라고요?"

"뭐라고 했냐면 말이야." 그가 돌아서며 말했다. "이거보다 따뜻한 외투는 없나? 겨울 내내 이걸 걸치고 돌아다닐 순 없어. 거위 털

패딩 같은 게 필요해. 모자도 달린 걸로."

며칠 뒤, 그가 테이블 위로 또다시 봉투를 내밀었다. "설."* 그가 말했다. "S-E-A-R-L-E. 79번가와 매디슨 애비뉴 사이. 거기 딱 맞는 게 있어."

나일론이 호화롭게 슥슥 소리를 내며 스쳤고 모자에 달린 검정 모피가 후광처럼 그녀의 얼굴을 감쌌다. 가장자리에 밍크가 달린 침낭을 입고 걸어 다니는 기분이었다. 시내 횡단 버스를 기다리던 앨리스는 버릇없는 무적의 존재가 된 기분이 들었다. 또 당첨자가 나오기를 기다리며 매일 금액이 점점 커지는 잭팟 같은 이 도시에 열광적으로 빠진 기분도 들었다. 하지만 아파트 계단을 서둘러 오르다 미끄러지는 바람에 균형을 잡으려고 팔을 휘젓다가 손등을 철제 난간에 부딪쳤고, 격렬하게 번쩍이는 통증에 불이 붙었다. 그래도 앨리스는 그의 아파트로 갔고, 욱신거리는 손을 무릎 위에 올려서, 또 침대에서는 옆으로 뻗어서 숨겼다. 매니큐어가 아직 마르지 않아서 조심하는 것처럼.

아침이 되자 손바닥이 퍼래졌다.

집으로 돌아온 앨리스는 온종일 부기가 가라앉기를 기다렸지만 결국 포기하고 1층으로 내려가 택시를 타고 가장 가까운 응급실로 갔다. 택시 기사는 그녀를 헬스키친으로 데려다주었고, 앨리스는 따뜻한 실내에서 나가기 싫어 정신이 이상한 척하는 대기실의 노숙

* 뉴욕의 여성복 가게.

자들과 술주정뱅이들 사이에서 두 시간 동안 기다렸다. 10시쯤 인턴이 앨리스의 이름을 부르더니 바퀴 달린 침대로 데려가 부어오른 중지에서 증조할머니가 물려주신 반지를 잘라내고 손등 관절 뼈를 하나씩 톡톡 치며 어디가 아픈지 검사했다. "거기요." 앨리스가 히익 소리를 냈다. "거기요!"

엑스레이 결과가 나오자 인턴이 필름을 들고 가리키며 말했다. "부러졌네요. 중수골이―"

앨리스가 고개를 끄덕였다. 그녀의 눈이 뒤집혔고, 잠시 흔들리던 몸이 버려진 마리오네트처럼 천천히 앞으로 넘어가다가 옆으로 쓰러졌다. 앨리스는 여기에서부터 먼 거리를 지나 야만적인 관습과 사람을 미치게 하는 논리가 지배하는 머나먼 나라들로 갔다. 그녀는 친구를 사귀고 또 잃었고, 이전까지 몰랐던 언어들을 말했고, 어려운 진실들을 배운 다음 잊었다. 몇 분 뒤, 정신을 되찾은 그녀는 자신을 지구 중심으로 끌어당기는 듯한 희미한 욕지기와 다시 싸우면서 삐삐 소리를 내는 기계들과 콧구멍 속을 스치는 관들을 어렴풋이 의식했고, 질문을 받고 나서 너무 한참 지나 대답했다.

"머리 부딪치셨어요?"

"혀 깨물었어요?"

"소변 보셨어요?"

누군가가 건넨 물을 쏟는 바람에 트레이닝복 바지가 약간 축축했다.

"월요일 아침에 제일 먼저 외과로 가셔야 해요." 바쁜 인턴이 말했다. "데리러 와달라고 부탁할 사람 있어요?"

"네." 앨리스가 속삭였다.

급격한 경사를 그리며 휘몰아치는 통통한 눈송이들 속으로 걸어 나갔을 때에는 이미 자정이 다 된 시각이었다. 앨리스는 다친 손을 달걀 껍데기로 만들어진 것처럼 조심스럽게 잡고 모퉁이로 걸어가 서 택시를 찾아 거리 위쪽을 보고, 아래쪽을 보고, 다시 위쪽을 보 았다.

발신자 표시 제한.

"여보세요?!"

"그냥, 내 가습기 소리를 들려주고 싶어서……."

"에즈라, 안 돼요, 나 손이 부러졌어요!"

"세상에. 어쩌다가? 아파?"

"네!"

"어디야?"

"59번가랑 콜럼버스 애비뉴 사이요."

"택시 잡을 수 있어?"

"애쓰고 있어요!"

앨리스가 도착했을 때 그는 긴 검정 실크 속옷 차림에다가 머리 에 일회용 반창고를 붙이고 있었다. "어떻게 된 거예요?"

"사마귀를 뺐어. 당신은 어떻게 된 거야?"

"현관에서 미끄러졌어요."

"언제?"

"오늘 아침에요." 그녀가 거짓말을 했다.

"얼어 있었어?"

"네."

"고소하면 되겠군."

앨리스가 슬프게 고개를 저었다. "아무도 고소하고 싶지 않아요."

"앨리스, 뉴욕에서 손을 제일 잘 보는 의사는 아이라 옵스트바움이야. O-B-S-T-B-A-U-M. 마운트시나이 병원에 있는데, 당신이 원하면 내일 전화를 걸어서 진찰해달라고 할게. 좋아?"

"좋아요."

"그동안은 아프니까 이걸 먹어. 잘 수 있겠어?"

"아마도요."

"용감하기도 하지. 당신은 지금 충격을 받았어. 기억해. 난 여기 있다, 괜찮다, 내 침대는 따뜻하고 편안하다."

앨리스가 울기 시작했다.

"앨리스, 울 필요는 없어."

"알아요."

"왜 우는 거야?"

"미안해요. 당신이 나한테 너무 잘해주잖아요."

"당신도 나한테 그렇게 해줄 거잖아."

앨리스가 고개를 끄덕였다. "알아요. 미안해요."

"앨리스, 미안하다는 말은 그만해. 또 '미안해요'라고 말하고 싶으면 그 대신 '꺼져요'라고 말해, 알았지?"

"알았어요."

"이해했어?"

"으흠."

"그럼?"

앨리스가 코를 쿵쿵거렸다. "꺼져요." 그녀가 희미하게 말했다.

"착하기도 하지."

앨리스는 알약을 먹고 나서 외투도 벗지 않고 침대 가장자리에 앉았다. 에즈라는 독서용 의자에 다리를 꼬고 앉아서 머리를 떨며 음울하게 그녀를 보았다. "45분은 있어야 약효가 나타날 거야." 그가 손목시계를 흘깃 보며 말했다.

"내가 자고 가면 좋겠어요?"

"물론 자고 가도 돼. 뭐 먹을래? 애플 소스, 베이글, 두부랑 골파가 든 크림치즈, 과육이 많은 트로피카나가 있는데."

그가 일어나서 베이글을 구워주고 그녀가 한 손으로 먹는 모습을 지켜보았다. 그런 다음 앨리스는 침대에 누워서 눈을 감상했다. 그의 발코니 불빛 속에서 눈은 이제 더욱 차분하게, 낙하산 침투 부대처럼 은밀하고 고르게 내렸다. 에즈라가 의자로 돌아가 책을 집어들었다. 세 번, 책장 넘기는 소리가 정적을 깨뜨렸다. 그런 다음 온화한 활기가 앨리스를 가득 채웠고, 피부가 떨리는 기분이 들었다.

"후아."

에즈라가 손목시계를 확인했다. "효과가 있어?"

"음-흐ㅇㅇㅇㅇㅇ음……."

그가 옵스트바움에게 전화를 했다. 그런 다음 그녀를 택시에 태워 마운트시나이 병원으로 데려갔다. 그리고 6주 동안 일주일에 두 번씩 그녀의 아파트로 식료품을 배달해달라고 징곤브러더스 식품점에 주문했다.

그는 석고붕대를 감은 그녀의 사진을 몇 장 찍었다.

"사랑해요." 앨리스가 가르랑거리며 말했다.

"당신이 사랑하는 건 바이코딘*이야. 필름이 다 떨어졌군." 그가 옷장으로 갔다.

"거기 또 뭐가 있어요?"

"알고 싶지 않을 거야."

"알고 싶어요."

"여자애들. 묶여 있지."

"몇 명이나요?"

"세 명."

"이름이 뭐예요?"

"케이티……."

"아니." 앨리스가 말했다. "내가 맞혀볼게요. 케이티랑…… 에밀리? 에밀리 거기 있어요?"

"응."

---

* 진통제의 일종.

"그리고 미란다?"

"맞아."

"걔들은 구제 불능이에요."

"구제 불능이라." 그는 앨리스가 그 단어를 만들어낸 것처럼 따라서 말했다.

석고붕대는 무거웠다. 아무것도 입지 않았을 때는 더 무거운 것 같았다. 앨리스가 엎드려서 다리가 세 개밖에 없는 고양이처럼 몸을 쭉 폈다. 그런 다음 몸을 일으켜 등을 굽히고, 옆구리를 굽히고, 목을 한 바퀴 돌리고, 심술궂게 빙긋 웃었다.

"뭐?"

그를 향해 무릎으로 다가가며. "우리 엄청난 거 해요."

그는 약간 놀랐다. "메리앨리스, 당신이 지금까지 한 말 중에 제일 똑똑한 말이야."

그들은 눈에 띄지 않도록, 또 필요하면 그가 일어나서 허리를 펼수 있도록 끝줄에 앉았지만, 결국 그는 일어나지 않았다. 토요일 조조 상영이었고, 영화관에는 작은 아이들이 득시글거렸다. 특히 흥분한 어떤 아이가 에즈라의 소매에 팝콘을 쏟자 앨리스는 그가 마음을 바꿀까 봐 걱정했다. 그러나 그때 하포가 토치로 시가에 불을 붙이고 그루초가 '거울' 너머로 모자를 건네자 에즈라는 고개를 젖히고 누구보다도 큰 소리로 껄껄 웃었다. 결국 프리도니아가 실베이니아에 선전포고를 하자 형제들은 엉덩이를 흔들며 〈신의 아이들은 모두 총을 가지고 있다네)를 불렀고, 에즈라는 주머니에서 플라스틱 물총을 꺼내 앨리스의 갈비뼈에 몰래 물을 뿌렸다.

"출전이다!" 두 사람은 노래를 부르며 브로드웨이를 걸었다. 색색의 전구와 눈송이 그림과 가지를 위로 모아 꽁꽁 묶어서 사이프러스 나무처럼 보이는 크리스마스트리를 지나쳤다. "하이디 하이디 하이디 하이디 하이디 하이디 호!" 철갑상어 가게의 북적이는 손님들 틈에서 유리 진열대 앞까지 다가간 그들은 산부인과에서 갓 태어난 아이들을 보듯이 훈제 생선, 절인 우설牛舌, 타라마살라타*를 내려다보았다. 앨리스는 **경성**硬性 **미생물 숙성**이라고 적힌 치즈를 가리키고 새침하게 휘파람을 불었다. 에즈라는 차례가 되자 손가락을 하나 들고 주문했다. "저 필터 피시** 두 조각, 호스래디시 약간, 훈제 연어 반 파운드, 그리고, 에라 모르겠다. 여기 에일린 양에게 제일 좋은 철갑상어 알 2온스."

"이런." 앨리스가 말했다.

에즈라가 고개를 돌려 그녀를 차분하게 보았다. 그런 다음 혀를 쯧쯧 차고 고개를 흔들었다. "미안해, 앨리스. 당신은 에일린이 아닌데."

발신자 표시 제한.

---

* 절인 곤이, 올리브유, 레몬즙 등으로 만드는 간단한 그리스 요리.
** 뼈를 발라낸 생선에 속을 채우거나 생선의 살을 갈아서 경단처럼 만들어 먹는 유대인 요리.

"여보세요?"

"안녕하세요. 미란다랑 통화 좀 할 수 있을까요?"

"미란다는 여기 없는데요."

"어디 갔어요?"

"감옥에요."

"에밀리 있나요?"

"에밀리도 감옥에 있어요."

"왜요?"

"알고 싶지 않을 거예요."

"그럼……?"

"케이티?"

"맞아요, 케이티. 캐서린."

"여기 있어요. 통화하고 싶어요?"

"부탁드립니다."

……"안녕?"

"안녕, 케이티? 난 같은 학교의 지퍼슈테인 씨야."

"아, 안녕, 지퍼슈테인 씨."

"안녕. 어떻게 지내?"

"잘 지내."

"잘됐군. 있잖아. 이번 주에 우리 집에서 공부하고 싶은지 물어보려고 전화했어."

"그래."

"좋아?"

"물론이지."

"내일 어때?"

"이런. 내일은 안 되는데. 내일은 피아노 레슨이 있어."

"목요일은?"

"미술부야."

"그 뒤에는 어때? 미술부 끝나고 나서?"

"목요일은 내가 식사를 준비하는 날이야."

"너희 엄마랑 얘기했어. 대신 금요일에 식사 준비 두 번 하면 된대."

"좋아."

"그럼 목요일 6시 반?"

"그래."

"지금 누구라고 했더라?"

"케이티요."

"감옥에 가지 마, 케이티."

"그럴게, 지퍼스타인 씨."

"지퍼슈테인."

"지퍼슈테인."

"착하기도 하지."

"나의 달콤하고 귀엽고 음탕한 노라, 당신 말대로 했어, 야하고

어리석음

귀여운 당신, 당신의 편지를 읽으면서 두 번이나 뺐어. ……그래, 이제 나는 내가 당신 뒤쪽에 그렇게 오랫동안 박았던 그날 밤이 기억나. ……그날 밤 당신 엉덩이에는 방귀가 가득했고, 내가 박아서 빼줬었지. 크고 뚱뚱한 친구, 길고 바람 같은 친구, 재빠르고 유쾌하게 뽕 소리를 내는 친구도 있었고, 작고 귀엽고 짓궂고 당신 구멍에서 오랫동안 세차게 흘러나오는 친구들이 많았어. 방귀 뀌는 여자에게 박는 건 아주 멋져, 박을 때마다 하나씩 빠져나오니까. 난 이제 어디에서든 노라의 방귀를 알아볼 것 같아."*

"역겨워요." 앨리스가 말했다.

그가 책을 내리고 모욕당한 듯한 표정을 살짝 지었다. 앨리스가 커버 밑에서 귀엽게 주룩 미끄러져 내려가더니 부스럭거렸고, 마침내 그가 힘없는 음수대처럼 절정에 다다랐다.

그들은 꾸벅꾸벅 졸았다.

그의 손목시계가 8시를 알리자 앨리스가 신음하며 속삭였다. "가야 해요." 에즈라가 눈을 뜨지도 않고 따뜻하게, 부드럽게 고개를 끄덕였다.

테이블에 앉아서 신발 끈을 묶을 때.

"그 노숙자 남자 알아요? 여름에도 외투를 100벌 걸치고 제이바스 앞에 서 있는 사람?"

---

* 아일랜드의 소설가 제임스 조이스가 1909년 12월 8일 아내인 노라에게 보낸 편지로, 『제임스 조이스 서간집 Selected Letters of James Joyce』(1975, Faber and Faber)에서 인용한 것이다.

"으흠."

"그 외투도 전부 당신이 사준 거예요?"

"그럼."

"그 사람, 미친 다음에 노숙자가 됐을까요, 노숙자가 된 다음에 미쳤을까요?"

에즈라가 이 말에 대해 생각했다. "감상적으로 보지 마."

"무슨 뜻이에요?"

"그 사람을 동정하지 말라고. 지나치게 감정이입하지 마. 그 사람은 괜찮아."

욕실에서 그녀는 입을 헹구고, 머리를 빗고, 화장대에 세워진 딜도에 치실을 나비넥타이처럼 묶어두었다. 그런 다음 떠났다.

그녀의 아파트 건물 계단을 내려오는 사람.

"안녕! 오늘 예쁘네. 말해봐, 남자 친구 있어?"

"아직 없어요, 애나! 아직요."

연휴에 그는 자기 섬으로 갔다. 앨리스는 기차를 타고 어머니를 만나러 갔고, 어머니를 감상적으로 보지 않기란 불가능하다는 결론을 내린 다음 새해 전날 돌아와서 동료의 디너파티에 참석했다. 가지는 질겼고 리소토는 너무 짰으며 나중에는 다들 싸구려 브뤼에 취해서 앨리스의 석고붕대에 멍청한 말들을 썼다. "새해 결심 있어?" 앨리스가 옆자리에 털썩 쓰러진 남자에게 물었다. 그의 시집이 봄에 나온다고 누군가에게 들었다. "물론이지." 그가 한쪽 다리를 뻗은 채 길고 구불구불한 자기 머리카락을 한 손으로 빗으며 대답했다. "질 그리고 양."

유니언스퀘어에서 금색 스팽글 옷을 입은 여자가 지하철 배수구에 토했고, 친구들은 사진을 찍으며 웃었다.

에즈라가 돌아오자 두 사람은 샴페인을, 진짜 샴페인을 따고 머리스 치즈 가게에서 산 불가리아산 캐비어를 먹었다. 그는 앨리스에게 셸터아일랜드 베이커리에서 산 젤리 도넛 한 상자와 〈그들은 우리의 노래를 연주하고 있다〉라는 제목의 CD 여덟 장짜리 그레이트 로맨틱 스탠더드 박스 세트를 주었다.

"모르는 거 있어?"

"〈마이 하트 스투드 스틸〉?"

에즈라가 고개를 끄덕이고 의자에 기대앉더니 숨을 크게 들이마셨다. "당신을 한 번 보았지, 그러려던 것뿐이었는데 / 그때 내 심장이 멈췄네……'"

"〈셉템버 송〉?"

다시 한숨. "'5월부터 12월까지는 무척이나 길지만 / 9월이 되면 낮은 짧아지고……'"

그는 목소리가 좋았지만 일부러 경망스럽게 불렀다. 앨리스가 도넛을 내려다보며 수줍게 미소를 지었다. 에즈라가 부드럽게 웃으며 턱을 문질렀다.

"젤리 묻었어." 그가 말했다.

"에즈라." 잠시 뒤 앨리스가 부엌에서 그에게 접시를 건네며 말했다. "오늘 밤에는 못 할 것 같아요."

"나도 마찬가지야, 앨리스. 그냥 당신이랑 누워 있고 싶어."

침대에 올라간 그녀는 석고붕대를 둘 마땅한 자리를 찾으려고 애썼다.

"언제 빼?"

"수요일 아침에요."

어리석음

"그거 빼고 여기로 와, 점심 해줄게. 알았지?"

"좋아요. 고마워요."

"일은 어때?"

"뭐요?"

"일은 어떠냐고 했어, 앨리스."

"아, 뭐, 알잖아요. 평생 하고 싶진 않지만, 괜찮아요."

"평생 하고 싶은 건 뭔데?"

"모르겠어요." 그녀가 부드럽게 웃었다. "유럽에 살든지."

"월급은 많이 줘?"

"제 나이치고는요."

"할 일이 많아?"

"그럼요. 바로 윗사람이 다음 달부터 출산휴가에 들어가니까 곧 그 사람 일도 일부 맡을 거예요."

"그 사람은 몇 살이야?"

"30대 중반일걸요."

"당신은 아이 갖고 싶어?"

"아, 모르겠어요. 몰라요. 지금은 아니에요."

에즈라가 고개를 끄덕였다. "내가 사랑했던 에일린은 마흔 살이 되자 아기를 갖고 싶어 했어, 나랑. 나는 그녀를 잃고 싶지 않았기 때문에 아주 진지하게 생각해봤지. 거의 가질 뻔했어. 안 가져서 진짜 다행이야."

"어떻게 됐어요?"

"헤어졌어, 아주 힘들었지. 시간이 좀 걸렸지만 에일린은 다른 사람을, 에드윈 우라는 사람을 찾았어. 이제 두 사람에게는 귀여운 카일과 올리비아가 생겼지. 네 살이랑 여섯 살인데, 정말 홀딱 빠진다니까."

그가 100가지 일과를 아직 마치지 않았지만 두 사람은 서서히 잠들었다. 앨리스가 코를 킁킁거렸다.

"왜 그래?"

"우리 할머니, 야구 좋아하신다는 할머니 말이에요, 이름이 일레인이에요. 그런데 알코올중독자였던 우리 할아버지가 할머니한테 청혼할 때 너무 취해서 이렇게 말했대요. '나랑 결혼해주겠어, 에일린?'" 앨리스가 웃었다.

그녀를 안고 있던 에즈라의 팔이 뻣뻣해졌다. "오, 메리앨리스. 귀여운 메리앨리스! 난 당신이 잘됐으면 좋겠어. 알아?"

앨리스가 고개를 들어 그를 보았다. "내가 잘되지 않을 이유가 어디 있어요?"

그가 손가락을 떨면서 한 손으로 자기 눈가를 쓸었다. "어떤 남자가 나타나서 당신을 망칠 것 같아."

그의 생일 전날 밤, 두 사람은 프랄린* 타르트를 먹고 대통령이 침략을 발표하는 모습을 보았다.

---

* 설탕에 졸인 견과류 등으로 속을 채운 벨기에식 초콜릿.

이 싸움에서 미국은 전쟁 관례나 도덕규범을 신경 쓰지 않는 적과 맞섭니다. ……우리는 이라크 시민을 존중하고, 그들의 위대한 문명을 존중하고, 그들의 종교적 믿음을 존중하는 마음으로 이라크에 갑니다. 우리는 위협을 제거하고 국가의 통제권을 그 국민들에게 돌려주는 것 외에는 이라크에 대해서 아무런 야망도 없습니다.

"저 사람은 너무 멍청해요." 앨리스가 고개를 저으며 말했다.

"난 이것 때문에 죽을 거야." 에즈라가 포크로 타르트를 찌르며 말했다.

앨리스는 그에게 돋보기안경 줄을 선물했다. 그는 그녀에게 설에서 쓰라며 1000달러를 또 주었다. 다음 날 저녁, 친구가 그를 위한 파티를 열어주기로 했지만 앨리스는 초대받지 못했다.

"나를 그 애라고 부르는 그 친구예요?"

에즈라는 웃지 않으려고 애썼다.

"그 친구는 어린이용 테이블도 못 들어봤대요?"

"앨리스, 가고 싶지 않잖아. 나도 가기 싫어. 게다가 사람들한테 우리 관계를 알리기 싫은 사람은 당신이잖아. 가십난에 실리고 싶지 않은 사람은 당신이라고."

그의 등이 좀 나았다. 그의 책은 순조로웠다. 그는 중국 음식이 먹고 싶었다.

"바닷가재 소스를 얹은 새우 1인분, 캐슈너트를 넣은 브로콜리 1인분, 닭고기무침 1인분, 그리고—메리앨리스, 맥주 마실 거야?—칭타오 두 병……. 네. 어, 아니요, 새우 하나, 브로콜리 하나, 닭고기

무침 하나, 그리고……. 맞아요. 싱소 두 개. 싱토우. 네. 맞아요. 칭도우." 당황한 그가 한 손으로 이마를 때리고 웃었다. 상대편 목소리에 분노가 실렸다. "아닙니다!" 그가 말했다. "내 발음 때문에 웃는 거요!"

그가 전화를 끊었다. "40분. 어떻게 하지?"

"바이코딘을 먹을까요?"

"그건 이미 먹었잖아."

앨리스가 한숨을 쉬고 침대에 털썩 누웠다. "아, 야구 경기가 있으면 얼마나 좋을까!"

"우, 그 말 후회하게 될걸……."

그가 파티에 참석했던 아름다운 팔레스타인 기자로부터 인터뷰 요청을 받았다고 말하는데 앨리스가 얼굴을 찌푸리고 그의 가슴에서 고개를 들었다.

"어어."

"뭐?"

"당신 심장이 좀 이상해요."

"뭐가 이상해?"

"쉬이이이."

그가 눈을 크게 뜨고 그녀를 보며 기다렸다. 앨리스가 다시 고개를 들었다. "세 번 뛰고 한 번 쉰 다음 네 번 뛰고 한 번 쉬고, 다시 세 번 뛰고 한 번 쉬어요."

"확실해?"

"그런 것 같아요."

"흐음. 프랜스키한테 전화를 해야겠군."

"프랜스키가 누구예요? 뉴욕에서 심장을 제일 잘 보는 사람이에요?"

"건방지긴. 전화기 좀 줄래, 거기 작은 검정 노트랑?"

다음 날 아침 프랜스키가 그를 진료했고, 이상은 발견하지 못했지만 어쨌든 제세동기를 달기로 했다. 이번에는 소식을 기다릴 때 앨리스가 근무 중이었다. 상사의 딸을 돌보는 베이비시터가 인턴에 지원해서 면접을 보고 있었다.

"로저를 어떻게 아시죠?"

"이스트햄프턴에서 저희 삼촌 옆집에 사세요."

"삼촌은 무슨 일을 하세요?"

"음, 보안 쪽 일요."

"하지만 당신은 출판에 관심이 있군요."

여자애가 어깨를 으쓱했다. "독서를 좋아해요."

"어떤 작가를 좋아하세요?"

발신자 표시 제한.

"……제가 나갈까요?"

"아니, 아니에요, 괜찮아요."

"그래요. 음. 앤 비티랑……." **발신자 표시 제한.** "진짜 괜찮아요?"

"걱정 마세요. 앤 비티랑, 또요?"

"줄리아 글래스요. 얼마 전에 『세 번의 6월』을 다 읽었는데 너무 좋았어요."

"으흠. 또요?"

여자가 고개를 돌리고 맞은편 건물에서 밧줄을 타고 내려가는 창문닦이를 보았다. 몇 초 뒤 그녀가 코를 킁킁거리더니 뱅글을 잔뜩 찬 팔을 들어서 코를 긁었다.

삐.

"아!" 여자가 다시 고개를 돌리고 말했다. "그리고 에즈라 블레이저 진짜 좋아해요."

"어떤 느낌이에요?"

"가슴에 라이터가 들어 있는 것 같아."

"보기에도 가슴에 라이터가 든 것 같아요."

앨리스는 물에 적신 수건을 짜서 심장우회로 수술을 다섯 번이나 받은 흉터에서 겨우 2.5센티미터쯤 떨어진 곳에서 끝나는 수술 자국을 닦았고, 그는 변기에 앉아서 그런 그녀를 주의 깊게 지켜보았다. 뾰족뾰족한 검은색 실이 가시철사처럼 그의 피부에 엮여 있었다. "이게 정말 좋은 생각일까요?" 앨리스가 물었다. "이렇게 적시면—"

"브ㅈㅈㅈㅈㅈㅈㅈㅈ!" 그가 이런 소리를 내는 바람에 앨리스는 깜짝 놀랐다.

보스턴과 양키스의 첫 경기 전날, 두 사람은 원래 이름은 일바치오이지만 에즈라는 더미트볼이라고 부르는 식당에 갔다. "여긴 요리가 엉망이야." 그가 메뉴를 펼치며 경쾌하게 말했다. "하지만 그

어리석음

작은 방에만 갇혀 있을 수는 없으니까, 알지?" 식탁 밑으로 그가 손 세정제 병을 그녀에게 건넸다.

"저는 연어로 할게요." 앨리스가 여전히 손을 문지르며 웨이터에 게 말했다.

"나는 봉골레 스파게티, 봉골레 빼고. 그리고 다이어트 콜라랑. 또— 메리앨리스, 포도주 한 잔 마실래? 이 여성분에게는 백포도주 한 잔 줘요."

밝은 자홍색 슬랙스와 재킷 차림의 여성이 흥분해서 손을 쥐어짜 며 그들의 자리로 다가왔다.

"정말 죄송해요. 남편은 말렸지만, 당신 작품이 우리한테 얼마나 중요한지 꼭 말씀드리고 싶어서요."

"고맙습니다."

"지금 제 침대 옆 협탁에 당신 책이 두 권이나 있답니다."

"그렇군요."

"그리고." 여자가 앨리스를 보며 말했다. "아주 예쁘시네요."

"고마워요." 앨리스가 말했다.

여자가 떠나자 두 사람은 부끄러워하며 마주 보았다. 에즈라가 식탁에 양쪽 팔꿈치를 올리고 자기 손을 주물렀다.

"메리앨리스, 생각해봤는데 말이야……." 웨이터가 마실 것을 들 고 다가왔다. "이번 여름에 우리 시골에 오는 건 어때."

"정말요?"

"오고 싶으면."

"당연히 가고 싶죠."

그가 고개를 끄덕였다. "금요일 퇴근 후에 기차를 타고 그린포트로 가서 페리를 타면 클리트나 내가 데리러 나가지."

"아, 정말 좋아요. 고마워요."

"아니면 금요일에 휴가를 내도 좋고."

"멋진데요? 그럴게요."

그는 생각만으로도 벌써 지친 것처럼 다시 고개를 끄덕였다. "하지만 잘 들어, 앨리스. 대체로 우리 둘밖에 없겠지만 클리트가 있고, 잔디를 깎거나 뭐 이런저런 일들로 다른 사람들도 올 거야. 그러니까 당신한테 가명을 붙이는 게 좋겠어."

"뭐요?"

"다른 이름 말이야."

"가명이 뭔지는 알아요. 하지만 왜요?"

"다들 남의 말 하기를 좋아하니까, 알지? 그러니까 당신이 시골에 머무는 동안에는 다른 이름으로 부르고, 누가 물어보면 자료 조사를 도우러 왔다고 말하는 거지. 그러면 누가 밖에서 말하고 다녀도, 물론 말하고 다니겠지만, 당신 직장에까지 소문이 퍼질까 봐 걱정할 필요 없어."

"진심이에요?"

"아주 진심이야."

"음, 좋아요. 생각해둔 이름 있어요?"

그가 몸을 기대고 식탁 위에서 손을 포갰다. "서맨사 바지먼."

앨리스는 갑자기 웃음이 터져서 포도주를 내려놓아야 했다. 그녀가 말했다. "도대체 그런 이름은 어디에서 들었어요?"

"내가 만들었어." 그가 냅킨에 손을 닦고 셔츠 주머니에서 명함을 꺼냈다.

서맨사 바지먼
에즈라 블레이저의 편집 및 자료 조사 어시스턴트

"전화번호가 없잖아요. 전화번호도 없는 명함이 어디 있어요?"

"앨리스, 누가 당신한테 진짜로 전화하는 건 싫을 거 아냐."

"알아요, 하지만…… 신뢰성이라는 면에서요. 이게 진짜 내 명함이라고 누가 믿겠어요?"

그는 흔들리지 않았고, 스파게티가 나오자 뒤로 물러나 앉았다. 그가 포크를 들었다.

"좋아요." 앨리스가 웃었다. "이걸 당신이……? 언제……?"

"7월이 좋겠군. 7월 4일이 낀 주말. 두고 보자고."

그날 밤, 그가 나머지 명함―명함지에 인쇄해서 연회색 상자에 빽빽하게 넣은 버터색 명함 200장―과 함께 그녀에게 준 것들.

초록색 복숭아 여섯 개.

월네토스*와 원하는 것을 주문해서 그의 계정으로 청구하라며

---

* 호두가 든 캐러멜.

준 버몬트의 시골 잡화점 카탈로그.

선이 그어진 종이로 싼 100달러 지폐 열다섯 장. 종이에는 빨간 마커로 이렇게 적혀 있었다. **이걸 가지고 어딜 가야 하는지는 알겠지.**

"이번 주에 미국 의회는 메디케어를 강화하고 현대화하는 역사적인 입법안을 통과시켰습니다. 하원과 상원 법안에 따라 38년 메디케어 역사상 처음으로 미국 노년층이 처방약을 보험으로 보장받게 됩니다. 메디케어가 현대 의학의 발전을 따라가지 못하기 때문에 우리가 조치를 취하게 되었습니다. 메디케어 프로그램은 입원 치료가 흔하고 약물 치료가 드물던 1960년대에 만들어졌습니다. 이제 약물을 비롯한 기타 치료법으로 입원률은 줄어들고 의료의 질이 극적으로 개선되었습니다. 그러나 메디케어는 처방약을 보장하지 않기 때문에 비싼 약값을 부담하는 노년층이 많고, 따라서 약값과 다른 비용 사이에서 어려운 선택을 해야 하는 경우가 많습니다. 저는 지난 1월 노년층의 처방약을 보험으로 보장하고 메디케어 내에서 더욱 다양한 선택지를 제공해야 한다는 메디케어 개혁의 골자를 의회에 제출했습니다. 이 개혁안의 핵심은 선택입니다. 노년층이 각자 자신의 필요에 맞는 보건 의료 프로그램을 선택할 수 있어야 합니다. 각 보건 의료 프로그램이 경쟁하면 노년층은 각자 스스로에게 더 좋고 비용이 더욱 적당한 보험들 중에서 선택할 수 있을 것입니다. 의원들을 비롯한 연방 관리들은 이미 각종 보건 의료 프로그램들 중에서 직접 선택하고 있습니다. 의회 의원들에게 선택이 좋다면, 미국 노년층에게도 좋을 것이고—"

"아, 닥쳐." 앨리스가 이렇게 중얼거리며 일어나서 라디오 채널을 바꾼 다음 셜에서 산 새 옷들의 태그를 다시 자르기 시작했다.

그녀의 현관문에서.

똑또도도독, 똑똑.

가운의 단추를 잘못 채운 애나가 손을 덜덜 떨며 사우어크라우트 병을 내밀었다. "이거 좀 열어줄래?"

"……여기요."

"고마워. 이름이 뭐였지?"

"앨리스요."

"예쁜 이름이네. 결혼했어?"

"아뇨."

"누구 목소리가 들린 것 같은데. 남자 친구 있어?"

"아뇨, 남자 친구 없어요, 아마……."

앨리스는 월네토스 외에 코코넛 수박 젤리, 메리 제인 캐러멜, 터키시 태피, 장난감 군인 젤리("단것을 좋아하는 당신에게 경례")에 체크했다. 그런 다음 침대로 가서 라디오를 켜둔 채 잠들었고, 무릎에 놓인 카뮈의 책이 기울어지면서 밑줄을 그을 때 쓰던 펜이 잠옷 소매에 잉크를 묻혔다.

"……당신을 사랑해요." 코르므리가 조용히 말했다.

말랑이 차가운 과일이 담긴 그릇을 자기 쪽으로 끌어당겼다. 그는 아무 말도 하지 않았다.

"왜냐면요." 코르므리가 말을 이었다. "내가 아주 젊고 아주 어리석고 아주 외로웠을 때…… 당신이 내게 관심을 가져주고, 내가 이 세상에서 사랑하는 모든 것들을 향한 문을 내색도 없이 열어줬으니까요."*

그녀는 등이 아팠다. 가슴이 부풀었다. 회사에서 앨리스는 새로 들어온 여직원에게 사무실 식기세척기를 너무 늦게 비운다고 한마디 했다.

그녀는 욕실 개수대 밑에서 회색 먼지가 쌓인 분홍색 플라스틱 약통을 꺼냈다. 이제 알약이 들어 있지 않은 마지막 칸에 **화요일**이라고 적혀 있었다. 흰색 약은 당신의 몸에게 임신했다고 말하고, 파란색 약은 장난이었다고 말한다. 3년 전, 그녀는 이 약을 6주 동안 먹다가 툭하면 울고 화를 내면서 미칠 뻔했고, 결국 약을 끊었다. 그러나 이제 그녀는 나이가 더 많았다, 나이가 더 많고 호르몬의 기습 가능성을 더 잘 알았다. 이번에는 신경질적인 생각에 대비되어 있었고, 오히려 선수를 쳤다.

그러므로. 오늘 밤에 흰 알약 하나, 내일 흰 알약 하나, 금요일에 흰 알약 하나, 그리고 토요일에 점심을 먹은 다음 네 번째 알약. 그러면 주말 동안 피를 흘리지 않아도 되겠다고 생각했다…….

발신자 표시 제한.

* 알베르 카뮈, 『최초의 인간』.

"여보세요?"

"짐은 다 쌌어?"

"거의요."

"몇 시 기차지?"

"9시 12분요."

"못 믿겠지만, 지금 쓰는 책 때문에 『데이비드 코퍼필드』를 다시 읽고 있는데, 방금 112쪽 밑에서 네 번째 줄에서 '바지면'이라는 단어를 봤어."

"설마."

"그렇다니까! 들어봐. '그는 자기 아버지가 바지면*이며 런던 시장 취임식에서 검은색 벨벳 모자를 쓰고 행진했다고 말했다. 그는 또 우리의 가장 중요한 동료는 밀리 포테이토스라는 특이한 이름으로 나에게 소개한 또 다른 소년이라고도 말했다.' 이제부터 당신을 이렇게 불러야겠어, 메리앨리스. 밀리 포테이토스라고 말이야."

"좋아요."

"상상이 돼? 당신이 오기 전날 밤에 내가 바지면이라는 단어를 보다니? 이 단어를 볼 일이 몇 번이나 있겠어?"

"거의 없겠죠."

"거의 없지. 맞아."

앨리스가 룩사르도 리큐어를 한 모금 마셨다.

---

* 'bargeman'은 '바지선 선장'이라는 뜻을 갖고 있다.

"한 번 할까?"

"당신이 원하면요."

"아니, 하면 안 될 것 같아. 시간이 늦었어."

그녀는 기다렸다.

"앨리스."

"뭐요."

"뭐 하나 말해봐."

"좋아요."

"이게 당신한테 좋지 않다고 생각한 적 있어?"

"반대예요." 앨리스가 약간 크게 말했다. "전 이게 저한테 아주 좋다고 생각해요."

에즈라가 부드럽게 웃었다. "당신은 재미있는 여자야, 메리앨리스."

"더 재미있는 여자들도 분명 있을 거예요."

"아마 그렇겠지."

"어쨌든." 그녀가 말했다. "난 당신 덕분에 행복해요."

"아, 앨리스. 나도 당신 덕분에 행복해."

나무들 사이로 빛이 어른거렸고, 바람이 불자 나뭇잎들이 술을 마시며 긴 점심을 즐긴 신들처럼 한숨을 쉬었다. 공기는 시원하고 짭짤했고 햇볕을 받아 피어오르는 구상난풀 향기를 이리저리 실어 날랐다. 앨리스는 그가 혈액과 비슷한 온도로 데워둔 물로 뛰어들었고, 잠영으로 수영장 절반 정도까지 간 다음 수면으로 나와 느린 평영으로 서른 번 왕복했다. 다리는 개구리처럼 움직이면서 양손을 거의 동시에 몸 쪽으로 끌어당겼다가 젓고 또 저었는데, 오른팔을 뻗으면 항상 수영장 판석 가장자리를 따라 기어가는 벌레들 사이에 닿았고 왼팔은 항상 다음 바퀴를 시작하기 전에 바짝 굽혀서 코를 닦았다. 어떤 날에는 뭔가 전진하는 느낌이 들었다. 그녀가 똑같은 수영장에서 헤엄쳐 갔다가 돌아오는 것이 아니라 파이프처럼 연결된 거리를 헤엄치고 있고, 언젠가는 총 헤엄친 거리를 합친 만큼 먼 목적지에 다다를 것 같았다. 앨리스가 보기에 거의 동시에 몸 쪽으로 당겨졌다가 양옆으로 갈라지는 손은 한때 기도를 하고 싶다는 유혹을 느꼈지만 자신을 달래는 다른 방법을 찾아서 기도를 포기한 사람의 손 같았다. 배운 사람, 진보적인 사람, 읽고 쓸 줄 아는 사람. 계몽된 사람. 펌프실에서 웅웅거리는 소리가 들렸다.

저녁이면 그들은 라디오로 〈기억에 남을 만한 주말을 위한 음악〉을 들었는데, 조녀선과 비슷하지만 더 감상적이었다. 그들은 접시를 들고 스크린하우스로 나가거나 경기가 있으면 분홍색으로 번쩍이는 침실로 갔다. 벽난로 선반에 놓인 유리 피라미드가 벽에 흔들리는 무지개를 드리웠다. 피라미드 옆에는 정면에 칸이 세 개 뚫린 골동품 나무 달력이 있었다. 각 칸마다 안에서 나무 조각이 리넨 두루마리처럼 돌아가 월과 일, 요일을 가리켰다.

8월

2일

토 요 일

나무 조각은 색이 연하고 매끄러웠다. 앨리스는 그 앞을 지나갈 때마다 충동을 이기지 못하고 조각을 아주 살짝 돌렸다. 하지만 절대 **토요일**을 **일요일**로, **2일**을 **3일**로, **8월**을 **9월**로 완전히 넘기지는 못했다. 되돌려놓지 못할까 봐 두려웠기 때문이다.

소파 뒤에 놓인 좁은 대리석 콘솔에는 그녀의 팔꿈치 높이까지 책이 쌓여 있었다. 유명 작가의 책이 많았고 그녀가 알기로 에즈라의 친구인 이들의 책도 있었다. 예를 들어 앨리스를 그 애라고 부르는 친구는 아우슈비츠에 대한 책을 썼는데, 에즈라는 이 책에 대해서 신중하지만 우호적으로 언급한 적이 있었다. 교정쇄도 여럿 있었는데, 아서 밀러의 전기와 앨리스네 출판사에서 이번 가을에 출판할 소설도 포함되었다. 원고 안에는 그녀의 상사가 끼워 넣은 빳빳한 편지가 있었다.

블레이저 씨,

제가 쓴 서문을 읽어보면 아시겠지만 『앨러투나!』는 작가님으로부터 받은 영향에 대한 섬세하고 공손하며 당당한 헌정일 뿐만 아니라 무척 특별한 소설입니다. 공개적인 지지를 부탁드리는 것은 아니지만 우리 그리폰 출판사가 그랬던 것처럼 이 책을 즐겨주시기 바랍니다. 우리가 깜짝 놀라면서도 무척 즐겁게 읽은 것은 이 작품의 당당함, 절묘한 정확성과 뛰어난 재치—

앨리스는 원고를 덮고 아우슈비츠 책을 꺼내서 포치로 갔다.

어느 날에는 저녁 식사 시간에 나이 많은 이웃 사람이 닭장에서 꺼낸 달걀을 가지고 동네에 떠도는 소문과 함께 들렀다. 또 어느 날 밤에 그녀와 에즈라는 카드놀이를 하거나, 책을 읽거나, 손전등을 들고 부두로 나가서 별을 올려다보았다. 어느 토요일에는 둘이서 램스헤드 호텔까지 갔는데, 그곳에선 결혼식 파티가 한창이었다. 남자들이 잔디밭에서 크로케 타구봉을 휘두르며 맨발로 신부 들러리들을 쫓아다녔고, 바에서는 재즈 5중주단이 빅밴드 곡들을 연주했다. "싫어." 앨리스가 장난스럽게 그의 팔을 잡아끌자 에즈라가 단호하게 말했다. 그러나 그때 둥둥거리는 북소리가 울리며 〈싱, 싱, 싱〉이 시작되자 그는 라이어널 햄프턴*에 빙의된 것처럼 허공을 두드렸다. 에즈라는 손가락을 딱 울리기도 하고 발뒤꿈치로 빙글 돌기도 하다가 발뒤꿈치를 들고 서서 아코디언을 연주하듯 무릎을 흔들기까지 했다. 그가 앨리스의 손을 잡고 스피로그래프처럼 그녀를 빙빙 돌렸는데, 한 바퀴 돌 때마다 점점 느리고 느슨해졌다. 그때 코르사주를 거꾸로 단 여자가 몸을 흔들며 다가와서 말했다. "있잖아요, 다들 당신이 제 남편이랑 꼭 닮았대요." "내가 당신 남편이오." 에즈라가 이렇게 대답한 다음 앨리스를 거의 수평으로 눕혔다가 일으켜 밴드 쪽으로 이끌었다.

　　그의 침실은 꼭대기 층에 있었는데, 바닥이 차분하게 삐걱거렸고 나이 많은 오크나무의 옹이 진 가지들이 물결치는 초록색으로 창문을 가득 채웠다. 아침이면 앨리스는 그와 얼굴을 마주하고 누워서 빛나는 갈색 홍채를 빤히 보며 그렇게 많은 생일과 전쟁과 결혼과 대통령과 암살과 수술과 수상과 책을 겪고도 어떻게 이토록 생생해 보이는지, 어떻게 이토록 맑고 기민한지 감탄하며 한숨을 쉬었다. 두 사람이 산 세월을 합치면 97년이었고, 시간이 흐를수록 그녀는 그의 세월과 자신의 세월이 헷갈렸다. 밖에서 새들이 태평하게 쑥덕거렸다. 앨리스는 햇빛이 얼굴에 닿으면 일어나 앉아서

* 비브라폰 주자로 유명한 미국의 재즈 음악가.

머리카락을 귀 뒤로 넘겼다. 뺨에 베갯잇 주름 자국이 남아 있었다. 그녀가 엄숙한 표정으로 손가락 하나를 코에, 턱에, 팔꿈치에, 다시 코끝에 댄 다음 한쪽 귀를 잡아당겼다. "번트." 에즈라가 쉰 목소리로 말했다. 맞아요! 코, 턱, 팔꿈치, 허벅지, 귓불, 귓불, 다시 코끝, 빠르게 박수 세 번. "스틸." 잘했어요! 턱, 허벅지, 귓불, 귓불, 팔꿈치, 팔꿈치, 팔꿈치, 상상 속의 모자챙. "히트 앤드 런." 자기 차례가 되자 에즈라는 그녀를 따라 했지만 두 배로 빨랐고 표정 없는 얼굴이었으며, 매번 그녀의 배꼽을 가리키며 끝났다. 앨리스가 웃으면서 베개 위로 쓰러졌다. 에즈라가 그녀를 끌어안고 머리카락에 입을 맞췄다. "세상에서 제일 사랑스러워. 당신은 제일 사랑스러운 여자야." 이 말이 뜨거운 깃털처럼 그녀의 귀에 와 닿았다. 반대쪽 귓가에서는 그의 손목시계가 미안하지만 시간을 알릴 수밖에 없다고 사과하듯 삑 소리로 정오를 알렸다.

"나는 몽유병 환자처럼 정확하고 안전하게 내 길을 따른다." 그러나 몽유병 환자의 길은 절대 정확하고 안전하지 않다. 이는 국민들에게, 무엇보다도 자기 자신에게, 스스로의 목표가 적절하고 순수하다고 설득하려 애쓰는 불안한 지도자의 모습이다. 그가 확신하는 것은 하나밖에 없다. 바로 자신이 이끌고 싶다는 것이다. 그는 권력을 갖고 싶고, 숭배받고 싶고, 복종받고 싶다. 정치가라면 누구나 이러한 욕망을 어느 정도 느낀다. 그렇지 않았다면 덜 권위적인 다른 직업을 택했을 것이다. 그러나 몇몇의 경우 이러한 욕망은 매우 극단적이고, 과거의 모욕 — 아버지에게 자식으로 인정받지 못하거나 무척 다니고 싶었던 학교에 떨어진 경험 — 을 보상받으려는 충동에 의해 생겨난다. 이러한 경험에서 세상이 자신을 이해하지 못하고 제대로 평가하지 못한다는, 따라서 자신을 이해하고 제대로 평가하는 세상을 만들어야 한다는 의식이 생긴다. 지배는 단순한 환상일 뿐만 아니라 실패자이자 종속자, "추방자들 중의 추방자"라는 자신의 상태에 대한 일종의 복수이다. 《뉴욕 타임스》가 자그마치 1만 3000단어짜리 퓌러의 부고 기사에서 밝혔듯이 말이다.

부엌에는 반병짜리 피노누아 세 병, 스톨리치나야 보드카 한 병, 아직 따지 않은 노브크리크 한 병이 있었다. 앨리스는 창문 너머 클리트가 긴 손잡이 달린 그물채로 수영장의 불순물을 걷어내는 모습을 보면서 보드카의 뚜껑을 열어서 한 모금 마신 다음 포치로 돌아갔다.

그러나 과대망상megalomania은 적절한 단어가 아니다. 과대망상이라는 단어의 접미사와 접두사 모두 과도함, 자신의 영향력에 대한 부적절한 인식, 망상을 뜻한다. 그러나 히틀러는 자기 권력의 크기에 대한 망상이 없었다. 자기 목표의 가치에 대한 망상은 있었지만, 그가 인류 역사에 자신이 끼칠 영향을 과대평가했을 리는 없는 듯하다. 그렇다면 한 사람의 망상은 언제 세상의 현실이 될까? 독재자의 변덕과 싸우는 것이 모든 세대의 운명일까? 『나의 투쟁』에는 이렇게 적혀 있다. '프로파간다를 빈틈없이 지속적으로 이용하면 사람들은 천국을 지옥처럼 여길 수도 있고 반대로 가장 끔찍한 경험을 낙원처럼 여길 수도 있다.' 그러나 바로 그 사람들이 경계 의무를 지키지 못할 때에만 그렇다. 우리는 행동하지 않음으로써만 공범이 된다. 잠든 채로 걸을 때만 말이다.

또 한 모금.

"앨리스? 앨리스, 어디 있지?"

라디오가 켜졌다. 화장실 물이 내려갔다. 발이 낡은 마룻바닥을 가로지르고 계단을 아이처럼 내려왔다. 앨리스는 포치 창문을 통해서 그가 낡은 목재 탄약 상자 같은 것으로 다가가 상자 안 더미에서 앨범을 골라 진지하게 꺼내는 모습을 지켜보았다. 잠시 후 갑작스럽고 불분명한 소리가 불쑥 나더니 하와이의 파티 같은 열대 음악이 뒤따랐다.

푸른 수평선 너머에서
아름다운 날이 기다리네
지루한 것들은 안녕
기쁨이 나를 기다리고 있네!

노래가 멈추고 간주가 흐를 때 그가 창문을 통해서 소리쳤다. "뭐 마실래?"

두 사람이 스크린하우스에서 손가락에 묻은 바비큐 소스를 빨면서 유리 같은 항구를 가로지르는 배를 보고 있는데 잔디밭에서 어떤 형체가 모습을 드러내더니 황혼 속에서 흔들리며 다가왔다. "버질!" 에즈라가 외쳤다. "잘 지내나?"

"오늘 아침에 공구 창고 밑에서 두더지가 나왔지만 처리했어."

"처리했다고?"

"처리했지." 노인이 기침을 하고 스크린하우스 문을 열더니 조심스럽게 몸을 굽히고 들어왔다.

"있잖아, 버질. 부탁할 게 있는데. 길 건너편 땅 알지? 노스카트라이트까지 이어지는 땅."

"응."

"누구 땅인지 아나?"

"몇 년 전부터 케이프코럴에 사는 여자 소유야."

"어떤 여자야?"

"나이는 나랑 비슷해. 이름은 스토크스라고 하는데, 삼촌이 윌리에트의 작은 회색 판잣집에 살았었지. 삼촌이 죽고 나서 그 자식들이 음악 하는 사람들한테 집을 팔았지만."

"음, 가능하면 스토크스 양에게 연락하고 싶군. 누가 세차장이라도 짓기 전에 내가 살까 싶어서."

버질이 고개를 끄덕이고 다시 기침을 하자 어깨가 심하게 흔들리고 갈색 기미 근처의 피부가 생생한 자두색으로 변했다. "부탁해." 에즈라가 조용히 말했다. 앨리스가 고개를 끄덕이고 집 안으로 들어갔다가 돌아와 물을 한 잔 건네자 버질이 말했다. "고마워, 서맨사."

나중에 앨리스는 에즈라와 함께 부엌에서 진 러미 카드 게임을 하다가 "여기서 응급 상황이 발생하면 어떻게 하냐"고 지나가는 말처럼 물었다.

에즈라가 자기 카드를 침착하게 정리하면서 대답했다. "우리가 한창 하는 중에 내 라이터가 꺼지면 당신이 어떻게 해야 하냐는 뜻인가?"

"뭐 그런 거죠, 네."

"버질을 불러."

"하."

"진짜야. 버질이 동네 응급의료사야."

"동네 응급의료사가 100살이에요?"

"버질은 일흔아홉 살이고, 제2차 세계대전 때 구급차 위생병이었어. 패튼 장군이 '우리는 네 녀석들이 일본 놈들 엉덩이를 걷어차도록 훈련시키는 중이다'라고 말할 때 거기 있었지. 당신이 패튼이 누군지 안다는 뜻은 아니지만. 진 좀 따라줘."

그가 일어나서 욕실에 갔다가 놀란 표정으로 돌아왔다. "아스파라거스 먹은 걸 잊고 있었군."

"그래서…… 섬에 병원은 없어요?"

"그린포트에 병원이 있어. 사우샘프턴에도 하나 있고. 걱정하지 마. 어떻게 해야 할지 버질이 잘 알아. 그리고 어쨌든." 그가 한 손을 획 들었다. "날 봐. 난 괜찮아." 그가 잠시 그녀를 보며 생각에 잠긴 듯 눈을 깜빡이더니 손을 다시 가져와 손목시계를 보았다.

"이거 읽었어요?" 그녀가 아우슈비츠 책을 집어 들었다.

에즈라가 고개를 저었다. "별로야."

"무슨 뜻이에요?"

"배변 훈련이 너무 많아."

"뭐라고요?"

"히틀러는 배변 훈련을 너무 일찍 받았고, 무솔리니는 요강을 너무 오래 썼고. 아무 상관도 없는 프로이트식 관찰밖에 없어. 홀로코스트에 대해 알고 싶으면 뭘 읽어야 하는지 가르쳐주지."

일요일이면 그녀는 생각에 잠겼다. 도시로 돌아가서 5일 동안 전화를 받고, 광고 문구를 쓰고, 심이 걸린 스테이플러를 고치는 것은 얼마나 따분할까. 에즈라가 아쿠아 피트니스를 하러 수영장에 들어가자 앨리스는 창가에 서서 그가 햇빛이 얼룩진 얕은 부분에서 물의 저항을 느끼며 왔다 갔다 하는 모습을 지켜보았다. 그러다가 바람이 강해지자 시야에서 그의 모습이 지워졌고, 남은 오전 시간 동안 그녀는 이 방 저 방 돌아다니며 책을 집어 들었다가 내려놓고, 레모네이드를 따라 주방 식탁에 앉아서 마시고, 벌이 윙윙거리는 소리를 들으며 시간을 보냈다. 싱크대 위의 시계가 요란하게 째깍거렸다.

2시가 조금 지나자 그가 들어와서 팔로 눈을 가리고 소파에 누워 있는 그녀를 보았다.

"앨리스, 무슨 일이야?"

"아무것도 아니에요. 그냥 생각 중이에요."

"수영장 쓸래?"

"그럴게요, 조금 이따."

"몇 시 기차지?"

"6시 11분요."

"몇 시 도착이야?"

"9시 30분이면 집에 도착할 거예요."

"클리트가 페리 선착장까지 데려다줄 거야. 나는……." 그는 방이 엉망인데 어디서부터 시작해야 할지 모르겠다는 듯 주변을 둘러보았다. "나는 한동안 여기서 지낼 거야. 적어도 9월 말까지는. 초고를 끝내야 하거든."

"알았어요."

"골치야."

"으흠."

"당신한테 줄 게 있어." 그가 셔츠 주머니에서 깔끔하게 두 번 접은, 구멍이 세 개 뚫린 종이를 한 장 꺼냈다.

지타 세레니, 그 어둠 속으로
프리모 레비, 이것이 인간인가
해나 아렌트, 예루살렘의 아이히만

"고마워요." 앨리스가 말했다.

"별말씀을." 그가 말했다.

그는 1908년 3월 26일, 오스트리아의 작은 마을 알트뮌스터에서 태어났다. 하나뿐인 누나는 당시 열 살이었고 어머니는 아직 젊고 예뻤지만 아버지는 이미 나이가 많았다.

"내가 태어났을 때 아버지는 야경꾼이었지만, 오로지 드라군(오스트리아-헝가리 제국 엘리트 연대) 시절만 생각했고 그 이야기만 했습니다. 조심스럽게 솔질하고 다린 드라군 제복이 항상 옷장에 걸려 있었지요. 나는 그것이 역겨웠고, 제복을 싫어하게 됐습니다. 아주 어렸기 때문에 정확히 언제인지 기억나지는 않지만, 사실 아버지가 나를 원하지 않았음을 알게 되었습니다. 대화를 들었어요. 아버지는 내가 자기 자식이 아니라고 생각했습니다. 그는 어머니가⋯⋯ 아시잖아요⋯⋯."

"그래도 당신에게 다정했습니까?"

그가 차갑게 웃었다. "아버지는 드라군이었어요. 우리의 삶은 연대처럼 규칙에 따라 움직였지요. 나는 아버지가 죽을 만큼 무서웠습니다. 그런 기억이 있어요. 내가 네다섯 살 무렵이던 어느 날, 덧신을 새로 사주셨습니다. 추운 겨울 아침이었어요. 옆집 사람들이 이사를 하고 있었지요. 이삿짐 차가 왔는데, 물론 그때는 말이 끄는 마차였어요. 마부가 가구 옮기는 것을 도우러 집 안으로 들어갔기 때문에 멋진 마차가 거기 서 있고 주변에는 아무도 없었지요.

나는 새로 산 덧신을 신은 채 눈 속을 달려 나갔습니다. 눈이 다리 중간까지 올라왔지만 신경 쓰지 않았어요. 나는 마차에 기어올라 높다란 마부석에 앉았습니다. 시야 안의 모든 것이 고요하고 하얗고 움직임이 없었지요. 다만 저 멀리 갓 내린 하얀 눈 속에서 검은 점이 움직였습니다. 나는 그 점을 보았지만 무엇인지 깨닫지 못하다가 집으로 돌아오는 아버지임을 문득 깨달았습니다. 최대한 빨리 마차에서 내려와 푹푹 빠지는 눈을 헤치고 부엌으로 달려 들어가서 어머니 뒤에 숨었습니다. 하지만 아버지는 나와 거의 비슷하게 들어왔어요. '애

어디 있어?' 아버지가 물었고, 나는 앞으로 나서야 했습니다. 아버지가 무릎에 나를 엎어놓고 가죽끈으로 때렸어요. 아버지는 며칠 전에 손가락을 베어서 반창고를 붙이고 있었는데, 나를 어찌나 세게 때렸는지 상처가 벌어져 피가 났죠. 어머니의 비명이 들렸어요. '그만해요, 깨끗한 벽에 피가 다 튀잖아요.'"*

상사가 책상에 발을 올리고 손가락으로 투명 테이프를 굴리며 통화 중이었다.

"블레이저는? 우리가 에즈라 블레이저의 책을 더 이상 못 내는 이유가 뭐야? 힐리는 문학을 알지도 못한다고."

앨리스는 상사의 방문 앞 철망 바구니에 파일을 넣은 다음 무릎을 꿇고 신발 끈을 묶었다.

"아니. 아니야! 난 그런 말 안 했다니까. 힐리는 순 거짓말쟁이라고. 신간 100만에다가 기존 출간작 250만이라고 했지. 빌어먹을 몽톡에 있는 집값도 안 되는 돈이라고 해도 말이야. 이래도 우리가 너무 짜다고?"

오늘날 독일에서도 이 '저명한' 유대인이라는 개념은 아직 잊히지 않았다. 참전 용사나 다른 특권층은 더 이상 언급되지 않지만 '유명한' 유대인의 운명은 여전히 유감으로 여겨진다. 특히 문화 엘리트층 중에는 독일이 아인슈타인을 쫓아낸 것을 아직도 공개적으로 한탄하면서, 천재는 아니지만 꼬마 한스 콘을

---

* 지타 세레니, 『그 어둠 속으로Into That Darkness』.

바로 저 모퉁이에서 죽인 것이 훨씬 더 큰 범죄임을 깨닫지 못하는 사람들이 적지 않다.*

발신자 표시 제한.
"여보세요."
"어떻게 지내, 메리앨리스?"
"잘 지내요. 당신은요?"
"잘 지내. 그냥 안부를 확인하고 싶었어."
"으흠."
"정말 괜찮아? 좀 우울한 것 같은데."
"좀 우울해요. 하지만 별거 아니에요. 걱정 말아요. 당신 책은 어때요?"
"아, 모르겠어. 괜찮을지 아닐지 누가 알겠어. 참 웃기는 일이야. 없는 이야기를 지어내고. 묘사하고. 누군가 방금 들어온 문을 묘사하지. 갈색이고, 경첩이 삐걱거리고……. 누가 신경 쓰겠어? 그냥 문일 뿐인데."
"'예술적 노력은 많은 인내를 필요로 한다.'" 마침내 앨리스가 말했다. 개구리가 개굴거리는 소리가 들렸다.
"날카로운 기억력이군, 밀리 포테이토스."

* 해나 아렌트, 『예루살렘의 아이히만』.

수용소는 40에이커와 50에이커 사이(가로 600미터 세로 400미터)였고 두 개의 주요 구역과 네 개의 하위 구역으로 나뉘었다. '위쪽 수용소'— 또는 제2 수용소—에는 가스실, 시체 처리 시설(처음에는 석회 가마, 나중에는 '로스트'라고 알려진 거대한 소각용 철제 선반들), 유대인 근로단 토텐유덴의 막사가 있었다. 막사 하나는 남자용, 하나는 여자용이었다. 남자들이 시체를 옮겨서 불태웠다. 여자 열두 명이 요리와 설거지를 했다.

'아래쪽 수용소' 또는 제1수용소는 세 구역으로 나뉘어 철조망 울타리로 엄격히 구분되었고, 바깥 울타리들과 마찬가지로 소나무 가지들을 엮어서 위장했다. 첫 번째 구역에는 하역장, 첫 번째 선별이 실시되는 광장—조르티룽스플라츠—과 늙고 병든 이들을 가스실로 보내는 대신 총살하는 가짜 병원(라차레트), 포로들이 옷을 벗어서 남겨두고, 여성일 경우 머리카락을 자르고, 귀중품을 숨겼는지 몸 안쪽을 수색하는 탈의 막사, 마지막으로 '천국으로 가는 길'이 있었다. 여성 및 아동용 탈의 막사 출구에서 시작되는 '천국으로 가는 길'은 너비 3미터쯤 되는 길로, 양옆에 약 3미터 높이의 철조망 울타리가 쳐져 있었다(역시 나뭇가지로 겹겹이 위장하여 새로운 나뭇가지를 계속 엮었으며, 안에서든 바깥에서든 울타리 너머가 보이지 않았다). 알몸의 수감자들은 다섯 줄로 서서 '목욕탕'—가스실—까지 100미터의 오르막길을 달려야 했고, 자주 그렇듯 가스 설비가 고장 나면 그 자리에 서서 몇 시간씩 자기 차례를 기다려야 했다.*

앨리스가 또 다른 2인칭 시점의 소설을 거절하는 메일을 보내려

---

* 지타 세레니, 『그 어둠 속으로』.

는데 컴퓨터 화면이 새까매지고 에어컨이 멈추더니 어둑하고 원초적인 침묵만 남았다.

"제길." 복도 건너편에서 상사가 말했다.

한 시간 뒤, 그녀와 동료들이 점점 눅눅해지는 공기 속에서 멈춰버린 서류 작업 때문에 애를 먹고 있는데 상사가 찌푸린 얼굴로 돌아와서 갈 수 있으면 집으로 돌아가도 된다고 말했다.

21층 아래 로비에서 소방관들이 봉인된 엘리베이터들 주변으로 밀려들더니 눈을 들어 움직이지 않는 문자반을 보았다. 57번가에서 차들이 신호등 없는 교차로를 통과했고 행인은 아침보다 네 배는 많아진 것 같았다. 콜럼버스 로터리에서는 미러 선글라스를 끼고 소매를 이두근까지 말아 올린 사람이 자발적으로 나서서 교통을 통제했고 로터리 북쪽의 미스터소프티 앞에는 사람들이 한 블록이나 줄을 서서 기다리고 있었다. 그러나 구식 전화 부스를 이용하려고 기다리는 줄은 더 길었고, 그래서 인파의 흐름이 더욱 느려졌다. 사람들은 길거리의 고해실로 들어가는 것처럼 조심스럽게, 심지어는 쭈뼛거리며 전화 부스에 다가갔다. 68번가와 72번가에서는 이미 승객이 너무 많이 탄 버스에 사람들이 꾸역꾸역 밀고 올라갔다. 78번가에서는 월드오브너츠앤드아이스크림에서 아이스크림콘을 공짜로 나눠주고 있었다. 한 블록을 더 가자 술집 더블린하우스의 하프 모양 네온사인에서 색이 다 빠졌다. 더위는 평소와 다를 바 없었지만 가스실을 채우는 가스처럼 불길하게 스며들어 피할 수 없는 이 알 수 없는 분위기 때문에 어마어마하게 느껴졌다. 필린스베이스먼트 백화점 앞에서는 여자 두 명이 가방을 네 개 들고 아이들을 다섯 명이나 데리고서 업타운으로 가는 리무진 기사와 흥정하고 있었다. 반대편 모퉁이에서는 외투 100벌을 껴입은 탓에 그 어느 때보다 곱사등이처럼 보이는 노숙자가 신문 판매기에 양쪽 팔꿈치를 올리고 이 광경을 바라보며 하품을 했다.

애나의 아파트 문을 두드렸지만 대답이 없었다. 앨리스는 자기 아파트로 들어가 신발, 블라우스, 300달러짜리 치마를 벗고 룩사르도를 한 잔 따라 마신 다음 잤다. 잠에서 깨자 깊이를 알 수 없는 어둠이 보이고 휴대전화가 구슬프게 삑삑 울렸다. 그녀의 현관문 바로 앞에는 옥상으로 이어지는 이 건물의 다섯 번째 계단이 있었는데, 문을 열면 경보 장치가 작동한다는 경고문이 붙어 있었지만 2년 동안 한 번도 들어본 적 없었다. 앨리스는 경고문을 무시하고 자주색 마름모꼴의 하늘을 향해 올라가서 마음을 가라앉히는 약한 바람을 맞으며 자기 아파트 천장을 가로질러 걸어갔고, 건물의 이물에 서서 거리를 내려다보았다. 자동차 한 대가 앰스터댐 애비뉴에서 길을 꺾은 다음 속도를 높여 서쪽을 향해 달렸다. 어둠을 밀어내는 환한 전조등이 새롭고 소중하게 느껴졌다. 옆옆 건물의 비상계단에서 촛불이 깜빡거렸다. 오른쪽으로는 새까만 리본 같은 강 너머 뉴저지 해안에서 야생의 캠프파이어 같은 불빛이 드문드문 반짝였다. "차가운 맥주요." 브로드웨이에서 어떤 남자의 목소리가 올라왔다. "차가운 맥주 아직 있습니다. 3달러요."

그녀의 전화기가 또다시 음산한 소리를 냈다. 덜컹거리는 지하철 소리도, 허드슨강을 따라 쌩 지나가는 기차 소리도, 에어컨과 냉장고와 한 블록에 세 개씩 있는 빨래방의 웅웅거리는 소리마저 사라지니 매머드의 심장박동이 멈춘 것 같았다. 앨리스는 자리에 앉았고, 잠시 후 고개를 들어 별을 보았다. 평소와 달리 지상의 경쟁자가 없어서 별들이 훨씬 더 밝아 보였다. 더 밝을 뿐 아니라 우주에서 자기들이 우월하다는 사실을 다시 확인받았기 때문에 더욱 당당했다. 깜빡거리는 비상계단 쪽에서 어정쩡한 기타 소리가 들렸다. 맥주를 팔던 사람은 장사를 포기했거나 물건이 다 떨어진 모양이었다. 달도 평소보다 선명하고 빛나는 듯했고, 불현듯 루이페르디낭 셀린의 달도, 어니스트 헤밍웨이의 달도, 장 주네의 달도 아닌 앨리스의 달 같았다. 그녀는 언젠가 달을 진짜 모습 그대로, 반사된 태양의 빛으로 묘사하겠다고 맹세했다. 소방차가 도플러 효과를 내며 북쪽으로 향했다. 헬리콥터가 거인의 손가락에 내쫓긴 메뚜기처럼 방향을 바꾸어 하늘을 갈랐다. 앨리스의 손안에서 휴대전화가 삑삑 삑 분노에 찬 소리를 마지막으로 세 번 내더니 죽었다.

　……인간을 뚜렷하게 구별 짓는 두 개의 범주가 존재한다는 것 말이다. 그것은 구조된 사람과 가라앉은 사람이라는 범주다. 상반되는 다른 범주들(선한 사람과 악한 사람, 지혜로운 사람과 멍청한 사람, 비겁한 사람과 용기 있는 사람, 운 나쁜 사람과 운 좋은 사람)은 그다지 눈에 띄게 구별되지 않고 선천적인 요소가 적어 보이며, 무엇보다 복잡하고 수많은 중간 단계들을 허용한다.
　물론 보통의 삶에서는 이러한 구분이 그리 뚜렷하게 나타나지 않는다. 보통의 삶에서는 한 사람이 완전히 혼자서 길을 잃는 일이 자주 일어나지 않는다. 사람은 보통 혼자가 아니기 때문에, 성공하거나 추락할 때 옆 사람들의 운명과 연결된다. 그러므로 누군가가 한없이 힘을 키워나가거나, 실패를 거듭하다가 파멸의 나락에 떨어지고 마는 일은 아주 예외적이다. 게다가 보통 사람들은 정신적, 육체적, 그리고 재정적인 면에서 나름의 방책을 가지고 있다. 그래서 난파를 당하거나 삶과 직면하여 완전히 빈털터리가 될 가능성 역시 아주 적다. 또 인간이 스스로에게 부여한 법률인 양심이 중요한 완충 작용을 한다는 점도 고려해야 한다. 실제로 한 국가가 문명화될수록, 비참한 사람은 너무 비참해지지 않도록, 힘 있는 사람은 지나치게 많은 힘을 갖지 못하도록 하는 지혜롭고 효과적인 법률들이 더욱더 많아진다.*

"2003년 노벨문학상은 한림원의 표현에 따르면 '무수한 모습들로 외부인의 놀라운 참여를 그리는' 남아프리카공화국 작가 존 맥스웰 쿠체가 수상했습니다."

앨리스는 라디오를 끄고 침대로 돌아갔다.

발신자 표시 제한.
발신자 표시 제한.
발신자 표시 제한.
삐.

* 프리모 레비, 『이것이 인간인가』.

그가 전화를 끊었다.

다시 그녀의 현관문에서.

똑또도도독, 똑똑.

앨리스는 한숨을 쉬며 열쇠와 휴대전화를 집어 들고 복도를 느릿느릿 열심히 걸어가는 노파를 따라갔다. 진공청소기가 입을 벌리고 서 있는 커다란 식당은 바닥에서 천장까지 골동품이 가득했고 난로의 섬세한 몰딩은 아직 집주인의 무차별적인 페인트칠에 침범당하지 않았다. 식당 너머로 거리가 내다보이는 곳까지 더 많은 방들이 어둑한 미로처럼 차례차례 펼쳐져 있었고, 공기 중에서 퀴퀴하고 짭짤한 냄새가 났다. 앨리스는 반세기 동안 쌓인 라트케*와 사우어크라우트 냄새일 거라고 추측했다. 벽난로 선반에는 집세가 728.69달러라고 이를 갈며 알리는 통지서가 놓여 있었다.

"시계 다시 맞췄어요, 애나?"

"뭐라고?"

"시계 다시 맞췄―"

발신자 표시 제한.

글자들이 그녀의 손길에 되살아난 심장박동처럼 깜빡였다. "금방 돌아올게요, 애나. 알았죠?"

그의 목소리는 긴 낮잠에서 깬 지 얼마 안 된 것처럼 멍했고, 뒤쪽

* 으깬 감자와 양파에 계란, 밀가루 등을 섞어서 구운 유대인 요리.

에서 들리는 아리아가 점점 여려졌다. "뭐 하고 있어, 메리앨리스?"

"같은 층 할머니가 청소기 먼지 봉투 가는 걸 도와드리고 있어요."

"나이가 얼마나 많아?"

"많아요. 당신보다 많아요. 아파트가 우리 두 사람 아파트를 합친 것보다 커요."

"그럼 당신 그 할머니랑 자야겠군."

"그럴까 봐요."

복도에서 애나가 커다란 포크로 청소기 안쪽의 먼지 봉투를 빼내려 애쓰고 있었다. "제가 할게요." 앨리스가 말했다.

"뭐?"

"제가 해드린다고요."

"아, 고마워. 우리 손녀가 줬어. 뭐 하라고 줬나 나도 모르겠네."

"시계는 다시 맞추셨어요?" 앨리스가 선 채로 물었다.

"뭐?"

"오늘 아침에 시계를 잊지 않고 다시 맞추셨냐고요."

애나의 눈에 눈물이 고였다. "내 시계?"

"서머타임 말이에요." 앨리스가 큰 소리로 말했다.

우편물 중에서.

심포니스페이스* 전단. 앨리스가 봐야 하는 구로사와 영화에

---

* 음악, 무용, 연극, 영화, 문학 행사 등을 개최하는 뉴욕의 복합 문화 공간.

그가 표시해두었다. 특히 〈라쇼몽〉, 동시 상영을 볼 시간이 있다면 〈쓰바키 산주로〉도.

필름 포럼 엽서. 앨리스가 좋아할 만한 찰리 채플린 영화에 그가 표시해두었다. 〈위대한 독재자〉〈시티 라이트〉〈모던 타임스〉.

뉴욕현대미술관 영화 소책자. 영화 〈로젠슈트라세〉에 등장하는, 넓은 샴페인 잔에 든 뭔가를 마시는 여배우의 사진이 실려 있다. 그는 그녀에게 머리를 짧게 자르고 싶으면 이런 모양으로 한번 해보라고 제안했었다.

등이 다시 그를 괴롭혔기 때문에 그녀는 필름 포럼에 혼자 갔다.

"렌치로 그 여자의 가슴을 비틀 때 말이에요!" 앨리스가 눈에 보이지 않는 렌치로 허공을 조이며 방을 뛰어다녔다. "코카인을 소금인 줄 알고 감옥에서 나온 식사에 뿌렸을 때랑요!" 그녀가 눈을 휘둥그레 뜨고 두 주먹을 들었다. "그리고 백화점에서 롤러스케이트를 탈 때요! ……또 에스컬레이터를 거꾸로 올라가는 것도요! …… 술통이 총알에 맞아서 구멍이 뚫리자 럼을 마시고 취했을 때요!" 앨리스는 팔을 휘둘러 상상 속의 셔츠 소매 커버를 날린 다음, 독서 의자에 앉아 있는 그의 주변에서 천천히 문워크를 추며 노래했다.

세 벨라 규 사토레

즈 노트르 소 카포레

즈 노트르 시 카보레

즈 라 투 라 티 라 트와아아아!

"세뇨라?"

"필라시나!"

"불레부?"

"르 택시미터!"

"타르트 먹어."

"투 라 투 라 투 라 와아아아아!"*

"아, 메리앨리스." 그가 한쪽 눈을 닦고 그녀를 끌어당겨 손가락
에 입을 맞추며 웃었다. "앨리스, 당신은 정말 재미있고 귀엽다니
까, 메리앨리스! 당신이 살면서 아주 외로울까 봐 걱정이야."

* 〈모던 타임스〉에서 찰리 채플린이 춤을 추다가 노래 가사를 적어둔 소매가 날아가자 엉
터리로 지어서 부른 가사이다.

그가 책을 끝내자 대장 내시경 검사, 전립선 선별검사, 요즘 들어 호흡이 가쁘다는 말에 호흡기내과 의사가 추천한 몇 가지 검사 등 미뤄두었던 여러 가지 의학적 문제를 해결할 수 있었다. 암은 없었고 헐떡이는 호흡은 스테로이드 흡입기로 단번에 해결되었지만, 새로운 정형외과 의사의 재촉에 따라 척추후궁절제술로 척추관협착증을 치료하기로 했다. 수술은 3월 말로 잡혔고 개인 간호사들이 2주 동안 교대 근무를 하기로 했지만 3주로 늘어났다. 어느 토요일, 그가 또 다른 소설 집필을 시작하고 다시 제 발로 서게 된 직후에 그와 앨리스, 주간 담당 간호사 가브리엘라가 산책을 나갔다.

"4쪽." 그가 선언했다.

"벌써요?" 앨리스가 말했다. "와."

에즈라가 어깨를 으쓱했다. "괜찮은지 모르겠어."

세 사람은 84번가 역 입구 계단에 앉아 잠깐 쉬면서 어떤 남자가 걸음마하는 아이와 연결된 줄을 손목에 묶고 잠깐 멈춰서 휴대전화를 보며 얼굴을 찌푸리는 모습을 지켜보았다.

"아이 갖고 싶어요, 서맨사?" 루마니아 사람인 가브리엘라가 물었다.

"모르겠어요. 아마 언젠가는요. 지금은 말고요."

"괜찮아요. 시간은 있으니까."

앨리스가 고개를 끄덕였다.

"몇 살이에요?"

"스물일곱요."

"아, 몰랐어요. 열여섯 살 같은데."

"이 사람 그런 말 많이 들어요." 에즈라가 말했다.

"어쨌든, 아직 시간은 있어요."

"고마워요."

"……서른다섯, 서른여섯이 되면 걱정해야죠."

"으흠."

"아이는 언제 갖고 싶어요?"

"음, 가브리엘라, 아까도 말한 것처럼 아이를 갖고 싶은지 아직 잘 모르겠지만, 제가 결정할 수 있다면 최대한 늦게까지 기다리고 싶어요. 마흔 살쯤까지요."

가브리엘라가 얼굴을 찌푸렸다. "마흔은 너무 늦어요. 마흔 살에는 잘 안 돼요. 마흔 살에는 너무 피곤해요."

"몇 살에 낳아야 할 것 같아요?"

"서른 살."

"말도 안 돼요."

"서른두 살?"

앨리스가 고개를 저었다.

"서른일곱 살. 서른일곱은 넘으면 안 돼요."

"생각해볼게요."

긴 다리에 스판덱스를 입은 빨강 머리 여자가 조깅을 하며 지나
갔다. 그녀가 모퉁이를 돌 때까지 에즈라가 눈을 떼지 못했다.

"알겠다." 가브리엘라가 말했다. "프랜신한테 물어보자고요."

"프랜신이 누구예요?"

"야간 간호사야." 에즈라가 말했다. "애가 없지."

그들은 콜럼버스 애비뉴에서 다시 멈췄고 에즈라는 핫도그 장수
와 잡담을 나눴다. "장사는 좀 어떻소, 친구?" 핫도그 장수가 화난
사람처럼 블록 위아래를 가리켰다. 유령 마을에 트럭을 세워놓은
것 같았다. "지독해요. 아무도 핫도그를 안 먹어요. 다들 스무디나
먹죠."

"그래요?"

핫도그 장수가 침울하게 고개를 끄덕였다.

에즈라가 앨리스를 향해 고개를 돌렸다. "핫도그 먹을래?"

"좋아요."

"가브리엘라는?"

"전 핫도그 좋아해요."

"핫도그 두 개요."

"'할랄'이 무슨 뜻이에요?" 가브리엘라가 물었다.

"이슬람교도한테 좋다는 거죠!" 핫도그 장수가 자랑스럽게 외쳤다.

가브리엘라가 통화를 하는 동안 앨리스와 에즈라는 두 사람이 만났던 벤치에 앉았다. 그들은 말없이 잠시 쉬었다. 에즈라가 신풍나무에 대해서 뭐라고 말했지만 앨리스는 생각에 빠져서—그녀가 지금까지 어디에 있었는지, 어디로 가고 있는지, 여기에서 거기까지 너무 힘들지 않게 가려면 어떻게 해야 할지—그의 말을 듣지 못했다. 무언가를 간절히 원하다가 그것을 손에 넣으면 다른 것을 원하는, 이 미칠 듯한 버릇 때문에 생각이 복잡해졌다. 그때 비둘기 한 마리가 급강하하자 에즈라가 지팡이를 휘둘러서 쫓았다. 경쾌하게 지팡이를 살짝 터는 그의 모습을 보자 앨리스는 프레드 아스테어가 떠올랐다.

"있잖아." 그가 핫도그 먹는 앨리스를 보며 말했다. "이번 여름에 2주 휴가 내서 나한테 올래? 지루하려나?"

"전혀 아니에요. 가고 싶어요."

그가 고개를 끄덕였다. 앨리스가 손바닥에 묻은 머스터드를 핥으며 말했다. "애덤이 당신 책에 대해서 뭐래요?"

"에즈라, 난—난 뭐라고 해야 할지 모르겠어. 천재야. 걸작이야. 그러니까, 세상에, 진짜 좋아. 모든 단어가…… 빌어먹을 단어가 전부……."

"철자가 정확해."

에즈라가 코를 풀었다. "철자가 정확해."

"언제 낸대요?"

"가을까지 기다릴 거야. 당신은 다 읽었어?"

"163쪽까지 읽었어요."

"그래서?"

"마음에 들어요."

"뭐야."

"뭐가요?"

"그 말투는 뭐야?"

"음……. 말하는 사람이 누구예요? 누가 이야기를 하는 거예요?"

"무슨 뜻이야? 화자가 이야기를 하지."

"그건 알지만—"

"우선 끝까지 읽어. 시점에 대해서는 그다음에 얘기하자고. 또 다른 건?"

"베이글 가게 여자 말이에요. 요즘 누가 그런 식으로 말해요? 그렇게 조심스럽게? 그렇게 정중하게?"

"당신이."

"그건 알지만 난—"

"뭐? 특별하다고?"

앨리스가 그를 보며 눈살을 찌푸렸지만 핫도그를 계속 씹었다.

"메리앨리스." 잠시 후 그가 부드럽게 말했다. "당신 뭐 하는지 알

어리석음

아."

"뭐라고요?"

"혼자 있을 때 뭐 하는지 안다고."

"뭐요?"

"글 쓰잖아. 아니야?"

앨리스가 어깨를 으쓱했다. "조금요."

"이것에 대해서 쓰는 거야? 우리에 대해서?"

"아뇨."

"정말이야?"

앨리스가 절망적이라는 듯 고개를 저었다. "그건 불가능해요."

그가 고개를 끄덕였다. "그럼 뭐에 대해서 써?"

"다른 사람들요. 저보다 흥미로운 사람들." 그녀가 부드럽게 웃으면서 거리를 향해 턱을 들었다. "이슬람교도 핫도그 장수들요."

에즈라는 의심스러운 표정이었다. "당신 아버지에 대해서 써?"

"아뇨."

"써야 돼. 그건 선물이야."

"알아요. 하지만 나 자신에 대해서 쓰는 건 별로 중요하지 않은 것 같아요."

"무엇에 비해서?"

"전쟁. 독재. 세계정세요."

"세계정세는 잊어. 세계정세는 자기들끼리 알아서 할 수 있어."

"대단히 잘하지는 않잖아요."

에즈라와 같은 건물에 사는 여자가 **앨 고어 2000**이라고 적힌 모자를 쓰고 시추와 함께 힘차게 걸어왔다. "안녕하세요." 그녀가 지나갈 때 에즈라가 말했다. "안녕, 초서." 그가 개에게도 인사했다. 매사추세츠 출신의 성가대원 소녀가 과연 이슬람교도 남성의 의식을 불러올 수 있을지 앨리스가 진지하게 생각하기 시작하는데, 에즈라가 다시 그녀를 보며 말했다. "중요성은 걱정하지 마. 잘 쓰면 중요해져. 체호프의 말을 잊지 마. '첫 장에서 총이 벽에 걸려 있으면 뒷장에서는 발사되어야 한다.'"

앨리스가 손을 닦고 일어나서 냅킨을 버리러 갔다. "첫 장에서 제세동기가 벽에 걸려 있으면 뒷장에서는 꺼져야 한다?"

그녀가 벤치로 돌아와보니 가브리엘라가 에즈라의 목도리를 들고 그를 일으키는 중이었다. 태양은 콜럼버스 애비뉴의 고층 건물들 뒤로 사라졌고 갑자기 내린 어스름 속에서 주변 모든 사람들의 발걸음이 빨라졌다. 에즈라는 바람을 등지고 서서 코듀로이 바지를 입은 다리 사이에 지팡이를 끼우고서 재킷 지퍼를 잠그려고 애썼다. "아니, 아니." 가브리엘라가 도우려고 하자 그가 조용히 말했다. "내가 할 수 있어." 신풍나무들 때문에 작아진 그는 자기 아파트라는 밀폐된 피난처에 있을 때보다 더 작고 연약해 보였고, 다른 사람들의 눈에 어떻게 보일지가 앨리스에게도 잠시 보였다. 노쇠한 늙은이와 시간을 낭비하는 건강하고 젊은 여성. 아니면, 사람들이 그녀의 생각보다 상상력이 뛰어나고 호의적일까? 그와 함께하지 않을 때보다 함께할 때 모든 것이 훨씬 더 흥미롭다고, 그녀의 용기와 헌신이 세상에 덜 필요한 것이 아니라 더 필요한 특징이라고 인정할까? 그들의 뒤에서 플라네타륨이 보랏빛으로 빛났다. 할랄 핫도그 장수가 트럭 셔터를 닫기 시작했다. 에즈라가 장갑을 고쳐 끼는 동안 가브리엘라가 자매처럼 눈을 찡긋하며 앨리스의 옆에 와서 서더니 추위에 몸을 떨었다. "서맨사!" 그녀가 들으란 듯 혼잣말을 했다. "프랜신은 난자를 냉동하래."

론콘코마에서 기차를 갈아타고 세 시간이 조금 안 걸렸다. 앨리스는 진한 레모네이드를 한 병 마시면서 녹슨 육각형 철조망과 퀸스의 환각적인 그래피티가 사라지고 나팔수선화와 개집, 층층나무, 덩굴이 나타나는 풍경을 보면서 시간을 보냈다. 야팽크에서 철길을 따라 조금 피어 있던 치커리꽃들이 타인의 행복을 비는 작은 사람들처럼 흔들렸다. 그녀가 탄 차량 반대쪽 끝에서 한 노파가 손을 가방에, 가방을 무릎에 얹은 채 차창 밖으로 지나가는 풍경을 바라보았고, 그 주변에서 10대 아이들이 함성을 지르고 고함을 쳤다. 때로 아이들의 야단법석은 통로까지 흘러넘치거나 노파의 좌석에 부딪쳤고, 한번은 야구 모자가 그녀의 푸릇한 연보라색 블레이저 팔 부분에 떨어졌다. 차장이 뭐라고 했지만 아이들이 들은 척도 하지 않자—아이들은 바나나를 던지고 휴대전화를 낚아챘다—결국 그가 아이들을 내려다보며 목을 가다듬고 말했다.

"잠깐만요. 이 부인이 여러분을 괴롭혔습니까?"

10대 아이들이 각자의 좌석에 앉더니 구멍 속에 자리 잡은 땅다

람쥐처럼 끝까지 자리를 지키며 수도사들처럼 수군수군 이야기를 나눴다.

"안녕하세요, 서맨사."

"안녕하세요, 클리트. 잘 지내요?"

"나쁘진 않아요. 시골에 방문하기 좋은 날씨군요."

"정말 그러네요."

그들이 진입로에 들어섰을 때 에즈라가 막 스튜디오에서 나오는 참이었다. "죄송합니다, 손님!" 그가 잔디밭 너머로 외쳤다. "예약은 내일부터인데요." 그가 가까이 다가왔다. "잘 지냈어, 메리앨리스?"

앨리스가 눈을 크게 떴다.

"서맨사-메리라는 뜻이었어. 서맨사 메리앨리스. 메리앨리스가 중간 이름이었지, 아마? 하지만 서맨사라고 부르는 걸 더 좋아하잖아. 안 그래, 서맨사 메리앨리스?"

"맞아요." 앨리스가 말했다.

"아무튼요." 클리트가 씩 웃었다. "일요일에 봐요, 보스."

그들이 집으로 다가갈 때 에즈라가 그녀에게 팔을 둘렀다. "93페이지."

"대단하네요."

"괜찮은지 모르겠어."

두 사람이 점심을 먹는 동안 청소부가 돌아다니며 청소를 했다. 앨리스는 기차에서 본 노파에 대해서 이야기하기 시작했지만 그녀가 "푸릇한 연보라색"이라고 말하자마자 에즈라가 진저에일을 내려놓고 고개를 저었다.

"감상적으로 보지 마."

"항상 그렇게 말하네요. 사람을 감상적으로 보지 말라고. 나한테 선택의 여지라도 있는 것처럼."

"감정은 괜찮아. 감상은 안 돼."

청소부가 눈을 찡긋했다. "참 웃기다니까요."

"누구요?"

"당신 말이에요, 블레이저 씨."

"정말 그래요." 앨리스가 자리에서 일어나며 말했다. "아, 오늘 밤에 양키스랑 레드삭스 경기 있어요."

"아, 난 낮잠 잘 거야. 그다음에는 스튜디오에 가 있을 거고. 상자들을 좀 살펴봐야 해서."

"무슨 상자요?"

"전기 작가한테 줄 거."

"무슨 전기 작가요?"

"나의 마지막 전기 작가." 거실에서 쿵 소리가 들렸다. "재니스." 에즈라가 어깨 너머로 불렀다. "괜찮아요?"

"방금 진짜 큰 말벌을 죽였어요."

"조지 플림프턴*이 제일 큰 말벌인 줄 알았는데."

---

* 스포츠 기사로 유명한 미국의 기자, 작가, 배우. 말벌wasp은 미국의 주류층인 백인 앵글로색슨 프로테스탄트WASP와 철자가 같다.

"나는 수영할 거예요." 앨리스가 말했다.

"잠깐. 기차가 몇 시지?"

앨리스가 그를 보았다.

"내 말은." 그가 고개를 저으며 말했다. "야구 몇 시에 하지?"

6월치고는 서늘했다. 겨우 2미터 밑에서 마그마라도 흐르는 것처럼 물에서 증기가 피어올랐다. 바스락거리는 나무들이 수영장에 떨리는 그림자를 드리웠고, 세월에 따라 수영장 바닥이 층층이 벗겨져서 오래된 해도海圖처럼 낡은 회색, 초록색, 남청색 소용돌이들이 생겼다. 수면 밑에서 동시에 다가왔다가 한 바퀴 돌고 다시 나뉘는 앨리스의 손은 이제 추진력을 얻는 수단이라기보다는 어찌할 바 모르는 자석이나 어두운 방에서 출구를 찾으려는 손처럼 보이기 시작했다. 그래도 앨리스는 수영을 했다. 그녀는 바람이 불고 태양이 박태기나무 너머 분홍빛으로 가라앉을 때까지 헤엄을 쳤다. 입술이 파랗게 변하고 유두가 딱딱해질 때까지 헤엄을 쳤다. 그녀는 집들에 불이 연달아 켜지고, 부엌문에 에즈라의 실루엣이 보이고, 그가 개를 부르는 농부처럼 걱정스러운 목소리로 그녀를 부를 때까지 헤엄을 쳤다.

물을 뚝뚝 떨어뜨리며 집으로 들어간 앨리스가 침대에서 발견한 것들.

잡지 《라이프》의 프랭클린 D. 루스벨트 60번째 생일 기념판.

한 호 전체에서 조디라는 재단사 이야기를 다룬 1978년 포르노 잡지. 사람들은 조디가 동성애자라고 생각했기 때문에 젊은 여자들과 함께 가봉실에 들어가도 신경 쓰지 않았다. ('성적인 면에서 가장 보수적인 여자도 의사—또는 재단사—앞에서는 거리낌 없이 옷을 벗는다. 조디는 나이가 많거나 별로 매혹적이지 않은 고객 앞에서는 감정이 없는 자동 기계처럼 자신이 그들의 벌거벗은, 또는 비교적 벌거벗은 몸에 맞춰 만든 옷을 손보는 생명 없는 장치일 뿐이었다…….')

제33회 앨러게니 카운티 페어 기념 프로그램. 두들타운 파이퍼스, 아서 고드프리와 그의 명마 골디, 바나나 스플리츠 출연. 뒤표지에 검은색 마커로, 최면을 거는 듯 독특하게 기울어진 그의 필체로 이렇게 적혀 있었다. **어이, 두들. 알겠지만 난 당신을 정말 사랑해.**

수영장 얕은 쪽 끝에 서 있던 그의 옆에서 그녀가 수면 위로 튀어나왔다.

그가 말했다. "당신은 작은 배 같아."

앨리스는 한쪽 귀에서 물을 털어내고 한 바퀴 더 돌았다. 그녀가 다시 헤엄쳐 왔을 때 그가 말했다. "네일라 기억해?"

"팔레스타인 사람요?"

"응. 지난주에 인터뷰를 하러 왔었는데, 메리앨리스, 분명히 말하지만 네일라의 피부는 정말 아름다워. 꼭 그거 같아……." 그가 한 손으로 뺨을 쓸어내렸다. "초콜릿 우유."

"초콜릿 두유."

"맞아."

"순조로웠군요." 앨리스가 뒤로 누워 물 위에 떴다.

"내가 뉴욕에 돌아가면 같이 점심 먹자고 했어. 전화하겠다더군. 나는 전혀, 진짜 하나도 상관없는데 말이야, 당신 가슴 작아지고 있는 거 아니야?"

앨리스가 물속에 서서 내려다보았다. "그런가 봐요. 코가 좀 안 좋아서 의사가 뿌리는 스테로이드를 처방해줬는데, 잘 듣긴 하지만 가슴이 작아지는 것 같아요."

에즈라가 그럴 만하다는 듯 고개를 끄덕였다. "오늘 밤에 뭐 하고 싶어?"

"선택지가 있어요?"

"진 러미 게임. 아니면 펄먼 학교에서 연주회가 있어."

"펄먼 학교요."

"뭘 연주하는지 안 궁금해?"

"상관없어요." 앨리스가 다시 물속으로 뛰어들며 말했다.

두 사람이 탄 차는 골프 치는 사람들이 기다란 그림자 속으로 구르는 공을 쫓아 성큼성큼 걸어가는 컨트리클럽을 지나서 선셋비치를 올라갔다. 에즈라가 다이키리 잔을 들고 길을 건너는 여자들을 위해 속도를 늦추었고 앨리스는 창문을 내리고 손으로 바람을 느꼈다. 바다 건너 노스포크가 벌써 보였는데, 뉴욕발 기차가 느릿느릿 어쩔 수 없이 멈추고 있었다. 한 세기 반 전에 철로를 놓던 사람들이 어느 날 고개를 들고 더 이상 나아갈 수 없음을 문득 깨닫기라도 한 것처럼 철로가 갑자기 끝나고 삼면이 풀로 둘러싸여 있었다.

그 사람들 앞에는 만이 있었고, 그래서 저 너머의 땅이 더 거칠어 보였다. 지도에도 실려 있지 않고 대도시의 강철 혈관은 닿을 수 없는 곳. 최근 들어 대도시의 가차 없는 격렬함은 관조적으로 살고 싶다는 앨리스의 꿈과 점점 더 마찰을 일으키는 듯했다. 보는 삶, 세상을 정말로 보고 그 광경에 대해 뭔가 새로운 할 말이 있는 삶. 하지만 이 세상 시골의 평정을 모두 맛본다 한들 자기 회의라는 고녀를 치료할 수 있을까? 그녀는 자기 회의를 고치기 위해서 필요한 만큼 오랫동안 혼자서 지낼 수 있을까? 그런다고 해서 그녀의 삶이 지금보다 덜 사소해질까? 그녀가 하고 싶었던 말은 이미 그가 다 한 게 아닐까?

바다가 내려다보이는 공터에 에즈라가 차를 세웠고, 두 사람은 노을을 등진 채 바람 속에서 가장자리를 펄럭펄럭 휘날리는 대형 천막으로 향했다. "메리앨리스." 싱싱하고 푸른 풀밭을 성큼성큼 가로지를 때 그가 말했다. "제안할 게 있어."

"으흠."

"당신 학자금 대출을 내가 갚아주고 싶어."

"아, 세상에. 왜요?"

"당신은 똑똑한 여자, 진짜 대단한 여자고, 이제 뭐든 정말로 하고 싶은 일을 해야 할 때 같아서. 머리 위에 빚이 대롱대롱 매달려 있지 않으면 더 쉽지 않겠어?"

"네. 그렇게 많지는 않지만요. 거의 다 갚았어요."

"더 잘됐네. 얼마나 남았어?"

"6000달러 정도일 거예요."

"그럼 내가 6000달러 줄 테니까 남은 돈을 한꺼번에 갚아버려. 그러면 당신이 가야 할 길이 좀 더 뚜렷하게 보일 거야. 더 자유롭게. 어때?"

"생각 좀 해봐도 돼요?"

"당연히 생각해봐야지. 원한다면 언제까지라도 생각해봐. 어떤 결정을 내리든 이 이야기는 두 번 다시 꺼내지 않기. 내가 당신한테 돈을 주든 안 주든 그걸로 끝인 거야. 좋아?"

"좋아요. 고마워요, 에즈라."

"별말씀을." 두 사람이 동시에 말했다.

런던과 파리, 빈, 밀라노 회관에서 순회공연을 마치고 온 젊은 일본인 여성 피아니스트의 특별 초청 공연이었다. 그러나 두 사람의 자리에서 본 연주자는 아기 기린의 관만큼 커다란 악기에 다가가는 아홉 살짜리 아이 같았다. 맨 처음 세 음은 밝아오는 아침이나 낮, 또는 시간 그 자체 같았다. 그런 다음 음악이 마구 두드리는 바람과 세찬 폭우처럼 폭발했고, 피아니스트의 손가락은 믿기 힘들 만큼 빠르게 질주하고 튀어 오르며 트릴을 연주했지만 표정은 가면처럼 잔잔하고 알쏭달쏭했다. 다음으로는 슈토크하우젠의 짤막한 작품 두 곡이 이어졌는데, 앨리스의 귀에는 이제 정반대로 고양이가 건반 위를 걸어 다니는 것처럼 들렸다. 두 곡 사이, 박수를 치면 안 된다는 사실을 모두 알고 있는 아주 고요한 소강상태가 되자 관객들 사이에서 기침이 퍼졌다. 공기 중에 떠도는 거슬리는 음들이 음악의 잔재가 아니라 자극적인 가스라도 되는 것 같았다.

휴식 시간에 에즈라의 친구가 인사를 했다. 백발이 사자처럼 치렁치렁했고 서커 직물로 된 주머니에 청록색 손수건이 꽂혀 있었다. "에즈라. 어떤가?"

"참 대단한 연주군. 약간 무심하지만 말이야."

"슈토크하우젠은 무심하지. 자네 책은 어때?"

앨리스는 약간 물러나서 백포도주를 홀짝이면서 만 쪽을 차분하게 내다보았다. 뒤에서 여학생 두 명이 3화음과 늘임표에 대해 이야기를 나누다가 약간 더 은밀한 목소리로 다음 달 자선 음악회에서 누가 독주자로 뽑힐지 이야기했다. 앨리스가 포도주를 다 마신 다음 자리를 비키려고 할 때 에즈라가 그녀의 팔꿈치를 건드리며 말했다. "캘, 이쪽은 메리앨리스야."

"아." 앨리스가 말했다. "안녕하세요."

"안녕하세요."

"100년 전에 루브르에서 마우리치오 폴리니가 연주하는 〈템페스트〉를 들은 적이 있다고 캘한테 이야기하는 중이었어. 연미복 자락이 화물열차만큼 길었지. 앨리스, 당신도 폴리니를 꼭 한 번 봐야 해."

"음악 좋아하세요?" 캘이 물었다.

"아, 네." 앨리스가 말했다.

"메리앨리스는 편집자야." 에즈라가 말했다.

"멋지군." 캘이 말했다. "어느 출판사죠?"

"잠깐 실례." 에즈라가 말했다. "다이어트 콜라를 사러 가야겠군."

"그리폰요." 앨리스가 뒤에서 밀려오는 사람들에게 공간을 내주느라 그에게 가까이 다가서며 말했다.

"아주 똑똑하신가 보군요. 로저는 멍청한 사람은 안 뽑으니까."

"로저를 아세요?"

"물론이죠. 명석한 사람이에요. 명석한 편집자죠. 하고 싶은 일이 그건가요? 편집?"

아기를 안은 여자가 실례한다고 말하며 그들 사이에 끼어들었다. 여자를 알아본 캘이 고개를 숙여 입맞춤을 받았다. "펠리시티! 이쪽은 메리앨리스야. 에즈라의 친구. 이 친구는?"

"저스틴."

"저스틴⋯⋯."

앨리스는 바깥에서 차양 같은 단풍나무 아래 벤치에 앉아 있는 에즈라를 찾아냈다. 면도한 지 얼마 안 된 그의 얼굴이 죽어가는 빛 속에서 회색으로 일그러져 보였다. "미안, 앨리스. 갑자기 어지러워서."

"집으로 갈까요?"

"아니, 괜찮아질 거야. 같이 근사한 저녁 외출을 하고 싶었어. 안 가도 돼."

앨리스가 그의 옆에 앉아서 말했다. "캘이 로저를 알아요. 제 상사요."

"이런. 아, 음."

앨리스가 고개를 끄덕였다. "아, 음."

몇 미터 떨어진 곳에서 우아하게 차려입은 남녀가 담배를 나눠 피우고 있었다. 여자가 프랑스어로 뭐라 말하자 에즈라가 그쪽을 보았고, 남자는 여자의 웃음소리를 들으며 담배를 피웠다.

"무슨 생각 해요?" 앨리스가 물었다.

에즈라가 깜짝 놀라서 그녀를 향해 고개를 돌렸다. "내 책에 대해서 생각하고 있었어. 제대로 못 쓴 장면에 대해서. 꼭 제대로 쓸 수 있다는 건 아니지만. 제대로만 쓸 수 있다면 바후투족에 대해서 써도 상관없지."

두 사람이 플라스틱 컵을 버리고 예의 바르게 사람들을 헤치며 자리로 돌아가자 피아니스트가 의자로 돌아와서 높고 반질반질한 흑단나무에 비친 건반을 초인적인 집중력으로 바라보았다. 그런 다음 양쪽 손목을 흔들고 코를 벌름거렸고, 곧 피아노가 우리에서 뛰쳐나왔다. 절대 무심하지 않고 엄청나게 우르릉거리는 정확한 타격이었다. 무심하기는커녕 피아니스트의 어깨가 앞뒤로 흔들렸고, 발은 댐퍼 페달을 어찌나 단호하게 밟는지 뒤꿈치가 바닥에서 떨어졌으며, 건반에서 불꽃이 튀어 눈으로 들어가려는 것처럼 고개를 움찔거리며 위나 옆으로 홱홱 움직였다. 그러자 앨리스는 감탄하면서도 의기소침해졌다. 음악이 흉골 안에서 울려 퍼지자 그녀는 그 어느 때보다도 하고 싶고, 만들어내고 싶고, 창작하고 싶어졌지만—자신만의 아름다운 무언가를 만드는 것에 모든 에너지를 쏟고 싶었지만—또 사랑하고 싶기도 했다. 삶을 낭비하고 있는 게 아닐까, 라는 의문이 들지도 않을 만큼 누군가를 너무나도 깊이, 잘 사랑하는 일에 완전히 몰두하고 싶었다. 다른 사람의 행복과 충만함을 위해서 인생을 바치는 것보다 더 고귀한 일이 어디 있을까? 어느 순간 피아니스트가 몸을 약간 뒤로 젖혔고, 한 손이 통통 튀는 동안 다른 손은 꾹 눌러야 한다는 듯 양손이 건반 양 끝에서 각자 움직였다. 앨리스가 고개를 돌려보니 에즈라는 입을 벌린 채 보고 있었다. 그의 뒷자리에 늘임표에 대해 이야기하던 여학생들이 놀라움과 겸허함을 드러내는 자세로 얼어붙은 듯 앉아 있었다. 그들이 무엇을 할 수 있는지 모르지만 이런 연주는 아니었다. 앞으로도 절대 이런 연주는 할 수 없었다. 아니, 야망을 위해 훨씬 더 많은 시간을 바쳐야만 이렇게 될 수 있었다. 그들의 모래시계 속 모래가 떨어지고 있었다. 모두의 모래가 떨어지고 있었다. 베토벤을 제외한 모두의 모래가. 모래는 우리가 태어나자마자 떨어지기 시작하고, 우리는 우리를 기억하라고 요구함으로써만 모래시계를 다시, 또다시 뒤집을 수 있다. 앨리스는 에즈라의 길고 서늘한 손가락을 가져다가 꽉 쥐었다. 이번에는 악장 사이에 아무도 기침을 하지 않았다.

다음 날 오후, 그가 앨리스를 페리 선착장까지 직접 데려다주었다. 그들이 일찍 도착해서 화물을 운반하는 소형 선박이 정박 위치로 천천히 들어가는 모습을 보며 차에 앉아 있을 때 그가 그녀를 보지도 않고 말했다.

"우리 관계가 좀 가슴 아픈가?"

앨리스는 항구의 번쩍이는 빛 때문에 눈이 아팠다. "아니라고 생각해요. 그 언저리는 약간 아플지도 모르지만요."

페리의 경사로를 통해서 사람들이 웃고, 손을 흔들고, 더플 가방을 어깨에 메고, 눈가로 손을 들어 햇빛을 가리며 물줄기처럼 쏟아졌다. 젊은 남자 커플이 손을 잡고 있었고 둘 중에서 키가 더 큰 쪽은 다른 팔에 리본을 묶은 실내용 화초를 안고 있었다.

"결과에 대해서 걱정한 적 있어?"

"무슨 결과요?"

그가 그녀를 엄한 눈으로 보았다.

"당신은 걱정돼요?" 앨리스가 물었다.

"아니. 하지만 나는 삶의 끝에 서 있으니까. 그런데 당신은⋯⋯." 그는 이 깔끔한 대조를 생각하며 부드럽게 웃었다. "당신은 삶의 시작에 서 있잖아."

똑또도도독, 똑똑.

"아, 안녕, 앨리스. 화장지 있어?"

"애나, 손에 화장지 들고 계시잖아요!"

당황한 노파가 복도를 향해 돌아섰다.

"무슨 일 있어요, 애나?"

힘차게 다시 돌아서서. "아니야. 아무 일도 없어. 왜?"

"뭐 필요하세요?"

"아닐 거야. 말해봐. 남자 친구 있어?"

똑또도도독, 똑똑.

"저기…… 이름이—?"

"앨리스요."

"앨리스. 지금 몇 신지 좀 알려줄래?"

"4시 다 됐어요."

"4시 몇 분?"

"그냥 4시요. 4시 다 됐어요, 5분 전이에요. 애나, 화장지는 왜 들고 다녀요?"

똑또도도독, 똑똑—

두 사람이 대화를 나눈 지 10분도 안 됐지만 앨리스가 문을 다시 열자 애나는 안에 누가 있을 줄 몰랐다는 듯 가슴을 움켜쥐고 흠칫 뒷걸음질 쳤다. "아! 이런. 안녕. 나는 혹시……. 나 좀 도와줄래……. 그걸 갈아야 하는데…… 그…….."

"……전구요?"

전구는 앨리스가 처음 들어가보는 부엌에 있었다. 커다랗고 얼룩덜룩하게 녹이 슨 테이블 하나와 비닐 패드를 댄 의자 여섯 개가 넉넉하게 들어가는 크기였다. 구름 낀 오후의 약한 빛이 더럽고 침침한 창문을 통해 들어오려 애썼고, 아래쪽 창유리에는 누렇게 변색된 《뉴욕 타임스》가 발려 있었다. **공화당 상원을 그리워하는 레이건.**

어리석음

리프카 로젠와인, 배리 릭턴버그와 결혼. 이름가르트 제프리트 향년 69세로 사망. 불 나간 전구가 레인지 위의 전선에 거미처럼 늘어져 있었는데, 이상하게도 레인지 군데군데 알루미늄 호일이 붙어 있었다. 앨리스가 의자를 꺼내 그 위에 올라섰다. 그녀가 죽은 전구를 돌려서 빼고 새 전구를 가지러 다시 내려올 때 균형을 잡느라 레인지에 손을 댔다가 반사적으로 휙 뺐다.

"아! 애나, 레인지가 뜨거워요!"

"그래?"

"네! 요리라도 하셨어요?"

"아닌 거 같은데."

"방금 전까지 쓰신 거 아니에요? 오늘 무슨 요리 하셨어요?"

"모르겠어. 모르겠다고."

자기 아파트로 돌아온 앨리스는 월세 고지서에 적힌 번호로 전화를 걸어서 녹음된 메뉴가 끝나기를 초조하게 기다리며 서성였다. 그녀가 0을 눌렀다. 그런 다음 다시 0을 눌렀다. "……삐 소리가 나면 성함과 주소를 말씀하세요. 삐."

"메리 앨리스 도지, 웨스트 85번가 2-5-9, 5C."

"……네?"

"안녕하세요, 저는 259번지 5C호에 사는 앨리스인데요, 전화를 드린 건, 옆집에 사시는 애나가 자꾸 저희 집 문을 두드려서요. 그런 지 좀 됐는데요, 가끔 도와드리거나 말동무를 해드리는 건 진짜 아무렇지도 않아요. 착한 분이시고 가끔은 그냥 외로워서 문을 두드리시는 거 같으니까요. 그런데 오늘은 벌써 세 번이나 문을 두드리셨는데, 기억도 못 하시는 게 아닐까 싶어요. 처음에는 화장지 때문이었고, 그다음에는 몇 시냐고 물으시더니, 이제 전구를 갈아달라고 하셔서 갈아드렸는데, 집에 들어가보니까 레인지가요, 그러고 보니 그것도 참 되게 낡아 보였는데, 그게 엄청 뜨거운 거예요. 원래 그런 건지 모르겠지만 제가 보기에는 켜져 있지도 않은데 너무 뜨거운 것 같아서요. 있잖아요, 말씀드린 것처럼 가끔 도와드리는 게 싫거나 유심히 지켜보는 게 싫은 건 절대 아니에요, 비공식적으로 좀 지켜보는 거 말이에요. 하지만 제가 돌봐드리는 건 한계가 있어서요. 애나가 자꾸 기억을 잃거나, 혹 레인지에 문제가 생겼는데 모르면, 레인지를 켜놓고 외출이라도 하거나 잠들어버리면—"

"알겠습니다. 잠깐만 기다리세요, 알겠죠?"

그녀는 적어도 2분은 기다렸다.

"메리앨리스?" 그의 목소리가 아까와 무척 달라졌다. 톤이 높아지고 공손한 것이 음악처럼 들렸다. "애나의 손녀인 레이철과 연결되었습니다. 방금 하신 말씀을 그쪽에 전하시겠어요?"

"미안해요, 메리앨리스." 레이철이 서둘러 끼어들었다. "귀찮게 해서 정말 죄송해요. 도와주셔서 정말 고마워요."

"2004년 노벨문학상은 소설과 희곡에서 놀라운 언어학적 열정으로 갖가지 목소리들과 반反목소리들을 음악적으로 엮어 사회적 클리셰와 그 지배력의 부조리를 드러낸 엘프리데 옐리네크에게 돌아갔습니다.”

“나는 연어요.”

“나는 살시차 푸실리, 살시차 빼고.”

“12쪽.” 웨이터가 멀어지자 그가 근엄하게 말했다.

“아.” 앨리스가 말했다. “내 생각에는—”

그가 고개를 저었다. “별로야.”

앨리스가 고개를 끄덕였다. “등은 어때요?”

“등은 안 좋아, 앨리스. 효과가 없어.”

“뭐가요?”

“지난주에 받은 신경제거술.”

“아, 난 몰랐……. 신경제거술이 뭐예요?”

그가 고개를 끄덕였다. “신경제거술은 고주파로 신경을 파괴해서 뇌에 통증 메시지를 전달하지 못하게 만드는 거야. 전에도 한 번받아서 효과가 있었는데, 왜 그런지 이번에는 효과가 없군.” 마실것이 도착했다. “좋은 소식은 말이야.” 그가 빨대 껍질을 벗기며 덧붙였다. “이제 라디오를 틀지 않아도 조너선 슈워츠를 들을 수 있다는 거지.”

두 사람이 그의 아파트로 돌아가는데 트렌치코트를 입은 젊은 남자가 상냥하게 그들의 길을 막았다.

“블레이저! 상을 뺏겼어요!”

크게 흥분한 팬은 심지어 손까지 내밀었다. 에즈라는 경계를 늦추지 않으며 주머니에서 손을 빼내 남자의 손을 잡았다. 젊은 남자는 악수를 하면서 정중하게 고개를 살짝 숙였다. 그때 바람이 불어 그가 쓰고 있던 야물커*가 살짝 들려서 날아가더니 앰스터댐 애비뉴 한가운데 내려앉았다. 남자가 한 손을 머리에 올리고 웃었다. 그런 다음 에즈라가 바람을 일으키기라도 한 것처럼 그를 가리켰다.

"내년이 있잖아요! 내년이!"

두 사람은 남은 블록을 침묵 속에서 걸어갔다. 엘리베이터에서 에즈라가 앨리스의 머리카락에 붙은 나뭇잎을 떼서 바닥에 나풀나풀 떨어뜨렸다. "레드삭스는 어떻게 하고 있어?"

"애너하임보다 두 경기 앞서고 있어요."

"잘됐군, 앨리스."

"당신의 그 팔레스타인 사람은 어떻게 되고 있어요?"

그가 새삼 믿을 수 없다는 듯 고개를 뒤로 젖혔다. "네일라? 아직도 전화가 안 와." 어떤 식으로든 앨리스가 이 불쾌한 일의 공범이라도 되는 것처럼 그녀를 내려다보는 그의 시선이 딱딱해졌다. 엘리베이터가 땡 소리를 내고 문이 열리자 앨리스가 내렸지만 에즈라는 움직이지 않았다. "그러니까 내 말이 뭐냐면." 그가 손바닥을 들어 보이며 말했다. "우리가 이 사람들이랑 어떻게 지내야 하는 거지?"

보스턴이 애너하임을 3대 0으로 이겼다. 다음 날 밤, 양키스가 트윈스를 상대로 3대 0으로 디비전 시리즈 우승을 차지했다. 앨리스

---

* 유대인들이 하느님을 경외하는 마음으로 머리를 가리기 위해 쓰는 납작한 모자.

는 기대하며 기다렸지만 그는 전화를 걸어서 이렇게 말할 뿐이었다. "16쪽."

"와아. 등은 어때요?"

"아파."

"약은 먹고 있어요?"

"약은 먹고 있지. 당연히 먹고 있어. 문제는, 하루 걸러 한 번씩밖에 못 먹는단 거야. 그렇지 않으면 중독되는데, 벗어나려면 지옥이거든."

앨리스는 바에서 아메리칸 리그 챔피언십 시리즈의 첫 경기를 보았다. 양키스가 점수 차를 1점에서 3점으로 벌린 뒤 삭스가 9회를 망쳤고, 리베라의 세이브를 막지 못했다.

발신자 표시 제한.

"당신 할머니가 걱정이군."

"저도요. 7월부터 행운의 가운을 입고 계신데 말이에요."

"당신 내일 밤에는 여기서 경기를 보고 싶을 것 같군."

"그런 것 같아요."

보스턴이 또다시 졌다. 그런 다음 사흘 뒤에 19대 8로 또 지자, 그가 텔레비전을 끄고 그녀에게 전화기를 건넸다. "전화하는 게 좋겠어."

"여보세요, 나나. 앨리스예요……. 그러니까요…… 그러게요…… 지독해요…… 죄송해요……. 아뇨, 사실은 친구 집에서 봤어요……. 아뇨, 할머니는 모르는 친구요……. 으흠…… 아, 진짜

127

요? ……이상하네요……. 도린도 같이 있었어요? ……네, 그 사람도 슈라인회 회원이죠……. 알았어요…… 이제 끊어야 해요……. 이제 끊어야 돼요, 나나……. 저도 사랑해요…… 네…… 안녕히 주무세요……. 안녕히 주무세요."

"뭐라셔?"

"프랭코나 감독이 정신 나갔대요."

"잘됐군. 또?"

"슈퍼마켓에서 삼촌을 우연히 만났는데, 제가 할아버지 장례식에서 멋진 3부작을 발표했다고 하더래요. 추도 연설이라는 뜻이었겠죠."*

다음 날 오후, 그가 그녀에게 음성 메시지를 보내서 오는 길에 드웨인리드 약국에 들러 엽산 한 병과 칼슘이 함유된 밀랜타 제산제 체리 맛, 2온스짜리 퓨렐 손 세정제 열 병을 사다 달라고 부탁했다. 그녀가 도착했을 때 그는 양말을 신고 허리에 양손을 올리고서 찌푸린 얼굴로 깔개 위를 서성이고 있었다. 앨리스가 쇼핑백을 건넸다.

그것을 들여다보더니. "흐음."

"왜요?"

"아무것도 아니야, 앨리스. 당신 잘못이 아니야. 신경 쓰지 마."

자정에는 9회 말에 양키스가 1점 앞서는 중이었고 보스턴 팬들이 옥외 관람석에 서서 기도를 드렸다. 누군가가 **4경기만 더 가자**라

* 영어로 3부작trilogy과 추도 연설eulogy은 발음이 비슷하다.

고 적힌 플래카드를 힘없이 들었다. 앨리스는 손가락 사이로 경기를 보았고 에즈라는 일어나서 100가지 일을 시작했다.

"파티는 끝났어요……."

밀라가 볼 네 개로 1루에 진출했다. 삭스가 밀라를 로버츠로 교체했고, 로버츠가 2루로 도루했다. 그런 다음 빌 뮬러가 한가운데로 단타를 날렸고 로버츠가 3루를 지나 홈으로 슬라이딩해서 들어왔다.

"됐어!"

에즈라가 칫솔을 들고 화장실에서 나와 자리에 앉았다.

그다음 2이닝 동안은 추가 점수가 없었다. 앨리스는 바닥에 앉아서 손등 관절을 깨물며 보았다. 그러다가 빅 파피*가 2점짜리 홈런을 치자 그녀가 순식간에 일어서서 침대로 달려가 뛰어올랐다. "해냈어요! 이겼어요! 레드삭스가 이겼어요! 이겼다 이겼다 이겼다 이겼다 이겼다!"

"그러네, 앨리스. 정정당당하게."

"파티는 이제 끝났어요!"

다섯 번째 경기 때 앨리스는 셜에서 산 치마를 입고 B라고 적힌 야구 모자**를 쓰고 왔다. 에즈라가 공동 복도에서 그녀를 붙잡고 양옆을 살핀 다음 팔을 잡고 엘리베이터에서 끌어내렸다. "당신 미쳤어? 이 동네에서 그 모자를 쓴다고?" 텔레비전은 이미 켜져 있었고 책상을 열심히 치우던 중인 듯했다. 그는 그녀에게 마실 것과 중

* 보스턴 레드삭스 선수 데이비드 오티즈의 별명.
** 보스턴 레드삭스 팀의 모자.

129

식당 피그헤븐의 배달 메뉴를 건넨 후 다시 편지 봉투를 핥고, 팩스를 찢고, 지난 잡지를 폐지 바구니에 넣고, 축소판 지구라트처럼 바닥에 쌓인 외국어판 책들을 넘어 다니면서 계속 휘파람을 불었다.

"어이, 밀리." 그가 은행 거래 내역서에서 고개를 들고 말했다. "내가 땅반딧불이 이야기 해줬던가?"

앨리스가 돼지고기 볶음에 표시했다. "아뇨."

"1950년대에 밀스브러더스가 녹음한 〈땅반딧불이〉라는 유행가가 있었어. 1960년대 초반에 내가 앨투나에서 창작을 가르칠 때였는데 말이야." 그가 고개를 저었다. "어떤 학생에게 소설에 디테일이 좀 더 필요하다고 충고했지. 픽션에 생명을 불어넣는 건 디테일이라고 설명했어. 그 학생이 쓴 단편의 첫 문장은 이랬지. '대니가 휘파람을 불며 방으로 들어왔다.' 학생은 나와 잠시 대화를 나눈 다음 집으로 가서 단편을 고쳤고, 그다음 주에 돌아왔을 때 첫 문장은 이렇게 바뀌어 있었지. '대니가 〈땅반딧불이〉를 휘파람으로 불며 방으로 들어왔다.' 이야기 전체에서 바뀐 건 그거밖에 없었어."

앨리스가 낄낄 웃었다.

"세상에서 제일 웃기기 쉬운 백인 소녀, 메리앨리스."

"걘 어떻게 됐어요?"

"누구?"

"당신 학생요!"

"노벨상을 탔지."

"말도 안 돼요."

"사실은 한동안 워싱턴 세너터스에서 선수로 뛰었어. 그땐 리그에 여덟 팀밖에 없었지."

"리그에 여덟 팀밖에 없었다고요?"

"아, 메리앨리스, 절망적이군! 중생대부터 1961년까지 줄곧 리그에 여덟 팀밖에 없었다고. 1961년에 만들어진 신생 팀들이 호비 랜드리스나 추추 콜먼—추추 콜먼! 당신 별명으로 어때?—처럼 다른 팀에서 원하지 않는 선수들을 전부 데려갔는데, 메츠는 어찌나 야구를 못했는지 양키스 감독을 그만뒀다가 다시 끌려나온 케이시 스텐겔이 더그아웃에 들어가서 이렇게 말했지. '여기 야구 할 줄 아는 사람 없나?'"

9회 말에도 여전히 4대 4였는데, 비아그라 광고가 나올 때 에즈라가 소리를 끄더니 명랑하게 고개를 돌려 그녀를 보았다. "앨리스, 모퉁이 델리에 가면 가게 안쪽 아이스박스에 하겐다즈가 있어. 당신 먹고 싶어?"

"지금요?"

"그럼. 금방 갔다 올 수 있잖아. 잘 들어. 나는 속은 바닐라 맛, 겉은 초콜릿이랑 견과류가 있는 걸로. 그게 없으면 속은 초콜릿, 겉도 초콜릿, 견과류는 없는 걸로. 그것도 없으면 속은 바닐라, 겉은 초콜릿, 견과류 없는 거. 그리고 당신이 먹고 싶은 것도 하나 사고. 내 지갑은 저기 테이블에 있어. 어서!"

델리에는 라즈베리 맛밖에 없었다. 한 블록 떨어진 편의점에는 속은 초콜릿, 겉도 초콜릿이지만 견과류가 있는 것밖에 없었다. 앨리스는 아이스크림을 하나 집어서 약간 고뇌하며 빤히 보다가—게다가 하겐다즈도 아니었다—다시 내려놓고 긴 블록을 뛰어서 앰스터댐 애비뉴로 갔고, 캐러멜크림스 옆 포르노그래피를 파는 좁은 잡화점 안쪽에서 속은 바닐라 겉은 초콜릿과 견과류인 아이스크림만 잔뜩 쌓인 냉장고를 발견했다.

"시!"*

계산원이 배달 음식을 먹으면서 카운터 밑에 숨겨둔 텔레비전을 보고 있었다. "어떻게 됐어요?" 앨리스가 물었다.

"오티즈가 스트라이크아웃을 당했어요." 그는 포크를 허공에 든 채 경기를 잠시 보더니 반대쪽 손을 들어서 에즈라의 돈을 받았다. 마침내 그가 고개를 들고 앨리스의 모자에 적힌 B를 보더니 날카롭게 숨을 들이마셨다. "아, 라 에네미가."**

"어디 갔어?" 그녀가 돌아오자 에즈라가 물었다.

12이닝에서 오티즈가 2루로 도루를 시도했지만 2루수 제스터가 다리를 벌리고 수직으로 뛰어올라 양키스 포수 포사다가 높이 던진 공을 잡으면서 아웃당했다. 제스터는 공중에 불가능할 만큼 오래 머물며 공을 잡은 다음 착지해서 파피의 등을 태그했다.

"세상에." 에즈라가 아이스크림 막대로 화면을 가리키며 말했다. "순간적으로 니진스키인 줄 알았네."

"윽. 저 사람 너무 싫어요. 얼마나 잘난 척하는지 좀 봐요."

* si, 스페인어로 '네'라는 뜻.
** La enemiga, 스페인어로 '적'이라는 뜻.

어리석음

"우리가 섹스를 하던 때가 기억나, 메리앨리스?"

"세이프였는데!"

"아니었어, 앨리스."

"맞아요, 세이프!"

13이닝에서 보스턴 포수 배리텍이 너클볼을 세 번이나 떨어뜨리는 바람에 양키스가 2루와 3루로 진출했다. 앨리스가 신음했다. 관중석에서 또 다른 플래카드가 올라왔다. **믿어요.**

"뭘 믿어?" 에즈라가 말했다. "이빨 요정을?"

14회 말 투아웃 상황에서 오티즈가 오른쪽으로 파울볼을 치고, 왼쪽으로 파울볼을 치고, 위쪽과 뒤쪽 그물 너머로 두 번 더 파울볼을 치더니 페어볼을 쳐서 센터로 날려 조니 데이먼을 홈으로 불러들였다.

"만세에에에에에에에에!"

"알았어, 추. 이제 됐어. 잘 시간이야."

"어, 메리앨리스." 다음 날 아침, 그녀가 그의 집에서 나온 지 한 시간도 안 돼서 그가 음성 메시지를 남겼다. "이런 부탁 미안하지만, 오늘 밤 우리 집에 올 때—오늘 저녁에 오는 거 맞겠지—제이바스에 들러서 애플 소스 좀 사다 줄래? 덩어리가 많은 걸로 부탁해. 돈은 나중에 줄게." 둔탁하고 신경이 곤두선 듯한 목소리였고, 지난밤의 수다스러운 느낌은 전혀 없었다. 오후 내내 계속된 전자책 관련 긴급 회의가 끝나고 앨리스가 도착했을 때 그는 다시 얼굴을 찌푸린 채 등을 잡고 서성이고 있었다. 텔레비전은 소리를 죽인 채 켜져 있고 전기담요가 그의 자리를 덮히고 있었다. 앨리스는 최대한 조용히 냉장고에 애플 소스를 넣고, 찬장에서 잔을 꺼내어 노브크 리크 새 병의 왁스를 벗겨냈다. 조리대에 **유언장 문제로 멜에게 전화하기**라고 적힌 포스트잇이 붙어 있었다. 그 옆의 두 번째 메모에는 **면봉!!!**이라고 적혀 있었다. 이런 메모조차도 필체가 너무나 확실해 보여서 앨리스는 자신이 글을 쓸 수 있다는 생각이 바보같이 느껴졌다. 그녀가 다시 고개를 들어보니 에즈라는 목을 꼿꼿이 세우고 의자에 앉아 있었는데, 뒷머리가 미세하게 떨리지만 않았다면 그를 그대로 본떠 만든 밀랍 인형이라고 해도 될 것 같았다.

그녀는 술을 가지고 침대로 가서 누웠다. 깜빡이는 침묵 속에서 그들은 화면에 두 사람의 남은 수명이 뜨기라도 할 것처럼 경기 전에 보여주는 도표를 열심히 보았다. **제3경기. 포스트시즌 사상 가장 긴 9이닝 경기(4:20). 제5경기 : 포스트시즌 사상 가장 긴 경기 (5:49). 제1경기부터 제5경기까지 총 21시간 46분. 투구 1864회.** 앨리스는 선발 선수들을 외우고, 도미니카공화국에서 살면 어떨까 잠깐 생각한 다음 저녁은 뭘까 생각했다. 최대한 조용히, 가만히 있으면서 긴장된 분위기를 넘기거나 누그러뜨리는 것은 그녀의 타고난 본능, 또는 어린 시절의 두려움 때문에 생긴 본능이었다. 그러나 버번은 그녀와 생각이 달랐다.

"저 색 진짜 좋아요." 화면이 바뀌고 양키스 스타디움이 와이드 숏으로 잡히면서 살짝 다른 두 가지 에메랄드빛의 줄무늬를 그리도록 깎은 잔디가 화면에 비치자 그녀가 말했다.

몇 초 뒤, 에즈라가 낮고 단조로운 목소리로 대답했다. "그래. 야간 경기의 초록색이지."

양키스 투수 존 리버가 마운드로 들어서자 앨리스가 일어나 술을 새로 따랐다. "이제 소리 켜도 돼요?"

지난밤에 친구 열두 명과 함께 웃고 잡담을 나누면서 경기를 본 것처럼 텔레비전 소리가 너무 컸다. 아나운서 한 명은 남부 억양이 약간 있었는데 목소리가 어찌나 평온한지 술에 취했다고 해도 믿을 정도였고, 다른 아나운서는 비아그라 광고 목소리와 다르지 않은, 굵고 마음 놓이는 바리톤이었다. 두 아나운서가 불펜에 대해서, 커트 실링의 힘줄에 대해서, 날씨라는 "힘든 조건"에 대해서 지껄이는 소리가 집주인들 사이에 점점 커지는 긴장을 무시하려 애쓰는 실체 없는 손님들의 말소리처럼 작은 방을 채웠다. 일기예보 : 이슬비. 풍속 : 시속 22킬로미터, 왼쪽에서 오른쪽. 독서등의 노란 불빛을 받아 유리창에 비친, 흐릿한 스카이라인과 포개진 그녀와 에즈라는 인형의 집에 억류된 사람들처럼 생기 없는 표정이었다. 홀로 함께, 함께 홀로……. 물론 두 사람만이 아니었다. 에즈라의 통증이 함께했다. 에즈라, 그의 통증, 그리고 건강한 자들의 치 떨리는 세상에서 온 참을 수 없는 사절 앨리스.

"현재 스코어 4대 0, 레드삭스 공격인데요, 기술적인 문제 때문에 오늘 밤 경기는 AFN에서 전해드리고 있습니다. AFN은 176개국과 미국 영토, 그리고 물론 해군 함선에 복무 중인 군인들에게 방송을 제공하고 있습니다. 고국에서 멀리 떨어져 복무 중인 남녀 군인 여러분, 환영합니다. 여러분의 모든 노고에 감사드립니다."

관중석에서 비 때문에 후드를 뒤집어쓴 세 남자가 맥주가 담긴 플라스틱 컵과 손으로 쓴 플래카드를 들고 있었다. **이라크 파병 휴가 중. 제31전투지원 병원 만세. 양키스 화이팅!**

"우리 나라 도시 중에서 말입니다." 남부 억양의 목소리가 말했다. "뉴욕만큼 남녀 군인들 덕분에 우리가 누리는 자유와 그 희생을 상기시키는 곳은 없지요……." 제이슨 배리텍이 가슴 보호대를 조정했다. "……참 대단한—대단한 사람입니다. 대단한 리더예요. 플라이볼을 쳤습니다……. 이걸 보세요. 좀 보세요, 얼마나 많은 이닝을 이겼는지, 얼마나 고생을 했는지……. 자 이제 어떻게 될지 지켜봅시다, 계속 밀고 나가는군요, 더그아웃으로 들어가죠. 이제 다시 나와서 커트 실링의 투구를 잡을 겁니다, 6회 말을 편안하게 넘길 수 있도록 말이죠……."

"저 지친 다리로……."

"군인이었다면 정말 대단했을 거라는 생각이 들죠……."

에즈라가 음소거 버튼을 눌렀다.

앨리스는 잠시 더 화면을 보다가 잔에 남은 술을 마저 마셨다. "배고파요? 뭐라도 시킬까요?"

"아니야, 앨리스."

"필요하면 내일 면봉 사다 줄게요."

그가 바닥의 무언가를 찾아 몸을 숙였다. "고마워."

"저것 좀 그만 비추면 좋겠어요."

"뭐."

"저 사람 양말요. 역겨워요."

에즈라가 약을 먹었다.

"매일 먹으면 안 되는 줄 알았는데요."

"고마워, 똑똑한 아가씨."

"와! 저거 봤어요?"

"뭐?"

"에이 로드*가 아로요를 쳤어요!"

그들은 공이 파울 라인을 따라 통통 튀고 지터가 홈으로 뛰는 것을 지켜보았다. "에이 로드가 1루로 달려와서 아로요가 태그하려고 했는데 에이 로드가 치는 바람에 글러브에서 공이 빠졌어요!"

프랭코나가 뛰어나와 항의했다. 심판이 모두 모였다. 심판들이 아웃을 선언하자 뉴욕 팬들이 야유하며 구장에 쓰레기를 던졌다.

"믿을 수가 없어요." 앨리스가 말했다. "믿을 수 없을 만큼 유치했어요." 그녀가 에즈라를 보았지만 그는 화면을 보고 있었다. "내가 양키스 팬이라면 부끄러울 거예요, 저런 식으로 이기려고 하다니."

"당신이 양키스 팬이라면 말이야." 에즈라가 조용히 말했다. "양키스는 플레이오프에 진출하지 못했을 거야."

앨리스가 웃었다. "소리 다시 켜도 돼요?"

천천히, 그가 그녀를 향해 고개를 돌렸다. "메리앨리스……."

* 뉴욕 양키스 선수 알렉스 로드리게스의 별명.

"뭐요?"

"나 아파."

"알아요. 하지만 내가 뭘―"

에즈라가 움찔했다. "하지만 당신이 뭘 어쩌겠어?"

영문을 모른 채 앨리스가 고개를 끄덕였다.

"잠깐만요." 그녀가 말했다. "사실 많은 걸 하잖아요. 당신 대신 제이바스에도 가고, 드웨인리드에도 가고, 연장전 도중에 델리에 가서 하겐다즈도 사다 주고―"

"앨리스, 당신이 하겠다고 했잖아. 기억나? 내가 아프면 돕겠다고 했잖아. 당신이 그랬지, '필요하면 뭐든 말씀하세요, 모퉁이만 돌면 우리 집이잖아요.' 아니면 당신한테 부탁하지도 않았을 거야."

"알아요, 하지만―"

"나는 이러고 있는 게 좋은 줄 알아? 내가 늙고, 아파서 꼼짝도 못하고, 다른 사람한테 의지하는 걸 즐긴다고 생각해?" 그의 머리가 곧 폭발할 것처럼 더욱 뚜렷하게 떨리고 있었다.

"꺼져요." 앨리스가 말했다.

잠깐 동안 들리는 소리라고는 텔레비전 화면이 어두워졌다가 밝아졌다가 다시 어두워지면서 전파가 바뀌는 소리밖에 없었다. 앨리스가 양손으로 얼굴을 가리고 어쩔 줄 모르는 것처럼―또는 둘 중 하나, 또는 두 사람 모두에게 숨을 기회를 주며 수를 세는 것처럼―한참 동안 있었지만, 마침내 손을 떼자 에즈라는 아까와 똑같이 아직 그곳에 있었다. 다리를 꼬고, 아파서 새까매진 눈으로, 기다리면서. 눈물 때문에 그의 얼굴이 흐릿하게 보였다.

"내가 당신을 어떻게 해야 할까, 메리앨리스? 어떻게 해주면 좋겠어? 당신이 나라면 당신은 어쩌겠어?"

앨리스가 다시 얼굴을 가렸다. "거지같이 대해주세요." 그녀가 손에 대고 말했다.

그녀가 집으로 돌아왔을 때 하버드 학자금 대출 사무실에서 보낸 연방 퍼킨스 대출금 전액 변제 감사 편지가 우편함에 들어 있었다.

레드삭스가 이겼다.

부탁하지도 않았는데 바텐더가 병에 남은 술을 앨리스의 잔에 따랐다.

앨리스가 잔을 2.5센티미터 정도 옆으로 옮기고 손을 다시 무릎에 올렸다.

"체스 두세요?" 옆에 앉은 남자가 영국식 억양으로 물었다.

앨리스가 고개를 돌려 그를 보았다. "체스 판은 있어요."

"프랑스어 하세요?"

"아뇨. 왜요?"

"체스에서 말을 이동하는 게 아니라 원래 칸에서 위치를 약간 조정할 때 쓰는 표현이 있거든요."

"아, 정말요? 뭔데요?"

"자두브J'adoube."

앨리스가 고개를 끄덕였고, 텔레비전을 올려다보면서 잔을 들어서 이번에는 술을 마셨다.

"안녕하세요." 그녀가 상사의 사무실 문을 두드리며 말했다. "여기—"

그가 전화기를 탁 내려놓았다.

"죄송해요." 앨리스가 말했다. "저는 그게—"

"빌어먹을 블레이저가 힐리랑 계속하겠대."

그가 화를 내며 손가락으로 이마를 어루만졌다. 앨리스는 그의 책상에 파일을 올려두고 나왔다.

"문제는 말이에요." 그녀가 줄리언이라는 영국 남자에게 말했다. "1986년 이후 월드 시리즈에 한 번도 진출을 못 했거든요. 1918년 이후로는 월드 시리즈에서 우승을 못 했고요. 어떤 사람들은 밤비노*의 저주 때문이라고 해요. 레드삭스가 베이브 루스를 뉴욕에 팔아넘겨서 벌을 받고 있다는 거죠."

"양키스한테 말이죠."

"네. 요즘은 메츠도 있지만 1960년대까지만 해도 없었거든요." 앨리스가 술을 한 모금 마셨다. "그 전에는 리그에 여덟 팀밖에 없었어요."

첫 번째 투구가 안쪽 볼이 되면서 카디널스 팀의 푸홀스가 2루로

---

* 전설적인 야구 선수 베이브 루스의 별명.

진출했다.

카디널스 타자 렌터리아가 레드삭스 투수 풀크 쪽으로 공을 치자 풀크가 1루로 공을 던져 그를 아웃시켰다. 선수들이 모두 더그아웃에서 구장으로 뛰쳐나와 다 같이 끌어안으며 축하했고, 서로의 등 위로 뛰어오르고, 서로의 품에 뛰어들고, 주먹을 허공으로 들어 올리고, 하늘을 가리키며 감사했다. 관중석에서 카메라 플래시가 총을 발사하는 것처럼 팟팟팟 터졌다. 인공위성 영상으로 모래투성이의 피곤한 모습으로 축하하는 바그다드의 군인들이 잠깐 비춰지더니 뱅크오브아메리카 포스트게임 쇼로 넘어가 메이저리그 총재 버드 셀리그가 매니 라미레스에게 MVP 트로피를 수여했다. 기자가 라미레스에게 기분이 어떠냐고 물었다.

"먼저, 음, 부정적인 일들도 많았죠, 제가 트레이드될 뻔했고요. 하지만 저는 자신을 믿었습니다, 음, 제 자신을 믿고 해냈어요. 저는 정말 축복받았습니다, 음, 많은 사람들이 틀렸다는 것을 증명했죠. 음, 저는 제가 할 수 있다는 것을 알았고 정말 다행히도 진짜 해냈습니다."

"저주를 믿으세요?"

"저는 저주를 믿지 않습니다. 자신의 목적지는 자기가 만드는 거라고 생각해요. 우리는 해냈습니다, 우리는 서로를 믿어요. 우리는 구장으로 나가서 편안하게 경기를 했고, 1루에서 아웃시켰고, 우승했습니다."

앨리스가 전화기를 보았다. 바텐더가 술을 한 잔씩 돌렸다.

"누구나 자신의 목적지는 자기가 만든단 말이지." 앨리스가 비꼬듯이 말하면서 전화기를 가방에 다시 넣었다.

"저 사람 말이 맞아요." 줄리언이 그녀를 끌어당겨 입 맞추며 말했다.

똑또도도독, 똑똑.

그녀는 포도주를 한 병 들고 앨리스의 문 앞에 서 있었다. 포도주 병에는 먼지가 잔뜩 끼고 빽빽한 히브리어만 적혀 있을 뿐 이름도 없었다. 노파의 머리가 스프링으로 몸통에 연결된 것처럼 희미하게 흔들렸다. "이것 좀 열어줄래?"

코르크를 뽑으니 새까맸다.

"여기요." 앨리스가 말했다.

"좀 마실래?"

앨리스가 조리대로 돌아와 잼 병 두 개에 포도주를 반씩 채우고 현관문 바로 안쪽, 애나가 희미하게 계속 떨며 서 있는 곳으로 돌아왔다. 색 바랜 데이지 무늬의 가운 깃에 플로리다 모양의 갈색 자국이 있었다. 애나가 잔을 조심스럽게 양손으로 받았는데, 무엇이든 서서 마신 지가 한참 되었음을 알 수 있었다.

"조카가 오늘 자살했어."

앨리스가 잔을 내렸다.

"……그래서 포도주가 좀 필요했지."

"그럴 만도 하네요." 앨리스가 부드럽게 말했다. "몇 살이었어요?"

"뭐?"

"몇—"

"쉰 살."

"아팠나요?"

"아니."

"아이는 있어요?"

"뭐?"

"아이는—"

"아니."

두 사람 모두 포도주를 마시지 않았는데도 애나는 언제 효과가 나타날까 생각하듯 자기 술을 내려다보고 있었다.

"오늘 투표하셨어요?" 앨리스가 물었다.

"뭐?"

"투표하셨어요? 대통령 선거?"

"토했냐고?"

앨리스가 고개를 저었다.

"있잖아……." 애나가 말을 꺼냈다.

"앨리스예요."

"알아. 여기 혼자 살아?"

앨리스가 고개를 끄덕였다.

"외롭지 않아?"

앨리스가 어깨를 으쓱했다. "가끔은요."

애나가 앨리스의 뒤쪽 복도 너머로 독서등이 켜져 있고 『바그다드 함락』이 엎어져 있는 침대를 보았다. 화장대에 놓인 라디오에서 뉴욕은 케리, 네브래스카는 부시가 가져갔다고 조용히 말하는 소리가 들렸다. "그래도 남자 친구 있잖아, 응? 인생에서 특별한 사람?" 그녀가 성작처럼 두 손으로 계속 들고 있던 포도주 든 잼 병이 바닥을 향해 조금 더 기울어졌다.

앨리스가 약간 슬프게 미소를 지었다. "그럴지도요."

발신자 표시 제한.

5월

21일

토요일

6월

18일

토요일

7월

2일

토요일

자동차 문이 쾅 닫혔다.

"미안합니다, 여러분!" 그가 주방 창문에서 소리쳤다. "여러분 예약은 내일인데요!"

아이들이 그를 무시하고 판석 길을 경쾌하게 뛰어갔다. 남자아이는 장난감 경찰 보트를 허공에 흔들고 여자아이는 높다란 여름 태양 밑에서 보랏빛으로 반짝이는 요정 날개를 팔락거렸다. 아이들을 위해서 스크린도어를 잡아주는 에즈라는 엘프들의 집사 같았다. "올리비아! 날개가 돋았구나!" 카일이 폴짝폴짝 뛰어서 계단을 올라 거실로 들어가더니 에즈라의 긴 의자에 거꾸로 털썩 엎드려 머리카락으로 바닥을 쓸며 말했다. "올리비아 누나는 이빨이 흔들린대요!"

"정말이니, 올리비아?"

올리비아가 날개를 망가뜨리지 않으려고 소파 쿠션 끄트머리에 걸터앉아서 고개를 끄덕였다.

"얼마나?"

"진짜 많이요!" 카일이 말했다.

올리비아가 에즈라를 흘깃 보며 얼굴을 붉혔다.

점심을 먹으면서.

"에즈라 아저씨?"

"응, 아가?"

"아저씨는 어떻게 그렇게 세련됐어요?"

에즈라가 피클을 내려놓았다. "어떤 점이 세련됐는데?"

올리비아가 어깨를 으쓱했다. "멋진 셔츠를 입잖아요. 대통령도 알고.”

카일의 접시에 있던 포도가 식탁 끝으로 굴러갔다. “어어!” 앨리스가 몸을 숙여 그것을 잡으며 말했다. “도망자 포도네.”

“도망자 포도!”

“그렇게 세련되진 않았어.” 에즈라가 결론을 내렸다.

“에즈라는 열심히 일한단다.” 에드윈이 딸의 머리카락에서 감자칩 조각을 떼며 말했다. “네가 열심히 해서 공부를 잘하면 언젠가는 너도 멋진 셔츠를 입을 수 있을지도 몰라.”

“대통령도 만나고요?”

“대통령도 되고.” 에일린이 말했다.

“맞아.” 에즈라가 말했다. “우 대통령. 여성 대통령 우. 지금 우리 대통령보다 벌써 네가 낫다.”

올리비아가 숟가락으로 민트 초코칩 아이스크림을 퍼서 입에 넣고는 이물질이라도 든 것처럼 천천히, 생각에 잠겨 턱을 움직였다. 앨리스의 무릎에 앉은 카일이 방귀를 뀌었다.

“이런.” 앨리스가 말했다.

“이런.” 카일이 숟가락에 대고 낄낄 웃으며 말했다.

수영장에서 카일은 바닷가재 무늬의 수영복 바지를 입었고 카일의 누나는 원피스 수영복을 입었는데, 너무 커서 축 늘어지는 바람에 창백하고 동전처럼 납작한 젖꼭지가 드러났다. “보세요.” 엄마가 팔에 열심히 선크림을 문질러줄 때 올리비아가 말했다. 아이가 손가락을 대자 초콜릿이 긴 네 개의 어금니 사이의 이빨이 술 취한 사람처럼 앞뒤로 심하게 건들거렸다.

"와." 앨리스가 말했다. "진짜 흔들리는구나."

따뜻한 날이었고, 흐리고 갑갑했지만 에즈라는 바지와 단추 달린 긴소매 셔츠를 입고 옥스퍼드화의 끈을 두 번 묶은 채 덱체어에 앉아 있었다. 책갈피가 끼워진 『영원한 탐닉』이 그의 무릎에 놓여 있었고 펜실베이니아주립대학 앨투나 모자가 머리에 너무 가볍게 얹혀서 글씨가 약간 눌려 보였다. "자, 얘들아 잊지 마라. 수영장에 오줌을 빨갛게 만드는 약품을 넣어놨다. 밝은 빨간색이야! 누가 수영장에서 오줌을 싸자마자 새빨갛게 변할 거야." 카일이 인상을 찌푸리고 자기 뒤쪽을 몰래 보았다.

"마르코." 앨리스가 말했다.

"폴로!" 애들이 소리쳤다.*

"마르코."

"폴로!"

"마르코!"

"폴로!"

"마르코!"

"폴로아아아아아아아ㅎㅎㅎㅎㅎㅎ!"

에즈라가 한 손을 들었다. "실례지만, 여기 마르코 폴로가 누군지 아는 사람?"

* 술래가 눈을 감고 "마르코"라고 외치면 나머지 사람들이 "폴로"라고 외쳐서 위치를 알리는 술래잡기를 하고 있다.

카일과 올리비아가 딱 멈춰서 위아래로 움직이며 코와 입술로 물을 불었다. 올리비아가 앨리스를 보며 귀엽게 물었다. "깊은 쪽으로 데려가주실래요?"

앨리스가 몸을 숙이자 꼬마 여자아이가 그녀의 등에 기어올라 몸을 반쯤 물에 띄웠다. 그런 다음 수영장 바닥에 발이 닿지 않아 한 손으로 길쭉한 판석 가장자리를 잡아야 하는 곳까지 들어갔다. 깊이 들어갈수록 올리비아는 더 세게 매달려서 어깨 너머를 보며 무시무시한 난파선의 잔해라도 본 것처럼 몸을 떨었다. "살려주세요, 살려주세요!" 카일의 원격조종 경찰선이 두 사람을 따라잡아 앨리스의 가슴을 들이받자 그녀가 웃으며 말했다.

"놓치면 안 돼, 올리비아." 올리비아의 엄마가 소리 질렀다.

그들이 반대쪽에 도착했을 때 아이의 팔다리는 앨리스에게 단단히 감겨 있었다. "어때?" 앨리스가 물었다.

"좋아요." 올리비아가 이를 덜덜 떨면서 중얼거렸다.

에즈라가 발을 흔들면서 지루한 표정으로 재미있는 이야기 아는 사람 없냐고 물었다.

에드윈이 블랙베리 전화기를 내려놓았다. "쌍둥이를 태어나기 전에는 뭐라고 부르게?"

"자궁 친구!" 올리비아가 앨리스의 귀에 대고 소리쳤다.

"좋군." 에즈라가 말했다. "또?"

카일이 킥보드 위에서 일어서려고 애썼다. "티라노사우루스를 마주쳤을 때 그걸…… 그걸 가지고 있으면……."

"뭐?"

킥보드가 뒤집혔다. "까먹었어요."

에즈라가 고개를 저었다. "손 좀 봐야 쓰겠군."

"쿠키가 외출 준비를 마치고 친구한테 뭐라고 했게요?" 올리비아가 말했다.

"뭐라고 했는데?"

"과자!"

카일이 깔깔 웃었고 에즈라가 신음했다. 여전히 앨리스에게 딱 달라붙은 올리비아가 그녀를 보며 코를 찡그렸다. "손 좀 봐야 쓰는 게 뭐예요?"

"나도 하나 있지." 에즈라가 말했다. "어떤 남자가 비행기를 타고 모리셔스로 가면서 옆에 앉은 남자를 보고 말했어. '실례지만 무슨 발음이 맞습니까? 모리티어스인가요, 모리셔스인가요?' 옆 사람이 말했지. '모리티어스요.' 그래서 남자가 '고맙습니다' 하니까 옆 사람이 말했어. '별말틈을.'"

꼬마들이 그를 빤히 보았다.

"이해가 안 가요." 카일이 말했다.

"말을 웃기게 한다는 뜻이야." 올리비아가 말했다. "맞죠?"

"맞아."

"근데 뭐가 웃겨?" 카일이 말했다.

"아무것도 아니야." 에즈라가 말했다. "신경 쓰지 마."

"손 좀 봐야 트겠네." 에일린이 말했다.

어리석음

바람이 불기 시작하더니 나뭇잎이 흔들렸다. 아이들은 굴하지 않고 앨리스에게 '상어와 물고기 놀이'를, 또 '원숭이는 가운데 놀이'를 가르쳐주었고, 차례로 앨리스의 등에 올라타서 누들 튜브를 회초리 삼아 다리에 채찍질하는 척하는 게임을 만들었다.

"아이 갖고 싶어요, 메리앨리스?" 에일린이 물었다.

카일이 머리 위로 누들 튜브를 올가미처럼 흔들면서 그녀의 눈에 물을 튀겼다. "어쩌면요." 앨리스가 말했다. "마흔 살이 되면요."

에일린이 선글라스를 올리며 고개를 저었다. "마흔은 너무 늦어요."

"그렇다더군요. 하지만 더 일찍 갖기는 무서워요. 내가…… 소모될까 봐 두려워요."

"메리앨리스는 아주 약한 사람이야." 에즈라가 설명했다.

에일린이 고개를 끄덕이면서 눈을 가늘게 뜨고 하늘을 보았다. "취소할게요. 마흔 살은 아이를 갖기에 너무 늦지 않아요. 쉰 살이 열 살짜리 아이를 갖기에 너무 늦은 거죠."

가벼운 비가 판석에 똑똑 떨어지기 시작하자 에즈라가 힘차게 일어나서 손뼉을 쳤다. "젤리 도넛 먹고 싶은 사람?" 앨리스와 에일린이 진드기를 막아준다는 양말을 신기는 동안 아이들은 덜덜 떨고, 징징거리고, 훌쩍거리고, 조르고, 어깨 너머 수영장에서 여전히 출렁이며 빗발에 마맛자국 같은 구멍이 뽕뽕 뚫리는, 이제는 헤어진 물을 향해 비극적인 시선을 던졌다. 원격조종 경찰선이 알루미늄 사다리에 부딪혔다. 누들 튜브가 깡통에서 튀어나온 뱀들처럼 수

면에 둥둥 떠 있었다. 앨리스는 수건, 토트백, 코퍼톤 선크림 튜브와 작은 물안경을 다 챙긴 다음 다른 사람들과 함께 지친 바다 여행자처럼 잔디밭을 걸어갔다. 에즈라는 혼자서 성큼성큼 걸어서 꽃이 진 박태기나무를 지나쳤다. 에드윈과 카일은 학구적인 분위기로 항구의 무언가를 가리켰다. 올리비아와 에일린은 다리의 비율과 안짱다리까지 똑같았다. "저 나무들 보이니?" 비가 무언가를 기름에 튀기는 것처럼 소란스럽게 내리는 가운데 에일린이 딸에게 말하고 있었다. "엄마가 어렸을 때, 에즈라를 도와서 저 나무들을 심었어……."

저녁 식사 후 그들은 스크래블 게임을 했다.

인어 공주 잠옷 가운 차림으로 의자에 무릎을 꿇고 앉은 올리비아가 한참 동안 이빨을 걱정하며 뭘 선택할지 고민한 끝에 마침내 테이블 위로 팔을 뻗어서 엄청나게 걱정을 하며 글자를 만들었다. 버드BIRD를 만들 생각이었지만 I가 아니라 U였다.

"틀렸어, 올리비아." 에드윈이 말했다. "U가 아니라 I야."

"아." 올리비아가 푹 주저앉으며 말했다. "깜빡했다."

"괜찮아, 올리비아." 에즈라가 말했다. "아직 어려서 그런 거야."

에드윈이 프리스비FRISBEE를 만들었다. "16점."

"고유명사는 안 돼." 에일린이 말했다.

에드윈이 프리스비를 취소하고 리저블RISIBLE을 만들었다. "좋네요." 앨리스가 말했다. "13점."

"이게 뭐예요?" 카일이 물었다.

"'리저블'이야." 에일린이 말했다.

"'리저블'이 뭐예요?" 올리비아가 물었다.

"웃긴 거." 앨리스가 말했다. "멍청하거나 우스꽝스러워서 널 웃게 만드는 거." 그녀가 피어니PEONY를 만들었다. "13점."

에즈라가 클릿CLIT*을 만들었다.

앨리스가 점수판으로 입을 가렸다. 그녀의 포도주잔 너머에서 에일린이 눈을 크게 떴다.

에즈라가 입술을 한쪽으로 찡그리면서 자기가 만든 단어를 다시 보더니 슬픈 듯 고개를 저었다. "이것밖에 없어." 블랙베리 휴대전화를 들여다보던 에드윈이 고개를 들더니 씩 웃었다.

"뭐예요?" 카일이 말했다. "뭐라고 하는 거예요?"

"'클릿'이라고 하는 거야." 에일린이 또렷하게 말했다.

"단어가 아니잖아요." 올리비아가 말했다.

"맞아!" 카일이 말했다. "클리프트는 단어야!"

"맞아." 에즈라가 안심한 표정으로 말했다. "클리프트는 단어지."

"무슨 뜻인데요?" 앨리스가 물었다.

"'클리프'의 다른 말이야."

"몽고메리 클리프트도 있잖아." 에드윈이 말했다.

"고유명사는 안 돼." 에일린이 다시 말했다. "아무튼, 이건 그것도

* 음핵陰核을 가리킨다.

153

아니야."

"신경 쓰지 말아요." 앨리스가 웃었다. "에즈라 12점."

올리비아가 입에서 손가락을 꺼내더니 고개를 돌려 그녀를 보았다. "왜 뭘 하든 계속 웃어요?"

"누구?" 앨리스가 말했다. "나?"

올리비아가 고개를 끄덕였다. "뭘 하든 계속 웃어요."

"아." 앨리스가 말했다. "그랬는지 몰랐어. 이유는 나도 모르겠네."

"나한테 이론이 하나 있지." 에즈라가 자기 타일을 다시 늘어놓으며 말했다.

"그래요?"

"분위기를 가볍게 만들려고 웃는 거야. 상황을 무마하려고."

"무마하는 게 뭐예요?" 올리비아가 물었다.

"바로 이런 거." 에드윈이 올리비아의 갈비뼈 부근을 간질이며 말했다.

"그건 남편 생각이었어요." 다음 날 아침, 다시 수영장에 갔을 때 에일린이 말했다. "남편은 가톨릭 신자로 자랐고, 누구나 어느 정도 종교 교육을 받아야 한다고 생각해요. 하지만 아이들한테 마리아가 예수를 어떻게 갖게 됐는지 설명할 때 난 표정을 구기지 않을 수가 없었죠."

"엄마! 엄마 보세요!"

"올리비아, 양말!"

올리비아가 잠옷 가운 차림으로 바람에 부푼 돛처럼 펌프실 주변을 돌아 지폐를 흔들며 판석 덱으로 와서 숨을 헐떡거렸다. "보세요! 이빨 요정이 뭘 줬는지 봐요!"

"와!" 에즈라가 말했다. "50달러네."

"아주 후하구나." 에일린이 말했다.

"제가 가져도 돼요?"

"아빠한테 드리렴. 양말 좀 신고." 올리비아가 가자 에일린이 신랄한 표정으로 에즈라를 보았다. "50달러?"

"뭐? 핫도그 장수한테 준 돈에 비하면 아무것도 아닌데."

앨리스가 책에서 고개를 들었다. "핫도그 장수한테 돈을 줬어요?"

"그럼."

"얼마나요?"

그가 손을 흔들어 파리를 쫓았다. "700달러."

"700달러나요!"

"핫도그 좋아하지도 않잖아." 에일린이 말했다.

에즈라가 어깨를 으쓱했다. "돕고 싶었어. 친구를 돕고 싶었던 거야. 최근에 얼마나 힘든지 계속 얘기했었거든. 노점상 허가 비용은 오르고 집주인은 아파트 월세를 자꾸 올리는데 먹여 살릴 아내랑 아이가 셋이나 있다잖아. 어떻게든 돈을 더 마련하지 못하면 다음 달 청구 금액을 못 낼 거라고 했어. 그래서 다음 날 내가 다시 가서 말했지. '이름이 뭐죠?' 그가 이름을 말했고, 내가 수표책을 꺼내자 다시 말했어. '잠깐만요! 진짜 이름이 아니에요.'"

앨리스가 신음했다.

"그때부터 벌써 이상했지. 하지만 뭐 어때. 수표를 써줬지. 750달러 수표를 써줬어."

"700달러라고 한 줄 알았는데." 에일린이 말했다.

"아니야. 750달러야."

"700달러라고 말했어요." 앨리스가 말했다.

에즈라가 고개를 저었다. "요즘 깜빡깜빡해."

"어쨌든요." 앨리스가 말했다.

에즈라가 양손을 들었다. "그 뒤로 그 사람을 못 봤어."

"그 사람 어디 출신인지 물어봐도 될까?"

"예멘 사람인 것 같아." 그들은 카일이 오리발과 장난감 배 원격조종기를 들고 거드름을 피우며 잔디밭을 걸어오는 모습을 보았다. 에즈라가 걱정스러운 표정을 지었다. "내가 알카에다한테 750달러를 줬을지도 몰라."

"준비!" 카일이 오리발을 떨어뜨리고 그들을 향해 원격조종기 안테나를 흔들면서 말했다.

에즈라가 총에 맞은 것처럼 플라스틱 덱체어와 함께 뒤로 넘어가 잔디밭에 쓰러지면서 늙은 가문비나무 그루터기 뿌리에 머리를 부딪칠 뻔했다. 카일은 신이 나서 원격조종기를 바닥에 떨어뜨리고 엉덩방아를 찧으며 에즈라와 함께 풀밭에 누웠다.

"나 지금 장난하는 거 아니야." 에즈라가 여전히 누운 채 말했다. "제세동기가 방금 꺼졌어."

"세상에나." 에일린이 말했다.

"괜찮아요?" 앨리스가 물었다.

"괜찮아. 난 괜찮아. 괜찮은 것 같아. 그냥…… 그냥…… 약간 충격이야." 그가 몸을 떨며 웃었다. "말 그대로 충격이군."

에일린이 안테나를 잡고 원격조종기를 집어 들어 동물 시체를 던지듯 숲으로 던졌다. "그래도 의사를 불러야 하는 거 아니야? 확인이라도 하게?"

버질이 도착하자 올리비아가 요정 날개를 펄럭이며 달려가 진입로에서 그를 맞이했다. "와!" 올리비아가 말했다. "할아버지는 몇 살이에요?"

앨리스가 집에 왔을 때 그녀의 우편함에는.

배심원 소환장.

그녀의 아파트에 살던 전 세입자 앞으로 온 제3회 연례 파이어 아일랜드 블랙아웃 비치의 주말 초대장.

뉴욕시 건물 관리부 통지서. 같은 통지서의 복사본이 로비 문에도 테이프로 붙여져 있었다. **배관 공사 작업 허가서—5층의 방 여섯 개짜리 일자형 아파트를 침실 한 개짜리 아파트 두 채로 분할하기 위한 변경 유형 1 신청서가 접수됨. 필요에 따라 종합 건축, 배관, 가스 및 인테리어 마무리 작업. 기존 아파트 문은 유지됨. 아파트에서 복도로 나가는 출구는 변경 없음.**

배심원 대기실에서 그녀의 옆자리 남자는 **난 반사회적인 게 아니라 그냥 네가 싫은 거야**라고 적힌 티셔츠를 입고 있었다. 앞자리의 남자는 블루베리 스콘을 먹으면서 옆에 앉은 여자에게 몇몇 이슬람교도들이 장르를 불문하고 모든 음악을 최선을 다해 피하는 이유를 설명하고 있었다. 그는 전날 뉴욕현대미술관에 갔다가 도슨트가 한 무리의 학생들에게 칸딘스키 작품의 "음악성"에 대해 설명하는 것을 들었다. 이 설명이 그에게는 특히 흥미로운 비교점으로 다가왔는데, "사람들은 흔히 이슬람교도가 인물화가보다 칸딘스키를 좋아할 것이라고 생각하지만 사실 그들은 음악을 의심하고, 음악의 관능성과 무의미함이 인간의 천한 경향을 자극한다고 생각하기" 때문이었다.

"어떤 경향을 말하는 거죠?" 옆자리의 여자가 물었다.

"난잡함요." 남자가 스콘을 씹으며 말했다. "육욕. 천박함. 폭력. 예를 들어 아주 보수적인 제 삼촌에게는 말이에요." 남자가 무릎의 부스러기를 바닥으로 털어냈다. "브리트니 스피어스랑 베토벤이 똑같아요. 음악은 인간의 동물적인 열정에 호소하고 관심을 다른 곳으로 돌려서 지적인 면을 추구하지 못하게 만들기 때문에 불쾌한 거죠."

"그럼 당신 삼촌은 식당에 갔을 때 클래식 음악이 나오면 귀를 막아요? 일어나서 나가요?"

"아뇨. 하지만 어떤 음악이든 아주 멍청하다고 생각하시겠죠."

앨리스는 배우면 배울수록 얼마나 아는 것이 없는지 깨닫게 된다고 생각했다.

9시 20분에 키 작은 대머리 남자가 방 앞쪽 상자에 올라가서 자신을 윌러비 서기라고 소개했다. "동료 시민 여러분. 안녕하십니까. 모두 소환장을 봐주세요. 여러분이 모두 맞는 날 맞는 장소에 왔는지 확인하려고 합니다. 소환장에 7월 16일, 식스티센터 스트리트라고 적혀 있어야 합니다. 소환장에 다르게 적힌 분이 계시면 물건을 챙겨서 복도 끝 사무실로 가세요, 거기서 해결해드릴 겁니다."

앨리스의 뒷자리 여자가 크게 한숨을 쉬더니 물건을 챙기기 시작했다.

"자. 우리 법원의 배심원이 되려면 미국 시민이어야 하고, 열여덟 살 이상이어야 하고, 맨해튼, 루스벨트섬 또는 마블힐에 거주하셔야 합니다. 유죄판결을 받은 중죄인은 안 됩니다. 이 요건에 맞지 않는 분이 계시면 역시 물건을 챙겨서 행정 사무실로 가주세요."

반사회적 티셔츠를 입은 남자가 일어나서 걸어 나갔다.

"배심원 근무 시간은 오전 9시부터 오후 5시까지이고, 오후 1시부터 2시까지는 점심시간입니다. 재판에 들어가지 않고 4시 반까지 대기실에 남아 계신 분은 그때 돌아가셔도 좋습니다. 그러나 판사님이 배심원으로 호출했을 때부터는 더 이상 제 소관이 아니고, 판사님이 해산명령을 내릴 때까지 계셔야 합니다. 평균 재판 기간은 7일입니다. 더 긴 재판도 있고 짧은 재판도 있지요. 이제 짤막한 오리엔테이션 영상을 보여드릴 텐데, 다들 헤드폰을 벗고 책과 신문을 덮고 집중해서 봐주시면 아주 감사하겠습니다."

영상은 호수가 점차 선명하게 드러나는 장면으로 시작했다. 우람한 보초병이 이끄는 중세의 마을 사람들이 떼를 지어 호숫가로 다가왔다.

내레이터의 목소리가 들렸다. 옛날 유럽에서는 범죄나 비행을 저지르면 시련재판이라는 것을 받아야 했습니다. 약 3000년 전 함무라비 시대에 처음 시작된 개념이었지요.

마을 사람들이 양쪽으로 갈라지며 밧줄로 손목이 단단히 묶인 남자에게 길을 내주었다. 보초병 두 명이 그를 물가로 밀었다.

어떤 시련은 끓는 물에 손을 넣는 것이었습니다. 사흘 뒤에 손이 나오면 무죄로 선언되었습니다. 또 다른 시련재판은 훨씬 더 극단적이었습니다. 몸을 단단히 묶은 다음 물속으로 던졌지요. 떠오르면 유죄, 가라앉으면 무죄였습니다.

보초병들이 죄수의 발을 묶었고, 관리 두 명이 옆에 서서 무표정하게 바라보았다. 마을 사람들은 불안해하며 숨을 죽였다. 그런 다음 보초병들이 죄수를 물속으로 던져 넣었다. 죄수가 가라앉았다. 그가 들어간 자리에서 물방울이 떠올랐다. 관리들은 잠시 지켜보더니 보초병들에게 끌어내라고 신호를 보냈다. 마을 사람들이 환호했다.

이것이 공정하고 치우치지 않은 정의였을까요? 그들은 그렇게 생각했지요…….

앨리스는 월경 전 증후군에 시달릴 때처럼 불안했지만 영상을 재미있게 보았다. 사회학이 떠올랐고 어쨌거나 그녀에게 많은 것을 요구하지 않았다. 시민으로서의 자유를 당연히 여기지 말라는 것뿐이었는데, 그녀가 언제 그것을 당연히 여겼단 말일까? 크레디트가 올라가자 윌러비가 다시 나무 상자에 올랐고, 마술 재료가 멀쩡하다고 확인시켜주는 마술사처럼 견본 소환장을 들어서 보여주며 모두 구멍이 뚫린 부분을 뜯어서 제출하라고 말했다. "이 부분이 아닙니다." 그가 이쪽을 보고 한 번, 저쪽을 보고 한 번, 적어도 두 번 말했다. "이 부분이에요." 그러나 두 번 다 그의 손등 관절이나 가리키는 손에 가려졌기 때문에 앨리스가 앉은 자리에서는 어느 부분인지 보이지 않았고, 결국 앨리스가 제출할 차례가 되자 소환장을 받던 직원이 무섭게 혀를 차고 돌려주며 말했다. "이게 아닌데요."

"아, 죄송해요. 어떻게 해야 하죠?"

직원이 소환장을 다시 받아서 스카치테이프를 떼어 붙인 다음 돌려주었다. "돌아가서 앉으세요." 그런 다음 고개를 저으면서, 벌써 뒷사람을 손짓으로 부르며 덧붙였다. "정말 형편없군."

10시 35분에 윌러비 서기가 이름을 부르기 시작했다.

"패트릭 드와이어."

"호세 카르도소."

"보니 슬로트닉."

"헤르만 발츠."

"라파엘 모레노."

"헬렌 핀커스."

"로런 엉거."

"마르셀 르윈스키."

"세라 스미스."

앨리스의 앞에서 이슬람교도인 삼촌이 동물적인 열정 때문에 음악을 좋아하지 않는다는 남자가 《이코노미스트》를 읽고 있었다. 앨리스가 디스크맨을 꺼내서 코드를 풀고 **재생**을 눌렀다.

"브루스 벡."

"아르헨티나 카브레라."

"도나 크라우스."

"메리앤 트라바글리온."

"로라 바스."

"캐럴라인 쿠."

"윌리엄 비알로스키."

"크레이그 쾨슬러."

"클래라 피어스."

야나체크의 CD였다. 그녀는 첫 번째 트랙을 세 번 들었지만 재생할 때마다 그 복잡함에 대한 이해가 커지는 것이 아니라 작아지는 느낌이었다. 하지만 폭력이라고? 육욕이라고? 천박하고 무의미한 육욕이 그녀의 기본 상태인 것 같았다. 어쩌면 음악은 술과 마찬가지로 그러한 육욕에 무모한 벡터를 더할지도 몰랐…….

"앨마 카스트로."

"셰리 블룸버그."

"조던 레비."

"새브리나 트루옹."

"티머시 오헬로런."

"패트릭 필롯."

"라이언 맥길리커디."

"에이드리언 산체스."

"앤절라 웅."

4시가 조금 넘자 이름이 불리지 않은 이들은 내일 아침에 다시 오라는 명령과 함께 해산되었다. 앨리스는 점심 식사를 했던 술집으로 가서 포도주를 한 잔 주문했고, 한 잔 더 마신 다음 바그다드 폭격으로 최대 27명 사망, 대부분 어린이라는 헤드라인의 신문 옆에 돈을 내려놓고 맨 처음 나온 지하철역을 통해 땅 밑으로 불안하게 내려갔다. 러시아워였고, 앨리스는 타임스스퀘어에서 길고 갑갑한 인파를 뚫고 갈아타는 대신 57번가에서 내려 걸어가기로 했다. 그녀는 눈이 시려서 3차원에 익숙하지 않은 사람처럼 약간 지그재그로 걸었다. 보도의 환풍구에서 우르릉거리며 올라오는 바람은 그녀가 탈출해서 지하 세계가 화났다는 신호 같았다. 머리 위에서 유리와 강철의 숲이 하늘을 배경으로 아찔하게 흔들렸다. 뒤에서 바짝 따라오는 남자가 높낮이도 없이 휘파람을 불었고, 양쪽 귀에 커다란 조개를 댄 것처럼 거대하고 정적인 도시의 소음이 그 가느다란 소리를 낚아채 갔다. 바람, 신호를 놓치지 않으려고 쌩 달리는 자동차들, 빵빵거리는 택시, 한숨 쉬고 신음하는 버스들, 보도에 물을 뿌리는 호스들, 쌓이는 상자들, 밴의 문을 밀어서 닫는 소리가 물결쳤다. 나무굽들. 팬플루트. 행인을 불러 세우던 사람들의 거짓된 인사들. 기온이 28도였지만 많은 가게들이 문을 열어서 괴어놓았고―값비싼 공기가 획 불어 나와 거리에서 시드는 것이 보일 지경이었다―안에서 새어 나오는 조각난 멜로디들이 주파수를 찾는 라디오처럼 울려 퍼졌다. 바흐, 비틀스, 〈이파네마〉, 빌리 조엘, 조니 미첼, 〈왓 어 원더풀 월드〉. 1호선/9호선 입구에서도 스윙 밴드의 숨죽인 비밥이 흘러나오는 듯했다……. 그러나 앨리스가 지하철 계단을 지나쳤는데도 음악은 더 크고 뚜렷해졌고 점점 고조되면서 떠오르는 듯하더니 브라스와 드럼의 독특한 반향이 허공에 울렸다. 바로 그때, 춤추는 사람들이 보였다.

마치 오페라하우스 무대에서 현대의 〈리골레토〉가 넘쳐흘러 광장으로 쏟아진 것 같았다. 넓고 하얀 하늘 아래에서 들썩이는 팔과 흔들리는 엉덩이의 바다가 메트로놈처럼 움직였다. 가끔 팔 하나가 어찌나 열정적으로 내뻗는지 몸통에서 빠질 것 같았다. 몇몇은 집중하느라, 멋쩍어서, 혹은 나이 때문에 몸을 느릿느릿 움직였지만 무슨 일이 있어도 몸을 계속 움직이겠다는 굳은 의지는 모두 같은 듯했다. 키 큰 남자와 키 작은 여자가, 키 큰 여자와 키 작은 남자가, 나이 많은 남자와 나이 어린 여자가, 노부인과 노부인이 춤을 추었다. 가방 검사대 근처에서 아이들 세 명이 반짝이는 빨간 구두를 신은 엄마를 오월제 기둥처럼 세워놓고 주변을 뛰어다녔다. 어떤 사람들은 혼자, 또는 눈에 보이지 않는 파트너와 춤추었고, 일부 특이한 사람들은 아무도 침범하지 않는 구역에서 아방가르드한 춤을 추었다. 10대 여자애들이 두 명씩 양손을 잡고 번쩍 들어서 다리를 만들더니 돌아가면서 그 아래를 뱅뱅 돌며 통과했고, 덜 유연한 아이들은 중간에 걸려서 어설픈 춤을 춘 다음 풀려났다. 또 다른 사람들은 템포를 아예 무시했는데, 자기 집 거실이라도 되는 듯 느릿느릿 춤추는 노부부도 있었다. 더운 여름 밤 〈스톰핑 앳 더 사보이〉가 흐르는 가운데 친절하게도 비를 꾹 참고 있는 구름 아래에 민간인 5000명이 평화롭게 모여 있었고, 모든 것을 잊고 서로에게 달라붙은 부부는 이 모든 것의 열쇠, 무아지경을 가능하게 하는 온전한 정신, 환희의 핵심처럼 느껴졌다. 두 사람의 몽상이 방해를 받은 것은 지르박을 추며 지나가던 사람이 발을 헛디뎌 노부인의 등에 살짝 부딪혔을 때뿐이었는데, 노부인은 개를 밟지 않으려고 조심하는 것처럼 아래쪽과 뒤쪽을 흘깃 볼 뿐이었다.

〈싱, 싱, 싱〉이 흘러나오자 앨리스는 몸을 돌려 업타운 쪽으로 남은 20블록을 걸어갔다.

에즈라의 집에 도착한 그녀는 안으로 들어가 침대로 갔다. 에즈라가 눈을 떴다. "앨리스. 왜 그래?"

앨리스가 고개를 저었다. 에즈라가 잠시 걱정스럽게 보더니 한 손을 들어 그녀의 뺨을 만졌다. "아파?"

앨리스는 아니라며 다시 고개를 저었고, 한참이 지나도록 자리에 앉아 그의 옆 깃털 이불에 펼쳐진 서평을 빤히 보았다. 그녀를 빤히 마주 보는 것은 에즈라의 형편없는 캐리커처였는데, 눈 사이가 너무 가깝고 턱은 칠면조의 턱볏 같았다. 그녀가 신문을 치우고, 샌들을 벗고, 두 다리를 끌어 올려 그의 곁에 최대한 가까이 누웠다.

앨리스가 한 팔을 그의 가슴에 두르고 그의 갈비뼈에 얼굴을 숨겼다. 그에게서는 언제나처럼 염소, 아베다, 타이드 세제의 향이 났다.

하늘이 분홍색 피를 흘리더니 보랏빛으로 바뀌었다. 에즈라가 손을 뻗어 불을 켰다.

"메리앨리스." 그가 더없이 부드럽고 조심스럽게 말했다. "당신의 침묵은 참 효과가 좋아. 알아?"

앨리스가 몸을 굴려 똑바로 누웠다. 눈에 눈물이 차올랐다.

"난 여기서 참 많은 시간을 보냈죠." 마침내 그녀가 말했다.

"그래." 그가 다시 긴 침묵 끝에 대답했다. "이 방이 언제까지고 당신의 뇌에 새겨질 거야.."

앨리스가 눈을 감았다.

"알레한드로 후아레스."

"크리스틴 크롤리."

"나이절 퍼."

"에이제이 쿤드라."

"로버트 서웰."

"알린 레스터."

"캐서린 플래허티."

"브렌다 칸."

어제와 같은 자리에 앉으려는 사람은 앨리스만이 아니었다. 다른 자리에 앉으면 어제의 긴 기다림이 무효로 돌아간다는 듯이. 이슬람교도 삼촌을 둔 남자는《이코노미스트》대신 노트북을 가지고 왔는데, 얼굴색이 똑같은 사람과 함께 찍은 사진이 화면 보호기로 설정되어 있었다. 그들은 눈썹도, 턱선으로 이어지는 각도도, 입고 있는 바람막이의 브랜드도 같았고, 대리석처럼 극적인 무늬가 새겨진 하늘 아래 서로 팔짱을 끼고 서 있었다. 두 사람의 뒤로 갈색 산이 멀리 뻗어 있고, 꼭대기에 눈이 내려앉은 세 개의 정상이 복잡하게 솟아 있었다. 그때 화면 밑에서부터 엑셀 도큐먼트가 올라오면서 자연은 자취를 감추고 눈이 멀 듯이 복잡한 셀들이 자리를 잡았다.

"데번 플라워스."

"엘리자베스 해머슬리."

"칸찬 켐한다니."

"신시아 울프."

"올랜다 올슨."

"너태샤 스토."

"애슐리 브라운스타인."

"해나 필킨스."

"재커리 점프."

가끔은 이름을 여러 번 불러야 했는데, 이름의 주인은 화장실에 갔거나 안마당을 거닐거나 자고 있었다. 딱 한 번 누군가가 끝까지 나타나지 않자 대기실 전체가 초조한 집단 경악에 빠졌다. 무단결석한 아마르 자말리라는 사람은 도대체 누구이고 무슨 이유로 미국

사법부를 바람맞힐 수 있을까? 그러나 앨리스는 아마르 자말리가 약간 부러웠다. 그녀 역시 다른 어딘가에 있었으면 좋겠다는 생각이 간절했기 때문이다. 그녀가 아닌 다른 누군가가 되고 싶었다.

"이매뉴얼 갯."

"코너 플레밍."

"필라 브라운."

"마이클 파이어스톤."

"키릴 도브로폴스키."

"애비게일 코언."

"제니퍼 밴더호벤."

"로티 심스."

"서맨사 바지먼."

앨리스가 고개를 들었다. 옆자리 여자가 하품을 했다.

"서맨사 바지먼?"

다른 몇몇이 고개를 들고 주변을 둘러보았다. 앨리스가 무릎 위에 놓인 소환장을 뒤집고 얼굴을 찌푸렸다.

"서맨사 바지먼……."

조금 전에 다시 나타난 앞자리 남자가 손바닥 끝으로 한쪽 눈을 문질렀다. 윌러비가 사람들의 기를 죽이며 방을 둘러보더니 고개를 젓고 뭐라고 적었다.

"……퍼바 신."

"배리 페더먼."

"펠리샤 포지스."

"레너드 예이츠."

"켄드라 피츠패트릭."

"메리앨리스 도지."

아직 놀라움을 떨치지 못한 앨리스가 자리에서 일어나서 다른 사람들을 따라 창문 없는 복도를 지나 어느 방으로 갔다. 설문지를 나누어주자 사람들은 스니커스가 끽끽거리는 소리, 코를 쿵쿵거리는 소리, 목을 가다듬는 소리, 기침 소리와 엇박을 이루는 침묵 속에서 작성했다. 서기가 모두의 대답을 읽으며 턱을 문질렀고, 그런 다음 부적절한 사람 두 명은 돌아가고 나머지 사람들은 옆방으로 가서 변호사의 질문에 답했다.

"고소당한 적 있습니까?"

"아니요."

"누군가를 고소한 적 있습니까?"

"아니요."

"범죄 피해를 당한 적 있습니까?"

"없는 것 같은데요."

"모릅니까?"

"잘 모르겠어요."

"의료사고는?"

"없어요."

"강간?"

"없어요."

"절도?"

"음, 어쩌면요. 하지만 중요한 건 아니었어요."

"편집자라고 적혀 있는데요."

"네."

"어떤 편집자죠?"

"주로 소설이에요. 하지만 다음 주에 사직서를 내려고 해요."

변호사가 손목시계를 흘끔 보았다. "이건 약물 사건입니다. 약물을 복용하시나요?"

"아니요."

"아는 사람 중에 약물을 복용하는 사람이 있습니까?"

"아니요."

"아무도 없어요?"

앨리스가 앉은 자리에서 약간 움직였다. "제가 어렸을 때 새아버지가 코카인을 했어요."

변호사가 고개를 들었다. "그래요?"

앨리스가 고개를 끄덕였다.

"집에서요?"

그녀가 다시 고개를 끄덕였다.

"당신에게 폭력을 행사했습니까?"

"저한테는 아니었어요, 아니에요."

"다른 사람한테는 그랬고요?"

앨리스가 잠시 변호사를 보며 눈을 깜빡이다가 대답했다. "나쁜 사람은 아니에요. 그냥 사는 게 힘들었던 거예요."

"당신 아버지는요?"

"우리 아버지가 뭐요?"

"약물을 하셨습니까?"

"모르겠어요. 아닌 것 같아요. 우린 같이 살지 않았거든요." 그녀의 목소리가 흔들렸다. "모르겠네요."

"죄송합니다, 저는—"

"괜찮아요."

"그러려던 건 아닌데—"

"그럼요."

"저는 그게—"

"알아요. 안 그러셨어요. 그게—그게 아니에요. 전 그냥…… 피곤해요. 요즘 힘든 일이 좀 있어서요."

"추?"

"음?"

"어디야?"

"집이에요."

"뭐 해?"

"자고 있었어요. 당신 괜찮아요?"

"가슴이 아파."

"아, 안 돼. 프랜스키한테 전화했어요?"

"프랜스키는 세인트루시아에 갔어. 그의 비서가 프레스비테리언 병원으로 가라는군."

"비서 말이 맞아요."

"앨리스, 진심은 아니겠지."

"당연히 진심이죠!"

"나더러 토요일 밤 8시에 워싱턴하이츠의 응급실에 가라는 거야?"

택시 차창 너머에서 어퍼웨스트사이드가 할렘으로, 또 할렘이 그녀가 이름을 알지 못하는 동네로 바뀌었다. 델리와 미용실, 염가 판매점, 아프리카식으로 머리를 땋아주는 가게, 사원이 있고 하늘이 중서부처럼 파스텔빛 가느다란 가로 줄무늬를 그리는 황량하고 넓은 거리. 153번가에서 택시 기사가 트리니티 공동묘지와 젠킨스 장례식장 사이 도로에서 날아다니는 비닐봉지를 피하느라 급브레이크를 밟았다. 앨리스가 충격에서 회복한 다음 지팡이를 주울 때 에즈라가 공손하게 몸을 숙였다. "죄송합니다만! 속도를 조금 줄여주시겠소? 나는 병원에 간 다음에 죽고 싶소만."

두 사람은 한 시간 넘게 로비에 앉아 기다리며 바닥에 나비를 그리는 두 소녀와 임신해서 배가 잔뜩 부른 여자의 품에서 꼼짝도 없이 축 늘어진 소녀를 보았다. 그때 초록색 뭉툭한 신발에 버건디색 수술복 차림의 젊은 한국인 여자가 심전도검사를 위해 에즈라를 부르더니 칸막이가 거의 없고 여러 명의 남녀가 바퀴 달린 침대에 눕거나 휠체어에 앉아 있는 길쭉한 방에서 기다리라고 했다. 대부분 히스패닉계나 흑인 노인이었고 집에서 입던 잠옷이나 가운, 슬리퍼 차림이었다. 몇몇은 잠들어 있었는데, 형광등이 환하고 온갖 기계음이 들리는 이 연옥에서 한 시간을 더 보내느니 죽는 것이 낫지 않을까 결정을 내리려고 애쓰는 것처럼 보였다. 다른 사람들은 오늘이 그들이 겪은 최악의 토요일은 아님을 보여주는 멍한 표정, 심지어는 놀란 표정으로 젊은 잡역부들이 왔다 갔다 하는 것을 지켜보았다. 에즈라는 팔에 수액을 맞고 있었고 약간 떨어진 복도에는 충혈된 눈에 더러운 바지 차림으로 악취를 풍기는 남자가 붙임성 있게 굴며 돌아다녔다. "앉아요, 클래런스." 어느 간호사가 지나가면서 그에게 말했다.

"이럴 줄 알았어." 에즈라가 말했다.

10시가 조금 넘자 담당 간호사가 돌아와서 프랜스키 의사 쪽과 통화했다고, 심전도검사 결과 이상은 없지만 확인을 위해 하룻밤 입원하는 게 좋겠다고 말했다. 조금 전까지 무관심하던 간호사의 태도가 여성적으로 바뀌었을 뿐 아니라 심지어는 추파까지 던졌다. 그녀가 클립보드를 끌어안고 속눈썹을 파닥이며 말했다. "참, 저희 어머니가 어마어마한 팬이세요. 엄마가 『러닝 개그』를 제일 좋아한다고 작가님께 말씀드리지 않으면 엄마한테 엄청 혼날 거예요."

"좋군요."

"지금은 기분이 어떠세요? 통증이 있나요?"

"넵."

"똑같은가요? 더 심한가요?"

"똑같아요."

"어떤 느낌이죠?"

에즈라가 한 손을 들었다.

"퍼지는 느낌이에요?" 앨리스가 말했다.

"맞아. 퍼지는 느낌. 목으로."

간호사가 얼굴을 찌푸렸다. "좋아요. 저희가 뭐 해드릴 게 있는지 알아볼게요. 또 다른 건요?"

"1인실을 쓸 수 있습니까?"

"추가 요금을 내셔야 해요."

"괜찮습니다."

맞은편 칸막이의 여자가 가방에서 묵주를 꺼내 손가락으로 굴리기 시작했고 옆에 누워 있는 남자는 몸부림치며 신음했다. 뉴욕 메츠 스웨트셔츠를 맞춰 입은 또 다른 커플은 번갈아가며 기도를 드렸는데, 손을 이마에 딱 붙이고 어찌나 열심히 집중했는지 클래런스가 바로 옆에서 넘어질 뻔했는데도 주문을 깨뜨리지 못했다. "예수님!" 남자가 여자의 배에 양손을 얹으며 말했다. "이 아픔이 멎어 사라지게 하소서!" 에즈라는 눈을 빛내면서 입을 벌린 채 넋을 잃고 바라보았다. 그는 한방에서 잘 일이 없는 한 사람들을 아무리 봐도 질리지 않았다.

"입이 벌어졌어요." 앨리스가 말했다.

그가 입을 닫고 고개를 저었다. "이거 정말 싫어. 형이 죽기 1년 전부터 입을 벌리기 시작했지. 꼴불견이야. 앨리스, 내가 입 벌리고 있는 걸 볼 때마다 그러지 말라고 해줘."

"싫어요!"

"요란 떨 거 없어. 그냥 '입'이라고만 말해."

앨리스가 일어나서 커튼이 갈라지는 곳으로 갔다. 에즈라가 손목시계를 확인했다.

"우리 옆집이 매물로 나왔다고 말했던가?" 그가 물었다.

"얼만데요?"

"맞춰봐."

"모르겠어요. 40만?"

에즈라가 고개를 저었다. "100만."

"농담이겠죠."

"아니야."

"스튜디오인데요?"

"작지만 침실이 두 개야. 하지만 어쨌든."

앨리스가 고개를 끄덕이고 커튼 쪽으로 갔다. 그녀가 양쪽을 보았다.

"당신 청바지 입은 건 처음 보는군."

"그래요? 어때요?"

"좀 걸어봐."

앨리스가 한쪽 커튼을 열고 환자용 변기가 실린 카트까지 갔다가 돌아섰다. 클래런스가 자기 칸막이 밖으로 나와서 박수를 쳤다. "정말 예쁘지 않습니까?" 에즈라가 외쳤다. 앨리스가 돌아오자 그가 그녀의 팔을 향해 손을 뻗으며 말했다. "어떻게 할까?"

"뭐를요?"

"아파트."

"아파트가 뭐요?"

"살까?"

"왜요?"

"아기 있는 사람이 이사 오지 못하게. 또 중간 벽을 허물어서 큰 방 하나로 만들 수도 있고, 그러면 우리는 공간이 훨씬 더 많이 생기잖아, 앨리스. 이 도시에는 공간이 더 필요해, 정말이야."

메츠 스웨트셔츠를 입은 남자가 《뉴욕 포스트》의 무언가를 가리키자 옆에 앉은 여자가 웃었다. "하지 마." 그녀가 배를 움켜쥐며 말했다. "아프잖아."

"입." 앨리스가 말했다.

에즈라가 복화술사 인형처럼 입을 딱 닫았고, 잠시 후 앨리스의 손을 꽉 쥐었다. "앨리스, 이런 부탁 하기는 정말 싫지만, 방금 생각났어. 내 약이 필요할 것 같아."

125번가에서 색소폰을 든 흑인 두 명이 지하철에 타서 마주 보았다. 듀엣은 천천히 시작했고, 둘은 거울을 보는 사람처럼 서로 살금살금 다가갔다가 멀어졌다. 그런 다음 연주가 점점 빨라지더니 소리가 더 크고 혼란스러워졌고, 지하철에 타고 있던 사람들이 고개를 끄덕이고 박수를 치고 환호성을 지르고 휘파람을 불기 시작했다. 이두근에 피 흘리는 장미 문신을 새긴 남자가 벌떡 일어나서 춤을 추기 시작했다. 앨리스의 발밑에 떨어진 팸플릿이 경고했다. 하느님의 말씀을 멀리하게 만드는 이야기에 속아 넘어가는 사람들이 있습니다. 뒷면에는 이렇게 적혀 있었다. 다른 사람을 타락시키면서 즐거워하는 사람은 누구일까요? 지난밤 그의 욕조에 들어갔을 때 그녀의 몸에서 핏덩어리가 나와서 수채물감처럼 퍼졌다. 에즈라는 바흐의 파르티타를 틀어놓았고―앨범 껍데기가 긴 의자에 펼쳐져 있었다―그녀에게 노브크리크를 한 잔 가져다주었다. 그는 제세동기 바로 위 살갗에 펜타닐 패치를 새로 붙이더니 국기에 대한 맹세를 한 번 암송할 정도의 시간 동안 손을 떼지 않았다. 앨리스는 그가 면도하는 모습을 지켜보았다. 안과 의사가 안압을 조절하는 약을 처방해주었지만 그 약에 알레르기가 생겨서 속눈썹 주변 피부가 약하고 거칠어졌다. 그들은 침대에 들어가서 각자 책을 읽었다. 에즈라는 키츠를, 앨리스는 지난주의 지하철 폭탄 테러에 대한 《뉴욕 타임스》 기사를 읽었다. 11시 10분이 되자 불이 꺼지고 엘리베이터가 멈췄고, 반짝이는 스카이라인은 그가 아침 햇빛을 누그러뜨리려고 설치한 무명 커튼 때문에 흐릿해졌다. 그는 등의 통증을 완화시키려고 무릎 아래 폼 베개를 놓고 잤다. 앨리스는 새벽 4시쯤 일어나서 구역질이 나올 만큼 심해진 복통을 가라앉히려고 화장실로 가서 그의 약을 하나 먹었다. 그녀의 손에 들린 원통형 약병에 **4~6시간 간격으로,**

또는 통증에 따라 필요할 때 1정 경구 투여하시오라고 적혀 있었다. 조금 전에 삼킨 매끄러운 타원형 알약에는 **왓슨 387**이라 새겨져 있었다. 그녀가 유럽에서 작가로 살게 해주는 알약과 그녀가 죽는 날까지 그가 살아서 그녀를 사랑하게 해주는 알약이 있다면 무엇을 선택할까? 한번은 그녀가 바로 이 화장실에서 약병을 스물일곱 개까지 헤아린 적이 있었는데, 작은 약병에 애트로핀부터 잰택까지 과학소설에 나올 법한 이름들과 엄격한 지시 사항이 붙어 있었다. **매일, 또는 6~8시간 간격으로, 또는 필요에 따라 1정 복용하시오. 1개월 동안 취침 전 1정을 경구 투여하고, 매달 1정씩 최대 4정까지 늘리시오. 2캡슐을 복용 후 다 떨어질 때까지 8시간마다 1캡슐 복용하시오. 하루에 물 한 잔과 함께 1정 복용하시오. 음식과 함께 복용하시오. 이 약과 함께 자몽을 먹거나 자몽 주스를 마시지 마시오. 의사와 상의하여 동의를 구하지 않았을 경우 아스피린이나 아스피린이 함유된 약품을 함께 투약하지 마시오. 냉장 보관 후 잘 흔들어서 투여하시오. 자동차를 조작할 때 주의하시오. 태양등 사용을 피하시오. 얼리지 마시오. 빛이 들지 않는 곳에 보관하시오. 빛과 습기를 피해 보관하시오. 밀폐 차광 용기에 보관하시오. 물을 많이 섭취하시오. 통째로 삼키시오. 이 약을 처방받지 않은 사람에게 주지 마시오. 씹거나 으깨지 마시오……** 등등, 구역질이 날 만큼 끝이 없었다. 배 속에서 뒤섞일, 실험실에서 만든 수많은 화학약품이 점차 많아진다고 생각하니 특히 그랬다. 이 지시를 따르려면 약국 앞에 서서 기다리면서 손목시계를 흘끔거리고 물을 따르고 기다렸다가 알약을 세어서 먹는 것에 남은 생의 적지 않은 부분을

어리석음

바쳐야 했다.

그가 누워 있던 자리로 돌아와보니 나이 많은 여자가 누워서 스페인식 영어를 중얼거리고 있었다. 안내원이 입원 환자 병동 위치를 알려주었고, 앨리스는 조명이 부드럽고 반짝이는 강물이 보이는 입원실에서 침대에 기대어 누워 있는 에즈라를 발견했다. 옷은 라디에이터 위에 개어져 놓여 있었고 바스락거리는 하늘색 환자복은 목 뒤에서 끈이 리본 모양으로 묶여 있었다. 그는 양손으로 침대 시트의 접힌 가장자리를 꼭 붙들고서 흰 가운 차림에 백금색 포니테일이 등 끝까지 내려오는 여자를 보며 기쁜 듯 눈을 크게 뜨고 있었다. 의사는 가스 때문에 흉통이 생긴 것 같다며 안심시켰다. 그러나 혈압이 높으니 어쨌든 하룻밤 입원해서 다행이라고, 경과를 지켜보겠다고 말했다. 에즈라가 얼굴을 빛냈다.

"메리앨리스! 여기 제너비브가 닭고기를 주문해준대. 당신도 뭐 좀 먹을래?"

제너비브가 나가자 앨리스가 그의 약이 든 가방을 침대에 올려놓고 창가에 앉았고, 그동안 그는 가방의 내용물을 정리했다. 비행기 불빛이 창문 왼쪽 아래로 들어와서 서서히, 꾸준히, 롤러코스터처럼 올라갔다. 앨리스는 비행기 불빛이 창문 오른쪽 위로 나갈 때까지 지켜보았다. 불빛이 사라지자마자 왼쪽 아래에서 깜빡이는 불빛이 또다시 나타나더니 눈에 보이지 않는 똑같은 길을 따라서 똑같이 올라가기 시작했다.

에즈라가 약을 하나 삼켰다. "멀리멀리 가거라, 유로자트랄, 내겐 너무나 소중한 친구들에게로…….”

세 번째 비행기가 나타나자 앨리스가 창가에서 몸을 돌렸다. “눈에서 피가 나요.”

“괜찮아. 안과 의사가 그럴 수도 있다고 했어. 걱정 마, 앨리스. 나빠지는 게 아니라 낫고 있는 거야.”

자그마한 중국인 여자가 클립보드를 들고 들어왔다. “몇 가지 여쭤볼게요.”

“그러세요.”

“마지막 소변은 언제였죠?”

“한 30분 전요.”

“마지막 대변은요?”

에즈라가 고개를 끄덕였다. “오늘 아침.”

“제세동기는요?”

“메드트로닉.”

“알레르기는요?”

“있어요.”

“무슨 알레르기죠?”

“모르핀.”

“증상은요?”

“편집증적 망상.”

“질병은요?”

“심장 질환. 퇴행성 척추 관절 질환. 녹내장. 골다공증.”

"그게 전부인가요?"

에즈라가 미소를 지었다. "지금은요."

"눈에서 피가 나네요."

"압니다. 그건 걱정 마세요."

"긴급 연락처는요?"

"딕 힐리어."

"의료 대리인은요?"

"역시 딕 힐리어."

"이분은 누구시죠?"

"메리앨리스. 제 대녀죠."

"오늘 밤에 병실을 지키실 건가요?"

"맞아요."

"종교는요?"

"없어요."

간호사가 고개를 들었다. "종교는요?" 그녀가 다시 물었다.

"무교예요." 에즈라가 말했다. "무신론자죠."

그녀가 잠시 그를 빤히 보더니 앨리스에게 물었다. "이분 진심인가요?"

앨리스가 고개를 끄덕였다. "그럴 거예요."

다시 에즈라를 향해서. "확실하세요?"

에즈라가 이불 밑에서 발가락을 굽혔다. "넵."

"네에에." 간호사가 고개를 들고 이 정보를, 이 끔찍한 실수를 적으며 말했다. 간호사가 나가자 앨리스가 물었다. "왜 그런 걸 묻죠?"

"음, 가톨릭 신자인데 끝이 다가오는 것 같으면 신부를 들여보내지. 유대인이면 랍비를 들여보내고."

"무신론자면요?"

"크리스토퍼 히친스*를 들여보내지."

앨리스가 양손으로 얼굴을 가렸다.

"정말 세상에서 제일 웃기기 쉬운—"

"에즈라!"

"뭐!"

"난 더 이상……."

"더 이상 뭐?"

그녀가 손을 치웠다. "이거요!"

"무슨 말인지 못 따라가겠어, 앨리스."

"이건 그냥…… 너무…… 힘들어요."

"하필 지금 그런 얘기를 하는 거야?"

"아니요! 안 그럴 거예요. 당신을 여기 두고 가지 않을 거예요. 당신을 **사랑해요**." 그것만큼은 진실이었다. "당신은 나에게 너무나 많은 것을 가르쳐줬고, 나에게는 최고의 친구예요. 난 그냥…… 이건 정말이지…… 정상이 아니에요."

"누가 정상이 되고 싶어 해? 당신은 아니잖아."

---

* 무신론자로 유명한 영국의 작가이자 저널리스트.

"아뇨, 정상이라는 뜻이 아니었어요. 내 말은…… 나에게 좋지 않다고요. 지금은요." 그녀가 심호흡을 했다. "내가 당신과 함께 있으면……."

에즈라는 그녀가 사람을 착각했다는 듯이 깔끔하게 고개를 저었다. "앨리스, 당신은 피곤한 거야."

앨리스가 고개를 끄덕였다. "알아요."

"그리고 놀란 것 같아. 하지만 우린 괜찮을 거야."

앨리스가 코를 훌쩍이면서 다시 고개를 끄덕이고 말했다. "알아요. 알아요."

에즈라가 잠시 생각에 잠겨 그녀를 보았다. 그의 눈 밑에 맺힌 피는 흐르다 만 눈물 같았다. 그가 온화하게 얼굴을 찌푸리더니 몸을 약간 일으켜 베개를 정리했다. 앨리스가 뺨을 닦으며 서둘러 도왔고, 그의 어깨 너머로 미끄러져 떨어진 리모컨을 주웠다. "아!" 에즈라가 리모컨을 받으며 밝게 말했다. "텔레비전이 있잖아." 그가 리모컨을 돌려 쥐고 화면을 가리켜 전원을 켰고, 채널을 돌리다가 경기 하이라이트를 틀었다. 9회 말, 뉴욕이 3점 앞서고 있었다.

그들은 렌터리아가 스트라이크아웃 당하는 것을 보았다.

"입."

오티즈가 지터를 향해 평범한 플라이를 날렸고, 에즈라가 손바닥을 위로 향하게 해서 침대에 손을 올린 다음 그 위에 앨리스의 손을 올리게 했다. 그는 여전히 화면에서 눈을 떼지 않았다. "앨리스." 그가 합리적으로 말했다. "날 떠나지 마. 가지 마. 난 파트너가 필요해. 알아? 우리는 이제 막 시작했어. 아무도 나만큼 당신을 사랑할 순 없어. 이것을 택해. 모험을 택해. 이게 모험이야. 불행한 모험이기도 하지. 이게 바로 사는 거야."

똑또도도독, 똑똑.

간호사가 병원 닭고기 요리를 가지고 들어왔다.

II 광기

전쟁에 대한
우리의 생각 자체가
전쟁이었다.

윌 매킨,
『캐터코펜 Kattekoppen』

어디서 오셨습니까?

로스앤젤레스요.

혼자입니까?

네.

여행 목적은요?

형을 만나려고요.

형이 영국인입니까?

아니요.

그럼 여기 주소는 어디죠?

앨러스테어 블런트의 집이에요.

앨러스테어 블런트는 영국인입니까?

네.

영국에 얼마나 머물 계획이지요?

일요일 아침까지요.

여기서 뭘 하실 건가요?

친구들을 만나려고요.

겨우 이틀 밤 동안요?

네.

그런 다음에는요?

비행기를 타고 이스탄불로 갈 겁니다.

형이 이스탄불에 삽니까?

아니요.

어디 살죠?

이라크요.

이라크에 형을 만나러 가십니까?

네.

언제요?

월요일에요.

어떻게요?

디야르바키르에서 자동차로요.

거기에는 얼마나 계실 거죠?

디야르바키르요?

아뇨, 이라크요.

15일까지요.

그런 다음에는요?

비행기를 타고 미국으로 돌아갑니다.

거기서 뭘 하시죠?

미국에서요?

네.

이제 막 박사 논문을 끝냈습니다.

무슨?

경제학요.

구직 중이신가요?

네.

미국에서요?

네.

블런트 씨의 직업은 뭡니까?

기자입니다.

어떤 기자죠?

해외 통신원요.

그분과 함께 지내실 겁니까?

네.

이 주소에서요?

네.

겨우 이틀 밤 동안요?

네.

영국에 오신 적 있습니까?

네.

여권에는 도장이 없는데요.

새 여권이라서요.

이전 여권은 어떻게 됐습니까?

라미네이션이 떨어졌어요.

네?

이 부분이 벗겨졌어요.

마지막으로 영국에 오신 게 언제죠?

10년 전요.

여기서 뭘 하셨습니까?

생명윤리협회의 인턴이었습니다.

비자가 있었습니까?

네.

근로 비자요?

네.

지금도 있습니까?

아니요.

이스탄불행 티켓이 있습니까?

아니요.

왜 없죠?

전자 티켓이라서요.

여행 일정표는요?

인쇄를 안 했어요.

좋습니다, 자파리 씨. 여기 잠시 앉아주시겠어요?

나는 카라다에서 잉태되었지만 팔꿈치 모양의 케이프코드 위 창공에서 태어났다. 비행기에 의사는 내 아버지뿐이었는데, 혈액학자이자 종양학자였고 마지막으로 아기를 받은 것은 1959년 바그다드 의대에서였다. 탯줄을 자를 가위는 위스키 한 잔으로 소독했다. 아버지는 내가 숨을 쉬게 하려고 발바닥을 때렸다. 알함두릴라!* 내가 아들인 것을 보고 어느 승무원이 외쳤다. 일곱 자녀 중 하나가 되길!

이야기가 여기에 이르면 어머니는 보통 눈을 굴렸다. 여러 해 동안 나는 이것이 조국의 남아선호사상에 대한 경멸이라고, 아니면 성별과 상관없이 아이 다섯을 더 낳지 않은 것에 대한 안도를 뜻한다고 생각했다. 그러나 내가 태어날 때 아홉 살이었던 형은 다른 이

* '신께 감사를!' 또는 '신께 찬양을!'이라는 뜻.

론을 제시했다. 어머니가 눈을 굴린 것은 승무원들이 비행 내내 어머니 위로 몸을 숙여 바바의 담배에 불을 붙여주었기 때문이라는 것이다. 새미의 이야기에서는 위스키도 아버지의 것이었다.

이민국 관리들은 내 국적 문제를 놓고 3주 동안 해결책을 고민했다. 부모님은 모두 바그다드에서 태어났다. (새미도 마찬가지인데, 쿠사이 후세인*과 같은 날 태어났다.) 문제의 비행기는 이라크항공 소속이었고, 유엔에 따르면 비행 중에 출생한 경우 비행기 등록 국가에서 출생한 것으로 간주해야 했다. 반면에 우리가 미국으로 이주할 때는 비교적 호의적인 시절이었고, 지금도 미국 영공에서 태어난 아기는 비행기 소유주와 상관없이 미국 시민이 된다. 결국 나는 두 가지 색과 세 가지 언어로 된 두 개의 여권을 모두 받았다. 내 아랍어 실력은 쓸 만하다고 하기 힘들고 나는 스물아홉 살이 다 될 때까지 쿠르드어를 전혀 배우지 않았다.

그러므로. 두 개의 여권, 두 개의 국적, 태어난 땅은 없음. 비행기에서 태어난 아이는 뿌리를 갖지 못한 것에 대한 보상으로 태어난 항공사의 비행기를 평생 무료로 이용할 수 있다는 이야기를 들은 적이 있다. 참 매력적인 생각이다. 당신을 배달한 황새가 그대로 당신 것이 되어서 하늘 위의 거대한 염습지로 돌아갈 때까지 어디든 태워준다니 말이다. 그러나 내가 아는 한, 나는 그런 보너스를 받지 못했다. 받았으면 나에게 큰 도움이 되었을 것이라는 뜻은 아니다.

* 사담 후세인의 둘째 아들이자 후계자.

처음에는 다들 암만을 통해서 지상으로 몰래 드나들었다. 그런 다음 이라크가 쿠웨이트를 침공했고, 미국 여권 소지자는 이라크 황새를 타지 못하는 세월이 13년 동안 이어졌다.

자파리 씨?

내가 그녀에게 다가갔다.

여행 일정을 다시 확인하고 싶은데요. 로스앤젤레스에서 오셨군요, 맞죠?

네.

그리고 일요일에 이스탄불로 가는 티켓을 예약했습니다. 맞지요?

네.

어느 항공사인지 아십니까?

터키항공요.

비행기가 언제 출발하는지 아세요?

오전 7시 55분요.

이스탄불에 도착한 다음에는 어떻게 되지요?

약 다섯 시간 동안 대기해야 합니다.

그다음에는요?

비행기를 타고 디야르바키르로 갑니다.

어느 항공사죠?

역시 터키항공이에요.

몇 시에요?

정확히는 모르겠어요. 6시쯤 떠나는 것 같습니다.

그런 다음에는요?

디야르바키르에 도착하면 기사가 저를 태워 갈 겁니다.

그 기사는 누구죠?

형의 지인요.

이라크 사람인가요?

네, 쿠르디스탄 사람이에요.

기사가 당신을 어디로 데리고 가죠?

술라이마니야로요.

형이 거기 사는군요.

맞습니다.

차로 얼마나 걸리죠?

열세 시간 정도요.

그 남자를 전에 만난 적은 없고요?

기사요? 네, 없습니다.

위험한가요?

어쩌면요.

형을 정말 만나고 싶으신가 보군요.

나는 웃었다.

뭐가 그렇게 웃기죠? 이민국 직원이 물었다.

아닙니다, 내가 말했다. 그랬다.

미국에서 우리의 첫 번째 집은 어퍼이스트사이드의 엘리베이터 없는 낡은 공동주택 5층에 위치한 침실 하나짜리 아파트로, 아버지의 새로운 직장인 코넬 의과대학 소유였다. 새미는 소파에서 잤다. 나는 뉴욕 병원의 인큐베이터에서 잤다. 내 몸무게가 2.26킬로그램 정도 되자 어머니가 수직으로 사람들이 바글거리는 맨해튼은 아이를 기를 만한 곳이 아니라고 고집을 부렸고, 우리는 베이리지로 이사했다. 그곳에서는 아버지가 받는 주택 보조금으로 2층 주택의 2층 전체를 빌릴 수 있었다. 창가에는 치자꽃 화분이 있고 길고 햇볕이 잘 드는 테라스에는 인조 잔디가 새로 깔렸다. 나의 가장 오래된 기억은 이 테라스에서 있었던 일인데, 낮잠에서 깬 내가 철제 난간에서 대담한 묘기를 펼치는 고양이를 만지려고 손을 뻗었고, 그 보답으로 고양이는 하악 소리를 내며 내 얼굴을 세게 할퀴었다. 내 뺨에 톱니 모양 상처가 남아 있는 최소 일곱 장의 폴라로이드 사진이 이 기억을 증명하지만, 나는 가끔 낮잠에서 깼다는 부분은 4년 동안의 영아기 기억상실에서 벗어난 것을 혼동한 게 아닐까 생각했다. 어머니는 바로 그날 새미와 나를 데리고 시내에 가서 〈피터 팬〉 연극을 봤다고 한다. 그것에 대한 나의 기억은 샌디 덩컨이 와이어 때문에 십자가에 못 박힌 듯한 자세로 우리를 향해 돌진하던 모습 밖에 없다. 그게 전부이다. 이것은 머릿속에 남은 한 장면일 뿐, 누가 상기시켜주지 않았다면 나는 연극과 내 뺨에 난 상처를 연관시키지 못했을 것이다.

이 모든 것은 하나의 의문을 제기한다. 엄마는 왜 너무 어려서 기억도 못 할 나를 데리고 브로드웨이 공연을 보러 갔을까?

내가 형을 마지막으로 만났던 2005년 초, 형은 아이들의 기억력이 언제 깨어날지 부모는 절대 알지 못한다고 말했다. 형은 또 태어나서 처음 몇 년 동안의 망각은 절대 완전히 회복되지 않는다고 말했다. 인생의 수많은 부분은 순간적으로 기억날 뿐이다. 기억이 나긴 한다면 말이다.

형은 왜 기억 못 해? 내가 물었다.

내가 뭘 기억할까? 너는 작년의 일 중에서 뭐가 기억나? 2002년은? 1994년은? 신문 헤드라인을 말하는 게 아니야. 이정표 같은 사건들이나 직업은 누구나 기억하지. 대학 1학년 때 영어 선생님 이름. 첫 키스. 하지만 매일 네가 무슨 생각을 했는지는? 무엇을 의식했는지는? 무슨 말을 했는지는? 길거리나 체육관에서 누구를 우연히 만났는지, 그 만남이 네가 스스로에 대해 가지고 있던 생각을 어떻게 강화하거나 방해했는지는? 바그다드의 하이알지하드에 살았던 1994년에 나는 외로웠지만, 당시 그런 의식이 있었는지는 모르겠어. 나는 공책을 하나 사서 일기를 쓰기 시작했고, 처음에는 거의 이런 식이었지. '학교. 나우팔과 함께 케밥. 사냥 클럽에서 빙고. 잠.' 아무 인상도 없어. 감정도 없고. 생각도 없고. 내가 매일 반복되는 사이클에 다른 결말을 내리려고 애썼다 해도, 매일 '잠'으로 끝나. 그러다가 내가 스스로한테 이렇게 말했나 봐. 야, 이왕 여기에 시간을 투자할 거면 제대로 해봐. 네 감정이 어떤지, 네 생각이 어떤지, 무엇이 이날을 정말 다르게 만드는지 적어봐, 그렇지 않으면 무슨 소용이야? 내가 나 자신과 그런 대화를 한 것이 틀림없어. 왜냐면 얼마 뒤부터 내용이 더 길고, 자세하고, 분석적으로 바뀌거든. 클라우디아 시퍼에 대해서 자이드와 나눈 대화가 제일 길어. 이라크에 돌아가지 않았다면 내 인생이 어떻게 되었을지 장황하게 쓴 적이 적어도 한 번은 있어. 하지만 나중에 쓴 일기들도 활기는 없어, 다른 사람에게 어떻게 보일지 지나치게 신경 쓰면서 쓴 것처럼 말이야. 6주 정도 지나고 일기를 그만뒀어. 공책을 상자에 넣고 20년 동안 다시 보지 않았지. 마침내 다시 봤을 때는 억지로 읽어야 했어. 글씨가 너무 유치하고 너무 멍청해 보이더라. 내 '생각'들이 부끄러웠어. 가장 당황스러운 건 내가 쓴 일기를 거의 알아볼 수 없었다는 거야. 나는 자이드와의 대화가 기억나지 않아. 사냥 클럽에서 금요일 저녁 시간을 그렇게 많이 보낸 것도 기억이 안 나. 미국에 남았다면 얼마나 다른 인생을 살았을지 생각한 건 고사하고, 그런 삶을 바랐던 기억도 안 나. 4월의

'약간 시원한' 화요일에 나랑 차를 마셨다는 레일라는 도대체 누굴까? 몇 주씩 통째로 잊어버린 것 같아.

나는 애초에 왜 일기를 쓰기 시작했냐고 물었다.

형이 말했다. 어쩌면 고독을 너무 예민하게 느꼈을지도 몰라. 어쩌면 이런 것들을 적음으로써, 내 존재의 기록을 잉크로 남김으로써 나의…… 나의 사라짐에 맞선다고 생각했을지도 몰라. 내가 지워지는 것 말이야. 그런 말 알지. 세상에 흔적을 남겨라. 하지만 분명히 말하는데 동생아, 이 공책은 아주 유감스러운 흔적이야.

어쨌든, 그 이후로 형은 다른 흔적을 남겼잖아.

새미가 고개를 끄덕였다. 작은 흔적들이지, 그래.

그리고 지금은 자라도 있고.

이것이 4년 전 술라이마니야의 형의 집 뒤뜰에서 나누었던 대화인데, 1월 초였지만 그곳의 기온은 15도에 가까웠다. 우리는 그릇을 주고받으며 대추야자를 먹고 이제 막 싹이 나는 크로커스 꽃밭에 씨를 뱉었다. 2주 후, 새미와 자라가 결혼식을 올렸다. 이제 두 사람 사이에 야스민이라는 어린 딸도 태어났는데, 자라의 말에 따르면 야스민은 입매가 새미를 닮았지만 눈매는 나를 닮았단다. 입매에 대해서는 나도 동의한다. 미소를 짓지 않을 때도 끝이 살짝 올라가는 커다란 입이다. 그러나 우리의 눈에서 비슷한 부분은 사소하고 변덕스러운 초록빛밖에 없다. 내 눈은 찡그리고 의심을 품은 표정에 파묻혀 있지만 야스민의 눈은 불가사의한 구슬픔 안에 영원히 떠 있는 듯하다. 살짝 올라간 입매와 애처로운 눈빛 때문에 야스민은 희극과 비극의 가면을 동시에 쓰고 있는 것처럼 보이기도 한다. 최근에 나는 야스민의 사진을 노트북 화면 보호기로 설정했는데, 매일 아침 자리에 앉아서 노트북을 열 때마다 밤사이 내 어린 조카의 얼굴에서 희극과 비극의 비율이 아주 약간 바뀐 듯한 느낌이 든다. 조카의 얼굴은 너무나도 광범위한 감정의 스펙트럼을, 오랜 세월에 걸쳐 관찰하고 경험하지 않으면 알아볼 수 없는 감정을 드러내는 것 같다. 하지만 조카는 겨우 세 살이고, 따라서 종종 어떤 사람은 기억이 켜진 채로 태어나서 어느 하나도 잊지 못하는 것이 아닐까 생각하게 된다.

나는 무엇을 기억하지 못할까? 많다. 전부 합쳐서 얼마나 많은 기억을 잃었을지 생각하면 숨이 가빠진다. 그러나 내 경험으로도 글을 쓰는 것은 도움이 되지 않는다. 하지만 글을 쓰는 시간이 늘어날수록 잊고 싶지 않은 일을 하는 시간이 줄어든다는 의미에서는 도움이 될지도 모른다.

당신이 내 형을 본다면 그만큼 지우기 어려운 사람은 없다고 생각할 것이다. 키가 크고 체격이 단단한 형은 흰 가운을 입으면 더욱 크고 강건해 보이고, 낭랑한 목소리로 말하고, 의견을 적극적으로 주장하고, 넉넉한 식사를 하루에 네 번은 해야 한다. 형이 사라짐을 미연에 방지한다는 이야기를 했을 때 나는 웃었다. 나는 〈놀랍도록 줄어든 사나이〉에서 그랜트 윌리엄스가 방충망 구멍으로 빠져나가 점차 다가오는 은하수를 향해서 읊던 마지막 독백이 생각난다고 말했다. 너무나 가까운, 극소와 무한…… 가장 작은 것보다 더 작은…… 신에게

0은 없다! 나는 아직 존재한다! 사라지는 것은 누구일까? 폭소를 터뜨리는 남자는 아니다. 피아노를 연주할 때 보면 한 옥타브가 3센티미터밖에 안 되어 보일 정도로 손이 큰 남자는 아니다. 마지막으로 만났을 때 형은 거대한 몸을 플라스틱 가든체어에 기대고 앉아서 싱긋 웃으며 이두근에서 보이지 않는 먼지를 털어냈고, 그런 다음 얼굴을 들어 쿠르드의 하늘을 가로질러 서쪽으로 탈출하듯 몰려가는 구름을 보았다. 그 순간 형은 이 세상에 자기 힘을 행사하는 존재처럼 보였지 그 반대는 아니었으므로 형이 취침 시간과 빙고 결과를 기록하지 않으면 사라질지도 모른다는 것이 나에게는 너무 우스운 생각처럼 느껴졌다. 그러나 그런 다음, 형이 사라졌다.

나는 25분을 더 앉아 있다가 일어나서 다른 직원에게 화장실에 가
도 되냐고 물었다. 라벤더색 히잡을 쓴 젊은 여자였는데, 두껍고 검
은 마스카라 때문에 원래는 동정적일 눈이 거미 같아 보였다. 그녀
는 의심스럽다는 듯 남자 직원 한 명을 딸려 보냈다. 그는 나보다 좀
작았고, 왠지 모르지만 1미터 정도 거리를 두고 뒤따라왔기 때문에
나는 감시를 받는다기보다 아이를 화장실에 데려가는 기분이었다.

사람이 없는 검문소를 지난 다음에야 그가 발걸음을 빨리했다.
물론 아주 필사적이라면 여권도 없이 출입국 관리소를 뛰어넘을 것
이다. 하지만 잡히지 않고 빠져나간다 한들 여권도 없이 영국에 갇
혀서 뭘 하겠는가? 죽을 때까지 불법 거래나 하고 오지에서 술이나
들이켜며 살까? 이들은 내 여권을 가져가는 대신 억류자라는 지위
를 확인하는 반쪽짜리 종이를 주었다. 나는 그 종이에 소변을 보고
물을 내리는 데 필요한 지시 사항이라도 적혀 있는 것처럼 양손으

로 들고 화장실로 가고 있었다. 직원은 밖에서 기다리는 대신 따라 들어와서 종이를 들어주겠다고 하더니 개수대 옆에 서서 주머니 속의 동전을 짤랑거렸다. 그동안 나는 방광을 비우고 시간을 들여 손에 비누칠을 하고 헹구고 닦았다. 나쁘지 않았다. 휴대전화 메시지를 확인하는 것도 나쁘지 않았겠지만 신호가 잡히지 않았다. 자리로 돌아오자 남자 직원은 한 마디도 없이 고개를 끄덕이더니 EU 시민들이 늘어선 줄 옆 자기 자리로 돌아갔다. 내 앞에서 몇 번이나 여권이 내밀어지고, 펼쳐지고, 검사받고, 도장 찍히고, 돌려주어졌다. 여권에 문제가 없음을 확인받은 주인은 수하물을 찾거나 다음 비행편을 갈아타러 갔다. 그러나 내 여권을 가져간 여자는 어디에도 보이지 않았다.

인공 잔디 테라스에 나가려면 싱글 침대와 업라이트피아노가 있는 방 앞 좁은 복도를 지나야 했다. 침대는 새미의 것이었다. 피아노는 우리가 이사 왔을 때부터 있었다. 침대와 피아노가 어찌나 가까웠는지, 형은 누워서도 손을 뻗어 가장 높은 옥타브를 칠 수 있었다.

피아노는 짙은 색 나무로 만든 수수한 상자 모양이었는데, 온통 갈라져 있었고 오전 햇빛을 받으면 빨갛게 변했다. 제2차 세계대전 때 수리한 낡은 웨서브로스 피아노로, 당시에는 새로운 피아노 제작이 수요를 따라가지 못해서 제작자들이 중고 모델에 새로운 팔과 새로운 다리, 새로운 건반과 새로운 스크롤을 달아서 되살렸다. 또한 악기를 실제보다 더 작아 보이게 만드는 길쭉한 거울 달린 케이스를 달아서 튜닝 핀을 숨겼다. 우리 피아노의 거울은 한쪽 구석에 대각선으로 금이 가 있었고 세월 때문에 표면이 대체로 얼룩덜룩했다. 솔 벨로가 그런 말을 했던 것 같다. 죽음은 우리가 거울을 통해 무언가를 보려면 반드시 필요한 거울 뒤의 검은 뒷판과 같다고. 그렇다면 그 검은 면이 벌써부터 보이기 시작하는 것은 어떻게 이해해야 할까?

나는 새미의 피아노라고 부르고 있지만 엄밀히 말해서 피아노의 주인은 1층에 사는 집주인 마티 피시와 맥스 피셔였다.

피셔는 뉴욕 필하모닉에서 제1바이올린을 연주했다. 피시는 웨스트빌리지의 피아노 바에서 피아노를 쳤는데, 취객들이 엉망으로 따라 부르는 뮤지컬 노래를 좋아하는 사람들 사이에서 인기가 많은 가게였다. 우리 가족은 두 사람을 합쳐서 피시스라고 불렀고 마티는 샤부트*라고 불렀는데, 달걀과 똑같은 그의 체형을 보고 형이 티그리스강에서 어부들이 나비 모양으로 갈라서 굽던 잉어를 떠올렸기 때문이었다. 반면에 맥스웰 피셔는 흠잡을 데 없이 세련되었으므로 별명을 붙일 수가 없었다. 바이에른 출신으로 파리 콩세르바투아르를 졸업한 그는 경건할 만큼 깔끔한 남자였고, 건강을 위해 이른 아침 산책을 할 때면 페이즐리 무늬 넥타이를 맸다. 베이리지의 거리에서는 인도 코브라를 목에 감은 것만큼이나 이국적인 모습이었다. 피셔의 목소리는 높고 부드러웠고, 힘찬 독일식 말투 때문에 그와 나누는 대화는 전부 철학적인 분위기를 띠었다. 우리는 그가 집에 있으면 반드시 알았는데, 샤부트가 펑키 재즈와 씨름하고 있음을 알리는 손드하임이나 햄리시의 곡 대신 소중한 하이파이 스

* 아랍어로 '잉어'라는 뜻.

207

피커 한 쌍에서 흘러나오거나 피셔가 자신의 스트라디바리우스로 직접 연주하는 듯한 엘가나 야나체크의 고결한 선율이 올라왔기 때문이었다. 그는 바이올린이 수술 도구라도 되는 것처럼 정성껏 닦고 무두질했다. 피셔는 공동 현관을 하루에 한 번 쓸었고, 토요일에는 진공청소기를 어찌나 오래 돌리는지 청소가 끝나면 30분 동안은 정적으로 귀가 멍했다. 나는 사원에 들어갈 때 더 이상 어른들이 시키지 않아도 알아서 신발을 벗기 훨씬 전부터 피시스의 아파트에 들어갈 때마다 신발을 벗는 것이 제2의 본성이 되었다. 그러나 이 집 안의 모든 아름다움은 피셔 덕분이었다. 샤부트를 가만히 놔두면 먼지가 켜켜이 쌓이고 침실 바닥에 다릴 옷이 쌓여서 파스텔 빛깔의 무더기를 이루었을 것이다. 샤부트가 자발적으로 청소하는 것은 피셔의 바이올린에 상응하는 것, 즉 흑단 스타인웨이 피아노밖에 없었다. 피아노 길이가 2미터 정도였기 때문에 거실이 작아 보였고, 낡은 웨서브로스가 위층으로 쫓겨난 이유이기도 했다.

우리 어린 시절을 자꾸 신화화하는 어머니의 이야기를 들으면 악기를 건드려본 적도 없었던 새미는 피아노 앞에 처음 앉았지만 해질 무렵쯤 되자 피아노 소곡을 유창하게 연주했다고 믿게 될 것이다. 나는 그랬다고 생각하지 않는다. 더욱 정확한 사연은 부모님을, 또 어느 정도는 나까지도 난처하게 만든 사실에서 시작한다. 바로 형이 미국에 사는 것을 좋아하지 않았다는 사실이다. 처음부터 형은 바그다드의 친구들이 보고 싶다고 불평했고, 학교에서 눈에 띄게 뒤처졌다. 같은 반 아이들보다 머리가 나쁜 것도 아니고 세 살부터 영어를 아랍어만큼 잘했는데도 말이다. 형은 집에 있을 때면 침울하고 아무 의욕이 없었고, 식사를 할 때나 옆 블록의 유대교 예배당 뒤에 사는 트리니다드 소녀와 공원 농구장에서 마리화나를 피울 때만 빼면 항상 소파에 앉아 있었다. 그러던 어느 날 오후, 배관을 고치러 올라왔던 샤부트가 웨서브로스를 뚱땅거리다가 갑자기 〈보헤미안 랩소디〉의 첫 구절을 쳤고, 그러자 새미가 소파에서 일어나 다시 쳐달라고 했다. 30분 뒤, 부엌 배수관은 여전히 새고 있었고 새미와 샤부트는 피아노 앞에 나란히 앉아 있었다. 새미는 입술을 잘근잘근 씹었고 샤부트는 맞는 음을 흥얼거리며 새미의 손가락을 고쳐주고 화를 내며 건반 중간의 끈적거리는 레를 세게 눌렀다. 그때부터 거의 수요일 오후마다 똑같은 모습의 두 사람을 볼 수 있었다. 여름이면 두 사람의 실루엣이 테라스에 드리워졌고, 겨울이면 찻잔에서 얼룩덜룩한 거울로 김이 피어올랐다. 원칙적으로 밤 10시 30분 이후에는 피아노 연습이 허락되지 않았지만 새미는 종종 아파트의 반대쪽 끝이 어두워질 때까지 기다렸다가 한 발은 댐퍼 페달을 밟고 귀가 진공청소기처럼 소리를 빨아들이나 싶을 정도로 건반 위로 고개를 푹 숙인 다음 또 피아노를 쳤다. 물론 피아노는 아무리 조용히 쳐도 한계가 있다. 노래를 속삭일 수 없는 것과 마찬가지이다. 그러나 아무도 감히 형을 방해하지 못했다. 형은 불행했고 부모님은 자신들을 탓했다. 형은 적어도 피아노를 칠 때에는 의욕이 없지 않았다.

그렇다고 일반적인 의미에서 의욕이 넘치는 것도 아니었다. 형은 독주회를 하지 않았다. 형은 연주를 하지 않았다. 새미에게 피아노를 치는 목적은 치는 것 그 자체였다. 손가락을 건반에 올리고 음을 하나씩 치거나 체리 같은 연속음을 치면서 재미있는 이야기를 들을 때처럼 그 결과를 즐기는 것이었다. 형은 도착지라기보다 복도에 더 가까웠던 작은 침실에서 줄담배를 피우거나 폭식을 하거나 다리를 떠는 사람들을 지배하는 간절한 욕구와 비슷한 것에 사로잡혀 피아노 위로 몸을 숙였다. 어쩌면 그것이 초조한 마음을 흡수했을지도 모른다. 어쩌면 고통을 무디게 했을지도 모른다. 나는 알지 못한다. 같은 곡을 세 번 이상 치는 일은 거의 없이 악보를 계속 바꾸며 다음 곡으로, 다른 소나타, 다른 협주곡, 다른 마주르카와 녹턴과 왈츠로 나아가는 방식은 무의미해 보일 수도 있었다. 마치 음악은 무한한 전류이고 새미는 음악이 흐르고 싶어 하는 구리 선 같았다. 물론 형은 가끔 어려운 악절에서 쩔쩔매면서 앞으로 나아가지 못한 채 같은 부분을 다시 치기도 했지만, 그런 경우는 생각보다 드물었다. 그리고 절대, 단 한 번도—나는 상상도 할 수 없다—안달이 나서 주먹으로 건반을 내리치거나 투덜대지 않았다. 누군가 시간이 흐르면서 고통에서 벗어나는 것은 알아보기 쉽다.

나는 반쪽짜리 종이를 들고 앉아서 40분 동안 더 기다리다가 다시 일어나 라벤더색 히잡을 쓴 여자에게 전화를 한 통 걸어도 되냐고 물었다.

담당 직원이 누구죠?

이름을 못 봤어요. 금발이 여기까지 내려오고…….

데니즈군요. 한번 찾아볼게요.

내 자리는 아직 따뜻했다.

나는 포스트 케인스 가격 이론에 대해서 읽을 책이 있었지만 그것을 펼치는 대신 금속 미로 반대쪽 끝에 도착한 다른 비행기 승객들을 보고 있었다. 터번을 쓰고 이름표를 목에 건 남자가 맨 끝에 서서 새로 도착한 단체 여행객이나 단독 여행객을 데스크로 안내했다. 정장이나 사리, 스틸레토나 스웨트팬츠 차림의 사람들이 카트를 밀면서, 또는 목 베개, 서류 가방, 곰 인형, 리본과 감탕나무 가지가 그려진 쇼핑백을 들고 전진했다. 여권 하나에 도장을 찍을 때도 있고 옛날 옛적의 도서관 대출 카드처럼 두 번이나 세 번, 네 번 빠르게 연속해서 찍는 소리가 들릴 때도 있었다. 전체적으로 승객들이 전진하고 직원들이 도장을 찍는 리듬에는 일종의 규칙이 있어서 재즈의 즉흥 연주처럼 온갖 변주에도 불구하고 절대 박자를 놓치지 않았다.

그때, 동행이 없는 자그마한 여성이 전진에 실패했다. 검은 머리가 어깨까지 내려오는 여자는 투명 인간이 되려고 애쓰는 것처럼 데스크 옆으로 밀려난 채 수줍게 서 있었다. 그녀는 출입국 관리소 직원이 무슨 말을 하든 전부 고개를 끄덕였다. 직원의 표정으로 보아 그녀가 질문을 이해하지 못한 것 같을 때에도 고개를 끄덕였다. 짐은 없었고 허리 앞쪽에서 작은 새틴 자수 가방을 무화과나뭇잎처럼 양손으로 들고 있었다. 직원이 눈으로 그녀를 지탱하려는 것처럼 친절하게, 그러나 강렬하게 바라보며 얼굴을 찌푸렸다.

직원이 여자에게 내 것과 같은 종이 반 장을 건네자 여자는 돌아서서 자리에 앉았다. 이제 보니 중국인이었다.

5분도 지나지 않아서 담당 직원이 돌아왔다. 내 담당 직원은 너무 느긋했기 때문에 이렇게 빨리 진행되다니 약이 올랐다.

담당 직원이 또 다른 직원에게 말했다. 당신이 통역을 하러 왔다고 말해줘요.

통역사가 바지를 추킨 다음 몸을 숙여 여자에게 짧고 새된 콧소리로 뭐라고 말했는데, 내 귀에는 똑같은 말을 거꾸로 재생한 것처럼 들렸다. 여자가 고개를 끄덕였다.

문제가 생긴 건 아니라고, 다만 신변의 우려가 있기 때문에 통과시키기 전에 추가 질문을 해야 한다고 말해줘요.

두 번째 직원이 다시 뭐라 말하자 여자가 고개를 끄덕였다.

영국에서 다닐 학교 이름이 뭐지요?

여자가 가방에서 종이 한 장을 꺼냈다.

첫 번째 직원이 그것을 가리키며 말했다. 이건 누구 번호지요?

교수님 번호래요.

교수님이 누구지요?

"켄 교수님요."

켄 교수가 비자를 받도록 도와줬나요?

그렇대요.

켄 교수의 학교 이름은 몰라요?

"켄 학교예요."

얼마 동안 머물 계획이지요?

6개월이래요.

돌아갈 비행기표가 있습니까?

없지만 살 예정이래요.

어디서 지낼 거죠?

켄 교수에게 집이 있대요.

어디죠?

모른대요.

돈을 얼마나 가지고 있지요?

켄 교수가 장학금을 줬대요.

부모님은 당신이 여기 온 걸 아시나요?

여자가 고개를 끄덕였다.

부모님 연락처가 있습니까? 우리가 전화를 걸 수 있는?

여자가 분홍색 노키아 휴대전화를 꺼내서 두 번째 직원에게 보여주자 직원이 뭔가를 적었다.

문제가 생긴 게 아니라고 말해줘요. 여기서 지낼 곳도 없고 영어도 거의 못 하는 것 같아서 걱정하는 거라고.

두 번째 직원이 통역하자 여자가 처음으로 길게 말을 하면서 패닉을 억누르듯 높은 목소리로 말을 쏟아냈다. 그러다가 갑자기 말을 뚝 멈추었고, 두 직원 모두 말이 끝났는지 아닌지 잘 모르겠다는 표정을 지었다.

영어를 배우러 왔대요. 두 번째 직원이 말했다. 가족들도 이분이 여기 온 걸 알고요. 켄 교수가 장학금을 줬고, 비자도 받아줬고, 짐을 찾아서 이 번호로 전화하면 데리러 오기로 했대요.

첫 번째 직원이 얼굴을 찌푸렸다. 여기서 조금 더 기다리라고 말해줘요. 걱정할 것 없다고 하고. 문제가 생긴 건 아니라고 해요. 안전이 걱정돼서 몇 가지 통상적인 질문을 해야 한다고. 보호자가 믿을 만한지 확인해야 한다고요.

두 번째 직원이 이 말을 통역하자 여자가 코를 훌쩍였다.

문제가 생긴 건 아니라고 전해요. 첫 번째 직원이 아까보다 더 친절하게 말했지만 여전히 훌쩍거리던 여자에게는 들리지 않는 듯했다.

캘빈 쿨리지*에 따르면 경제학은 더 나은 내일을 위해서 오늘을 준비하는 유일한 방법이다. 쿨리지에 대한 생각이야 어떻든 이 말이 어느 정도는 옳은 것 같다. 나는 대학원에 들어간 직후 이 말을 처음 접하고서 드디어 내 노이로제에 딱 맞는 직업을 찾았구나, 라고 생각했다.

내가 지금 하는 행동 때문에 나중에 어떤 기분을 느끼게 될까, 라는 생각이 항상 머릿속을 떠나지 않기 때문이다. 같은 날 나중에. 같은 주 나중에. 내 삶은 지금이 아니라 나중에 기분이 좋아지기 위해 계획된 일련의 행동처럼 느껴지기 시작했다. 나중에 기분이 좋으리라는 사실만 알면 지금도 충분히 기분이 좋다. 캘빈 쿨리지는 나에게 찬성할지도 모르지만, 어머니는 이렇게까지 계산된 삶을 가리키

* 미국의 정치가이자 제30대 대통령.

는 또 다른 표현이 있다고 한다. 대충 번역하자면 개처럼 살지 못한다는 뜻이다.

한번은 어머니가 이렇게 말했다. 형을 닮으면 더 행복해질 거야. 새미는 지금 이 순간을 살지, 개처럼 말이야.

분명히 말해두지만 형의 이름은 높다, 고귀하다 또는 숭고하다라는 뜻인데, 딱 봐도 똥이랑 똥구멍이나 킁킁거리는 동물에게서 쉽게 연상할 수 있는 특징은 아니다. 그러나 부모님이 이름을 지을 때는 형이 개처럼 즉흥적인 사람이 될 줄 몰랐을 것이다. 가정을 꾸린다는 뜻의 이름을 붙인 아들이 자라서 냉장고에 간장 일곱 봉지와 유통기한 지난 달걀 한 팩밖에 없는 사람이 될 줄 몰랐듯이 말이다.

1988년 12월, 암만에서 바그다드로 가는 비행기에서 부모님은 우리에게 이라크 사람들과 이야기할 때 두 가지 주제는 꺼내지 말라고 당부했다. 바로 사담 후세인과 새미의 피아노였다. 새미가 아래층에 사는 동성애자 집주인들에게 10년 동안 음악 수업을 받았다는 얘기는 말할 것도 없었다. 어쨌든, 할머니네 부엌 식탁에서 친척 아주머니와 아저씨들이 가장 열심히 이야기한 주제는 미국인 같은 내가 정말 이국적이라는 것이었다. 브루클린 억양, 던 매팅리 야구복, 갓 나온 군청색 여권, 글씨가 도드라진 뉴욕시 출생증명서. 출생증명서는 물론 언젠가 내가 미국 대통령 선거에 나갈 권리를 갖고 있다는 뜻이었고, 새미와 내가 뒷마당에서 사촌들과 함께 오렌지로 저글링 연습을 하는 동안 나이 많은 친척들은 그 전망에 대해서 G7 회의처럼 엄숙하고 진지하게 이야기를 나누었다. 자파리 대통령. 아마르 알라 자파리 대통령. 버락 후세인 오바마 대통령. 두 이름 모두 가능성이라는 면에서는 차이가 없다고 느껴질 것이다. 그러나 열두 살이었던 나는 부모님이 정말 바라는 것은 내가 부모님처럼, 그리고 이미 거의 확실하게 정해진 형처럼, 의사가 되는 것임을 알고 있었다. 의사는 존경받는다. 의사는 절대 실직당하지 않는다. 의사가 되면 각종 문이 열린다. 부모님은 경제학도 물론 존경받을 만하다고 생각했지만 과연 믿음직할까? 그렇지는 않았다. 파악하기 힘들다(아버지의 표현이다). 경제학 박사는 의사보다 대통령직에 오를 가능성이 더 높지만 요즘 어머니는 나의 피선거권에 대해서 더 이상 언급하지 않는다. 가끔 우발적인 경우만 제외하면 항상 나중에 느낄 기분에 따라 모든 행동을 결정하도록 훈련된 의식에서 벗어나지 못하는 사람은 대통령 자리에 어울리지 않는다고 생각하기 때문일지도 모른다.

크리스마스에 자이드 삼촌과 알리아 숙모가 네 딸을 데리고 왔는데, 빨간색 히잡을 똑같이 쓰고 나란히 늘어선 네 사람은 마치 러시아 인형 세트 같았다. 10년 전에는 장녀 라니아가 기저귀 찬 나를 무릎에 앉히고 루비 같은 석류 알을 하나씩 먹여주었다. 이제 나이가 든 라니아는 너무 예뻐서 똑바로 볼 수가 없었다. 태양을 보려고 애쓸 때처럼 말이다. 부엌으로 들어온 라니아가 형에게 곧장 가서 말했다. 베암리카 엘 두냐 마클루바BeAmrika el dunya maqluba! 암리카는 미국이다. 마클루바는 뒤집혔다는 뜻인데, 따라서 팬에 고기와 쌀을 구운 다음 뒤집어서 내놓는 요리의 이름이기도 하다. 엘 두냐 마클루바는 세상이 뒤집힌다는 뜻인데, 보통 어떤 사람들이나 장소가 너무 흥분해서 아수라장이 되었음을 묘사할 때 쓰는 표현이다. 형이 웃었다. 크리스마스의 미국은 정말 그렇지. 오늘 미국에서는 세상이 뒤집힌다! 그러자 세계 평화, 또는 다양성 속의 조화를 나타내는 그림이 떠올랐다. 얼굴색이 다른 사람들이 종이 인형처럼 손을 잡고 지구를 빙 둘러싸고 늘어서 있는 그림 말이다. 그러나 이번에 피가 머리로 몰리는 것은 미국에 서 있는 사람들이었다.

현대 지도 제작법에 따르면 베이리지에 있는 내 침실의 대척점은 오스트레일리아 퍼스에서 남서쪽으로 몇 킬로미터 떨어진 인도양의 파도이다. 그러나 아장아장 걷는 아기였을 때를 빼면 처음으로 해외에 나간 열두 살짜리 남자아이에게는 하이알지하드의 조부모님 댁에서 지내는 방 역시 대척점이나 마찬가지였다. 나는 사촌 세 명과 방을 같이 썼는데, 다들 태어난 직후 부모님과 함께 이민을 간 사촌들이었다. (아버지와 자이드 삼촌은 열두 남매 중 첫째와 둘째였다. 열두 명 중 다섯 명은 이라크를 떠났고, 네 명은 남았고, 세 명은 죽었다.) 우리 남자애들이 2층 침대에 누워서 집에 두고 온 것들 중에서 무엇이 그리운지 이야기하는 것을 가만히 들어보면 10년형을 받은 씀씀이 헤픈 난봉꾼이라도 되는 것 같았다. 런던에 사는 알리와 사바는 법적으로 운전할 수 있는 나이의 남자들에게 여자 친구를 빼앗길까 봐 걱정했다. 미국 콜럼버스에 사는 후세인은 벵갈스와 포티나이너스의 슈퍼볼 경기를 못 봐서 괴로워했는데, 경기 결과는 열흘은 지나야 알 수 있을 터였다. (벵갈스가 졌다.) 요즘은 바그다드의 피르도스 광장에 서서 벵갈스나 포티나이너스, 레드삭스나 양키스, 맨체스터 유나이티드나 몽골 국가 대표 축구 팀의 경기가 바로 지금 어떻게 진행되고 있는지 구글로 찾아볼 수 있다. 베이리지나 헬싱키의 기온도 확인할 수 있고, 샌타모니카나 스와질란드의 다음 만조가 언제인지, 또 이탈리아 포지본시에서 해가 언제 지는지 알아낼 수 있다. 늘 우리가 알아야만 하는 일이 벌어지고 있고, 시간이 부족하기 때문에 충분히 알고 있다는 느낌은 들지 않는다. 고귀한 야망까지 품고 있다면 더욱 그러하다. 그러나 20년 전, 외부와의 연락이 끊긴 바그다드에서는 시간이 기어갔다.

나는 어느 영화감독이 창의력을 발휘하려면 네 가지가 필요하다고 말하는 것을 들은 적이 있다. 바로 아이러니, 우울, 경쟁의식, 권태이다. 내 경우 앞의 세 가지가 얼마나 부족했는지 모르지만 이라크에서 보낸 그 겨울에 네 번째 요소가 어찌나 풍부했는지, 나는 뉴욕으로 돌아온 다음 한참 동안 평생 처음이자 유일한 연작시를 썼다. 또 뭘 했더라? 몇 시간이고 저글링을 했는데, 주변이 어둑해져서 오렌지가 보이지 않을 때까지 뒷마당에 서서 오렌지를 떨어뜨리고 줍기를 반복했다는 뜻이다. 나는 아버지, 자이드 삼촌과 함께 나자프 외곽에 묻힌 친척들을 찾아갔고, 밤이면 부엌 식탁에 앉아서 숙제 여백에 낙서를 끄적였으며—결석을 보충하기 위한 숙제는 말도 안 될 정도로 많았다—할아버지는 내 옆에 앉아서 《알타우라》 신문을 넘기고 또 넘겼다. 어느 날, 내가 가라앉는 전함을 그린 다음 몇 가지 세세한 부분을 덧붙이자 나를 지켜보던 할아버지가 이렇게 말했다. 네가 암리카 대통령이 되려면 그보다는 더 잘해야 할 거다.

　나는 새미와 함께 자우라 동물원에 가서 불붙인 담배를 침팬지에게 던져준 다음 담배를 피우는 모습이 인간과 정말 비슷하다며 웃었다. 이제 막 조지타운을 졸업한 형은 학교에서 예과 학생회 회장이었고 노숙자들의 결핵 억제에 대한 논문을 썼다. 그러나 이러한 이력과 상관없이 형은 바그다드에 온 지 일주일도 안 돼서 말버러 레드를 연달아 피우는 이라크의 비공식 국가적 취미를 어떤 가책도 없이 받아들였다. 저 멀리 티그리스강이 보이는 할머니네 옥상에서 형은 내 옆에 서서 담배를 피웠고, 눈을 가늘게 뜨고 카라다 쪽을 보면서 1970년대에는 무더운 여름밤이면 부모님과 함께 매트리스를 가지고 옥상으로 올라와서 강바람을 맞으며 잤다고 말해주었다. 형이 이 이야기를 들려준 밤은 따뜻하지 않았고, 매트리스도 없었고, 새미가 어깨에 걸치고 온 낡은 아프간 담요밖에 없었다. 그러나 달빛 속에서 형은 바닥에 누워 옆자리를 톡톡 쳤고, 나와 같이 별들을 올려다보며 머지않아 이라크가 다시 대단해질 것이라고 예언했다. 팬 곳 없는 도로, 반짝이는 현수교, 5성급 호텔들. 장엄하게 복원되어 무장 경비대의 감시를 받지 않고 둘러볼 수 있는 바빌론의 폐허, 하트라, 니네베의 돌기둥. 신혼부부들이 하와이 대신 바스라로 갈 거야. 젤라토 대신 돌마*를 먹고 차이를 마시며 까무러치겠지. 학생들은 우르의 지구라트 앞에서 포즈를 취하고, 배낭여행자들은 알아

* 포도잎, 양배추 등으로 고기, 쌀 등을 싸서 쪄낸 요리.

스카리 엽서를 집으로 보내고, 은퇴한 사람들은 유수피야의 꿀병을 완충 비닐에 싸서 가방에 넣을 거야. 바그다드에서 올림픽을 개최할 거야. 메소포타미아 라이언스가 월드컵에서 우승할 거야. 기다려봐, 동생아. 조금만 기다려봐. 디즈니월드는 잊어버려. 베네치아는 잊어버려. 빅벤 연필깎이나 센강변에서 파는 지나치게 비싼 카페 크렘은 잊어버려. 이제 이라크 차례야. 이제 전쟁도 끝났으니까 사람들이 이라크의 아름다움과 역사를 직접 보려고 사방에서 몰려올 거야.

한때 내가 사랑에 빠졌던 여자는 아주 어렸을 때 부모님이 이혼을 했다. 그녀는 어머니에게 앞으로 어떻게 될지—두 사람은 아직 아기인 여동생과 함께 도시 반대편 새집으로 이사하게 되었다—이야기를 들은 다음부터 무엇을 가져가도 되고 무엇을 가져가면 안 되는지 집착하게 되었다고 한다. 그녀는 계속 엄마에게 확인했다. 책상 가져가도 돼요? 개는요? 내 책은요? 크레용은요? 여러 해 뒤에 어느 심리학자는 그녀가 무엇을 가지고 갈 수 없는지 들었기 때문에 가져가도 되는 것과 안 되는 것에 집착하게 되었을지도 모른다고 말했다. 바로 아빠 말이다. 꼬마 여자애가 아빠를 가질 수 없다면 도대체 무엇을 가질 수 있을까. 당시 나는 이 가설에 대해서 판단을 내릴 능력이 부족한 느낌이 들었지만 그녀의 기억 자체가 과연 진짜일까 미심쩍긴 했다. 나는 매디에게 그런 질문을 했던 실제 순간이 떠오르는 것이 아니라 어머니가 그 이야기를 너무 많이 해서 거꾸로 그녀의 머릿속에서 기억으로 자리 잡은 게 아니냐고 물었다. 결국 매디는 사실 그 기억이 엄마에게 들은 이야기에서 생겨났을지도 모른다고 인정했다. 그러나 이렇든 저렇든 자신의 이야기이고 일부러 망상을 펼치는 것도 아닌데 무슨 차이가 있는지 모르겠다고도 말했다. 또한 그 일이 평생 가장 중요한 변화 중 하나였지만 아버지와 정말로 헤어지던 순간이 전혀 기억나지 않아서 놀랍다고 했다. 나는 당시 몇 살이었냐고 물었다. 그녀는 네 살이었다고 대답했다. 네 살에서 다섯 살로 넘어갈 때. 나는 내 뛰어난 기억력이라면 그런 사건을 절대 지우지 않았으리라는 생각이 들어서 매디가 여섯 살 이전 일은 기억하지 못하는 그런 사람인지도 모르겠다고 말했다. 당시 나는 무척 오만했다. 매디가 나와 함께 보낸 시간을 떠올릴 때 나를 사랑했던 기억이 전혀 떠오르지 않는다고 해도 나는 놀라지 않을 것이다.

몇 년 뒤, 대학원에 다니던 내가 베이리지의 집으로 돌아와서 부모님과 저녁 식사를 할 때 아버지가 암스테르담 외곽의 스키폴에 대한 이야기를 꺼냈다. 아버지는 스키폴이 네덜란드어로 배의 무덤이라는 뜻이라고, 수많은 배가 난파되어 악명 높았던 얕은 호수를 매립해서 공항을 지었기 때문에 그런 이름이 붙었다고 말했다. 내가 말했다. 아빠. 알아요. 제가 열두 살 때 얘기해주셨잖아요. 우리가 거기 갔을 때, 암만행 비행기를 기다릴 때 말이에요. 아빠가 말했다. 그럴 리가 없어. 오늘 오후에 읽은 거야. 내가 말했다. 음, 어쩌면 알고 있었다는 사실을 까먹으신 건지도 모르죠. 터미널에 앉아서 탑승할 때까지 기다리면서, 포장도로를 내다보며 그 밑에 묻혀 있을 배들을 생각했던 기억이 똑똑히 나거든요. 인간 같은 뼈를 가진, 해골 같은 배들을 상상했던 기억이 나요. 대퇴골과 종아리뼈, 거대한 흉골 같은 선체를 말이에요.

허. 아버지가 말했다.

잠시 후 내가 덧붙였다.

아니면 새미가 얘기해줬을지도 몰라요. 새미가 배 이야기를 했나 봐요.

그러자 엄마가 한 손을 들고 배의 무덤이라는 말은 처음 듣는다고 했다. 또 내가 열두 살이었던 1988년 12월은 새미가 전염성 단핵구증에 걸렸다가 낫는 중이었기 때문에 바그다드로 가는 길에 경유할 때마다 짐 위에 축 늘어지거나 벤치에 엎드렸던 바로 그 12월이라고 알려주었다. 내가 말했다. 음. 그래도 나한테 말해줬을지도 몰라요. 아니면 돌아오는 길에 얘기해줬나 봐요, 돌아오면서 스키폴에 다시 들렀을 때요. 그러자 엄마가 상처받은 표정으로 나를 보았고, 잠시 후 나와 나의 선택적 기억상실이 불쌍하다는 듯 표정이 누그러졌다. 엄마가 조용히 말했다. 아마르. 집으로 돌아올 때는 네 형이 없었잖니.

알고 보니 데니즈의 머리카락은 호두색에 더 가까웠다. 또한 내 기억보다 골반이 더 넓었고, 한쪽 팔꿈치 안쪽에 끼고 있는 마닐라 폴더는 어찌나 두껍던지, 사람들이 보면 내가 앨저 히스*쯤 되는 줄 알 것 같았다. 나는 더 똑바로 앉는 척하면서 읽지도 않은 책에 책갈피를 끼우고 곤혹스럽지만 협조적인 사람처럼 눈을 크게 떴다. 곤혹스러운 것은 사실이었지만 협조하고 싶은 생각은 점점 사라지고 있었다.

데니즈가 내 옆에 앉아서 조용하고 신중하게 말을 했고, 나는 그녀의 눈에서 어떤 떨림을 감지했다. 오래전부터 나 같은 사건을 기다리기라도 한 것처럼. 어쩌면 내가 처음일지도 몰랐다.

자파리 씨. 미국 여권 말고 다른 국가의 여권이나 신분증명서가

---

* 미국 정부의 관리. 소련의 스파이라는 혐의가 있었지만 결국 처벌받지 않았다.

있나요?

네.

있어요?

네.

뭐죠?

이라크 여권입니다.

(또다시 그 떨림.) 어떻게 된 거죠?

부모님이 이라크인이에요. 제가 태어난 뒤에 여권을 신청하셨죠.

지금 가지고 계신가요?

내가 몸을 숙여 배낭 지퍼를 열었다. 여권을 꺼내서 건네자 데니즈는 잉크가 덜 마른 엽서를 집을 때처럼 모서리를 잡고 내 두 번째 여권을 조심스럽게 넘겨보았다. 이건 언제 사용하죠?

거의 안 씁니다.

하지만 쓴다면 어떤 상황에서 쓰나요?

이라크에 입국하거나 출국할 때요.

그러면 유리한가요?

어떤 점에서 말이죠?

당신이 말씀해보세요.

만약 당신한테 여권이 두 개라면 영국을 드나들 때 영국 여권을 쓰시지 않을까요? 내가 침착하게 말했다.

물론이죠. 데니즈가 말했다. 그게 법이니까요. 하지만 이라크 법은 어떤지 제가 모르잖아요, 안 그런가요?

그럴 생각은 아니었지만 나는 미소를 지었다. 그러자 데니즈가 희미하게 움찔했다. 그러고는 내 두 번째 여권―말하자면 나에게 남은 유일한 여권―을 들고 알겠다는 듯 고개를 천천히 끄덕이더니 여권으로 자기 무릎을 가볍게 친 다음 일어나서 걸어갔다.

가끔 석류가 기억나는 것 같다. 타닌 맛이 나는 달콤함, 턱을 타고 흐르는 끈적한 과즙. 하지만 그 당시에 찍은 즉석 폴라로이드 사진이 베이리지의 우리 집 냉장고에 아직까지 테이프로 붙어 있고, 사진이 없으면 기억도 없는 것은 아닌지 잘 모르겠다.

사진에서도 내 기억에서도 라니아는 파란 히잡을 쓰고 있다. 라니아가 나를 안는 방식이나 천이 그녀의 어깨에서 내 기저귀를 지나 블라우스 안으로 들어가는 모양을 보면 우리는 성모자 같은 자세를 취하고 있는 것처럼 보인다. 남자아이는 어린 시절의 냉장고를 몇 번이나 열어볼까? 6000번? 9000번? 몇 번이었든 지울 수 없는 인상을 남기기에는 충분했다. 우유 한 잔, 주스 한 모금, 남은 마클루바 조각마다……. 물론 형도 성장기 몇 년 동안 매일 그 사진을 보았을 것이다.

다음 12월에는 부모님만 바그다드로 갔다. 나는 2군 수영 팀 선발 시험을 놓치고 싶지 않다는 핑계로 베이리지에 남았고, 반 친구 부모님이 나를 돌봐주었는데, 그 집 침실에는 울퉁불퉁한 바퀴 달린 간이침대와 폴리나 포리스코바*의 실물 크기 포스터가 있었다. 나는 수영 팀 선발 시험을 보지 않았고 1월 말에 돌아온 부모님은 어떻게 되었냐고 묻지 않았다. 형이 라니아와 결혼하고 싶다고 했기 때문에 부모님은 정신이 하나도 없었다.

형은 또 나자프로 이주해 이슬람 신학교에서 공부하고 싶다고도 말했다. 아버지가 나에게 이 소식을 전할 때 어머니는 양손으로 얼굴을 가렸다.

라니아가 사촌이라는 사실 자체는 문제가 아니었다. 열성유전 질병을 가진 자손이 태어날 위험이 커진다는 것도 문제는 아니었다. 물론 부모님은 종족의 순수성이 아이에게 간단한 염색체 검사만 하면 피할 수 있는 병을 짐 지울 만큼 중요하지는 않다는 생각을 오래전부터 분명히 밝혔지만 말이다. 문제는 라니아와의 결혼이 이라크에 다시 정착하겠다는 형의 더 큰 의도를 분명히 보여준다는 점이었고, 형은 미국의 품위 없는 가치관보다 이라크의 가치관이 더 좋다고 주장했다. 그러나 새미의 마음속에서 정당성을 얻으려면—형이 더 좋다고 주장하는 품위 있는 가치관에 어긋나지 않으려면—부모님의 축복을 받는 약혼을 해야 했다. 라니아의 부모님은 이미 축복해주었고 심지어는 지참금도 포기했다. 그러나 우리 어머

---

* 체코슬로바키아 출신의 모델 겸 배우.

니와 아버지는 필사적으로 조국을 떠나면서까지 우리에게 준 삶을 새미가 거부하도록 허락할 준비가 되어 있지 않았다. 부모님은 새미가 뉴욕에서 라니아와 결혼하고 미국 대학원에서 학위를 따겠다고 하면 축복해주겠다고 결정했다. 원한다면 의학이 아니라 종교를 공부해도 좋다. 원한다면 나중에 이라크로 돌아가도 좋다. 그러나 형이 부모님의 전폭적인 지지를 받으며 라니아와 결혼하려면 이것이 조건이었고, 형도 동의했다.

7월에 우리는 형과 라니아, 할머니가 뉴욕에 도착하기를 기다리고 있었다. 그러나 우리가 공항에 갔을 땐 아버지의 어머니 혼자 도착 게이트 밖에서 기다리고 있었다. 할머니는 형과 라니아와 함께 비행기를 타고 암만까지 갔지만, 카이로행 연결 편을 타려고 할 때 요르단 당국이 결혼식을 올리러 미국으로 간다는 새미와 라니아의 말을 믿지 못하고 붙잡았다. 미국으로 가는 진짜 이유가 뭡니까? 새미가 말했다. 결혼식을 올리려고요. 요르단 당국이 말했다. 거짓말! 같이 여행하는 것을 보니 이미 결혼을 했겠지. 새미가 주장했다. 아닙니다. 진짜예요. 우리는 아직 결혼 안 했어요. 미국에서 결혼할 겁니다. 거기 부모님이 살고 계시고, 우리를 기다리고 계세요. 어느 관리가 라니아에게 말했다. 그렇다면 당신은 창녀가 틀림없군. 걸레. 그렇지 않고서야 어떻게 남편도 아닌 남자와 여행을 해?

라니아는 그 말에 정신을 잃었고, 관리들은 이를 자신들의 의심이 옳다는 증거라고 생각했다.

그렇게 해서 새미와 라니아는 이라크로 돌아갔고 할머니 혼자 비행기를 타고 카이로와 런던을 거쳐 뉴욕으로 왔다. 할머니는 7주 동안 우리 집에 머물 예정이었는데, 할아버지는 골반 수술을 받고 회복 중이라서 같이 오지 못했다. 그러나 그때 이라크가 쿠웨이트를 침공했고, 7주는 7개월로 늘어났다. 유랑민이 된 사람은 할머니만이 아니었다. 나는 할머니에게 방을 내주고 새미의 방으로 옮겼다. 새미의 방은 외풍이 심하다는 엄마의 우려 때문이었는데, 나는 그 말이 피아노가 있다는 뜻이라고 생각했다. 할머니는 피아노가 천박한 물건이라고 생각하도록 키워졌지만, 집에 아무도 없다고 생각할 때마저 저항할 만큼 천박하지는 않은 듯했다.

가끔 자이드 삼촌이 전화를 걸어 다들 잘 지낸다고 알려주었다. 지도*의 골반도 좋아지고 있었다. 과일나무들은 알리아 숙모가 돌보았다. 공습경보나 하늘을 쌩 가로지르는 크루즈미사일에 대한 언급은 없었는데, 판옵티콘**에서 살아온 이라크 사람들은 벽에 귀가 있고 창문에 눈이 있으며 감시자가 언제 비번인지 모르니 항상 근무 중이라 생각해야 한다고 오래전부터 길들여져 있었기 때문이다. 설득력은 약했지만 우리는 형의 긴 침묵도 판옵티콘 탓이라고 여겼다. 새미는 절대 편지를 쓰지 않았고, 따라서 나는 한 달에 한 번 정도 수다스러우면서도 짧은 편지를 타자로 쳐서 우편으로 보냈지만 비슷한 답변을 기대할 권리가 없었다. 형은 바그다드에서 인사를 전하며! 라고 적힌 싹싹한 엽서를 보낼 때도, 전화를 할 때도, 내

* 아랍어로 '할아버지'라는 뜻.
** 영국의 철학자 제러미 벤담이 고안한 원형 감옥.

편지를 받았다는 말은 하지 않았다. 내 기억에 형이 전화를 건 것은 딱 두 번이었다. 처음은 새해 전날이었는데, 전쟁만 아니었다면 부모님이 이라크로 돌아가 있었을 시기였다. 명목상 우리에게 행복한 1991년이 되길 바란다고, 인샬라라고 인사하기 위해서 건 전화였지만 새미는 결국 라니아와 결혼하지 않기로 했다는 소식을 전했다. 형은 실망한 것 같지 않았다. 오히려 더없이 쾌활한 목소리였다. 쾌활하고 어쩌면 약간 안심한 목소리. 라니아는 파리에서 미술사를 공부하기로 했고 형 역시 나자프로 이주하겠다는 계획을 바꿔 바그다드 의과대학에 지원하려고 알아보는 중이었다. 통화 차례가 돌아오자 내가 물었다. 미국 의과대학은 뭐 어때서? 새미가 명랑하게 말했다. 괜찮지. 하지만 이라크 의과대학은 뭐 어때서?

두 번째 전화가 온 것은 석 달 뒤, 미군이 철수하기 시작하고 할머니가 집으로 돌아가려고 짐을 싸던 무렵이었다. 이번에는 아버지만 새미와 통화를 했는데, 아버지는 전화를 끊자마자 외투걸이에 걸려 있던 재킷을 들고 산책을 나갔다. 집으로 돌아온 아버지가 내 방으로 갔다. 내 방에 놓인 할머니의 여행 가방은 4분의 3 정도 차 있었고 내가 주사위를 넣어둔 어항에 런던, 카이로, 암만행 탑승권이 기대어져 있었다. 아버지가 할머니를 내 침대에 앉히고 양손을 잡았다. 그런 다음 할머니에게 57년 동안 함께했던 남편 아흐메드가 그날 아침 색전증을 일으켜서 죽었다고 말했다.

자파리 씨?

나는 고개를 들어 출입국 관리 데스크 반대편에 서서 확실히 나와 거리를 두고 있는 그녀를 보았다.

몇 가지 질문을 하고 싶은데요. 따라오시겠어요?

우리는 함께 에스컬레이터를 타고 수하물 찾는 곳으로 갔고, 거기서 데니즈가 머리 위 모니터를 확인했다. 그런 다음 넓은 복도 끝까지 걸어가서 멈춰 선 원형 컨베이어벨트 옆에 홀로 서 있는 내 여행 가방을 찾았다. 나는 손잡이를 늘여 바퀴를 굴릴 수 있도록 기울이고 데니즈를 따라 에스컬레이터까지 갔던 길을 거의 다 되돌아와서 왼쪽으로 꺾은 다음 세관 신고하는 곳으로 갔다. 세관 직원이 우리를 기다리고 있었고, 내가 금속 탐지용 테이블에 가방을 올리는 동안 그는 착착 소리를 내며 보라색 고무장갑을 꼈다.

가방을 직접 쌌습니까?

네.

가방 싸는 것을 도와준 사람이 있습니까?

아니요.

가방 안의 내용물을 다 알고 있습니까?

네.

그가 내 양말과 속옷을 뒤적이는 동안 데니즈가 잡담으로 위장한 심문을 다시 시작했다.

있잖아요. 이맘때쯤 이라크는 기온이 어느 정도죠?

음, 물론 지역에 따라 따르죠. 술라이마니야는 꽤 따뜻해요. 화씨 50도 정도 될 겁니다.

화씨 50도면 얼마지? 데니즈가 세관 직원에게 물었다. 10도? 12도?

나도 모르겠는데.

형을 마지막으로 만난 게 언제죠? 그녀가 내 이라크 여권을 다시 펼쳤다.

2005년 1월요.

이라크에서요?

네.

형도 경제학자인가요?

아뇨, 의사예요.

세관 직원이 분홍색과 노란색 포장지로 싼 꾸러미를 들었다. 이 건 뭡니까?

주판이에요. 내가 말했다.

계산할 때 쓰는 주판 말입니까?

맞습니다.

왜 주판을 가지고 있죠?

조카 선물이에요.

조카가 몇 살이에요? 데니즈가 물었다.

세 살요.

조카가 주판을 좋아할까요? 세관 직원이 물었다.

내가 어깨를 으쓱했다. 세관 직원과 데니즈가 잠시 내 얼굴을 살폈고 세관 직원이 포장 테이프를 떼기 시작했다. 포장지가 얇아서 테이프에 색이 묻어나고 흰 상처가 남았다. 세관 직원이 열린 쪽으로 포장지 안을 들여다보면서 꾸러미를 약간 흔들었다. 나무 알이 가느다란 금속 막대에서 딸깍딸깍 왔다 갔다 하는 소리가 들렸다. 주판이라. 세관 직원이 믿을 수 없다는 듯 되풀이하더니 대충 다시 포장했다.

나는 데니즈를 따라 에스컬레이터를 타고 다시 올라가서 좁은 복도를 지나 어떤 방으로 들어갔다. 그녀가 책상 앞에 놓인 의자를 가리켰다. 맞은편 자리에 앉은 그녀가 마우스를 움직이기 시작했다. 몇 초 뒤 내가 시간이 좀 더 걸릴 것 같으면 통화라도 할 수 있는지 물었다.

블런트 씨에게요?

네.

우리가 이미 전화드렸습니다.

데니즈가 원하던 것을 드디어 찾았는지 자리에서 일어나 방을 가로지르더니 다른 컴퓨터에 붙은 다른 마우스를 움직였다. 이 모니터는 첫 번째 컴퓨터 모니터보다 새것 같았고 복잡하게 배열된 부속 장치가 많았는데, 번득이는 유리 슬라이드와 작은 키클롭스*처럼 생긴 카메라도 있었다. 나는 더없이 알쏭달쏭한 표정으로 사진을 찍힌 다음 지문을 채취했는데, 전부 디지털이었다. 데니즈는 온전하고 쓸 만한 지문을 얻기 위해서 엄지와 검지로 내 손가락을 하나씩 꽉 잡고서 번쩍이는 슬라이드에 손가락 끝을 적어도 두 번, 세 번씩 굴렸고, 한쪽 엄지는 네 번이나 굴렸다. 나는 데니즈가 매력적이라고 생각하지 않았다. 내 손가락을 다루는 방식도 전혀 유혹적이지 않았으므로 길어진 신체 접촉에 내 몸이 자극받자 나는 깜짝 놀랐다. 빨간색 엑스 자를 띄우며 거만하게 땡 소리를 내는 까다로운 컴퓨터를 달래겠다는 일념으로 둘이서 하나가 되어 협력하고 있자니 마치 우리가 출입국 관리소 놀이를 하고 있는 듯한 기분이 들었고, 언제든지 데니즈의 엄마가 저녁을 먹으러 들어오라고 부르면 내가 풀려날 것만 같았다.

그러나 지문 채취가 끝나자 우리는 작은 정사각형 테이블과 금속 의자 세 개가 있는 또 다른 방으로 갔다. 한쪽 벽의 윗부분 반은 흐릿한 유리로 되어 있어서 내 모습이 거울에 비친 모습보다는 실

* 그리스 신화에 나오는 거인족으로, 이마 한가운데 눈이 있다.

루엣에 가깝게 비쳤다. 유리 밑에 버스에서 하차할 때 누르는 테이프처럼 길쭉한 빨간색 플라스틱인지 고무인지가 가로로 붙어 있었다. 유리에는 테이프로 안내문이 붙어 있었다. **경보가 울리니 빨간 줄에 기대지 마시오.**

데니즈와 나는 마주 보고 앉았고, 우리 사이의 테이블에 내 여권들과 그녀의 뚱뚱한 마닐라 폴더가 놓였다. 데니즈가 구도에 대한 생각을 바꿨는지 의자를 옮겨서 나와 90도 각도를 이루는 자리에 앉았다. 꼿꼿하게 앉은 그녀가 폴더를 열고 작은 종이 더미를 꺼내더니 테이블에 탁탁 쳐서 정리했다. 그러고는 이제부터 몇 가지 질문을 하고 내 대답을 받아 적은 다음 검토할 기회를 주겠다고 설명했다. 그녀가 쓴 내용이 만족스러우면 인정한다는 뜻으로 각 장 맨 밑에 내 이름을 쓴다. 나는 이보다 더 공정한 대안이 떠오르지 않았지만 설명을 듣고 있으니 틱택토 게임*을 하는데 상대방이 먼저 시작하기로 했을 때처럼 허탈한 느낌이 들었다.

그 뒤 20분 동안 데니즈와 나는 약 세 시간 전에, 내가 금속 미로 끝에 처음 도착했을 때 우리가 나누었던 대화를 거의 그대로 반복했다. 물론 이번에는 데니즈가 둥글둥글하고 학생 같은 글씨로 다 적어야 했으므로 더 오래 걸렸다. 한 장이 끝날 때마다 그녀가 종이를 돌려서 나에게 보여주고 내가 그것을 읽은 다음 동의한다는 뜻으로 서명하는 데에도 시간이 걸렸다. 당연한 말이지만 이미 대답

* 가로 세 칸 세로 세 칸의 판에 각각 O와 X를 번갈아 그려서 가로나 세로, 대각선으로 세 개를 연달아 그리는 사람이 이기는 게임.

237

한 질문에 다시 대답하는 것은 시간 낭비 같았다. 그러나 나는 조바심 낸 것을 곧 후회했다. 한 걸음 더 나아가자 더욱 불길한 영역이 등장했기 때문이다.

체포당한 적 있습니까?

아니요.

아마르 알라 자파리가 태어났을 때 받은 이름인가요?

네.

다른 이름을 쓴 적 있습니까?

아니요.

한 번도 없습니까?

한 번도 없습니다.

법을 집행하는 공무원에게 당신 이름이 아마르 알라 자파리가 아닌 다른 것이라고 말한 적이 한 번도 없습니까?

없습니다.

데니즈가 매서운 눈빛으로 나를 잠시 보더니 부인하는 나의 마지막 말을 적었다.

1998년에 여기서 뭘 하셨는지 더 자세히 말씀해주시겠어요?

대학을 졸업한 직후에 토인비생명윤리협회에서 1년 동안 인턴으로 일했습니다. 주말에는 병원에서 자원봉사도 했고요.

영국에 체류하는 동안 주소지는 어디였지요?

태비스톡플레이스 39번지요. 몇 호였는지는 기억이 안 납니다.

어떻게 해서 거기 살게 되었지요?

친척 아주머니의 아파트였습니다.

지금도요?

아니요.

왜 아니죠?

돌아가셨어요.

유감이군요. 어쩌다가요?

암으로요.

펜이 망설였다.

췌장암이었어요. 내가 말했다.

런던에는 10년 만에 돌아오신 건가요? 친구들을 만나러?

앨러스테어 블런트를 만나려고요, 네.

겨우 이틀 동안요?

내가 손목시계를 보았다. 네.

제 생각에는…… 고작 48시간 때문에 오기에는 너무 먼 거리군요. 48시간도 안 되죠.

음, 말씀드렸다시피 저는 일요일에 이스탄불로 갑니다. 제가 찾을 수 있는 것 중에서는 가장 싼 티켓이었어요.

블런트 씨와 어떤 관계죠?

친구입니다.

여자 친구가 있나요? 파트너는요?

없습니다.

파트너가 없어요?

지금은 없어요, 네.

직업도 없고요.

네.

데니즈가 나를 보며 슬프게 미소를 지었다. 음, 구하기 좋을 때는 아니네요, 그렇죠?

나는 잠시 데니즈가 여자 친구 이야기를 하는 줄 알았다. 내가 경쾌하게 말했다. 아. 뭐든 생기겠죠.

그녀의 질문이 바닥났을 때에는 우리의 글씨가 열세 장을 거의 다 채웠다. 좋습니다. 데니즈가 밝게 말하며 일어나서 허벅지 부분의 바지를 제자리로 끌어 내렸다. 제가 통상적인 조사를 하는 동안 대기실에 데려다드리지요.

그다음에는요?

그다음에는 근무 중인 출입국 관리소장님과 의논할 겁니다.

언제요?

모르겠군요.

죄송합니다. 내가 말했다. 맡은 일을 하실 뿐인 건 알지만, 무슨 의논을 하신다는 건지 알려주시겠어요? 뭐가 문제죠?

아무 문제도 없습니다. 그냥 몇 가지 확인하는 거예요. 당신이 소지한 여권들의 배경에 대해서요. 그뿐입니다. 이미 설명해드린 대로요. 몇 가지 통상적인 조사일 뿐이에요.

내가 데니즈를 보았다.

배고프세요?

아니요.

화장실 가고 싶으세요?

아니요. 하지만 친구가 걱정돼서요. 약속 시간까지 이제 한 시간도 안 남았거든요.

저희가 블런트 씨에게 상황을 설명했습니다. 당신이 여기 계신 걸 블런트 씨도 알아요. 몇 가지 통상적인 조사일 뿐이라는 것도 알고요.

처음에 나는 다른 사람을 마음에 두고 있었다. 그러다가 룸메이트가 투젠바흐 중위, 매디가 올가 역을 맡은 〈세 자매〉 공연을 보러 갔고, 이제 다른 여자애는 이름도 기억나지 않는다. 아이비리그 학생 공연이 대부분 그렇듯이 어찌나 과했던지, 연출을 맡은 스무 살짜리가 로즈 장학금을 타기 전에 해야 할 일 목록에서 연극 연출 항목을 지울 수 있겠구나, 라는 인상을 받았다. 내가 공연을 보러 간 날 안피사 역할을 맡은 여학생이 점심 때 사후 피임약을 먹었고, 3막이 열리고 등장 순서가 되었을 때에는 화장실에서 토하고 있었다. 결국 매디가 3막을 혼자 시작하여 두 여배우의 대사를 전부 설명했는데, (a) 안피사는 너무 피곤해서 시내에서 아직 걸어오지 못했고 (b) 올가는 거대한 화재에 큰 충격을 받아 환청이 들리고 그 자리에 있지도 않은 사람들에게 말을 건다는 전제하에 가장 중요한 정보를 흥미진진한 독백으로 정제하여 전달했다. 아빠가 타 죽으면 어쩌지! 매디/올가/

안피사가 외쳤다. 무슨 그런 생각을…… 다들 속옷 바람이네요! [옷장을 열고 옷들을 꺼내며.] 이 회색 옷을 가져가, 안피사……. 그리고 이거…… 이 블라우스도……. 아, 맞아, 당연히 유모 말이 맞지, 다 가져갈 순 없어! ……페라폰트를 부르는 게 좋겠어. 오만한 나타샤가 들어왔을 때 매디는 머리에 레이스 식탁보를 뒤집어쓰고 소파에 움츠린 채 의식이 혼미해서 덜덜 떨고 있었다. 어, 안피사는? 나타샤가 용기를 내서 말했다. 지금 도대체……? 매디가 옷에 달린 모자 밑에서 얼굴을 찌푸리며 의미심장한 눈빛을 보냈다. 안피사! 마침내 상황을 깨달은 나타샤가 말했다. 내 앞에서 감히 앉아 있다니! 그러자 매디가 일어나서 즉석으로 머리에 쓰고 있던 숄을 벗었고—다시 올가로 돌아와—압도적인 눈빛으로 동료 배우를 쏘아보았다. 미안하지만, 나타샤, 지금 유모에게 너무 무례하잖아요!

음, 나는 지금까지 본 중에서 최고의 연기라고 생각했다. 아연실색해서 쑥덕거리는 뒷자리의 전통주의자들만 아니었다면 뭔가 이상하다고 생각하지도 않았을 것이다. 그날 밤, 투젠바흐 중위가 목에 호박색 화장을 약간 묻힌 채 방으로 돌아왔을 때 나는 매들리나 몬티가 이번 학기의 주연배우들을 뽑았으며 로스앤젤레스와 뉴욕의 대학원으로 진학할 상급생들과 벌써 친하게 지내고 있다고 들었다. 그 뒤, 어떤 단어를 처음으로 알고 나면 사방에서 그 단어가 보이는 것처럼 내가 지나가는 길이나 주변에서 일주일에 몇 번씩 그녀가 나타나기 시작했다. 그녀는 식당에서 책을 읽거나, 어학 실습실 밖에서 담배를 피우거나, 도서관에서 다리를 쭉 뻗거나, 소리 없이 크게 하품을 했다. 어떤 여자들은 전혀 예쁘지 않으면서 아름다운데, 나는 매디가 그런 식으로 아름답다고 생각했다. 그것은 변덕스러운 아름다움, 입가에 비웃음이 떠오르거나 눈썹이 만화처럼 사악하게 휘어지면 순식간에 훼손되는 아름다움이었다. 그녀를 짜릿한 올가나 소냐, 맥베스 부인으로 만들었던 바로 그 이목구비가 잠시 후에는 배치를 바꾸어 찬란한 조화를 이루는 옐레나나 살로메가 되었다. 처음에 나는 이러한 모순을 경계했는데, 그녀의 기분에도 이러한 모순이 반영되었다. 나는 그것이 사람을 조종하고 유혹하기 위해서 고의적으로 계산된 것이 아닐까, 더욱 심하게는 매디가 자기 행동의 동기와 결과를 의식하지 못하는 것이 아닐까 의심했다. 그러나 시간이 지나면서 나는 사실 매디가 변덕스러운 자기 성향 때문에 누구보다도 고통받고 있다고, 바로 그렇기 때문에 나에게 끌렸다고 생각하게 되었다. 나는 그녀 스스로 가장 마음에 들지 않는 면에 대한 방어 수단이었다. 그리고 매디는 자기 정신의 원인과 결과를 인식하지 못한다는 인상과 달리 자기 인식을 놀랍도록 정확히 털어놓을 수 있었다. 우리가 한 달 동안 금요일마다 점심을 같이 먹을 때 내가 그녀에게 왜 룸메이트들과 더 친하게 지내지 않느냐고 물었다. 아, 난 여자애들이랑 잘 못 어울리거든. 매디가 간단하게 대답했다. 여자들이랑 있으면 내가 불필요하다는 느낌이 들어.

우리가 대학교 1학년 때 크리스마스 연휴 전날 매디가 엄지를 잘근잘근 씹으며 내 방으로 와서 옷장 문 뒤에 걸린 달력을 들여다보았다. 그녀는 임신했고—상대는 고전학과 대학원생이었지만 나는 그의 이름도, 두 사람이 한 침대에 들게 된 사정도 듣지 못했다―캠퍼스 의료 센터 직원은 그녀에게 적어도 5주는 지나야 임신을 중단할 수 있다고 말해주었다. 매디는 하루라도 필요 이상 늦고 싶지 않다며 12월 13일에 하겠다고 결정했다. 1994년 12월 13일은 이스라 미라지*였기 때문에 나는 베이리지의 집으로 돌아와서 사원에 가려고 옷을 입고 있었다. 그때 매디가 올버니의 엄마 집 바깥에서 전화를 걸어서 결국 못 했다고 털어놓았다. 그녀는 뒤늦게 양심의 가책을 느껴서 그런 건 아니라고 설명하려 애썼다. 매디는 엄마 몰래 시내의 계획 출산 센터에 가서 등록한 뒤 비용을 현금으로 미리 지불했고, 종이 가운으로 갈아입고 필요한 혈액 샘플과 소변 샘플을 제출하고 초음파검사를 한 다음 여섯 명쯤 되는 다른 여자들과 함께 대기실에 앉아 기다리고 있었다. 텔레비전이 켜져 있었는데, 무슨 프로그램을 보고 있었는지 모르지만 갑자기 매사추세츠에서 방금 일어난 사건이 속보로 나왔다. 어떤 남자가 소총을 들고 브루클린 계획 출산 센터로 가서 접수대 직원을 쏴 죽였다. 그런 다음 거리 하나를 지나 조산 클리닉으로 가서 접수대 직원을 쏴 죽였다. 브루클린이 어디예요? 매디 옆에 앉은 여자가 물었다. 멀어요. 매디가 그녀를 안심시켰다. 걱정할 것 없어요. 그러나 그때 클리닉의 전화가 울리기 시작하더니 경찰 두 명이 와서 대기 중인 여자들에게 모두 옷을 입고 집으로 돌아가라고 말했다.

---

* 마호메트가 하룻밤 만에 날개 달린 말을 타고 메카에서 예루살렘으로 가서 일곱 하늘을 돌고 메카로 돌아왔다는 기적.

다시 갈 수 있을지 모르겠어.

매디, 아기를 낳고 싶어?

아니.

아기를 낳아서 입양 보내고 싶어?

아니.

나는 기다렸다.

해야 한다는 건 알아. 매디가 말했다. 혼자 가고 싶지 않은 것뿐이야.

그날 밤, 나는 사원에서 아버지 옆에 무릎을 꿇고 앉아 내가 임신시키지도 않은 여자의 낙태 시술에 동행하면 어떻게 될까 생각했다. 사원에 아이들이 평소보다 많았고, 큰 눈을 잽싸게 움직이며 마호메트와 가브리엘 대천사가 하늘로 오르는 이야기를 듣는 그 아이들을 보자 나는 우쭐하면서도 심술이 났다. 나중에 주차장에서 부모님이 어느 레바논 친구의 딸을 나에게 소개했는데, 긴 머리카락에 윤기가 흐르고 지적인 두 눈에 검은 아이라인을 능숙하게 그린 예쁜 여자였다. 그녀는 프린스턴에서 진화생물학을 전공하는 3학년 학생이었고, 나는 둘 다 학교로 돌아가기 전에 한 번 만나서 커피라도 마시자고 했다. 하지만 결국 그녀에게 전화하지 않았다.

다음 주에 매디가 치마를 입고 내 방문을 두드렸다.

나도 차려입어야 하는 거야? 내가 물었다.

아. 매디가 조용히 말했다. 아니. 그냥 예뻐 보이면 기분이 좀 나을 것 같아서.

그 뒤 우리는 별말을 하지 않았다. 추위가 우리가 하려는 일을 크게 나무라는 것처럼 느껴졌기 때문에 괜찮아 보이는 커피숍이 나오자 나는 잠깐 들어가서 따뜻한 것을 마시자고 했다. 매디는 빈속이어야 한다며 거절했고, 나만 들어가서 마실 것을 산 다음 우리는 계속 걸었다. 클리닉은 내 예상과 전혀 달랐다. 나는 어렴풋이 더욱, 뭐랄까, 클리닉 같은 곳을, 현대적인 콘크리트 블록 건물을 상상했지만 매디가 낙태할 곳은 박공지붕에 굴뚝이 많고 잔디밭이 깔린 3층짜리 벽돌 저택으로, 빅토리아 시대 보호 시설에 훨씬 더 가까워 보였다. 핫 초콜릿은 반입 금지였기 때문에 나는 밖에 남고 매디 혼자 들어가서 등록했다. 나는 출입문 옆에 서서 그녀가 접수대로 걸어가는 모습을 보았다. 후드를 쓰고 주머니에 양손을 넣은 매디는 길을 묻는 에스키모 같았다. 접수대 컴퓨터 옆에 호일로 만든 크리스마스트리가 세워져 있고 색 전구가 감겨 있었다. 전구는 빠르게 깜빡이다가, 느리게 깜빡이다가, 디스코 섬광전구처럼 네 배로 빠르게 깜빡거리다가, 긴장감이 넘칠 정도로 오래 꺼졌다가, 처음부터 다시 시작했다.

나는 왜 거기 있었을까? 나는 열여덟 살이었다. 딱 두 여자와 성관계를 해봤고, 각각 한 번씩밖에 안 했는데, 두 번 다 콘돔을 어찌나 성공적으로 끼웠는지 교육 영상으로 찍어도 될 정도였다. 어쩌면 그랬기 때문에 매디의 상황에 대해서 약간 비판적인 느낌이 들었는지도 모른다. 그러나 물론 콘돔을 아무리 성실하게 씌워도 항상 그대로 남아 있거나 훼손되지 않는 것은 아니다. 어쨌든, 이것은 내 문제가 아니었다. 나와 내 품행에 원을 그리고 매디와 매디의 품행에 원을 그렸을 때 두 원은 겹치지 않았다. 나는 이 태아와 아무런 상관도 없었다. 내가 매디에게 낙태를 하라고 시킨 것도 아니었다. 이 일이 끝나면 매디는 자기 방에서, 나는 내 방에서 컵라면을 먹으며 읽어야 할 자료를 읽을 것이고, 내 시간을 약간 내주는 것뿐이었다.

그런데, 우리의 원이 겹쳤다면 내가 신경을 많이 썼을까?

별안간 내 품행이 정확히는 모르겠지만 너무 시대에 뒤처진 느낌, 너무 관념적인 느낌이 들었다. 나는 남은 음료수를 버리고 안으로 들어가서 접수 담당자에게 매들리나 몬티와 같이 온 사람인데 얼마나 걸리냐고 물었다. 접수 담당자는 사람이 별로 없어서 매디가 오래 기다릴 필요는 없지만 마취과 의사가 좀 늦어서 최소 세 시간은 걸릴 것이라고 말했다. 나는 대기실에 앉아서 《뉴요커》 과월호를 집어 들었다. 보이지 않는 스피커에서 〈오블라디오블라다〉가 조용히 흘러나왔다. 나를 빼면 대기실에는 뜨개질하는 여자 한 명밖에 없었는데, 하필이면 아기 스웨터를 뜨고 있었다. 나는 펜싱처럼 부드럽게 움직이는 바늘을 한참 바라보다가 잡지를 넘겼고, 플로리다 인디언 리버 최고의 루비 레드 자몽 광고에 시선을 빼앗겼다. **나무에서 완숙 — 넘치는 과즙 — 스위트 과수원 — 설탕이 필요 없어요—만족 보장!**

접수대의 전화가 울렸다.

……아뇨, 여긴 아니에요……. 아니요…… 여긴 그런 거 상관없

어요. 오셔도 돼요, 상관없어요……. 개월 수에 따라 네 시간에서 일곱 시간입니다……. 여기서 검사랑 초음파를 할 거예요……. 이 지역에 사세요? ……좋아요, 그 사람이랑 얘기해보시고 같이 전화해서 오실 날짜를 정하시는 건 어떨까요……. 여긴 전부 기밀이에요……. 아니요…… 아니요……. 월요일부터 토요일까지요……. 그분 일정을 잘 아세요? 지금 예약을 잡아도 돼요? ……좋아요. 하지만 그냥…… 그냥…… 으흠. 있잖아요, 그러지 마시고……. 그러면 그분은 데려오지 마세요. 그건 잊어버리시고……. 다시 전화 안 하셔도 돼요. 6시 반까지만 오세요, 아시겠죠? ……내 이름은 미셸이에요……. 아시겠죠? ……좋아요…… 좋아요……. 끊을게요.

한참 후에 외투를 들고 나타난 매디는 전체적으로 더 작아 보였지만 왜 그런지는 알 수 없었다.

배고파 죽겠어. 매디가 말했다.

우리는 실리먼으로 돌아가는 길에 커피숍에서 도넛을 샀고, 내 방에 도착하자 매디가 마실 것이 있냐고 물었다. 나는 벽난로 선반에서 룸메이트의 미도리를 한 병 발견했는데, 룸메이트는 다음 주나 돼야 돌아올 예정이었다. 매디가 에메랄드 시럽을 잔에 반쯤 채우고 마시더니 얼굴을 찡그렸다. 이거 원래 무슨 맛이야? 그녀가 물었다. 멜론. 내가 병을 보며 말했다. 그리고 꿀이 들었대.

매디가 신발을 벗고 내 침대에 누웠다. 나는 CD를 틀고 의자에 앉아서 봄 수강 신청 안내서를 뒤적였다. 쳇 베이커의 CD였는데, 처음 세 곡이 지나치게 감미롭고 너무 우울해서 자리에서 일어나 다른 CD를 찾아보려는 순간 다행히도 아마 그 앨범에서 유일하게 밝은 곡이 흘러나왔다.

크리스토퍼 콜럼버스가 세상은 둥글다고 말했을 때 모두 그를 비웃었지.
에디슨이 소리를 녹음했을 때도 모두들 비웃었지.
윌버와 동생이 인간도 하늘을 날 수 있다고 했을 때 모두 비웃었지.
마르코니에게는 무선전신이라니, 사기라고들 했지. 항상 같은 소리야!
사람들은 당신을 원하는 나를 비웃으며 내가 달을 잡으려 한다고 말했지.
하지만 아, 당신이 내게 왔으니 이제 다들 생각을 고쳐야 할 거야!
모두들 우리가 절대 행복할 수 없다고 했지. 우리를 비웃었어, 그렇고말고.
하지만 하, 하, 하, 마지막으로 웃는 자는 누구지?

나는 매디가 잠들었다고 생각했지만 트럼펫 연주가 나오자 그녀가 눈도 뜨지 않고 말했다.

밥 몽크하우스 알아?

아니. 밥 몽크하우스가 누구야?

우리 아빠가 좋아하는 영국 코미디언이야. 아직 살아 있을걸. 그 사람이 이런 농담을 하거든. 내가 어렸을 때 커서 코미디언이 되고 싶다고 하면 다들 웃었죠. 음, 지금은 안 웃더라고요.

2년 뒤, 매디가 자기도 의사가 되고 싶다고 했을 때 나는 웃었다. 난쟁이에게 절대 프리마 발레리나가 될 수 없다고 말하는 발레 선생님처럼 오만하게 웃었다. 그러나 24시간 뒤, 매디는 진학 상담자와 마주 앉아서 전공을 연극학에서 인류학으로 바꾼 다음 나도 지원했던 수많은 의과대학의 학사 취득 후 전과 과정에 지원하는 방법에 대해 의논하고 있었다. 나의 반응은 열띤 분노였다. 나는 이렇게 말했다. 다음 달에는 비행사가 되고 싶겠네. 아니면 윔블던 챔피언이나. 아니면 뉴욕 필하모닉의 클라리넷 연주자. 매디가 조용히 말했다. 아니야. 나는 의사가 되고 싶을 거야. 윌리엄 칼로스 윌리엄스*의 책을 읽었는데, 그의 삶이 본보기라고 결론을 내렸으니까 여전히 의사가 되고 싶을 거야. 윌리엄 칼로스 윌리엄스를 읽어보지도 않은 내가 경멸하듯 말했다. 아, 그렇구나. 그럼 넌 의사 겸 과대평가 받은 시인이 되겠네. 비가 억수처럼 쏟아지고 있었지만 매디는 내 방에서 나갔고 우리는 사흘 동안 말하지 않았다. 이 강요된 사색의 시간 동안 나는 내 여자 친구가 정말 끔찍한 의사가 되리라는 결론을 내렸다. 매디의 지적 능력을 의심한 것은 아니었다. 피나 통증을 유난히 무서워한다고 생각한 것도 아니었다. 하지만 그녀의 존재 자체가 문제였다! 매디가 이 세상을 살아가는 방식은 요란하고 정신없었다. 그녀는 절대 시간을 지키지 않고, 카디건을 뒤집어입고, 아마르 내 안경은, 내 신분증은 어디 있어? 누구 내 열쇠 본 사람? 이라고 말했다. 괜찮은 날에도 혼란이 겨우 통제 가능할까 말까한 정도였다. 그러나 무대 위의 매디는 달랐다. 연기가 그녀를 정리

* 미국의 소아과 의사이자 모더니즘 시인.

했다. 그녀를 분류했다. 연기는 차선이 구분된 고속도로처럼 매디의 속도를 통제했고, 감정 충돌을 막았다. 매디는 연기를 잘했을 뿐만 아니라 연기가 매디에게 좋았기 때문에 둘의 조화는 우아했다. 연기는 매디를 말이 되게 만들었다. 우리를 말이 되게 만들었다. 매디는 예술가였고 나는 경험주의자였다. 우리가 함께하면 서로를 강화하며 인문학을 널리 아우를 수 있었다. 아무튼 내 생각에는 그랬다. 그러므로 나로서는 매디가 다른 것, 특히 너무나 흔해빠지고 매력 없는 것이 되고 싶어 한다는 사실 자체가 비뚤어지고 심지어는 배은망덕한 변덕처럼 느껴졌다. 의사라니! 매디가! 말하자면 프리마 발레리나가 난쟁이가 되고 싶어 하는 것과 다르지 않다고 느껴졌다.

내가 이렇게 느낀 것은 내가 의사가 되고 싶지 않았기 때문이기도 했다. 어쩌면 매디도 그 사실을 알았을지도 모르고, 심지어는 불쌍한 남자 친구가 느끼는 억압이 안쓰러웠을지도 모른다. 내 역정을 말없이 용서해주고 내가 그녀에게 던지는 냉소적인 시선은 별로 신경 쓰지 않은 채 자기 삶의 경로를 열심히 재조정했으니 말이다. 한편, 내가 지원했던 의과대학 여덟 군데 중에 한 곳만이 나를 받아주었다. 가장 가고 싶었던 학교였지만 이상하게도 나는 언뜻 보기에 얇은 봉투를 열고서 침대에 누워 한 시간 반 동안 천장을 바라보았다. 그런 다음 아름다운 아내가 란제리 차림으로 집에서 기다리고 있는데도 몰래 스트립클럽으로 향하는 남자가 된 기분으로 진로 상담소를 향해 걸어갔다. **특별 연구원** 바인더의 지원 마감일은 대부분

이미 지났다. 나는 아직 마감이 지나지 않은 자리들 중에서 두 가지로 선택지를 줄였다. 시애틀 암 연구소의 보조원과 런던 생명윤리 협회의 언론출판 담당자였다. 후자는 9개월짜리로, 비행기표가 무료로 제공되었고 급료는 일주일에 100파운드였다. 나는 지원했다. 3주 후, 콜린 캐비지스톡이라는 잊을 수 없는 이름을 가진 남자가 전화를 걸어서 아직 관심이 있으면 그 자리는 내 것이라고 말했다. 그 목소리의 성급하면서도 신중한 분위기 때문에 나는 지원자가 나 하나밖에 없었나 보다고 생각했다.

1998년 여름, 나는 모닝사이드하이츠에서 매디와 함께 살았다. 우리는 브로드웨이의 스튜디오를 재임대해서 8주 동안 정말 하고 싶은 일 외에는 거의 하지 않았는데, 우리가 하고 싶은 일이란 커피를 엄청나게 마시고, 와플을 먹고, 저수지 주변이나 리버사이드파크까지 긴 산책을 하고, 욕조에서 잡지를 처음부터 끝까지 읽는 것이었다. 그렇게 자유롭고 의무에서 완전히 벗어난 기분은 처음이었다. 우리가 함께하는 시간을 들뜨게 만드는 또 한 가지는 비밀스러운 관계의 스릴이었다. 매디는 부모님에게 우리가 같이 산다는 말을 하지 않았고 나도 부모님에게 완전히 솔직하지는 않았기 때문이다. 지금 생각하면 부모님에게 말하면 안 될 것 같다고 생각한 것이, 아이 취급을 받으면 짜증을 내면서도 아이처럼 행동한 것이 어리석게 느껴진다. 내가 뉴욕 의과대학 진학 예정인, 냉담 중인 가톨릭교도와 사랑에 빠졌다는 사실을 부모님이 알았다면 오히려 마음을 놓았을 가능성도 없지는 않다. 물론 이슬람교를 믿는 여자라면 더 좋았겠지만 적어도 매디와 함께라면 내가 세상 반대편의 또 다른 아들과 조만간 합류할 가능성은 낮았다. 매디의 어머니는 반대할 것 같았지만 종교적인 이유보다는 더 백인 같은 이름을 가진 사람을 선호하기 때문이었다. 그러나 우리는 계략을 계속 유지했다. 내 부모님이 오면 매디의 물건들을 벽장에 숨겼다. 매디의 어머니와 새아버지가 루던빌에서 기차를 타고 오면 매디는 요크에 사는 고등학교 친구의 아파트에서 두 사람을 맞이했다. 우리는 우편함에 집주인의 이름을 그대로 두었고, 자동응답기에도 그의 목소리가 녹음되어 있었으며, 집 전화가 울릴 때마다 한결같이 무시했다. 나는 그해 노동절이 되어서야 첫 휴대전화를 샀다. 신발만 한 모토롤라 전화기였는데 신호를 잡으려면 창밖으로 내밀어야만 했다. 잡을 신호가 있다면 말이다.

우리는 매디의 고등학교 친구와 딱 한 번 저녁 식사를 같이 했다. 매디가 피자와 포도주를 먹자며 친구를 초대했고, 대화를 나누다 보니 우리의 손님은 나에게 종교가 지적 호기심을 방해한다는 생각에 동의하는지 편하게 물어보게 되었다. 그 반대야. 내가 말했다. 나는 지식을 추구하는 것이 종교적 의무라고 생각해. 결국 코란에 처음으로 나오는 말은 '읽어라!'니까. 세 번째 줄은 읽어라, 주님께서 너에게 펜을 주셨으니. 주님은 인간에게 인간이 아직 알지 못하는 것을 가르쳐주셨다, 야. 그러자 우리의 손님은 인상적일 만큼 자신만만하게 이렇게 주장했다. 하지만 종교가 수많은 질문을 허락해놓고 결국 도달하는 결론은 그냥이잖아. 그냥 믿어야 한다고 말이야.

내가 말했다. 음. 네가 종교에 대해서 느끼는 문제는 사실상 믿음이 없는 모든 사람들이 종교에 대해서 느끼는 문제야. 종교가 최종적인 답을 제공한다는 거지. 하지만 결국 어떤 의문들은 경험적으로 증명할 수 없잖아. 철길에 묶인 한 사람의 생명을 살리기 위해 열차를 탈선시켜서 승객 300명을 전부 죽여야 하는지 아닌지, 경험적 증거를 대봐. 아니면, 어떤 것이 내 눈에 보이기 때문에 진짜인 걸까, 진짜이기 때문에 내 눈에 보이는 걸까? 신앙의 핵심은, 믿는 자는 최종적인 해답을 신경 쓰지 않는다는 거야. 믿는 자는 최종적인 답을 정말 자신의 것으로 만들 수 있기 때문에 편안함을, 심지어는 자부심을 느껴. 어렵지만 말이야. 모두가—종교를 믿지 않는 사람들도—매일 최종적인 해답에 의존해. 종교가 정말로 하는 일은 이러한 의존에 구체적인 이름을 붙임으로써 이 사실을 솔직하게 인정하는 거야. 그 이름은 바로 믿음이지.

흠 없이 매끄러운 연설은 아니었고, 취하기도 했고 즉석에서 급조하기도 했지만, 얼마 전부터 매디와 나 사이에서 이 문제가 점차 부각되고 있었으므로 나는 이 화제가 나와서 기뻤다. 그러나 저녁 식사 내내 매디는 이상하게도 조용했고, 다음 날 같은 화제를 꺼내지도 않았다. 아무도 그 이야기를 다시 꺼내지 않은 채 매디는 의예과 수업을 듣기 시작했고 나는 외국으로 갔다. 그 모든 산책들. 침대 안에서 얽혀 있던 그 모든 시간들. 나는 가끔 우리가 사람들에게 연인을 숨기는 것은 그렇게 하면 스스로에게 자신을 숨기기 더 쉬워지기 때문은 아닐까 생각한다.

생명윤리협회는 블룸즈버리 베드퍼드 광장의 조지 양식 저택 지하에 있었다. 예쁜 타원형 정원인 베드퍼드 광장은 밤이면 메타돈 중독자들에게 인기가 많았고, 걸어서 출근하다 보면 버려진 주사기가 자주 보였다. 친척 아주머니의 아파트는 쾌적하고 관리가 잘된 방 네 개짜리 아파트로, 전쟁 전에 지어진 멋진 맨션들이 모인 동네에 있었지만 나는 대부분의 시간을 집에서 보내지 않았다. 나는 보통 집에서 목욕을 하고(샤워기가 없었다), 길 끝 카페에서 커피와 페이스트리를 사고, 생명윤리협회에서 여덟 시간을 보낸 다음 술집에서 책을 읽거나 르누아르 영화관에서 영화를 보고 돌아와 침대에 누워서 매디와 통화를 했다. 주말에는 달렸다. 공원을 달리지는 않았다. 잘 다듬은 풀밭과 모자이크 같은 꽃밭이 있는 공원은 너무 비현실적이었다. 지하철 서클 라인 근처에는 달릴 곳이 없었다. 그래서 나는 사우샘프턴로 도로를 따라서 쇼핑을 하거나 어슬렁거리는 사람들을 피하며 킹스웨이까지 갔다가 앨드위치로 들어가서 스트랜드까지 달렸다. 그런 다음에는 워털루 다리를 가로지르는 2층 버스 그림자들과 경주를 했고, 사우스뱅크 계단을 몇 걸음 만에 내려와 페리선과 바지선들을 만나서 다 같이 목적의식을 가지고 활주했다. 나는 내가 달리기를 좋아한다는 사실을 고등학교 때 깨달았는데, 트랙이 아닌 쇼어파크를 혼자 달리는 것이 좋았고, 이른 아침이면 로어맨해튼이 오즈의 에메랄드시티처럼 깨어나는 절묘한 모습을 볼 수 있었다. 달리기 자체보다는 달리고 났을 때의 기분을 즐겼다는 말이 더 정확할 것이다. 그러나 직접적인 즐거움, 즉 고독감과 어느 방향인지는 잘 모르겠지만 아무튼 움직이고 있다는 느낌도 물론 있었다. 그때 누가 나에게 스물두 살에는 괜찮은 인턴직을 맡아서 런던에서 살고 있고, 의대에도 합격하고, 뉴욕에 진지하게 만나는 여자 친구가 있을 것이라고 말했다면 나는 정말 멋지고 샘나는 성취라고 생각했을지도 모른다. 그러나 블룸즈버리는 정말 우울했다. 나는 달리기를 할 때 발밑에서 흘러가는 평범한 보도를 보면서 집에서 이토록 멀리 떠나왔다는 사실에 당황했다. 나는 일—평일에는 인간과 동물 간 장기이식, 줄기세포 치료, 유전자조작 곡물에 대한 기사를 편집했다—이 마음에 들었지만 직원들의 나이 중간값은 나보다 적어도 열다섯 살 위였고, 바쁜 대학 생활을 하다가 왔더니 천천히 배워나가는 것이 너무나 평온해서 새로운 것이 별로 없고 속도도 한없이 느린 기분이었다. 당시 런던에서 나는 정말 멋지고 샘나는 삶을 사는 것이 아니라 한 번에 너무 많은 단을 건너뛰어 계단 맨 끝까지 내려온 느낌이었다. 즉, 갑자기 둔탁하고 단단하게 쿵 떨어져서 예상치 못한 평지를 만나 멈춘 기분이었다.

지역 소아과 병원 자원봉사 지원서에 딸려 온 〈준비되었습니까?〉라는 설문지는 내가 오랫동안 품고 있던 여러 가지 생각을 의문에 빠뜨렸다.

어려운 상황에 대처하면서 주변에 민감하게 반응할 만큼 감정적으로 성숙합니까?
다른 사람의 말을 잘 듣습니까?

의지할 수 있고, 믿을 수 있고, 의욕적이고, 수용적이고, 유연합니까?

다른 사람의 가르침을 받아들일 수 있으며 압박을 느낄 때 침착함을 유지할 수 있습니까?

환자, 가족, 직원과 의사소통을 잘할 수 있습니까?

질문지 다음은 성별과 결혼 여부, 인종, 학력, 장애를 확인하는 기회균등 서류였다. 여기에는 스스로 저소득층, 노숙자, 전과자, 난민/망명자, 한 부모, 그리고/또는 기타라고 생각하는지 체크할 수 있는 네모 칸들도 있었다. 나는 이러한 질문에 대한 대답을 모르면 기회를 균등하게 주기가 더 쉽지 않을까 생각하지 않을 수 없었다. 어쨌든 나는 답변을 작성했고, 저소득 여부를 표시할 때에만 망설였다. 확실히 저소득은 생명윤리협회에서 받는 월급에 어울리는 표현이었지만 아무래도 다른 뜻이라는 생각이 들었다.

나는 면접을 보기 위해 머리를 자르고 넥타이를 샀다. 기린 벽화가 나를 바라보았고 허둥대는 여직원은 경찰에 신원을 조회해야 하기 때문에 최대 8주까지 걸릴 수 있다고 말했다. 실제로는 5주가 걸렸고, 나는 우연히도 핼러윈이었던 토요일에 취임하게 되었다. 내가 취임이라고 말한 것은 허둥대는 여직원이 통화할 때 그렇게 말했기 때문이다. 그러나 그녀는 로비에서 나를 만나 1층 놀이방으로 안내하자마자 내분비내과 병동에 응급 상황이 생겨서 가봐야 한다고 했고, 그날 우리는 다시 만나지 못했다.

적절할 때 도움이 되려고 눈치를 보며 서 있을 때 먼저 떠오른 생각은 고양이, 어릿광대, 공주, 띠호박벌, 무당벌레, 해적, 슈퍼히어로, 그리고 경찰 복장의 아이들로 가득 찬 방에 서 있으려고 5주나 걸려 경찰 조사를 통과해야 했다니 좀 우습다는 것이었다. 두 번째로 떠오른 생각은 평생 이렇게 자리에 어울리지 않는 느낌은 처음이라는 것이었다. 조명이 지나치게 밝았다. 웃고 소리 지르고 야옹거리는 아이들의 소음은 익숙하던 친척 아주머니의 무덤 같은 아파트는 말할 것도 없고 생명윤리협회의 소음보다 몇 데시벨은 높은 듯했다. 다른 자원봉사자들—우리는 해바라기처럼 노랗고 등에 파란색으로 도와드립니다라고 적힌 티셔츠를 입고 있었다—은 작은 의자에 메뚜기처럼 무릎을 높이 세우고 앉거나 요가를 못하는 성인에게는 가장 불편한 자세로, 즉 바닥에 다리를 꼬고 앉아 있었다. 나는 아직 관절염에 걸리지 않은 무릎의 저항을 느끼며 마지못해 앉았고, 마분지 가면에 반짝이는 마카로니를 붙이는 것에 몰입한 백설 공주 옆에 자리를 잡았다. 이게 뭐야? 내가 평소보다 높고 힘찬 목소리로 물었다. 가면요. 여자아이가 올려다보지도 않고 대답했다. 나는 가면 만드는 아이를 한참 동안 지켜보다가 꼬마 폭군에게로 관심을 돌렸는데, 안대를 이마 높이 끌어 올린 아이는 블록을 쌓느라 바빴다. 이 꼬마에게는 말을 걸지 않았다. 아이들에게는 내가 필요 없었다. 도와드립니다 티셔츠야말로 핼러윈 의상 같았다. 사실, 오후 시간이 흘러갈수록 도움을 받는 사람은 바로 나라는 느낌이 들었는데, 어떤 존재가 얼마나 단순하고 자신을 잊을 수 있는지 끊임없이 증명하는 아이 때문이었다. 블록 위에 블록을 쌓는다. 하나 더. 또 하나 더. 그런 다음 전부 무너뜨린다. 반복한다.

그날 나는 누구에게도 어떤 도움도 주지 못했다. 교대 시간이 끝나기 한 시간쯤 전에 아바야*를 입은 여성이 꼬마 여자애의 손을 잡고 문 앞에 나타났다. 여자애는 일고여덟 살쯤 되어 보였고, 약간 말랐다는 점만 빼면 무척 건강해 보였다. 얼굴에 고양이 같은 수염이 여섯 개 그려져 있었지만 특별한 의상을 입지는 않았다. 아이는 보라색 긴소매 티셔츠에 청바지 차림이었고, 바지에서 2.5센티미터 정도 밑으로 프릴 달린 흰 양말이 보였다. 나는 벽에 기대어 다리를 쭉 뻗고 앉아 있었고 공주(발레리나일지도 몰랐다—확실하지 않았다) 두 명이 소인국 릴리펏 놀이라도 하는 것처럼 내 발목 주변에 동물 인형을 이렇게 늘어놓았다가 다시 저렇게 늘어놓는 중이었다. 여자는 한참 동안 문 앞에 서서 보다가 우리 쪽을 가리키며 여자애를 데리고 왔다. 히나나. 여자가 개구리 꼭두각시 인형을 집어 들며 말했다. 자. 여자애가 개구리를 받아서 손을 집어넣더니 바닥에 주저앉았다. 매끈하고 남자애 같은 아이의 얼굴은 무척 인상적이었고, 속눈썹이 무척 길고 반들반들한 검은색 단발은 귀 뒤로 깔끔하게 넘겼다. 고양이 수염은 오히려 모욕적으로 보였고 없어도 될 것 같았다. 아이는 무릎에 개구리를 똑바로 눕혀놓았고, 별생각 없이 개구리 코로 자기 어깨를 긁기도 했다. 공주-발레리나들은 봉제 인형 집회 같은 것을 계속하면서 높은 목소리로 복화술을 하거나 전

---

* 이슬람권 여성이 입는 검은 망토 모양의 옷.

혀 발레 같지 않은 동작으로 내 다리를 뛰어넘었고, 불안하게 떨 때마다 분홍색 망사 치마가 바스락거리며 위아래로 흔들렸다. 나는 아이들이 새로 온 여자애를 보지 못했나 보다고 생각했지만 어느 순간 시키지도 않았는데 한 명이 토끼를 집어 들고 통통한 분홍색 다리로 별안간 획 돌아서더니 인형을 내밀었다.

이거 줄까?

새로 온 여자애가 고개를 저었다.

이거는? 다른 공주가 올빼미를 들었다.

새로 온 여자애가 다시 고개를 저었다. 그런 다음 개구리에서 손을 빼더니 동물원 깊숙한 곳을 가리키며 뭐라고 말했지만 목소리가 너무 작아서 우리 셋 다 듣지 못했다.

아들Son이래. 아니면 햇님Sun인가.

히산Hsan. 내가 불쑥 말했다. 말이구나.

여자애가 고개를 끄덕이더니 고개를 돌려 놀란 표정으로 나를 보았다. 여자애들 중 하나가 말 인형을 던져주었다. 새로 온 여자애가 개구리를 버리고 말을 집더니 얼굴을 약간 붉히고 실로 만든 갈기를 손가락으로 빗기 시작했다. 내가 아이의 뒤로 손을 뻗어서 개구리 인형을 집어 들고 손을 넣었다. 내가 개구리인 척 아랍어로 말했다. 내가 말이었으면 좋았을 텐데. 여자아이가 미소를 지었다.

의상이 없으면 병이 얼마나 심한지 더욱 뚜렷하게 보였다. 증상이, 또는 증상의 불가시성이 보였고, 불쌍한 아이의 가망을 예측하려는 충동에 저항할 수 없었다. 팔이나 다리를 감싼 석고 붕대는 별 것 아니었다. 놀이터에서 입은 부상은 대개 8주면 나았고, 이미 가족 사이의 전설이 되어 희미해졌을 것이다. 얼굴의 절반을 덮은 포트와인색 얼룩은 훨씬 더 얼룩덜룩하지만 시간과 레이저만 있으면 역시 희미하게 만들 수 있었다. 지켜보기 힘든 것은 소이증小耳症이나 연골의 고도 증식으로 손이 울퉁불퉁한 생강 뿌리같이 뒤틀리는 올리에르병처럼 구조적인 결함이었다. 나는 생명윤리협회 지하실에서 각종 질병의 모든 특징에 대해 읽었다. 의학 사전이 잔뜩 꽂힌 책꽂이는 나의 가장 믿음직한 점심 친구가 되었다. 진단을 내리는 것이 항상 쉽지는 않았다. 의사는 자신이 내린 결론에 대해서 쉽게 이야기해주지 않았고, 나는 놀이 시간 자원봉사자에 불과했으므로 물어볼 위치가 아니라는 느낌이 들었다. 그래서 내 눈에 보이는 것을 근거로 판단했다. 튀어나온 관절. 뒤틀린 다리. 전신 떨림. 눈에 보이면 이해할 수 있다. 반대로 백혈병이나 뇌종양은 귤만큼 커도 눈에 보이지 않았으므로 끔찍했다. 그러므로 이것은 논리적인 이론이 아니다. 아니, 이론이라고 할 수도 없다. 이토록 뻔한 예외가 있는데 어떻게 이론이 될 수 있을까? 분명 질병의 가시성과 심각성 사이에는 상관관계가 없지만, 눈에 보이지 않는 질병에는 특별한 힘이 있다. 정직하지 않게 느껴지기 때문일지도 모른다. 그러한 병은 겉과 속이 다르다. 모반은 애처로울지도 모르지만 적어도 불시에 습격하지는 않는다. 그러므로 나는 새로운 아이가 로비로 들어올 때마다 희망을 품고 어떤 표식을 찾을 수밖에 없었다. 접착제로 다시 붙일 수 있는 신발 밑창처럼 견딜 수 있는 것, 어쩌면 고칠 수 있는 것의 표식을 말이다. 제발, 안에서부터 저 아이를 공격하고 있지만은 않기를. 저 여자아이가 눈에 보이지 않는 것을 가지고 있지 않기를.

나는 직업적인 이유로, 병원 분위기를 느끼고 환자를 대하는 의사의 태도를 배우려고 자원봉사를 하는 셈이었지만 실제로는 감정적으로 너무 진이 빠져서 맥주를 마시고 싶은 욕망만 커지는 것 같았다. 어느 토요일, 교대 시간이 끝나갈 무렵 역시 자원봉사자인 래클런이 모퉁이 술집에서 친구들과 맥주를 마실 건데 같이 가지 않겠냐고 물었다. 바로 그 자리에 앨러스테어가 있었다. 다른 친구들 두세 명은 나에게 토니 블레어가 이끄는 신노동당의 진정한 의미와 멋진 영국이라는 구호의 허무함, 장에 가스가 차는 영스비터 맥주의 특징에 대해서 열심히 설명했다. 그날인지 다른 날인지 모르겠지만 우리는 아프가니스탄에 대해서, 몇 달 전에 클린턴이 실행한 미사일 공격에 대해서도 이야기를 나누었는데, 클린턴이 소위 말하는 국내 문제에서 이목을 돌리려고 손쉬운 해결책을 택했다는 것이 다수의 의견이었다. 나는 그렇게 생각하지 않았기 때문에—어쨌거나 클린턴은 다르에스살람과 나이로비의 대사관 폭격을 명령하지 않았다—내 의견을 말하면서 앨러스테어를 지켜보았다. 내가 보기에는 통찰력 있고 독립적인 생각을 가진 사람 같아서 그와 같은 입장을 취하고 싶었기 때문이다. 그러나 앨러스테어는 별로 말을 보태지 않았다. 그는 보드게임 선반 그림자에 얼굴을 반쯤 가린 채 구석 자리에 앉아서 본의 아니게 오래 기다리게 된 사람처럼 술집 반대편을 게슴츠레 살피고 있었다. 천장 조명을 받은 얼굴의 나머지 절반은 나이에 비해 훨씬 수척하고 아파 보였고, 내가 그를 몰랐다면—혼자 와서 그가 맥주를 마시고 또 마시는 모습을 멀리서 지켜봤다면—한물간 옛날 사람이라고, 태만한 알코올중독자라고 생각했을 것이다. 사실 처음 몇 번 만났을 때 앨러스테어는 나를 따분한 신입이라고 생각했을 것이다. 물론 나는 실제로 따분한 신입이었고, 앨러스테어는 알코올중독자였을지도 모르지만 태만하지는 않았다. 아직은 아니었다.

어느 날 밤, 내가 앨러스테어에게 어디 출신이냐고 물었다.

본머스. 그는 이렇게 대답하고 자리에서 일어나 화장실에 갔다.

또 다른 날 밤, 우리 테이블을 닦던 여자가 나에게 어디 출신이냐고 물었다.

브루클린요.

하지만 부모님은 바그다드에서 자라셨죠. 래클런이 말했다.

앨러스테어가 테이블 위로 몸을 숙이더니 새삼 관심을 가지고 나를 보았다. 바그다드 어디지?

카라다요.

언제 떠나셨지?

1976년에요.

이슬람교도?

내가 고개를 끄덕였다.

수니파, 시아파?

질문이 빗발치자 래클런이 일어나서 자리를 내주었다. 그러나 자리를 바꾸고 얼마 지나지 않아 앨러스테어가 현재 이라크에 대해서 나보다 조금 더 잘 안다는 사실이 분명해졌다. 내가 이라크에 마지막으로 간 것은 10년 전이었고, 난 우리 가족이 속한 시아파 부족 이름도 기억하지 못했다. 내가 양 머리 수프를 먹어본 적 없다고 인정하자 앨러스테어가 도저히 믿을 수 없다는 표정을 지었기 때문에 나는 햄을 한 번도 먹어본 적 없다고 우기는 파르마* 사람이 된 것 같았다. 그러나 우리 사이에 일종의 동지 의식이 싹텄고, 다른 사람들이 크리켓이나 술집 종업원들의 뒤태 이야기에 열중하는 동안 앨러스테어는 바그다드뿐 아니라 엘살바도르, 르완다, 보스니아, 베이루트 등에서 일했던 이야기를 나에게 해주었다. 내가 베이리지에서 10대 시절을 보내며 야구 카드를 알파벳순으로 정리하고 예비 대입 시험을 칠 때 그는 그런 지역에서 헤즈볼라의 눈을 피해 다니며 낡은 코모도어 호텔에서 해시시를 피웠다. 나는 이런 이야기를 들으면서 홀린 듯한 기분이 들었고, 심지어는 약간 샘이 났다. 물론 극단주의 준군사 집단과 싸우고 싶은 생각은 없었지만 그런 싸움을 피해 다녔다고 말할 수 있다면 괜찮을 것 같았다.

토요일 밤마다 동네 사람들과 술을 먹게 되면서 나는 일요일에 달리기를 하는 대신 침대에 누워 하루 종일 4채널 라디오를 들으

---

* 이탈리아식 햄 프로슈토로 유명한 이탈리아 북부 도시.

면서 유사流沙 같은 생각에 빠져들었다. 숙취 때문은 아니었다. 물론 나는 술을 지나치게 많이 마셨고, 어느 날 아침에는 잠에서 깨어 BBC 해상 기상예보 프로그램의 초현실적인 음악을 듣고서 뇌에 되돌릴 수 없는 손상을 입은 게 아닐까 잠깐 생각한 적도 있었다. 하지만 무척 영국적이고 동지애가 넘치는 새로운 토요일 밤이 바로 내가 원하던 것이라는, 더 이상 찾아다닐 필요가 없어졌다는 느낌이 더 컸다. 내가 BBC의 라디오 프로그램 〈무인도에 가져갈 음반〉을 처음 들었을 때 표류자로 출연한 사람은 원자폭탄 발명에 공헌했지만 그 결과를 돌이키는 일에 여명을 바친 노벨평화상 수상자 조지프 로트블랫이었다. 90대가 된 로트블랫은 고령으로 숨을 헐떡이면서 폴란드 억양으로 간절하게 이야기했다. 그는 히로시마 폭격 이후 두 가지 방법을 통해 삶을 바꾸기로 맹세했다고 인터뷰 진행자에게 설명했다. 하나는 연구의 방향을 핵반응에서 의료로 전환하는 것이고 또 하나는 과학의 잠재적 위험에 대한 인식을 제고하고 과학자가 자기 연구에 더욱 책임감을 갖게 만드는 것이었다. 로트블랫이 선택한 음악—무인도에 가져갈 음반 여덟 장—은 이러한 그의 이상과 약간 어긋났다. 브루흐의 〈콜 니드라이〉〈어젯밤 이상한 꿈을 꾸었네〉〈꽃은 다 어디로 갔나?〉, 핵전쟁 방지 콘서트에서 스웨덴 의사들이 부른 〈실개천이 개울 되고 개울이 홍수 되리〉…….

스웨덴 의사들의 음악이 점차 작아지자 진행자 수 롤리가 말했다. 당신의 소망은 핵무기 없는 세상에서 그치지 않습니다. 전쟁이 없는 세상을 보고 싶다고 하셨지요. 그렇게 되리라 생각하시는 건가요, 그냥 그랬으면 좋겠다고 바라시는 건가요?

반드시 그렇게 될 겁니다. 저에게는 인생 목표가 두 가지 있었고, 아직도 그대로입니다. 단기적 목표와 장기적 목표죠. 단기적인 목표는 핵무기 근절, 장기적인 목표는 전쟁 근절입니다. 제가 이것을 중요하게 여기는 것은, 우리가 핵무기를 없앤다 해도 핵무기 발명 자체는 되돌릴 수 없기 때문입니다. 나중에 강대국 사이에 심각한 분쟁이 일어나면 핵무기는 다시 도입될 겁니다. 게다가 이는 과학자의 책임 문제로 돌아갑니다. 몇몇 과학 분야, 특히 유전공학은 또 다른 대량 살상 무기를 만들어낼 수 있어요. 어쩌면 핵무기보다 더욱 쉽게 만들 수 있을지도 모릅니다. 그러므로 유일한 해법은 전쟁을 방지하는 것입니다. 무기가 아예 필요 없도록 말입니다. 모든 형태의 전쟁을 없애는 겁니다. 우리는 공인된 사회제도로서의 전쟁을 없애야 합니다. 군사적 대결 없이 분쟁을 해결하는 방법을 배워야 해요.

진짜 그렇게 될 가능성이 있다고 생각하시나요?

저는 우리가 이미 그 방향으로 나아가고 있다고 생각합니다! 지금까지 살면서 사회에서 일어나는 많은 변화들을 보았습니다. 세계대전을 두 번 겪었어요. 두 번 다 예를 들어 프랑스와 독일은 철천지 원수였지요. 서로를 죽였습니다. 하지만 이제 두 나라 사이의 전쟁은 생각할 수도 없어요. 유럽연합에 속한 다른 나라들도 마찬가지입니다. 이건 거대한 혁명이에요. 사람들은 얼마나 큰 변화가 일어났는지 깨닫지 못합니다. 우리는 지금과 같은 폭력의 문화가 아니라 평화의 문화를 스스로 배워야 합니다……. 프리드리히 폰 실러의 말을 인용하자면, 알레 멘셴 베르덴 브뤼더Alle Menschen werden Brüder. 모든 인간은 형제가 될 겁니다. 저는 그렇게 되기를 바랍니다.

인터뷰가 끝나기 전에 갈매기가 꽥꽥거리는 프로그램 주제가가 한 번 더 나왔고, 로트블랫은 1939년에 물리학 연구자로서 리버풀에 초청받았을 때 두 사람이 먹고살기에는 월급이 부족했기 때문에 폴란드에 아내를 홀로 두고 왔다고 말했다. 다음 해 여름, 월급이 약간 올라서 아내인 톨라를 데리러 바르샤바로 갔지만 그녀가 맹장염으로 쓰러지는 바람에 움직일 수가 없었다. 로트블랫은 아내가 회복하자마자 뒤따라올 것이라고 생각하며 혼자 영국으로 돌아왔다. 그러나 그가 영국에 도착하고 이틀 뒤, 독일이 폴란드를 침공했고 아내와 연락할 수단이 전부 끊겼다. 몇 달 후에야 적십자사의 도움으로 아내와 연락이 닿았고, 그는 덴마크의 친구를 통해서 아내를 빼낼 계획을 세웠다. 그때 독일이 덴마크를 침공했다. 로트블랫은 벨기에의 친구들을 통해서 아내를 데려오려 했지만 벨기에 역시 침공당했다. 로트블랫의 은사들 중 하나가 밀라노에 호송해줄 사람이 있다고 말했기 때문에 그쪽으로도 시도해보았지만, 톨라가 연락원을 만나기 위해 출발한 날 무솔리니가 영국에 전쟁을 선포하는 바람에 이탈리아 국경에서 돌아가야 했다. 그 후 로트블랫은 아내의 소식을 듣지 못했다.

그날 저녁, 나는 매디에게 로트블랫의 이야기를 들려주었지만 그녀는 어색해했고 아무 느낌도 받지 못한 것 같았다. 내가 무슨 말이라도 해보라고 하자 매디는 잠시 아무 말도 없다가 목청을 가다듬더니 슬픈 이야기의 결말을 알면 왜 주인공이 더 나은 선택을 해서 운명을 바꾸지 못했는지 묻고 싶어진다고 말했다.

아니면, 넌 전부 신에게 달려 있다고 생각하니? 잠시 후, 매디가 그렇다는 대답을 바라지 않는 목소리로 물었다. 신의 결정이라고? 신의 의지라고?

그렇게 생각하면?

지금 생각하면 매디와의 관계가 끝나가고 있다는 사실을 내가 몰랐던 것이 말도 안 되게 느껴진다. 그러나 당시 나는 매디라는 멋진 사람을 손에 넣고 곧 그녀에 대한 감정이 식기 시작했지만, 그런 이유로 헤어지는 것은 나 자신에 대한 배신행위라고 생각했다. 나는 1년 전의 아마르가 오늘의 아마르와 그토록 모순적일 수 있다는 사실 때문에 불안했고, 적어도 아무것도 변하지 않은 척—어떤 여자를 원하다가 막상 손에 넣으면 식어버리는 변덕스럽고 시시한 사람이 아닌 척—하기로 굳게 결심했기 때문에 매디도 변할 수 있다는 가능성에 대해서 충분히 생각하지 않았다. 그러다가 크리스마스 직전 일요일에 방송을 틀었더니 수 롤리가 이번 주의 표류자는 영국 코미디언 밥 몽크하우스라고 말했다. 나는 깜짝 놀라서 전화기를 들고 수많은 번호를 눌러 매디에게 전화를 걸었지만 그녀는 전화를 받지 않았다.

폭풍 소리가 시작되자 나는 다시 전화를 걸었다. 본 먼로의 〈달과의 경주〉, 라벨, 바버의 〈현을 위한 아다지오〉, 몽크하우스와 출연자들이 부른 〈당신은 바다에 그림자를 드리웠네〉, 나는 매디에게 네 번째로 전화를 걸었고, 3년 반이나 사귄 여자 친구가 동부표준시로 일요일 아침 6시 45분에 휴대전화를 받지 않는 이유에 대한 불쾌한 초조함 때문에 숙취가 더욱 심해졌다.

책은요? 수 롤리가 물었다.

루이스 캐럴 전집이 되겠군요.

가지고 갈 수 있는 건 딱—

한 권이라고요?

—루이스 캐럴의 작품에서 하나 고른다면요?

음, 제가 제일 좋아하는 루이스 캐럴의 작품은 『스나크 사냥』일 겁니다. 하지만 『이상한 나라의 앨리스』와 『거울 나라의 앨리스』의 등장인물들도 꼭 있어야 돼요. 그러면……『앨리스의 모험』전권은 안 될까요?

나는 매디가 왜 나를 위선적이라고 생각하는지 알 수 있었다. 얼핏 보면 이토록 조심스럽게, 이토록 단정하고 까다롭게 살면서 신의 궁극적인 섭리를 믿는다는 주장은 역설적이다. 신께서 당신이 다음 주에 버스 사고로 죽도록 미리 정해놓으셨다면 뭐 하러 담배를 끊겠는가? 그러나 신학적 숙명과 자유의지가 반드시 양립 불가능한 것은 아니다. 신께서 존재에 대해 절대적인 힘을 가지고 있다면 자신의 뜻에 따라 주어진 운명을 다른 운명으로 바꾸는 능력도 가지고 있다고 생각할 수 있다. 다시 말해서 운명은 절대적이지 않고 모호하며, 인간의 의도적인 행동에 따라 바뀔 수 있다. 알라는 사람들이 자기 내면을 바꿀 때까지 인간의 상태를 바꾸지 않을 것이다. 신은 인간 역사의 흐름을 미리 정해놓지 않았으며 오히려 가능한 모든 흐름을 알고 있고 우리의 의지와 자기 우주의 한계에 따라서 그것을 바꿀 수 있다. 아니면 내가 지난주에 매디에게 말했듯이 범퍼카 링크를 생각해보자. 신은 인간이 취할 수 있는 행동반경을 설정하고 지배하고, 인간은 그 안에서 스스로의 선택에 따라 행동한다. 그리고 우리는 그렇게 함으로써―오른쪽이나 왼쪽, 전진이나 후진, 옆 자동차와 충돌하거나 정중하게 피하는 것을 선택함으로써―스스로 무엇이 될지 결정하고 우리를 정의하는 선택에 책임을 진다.

　나는 수화기 너머로 누그러진 침묵을 느끼며 매디가 내 말에 직접적으로 반대하지 않는다는 사실을 알 수 있었다. 그러나 침묵이 길어지는 것으로 보아 우리의 진짜 문제는 신의 의지가 어디까지냐에 대한 생각의 차이가 아니라는 사실도 알 수 있었다. 우리의 문제는 제프리 스터블바인이라는 이름을 가진 마흔아홉 살의 의대 교수였다. 하지만 상관없다. 우리 모두 가끔 토끼 굴에 굴러떨어진다. 때로는 그것이 지금까지 자기 존재의 따분함이나 위급 사태로부터 벗어나는 유일한 방법처럼―자신이 순전히 자유의지로 만들어놓은 혼란을 다시 시작할 수 있는 유일한 방법처럼―보일 수 있다. 때로 우리는 다른 사람이 잠시 대신 해주기를, 지나치게 자유로워진 자유를 제어해주기를 바란다. 너무 외롭고, 너무나 무질서하고, 지칠 정도로 너무나 자율적인 자신을 말이다. 우리는 때로는 구멍으로 뛰어들고, 때로는 체념하며 끌려가고, 또 때로는 어느 정도 의도적으로 걸려 넘어진다.

강요에 대해서 이야기하는 것이 아니다. 떠밀리는 것은 또 다른 문제이다.

대기실 옆 작은 곁방에서 형광 노란색 조끼를 입은 커다란 남자가 내 짐에 꼬리표를 붙이더니 깃털처럼 가볍게 들어 선반에 올렸다. 이 남자와 비슷하지만 덜 우람한 남자가 내 배낭을 받아 들고 내 옷을 더듬었다. 주머니에 들어 있던 돈—악취 나는 미화 11.36달러—은 소지해도 된다고 했지만 전화기는 카메라가 달려 있어서 안 된다고 했다. 데니즈가 수많은 서류 작성을 마칠 때까지 기다리는 동안 남자가 상냥하게 자판기를 가리켰다. 그의 손이 내 사타구니를 스칠 때의 따뜻한 느낌이 아직도 기억났다.

　　차라도 한잔 드실래요?

　　고맙지만 됐습니다.

　　바나나는요? 아니면, 치즈 피클 샌드위치? 감자칩?

　　남자와 나 사이의 테이블에 레모네이드 가판대처럼 이러한 간식들이 진열되어 있었다.

내가 고개를 저었다. 괜찮습니다.

데니즈가 나에게 새로운 쪽지를 주었다. 이제 들어가세요. 최대한 빨리할게요.

대기실은 넓지만 천장이 낮고—경비원들과 우리가 서로 지켜보는 창만 빼면—창문이 없었으며, 70~80명이 앉을 만한 자리가 있었다. 나는 대기실로 오면서 켄 교수의 수상쩍은 명령에 따라 세상의 절반을 날아온 젊은 중국 여자를 다시 만나겠구나 생각했지만, 대기실에는 저 안쪽 벽 앞에서 초조하게 서성이는 키 큰 흑인 남자밖에 없었다. 그는 빨간색 편물 모자에 크림색의 긴 다시키* 차림이었고, 그가 양쪽 구석 높이 매달린 볼록거울과 카메라 사이를 오갈 때마다 거울 속 체리를 얹은 듯한 그의 모습이 커졌다가 작아지기를 반복했다. 나는 몇 자리 떨어진 곳에 앉았다. 천장에 고정된 텔레비전에서 토크쇼가 조용히 흘러나오고 있었다. 어떤 여자가 다른 여자에게 그리스식 새해 케이크 만드는 법을 보여주고 있었다. 행운의 동전을 어디에 숨기는지, 동전의 소유권을 두고 심각한 싸움이 벌어지지 않도록 하려면 케이크를 어떻게 잘라야 하는지에 관한 복잡한 설명도 이어졌다. 나는 한동안 토크쇼를 멍하니 보다가 일어나서 벽에 테이프로 붙여진 안내문을 읽었다.

화재 시 대피 요령뿐 아니라 베개와 담요라는 말도 열한 개 언어로 적혀 있었다. 공중전화 옆에는 자선단체인 난민과 이주 정의 기

---

* 아프리카 민족의상으로, 칼라가 없는 반소매 셔츠.

구와 이민 상담 서비스의 번호가 영어로만 적혀 있었다. 전화기 옆에는 공항 예배당과 바로 연락 가능한 지역 목사들의 번호도 있었다. 제러미 벤필드 목사. 제럴드 T. 프리처드 목사. 오크펠러오누카 치넬로 수사, 슈물리 보겔 랍비, 소네시 프라카시 싱. 내 눈이 자동적으로 아랍 이름을 찾았다. 모하마드 우스만. 모하메드 우스만 이맘. 히스로 이슬람교 센터, 미들섹스 크랜퍼드 바스 로드 654번지.

몇 미터 떨어진 곳에 가짜 나뭇결 장식의 접이식 테이블이 하나 더 있었는데, 누군가가 히브리어 성경, 킹제임스판 성경, 스페인어 레이나-발레라판 성경, 그리고 코란 두 권(영어와 아랍어)을 똑같이 눈에 띄게 정리해놓았다. 옆 테이블 위 코란 옆에 붙은 키블라 화살표는 메카가 대략 여자 화장실과 같은 방향임을 나타내고 있었다. 테이블 밑의 바구니에는 느슨하게 돌돌 말린 기도용 깔개 세 장이 거대한 바게트처럼 들어 있었고, 정중하지만 확실한 거리를 두고 또 다른 안내문이 테이프로 붙어 있었는데, 이 역시 영어로만 적혀 있었다. **바닥에서 취침 금지.**

흑인이 자리에 앉아서 손바닥 끝으로 양쪽 눈을 문지르기 시작했다. 그는 더러운 로퍼를 신고 있었지만 양말은 없고 발목 주변의 피부가 잿빛으로 변해 있었다. 일기예보에 따르면 주말 런던의 기온은 0도를 겨우 넘었고, 나는 그 때문에 이 남자가 억류된 것이라는 공상을 잠시 펼쳤다. 제대로 된 양말을 신지 않았기 때문에. 영국의 국민보건서비스센터가 옷을 제대로 갖춰 입지 않은 손님들을 모두 저체온이나 괴저로 입원시킬 수는 없으니 말이다. 12월인데 양말을 신지 않으셨다고요? 좋습니다. 앉으세요. 통상적인 조사일 뿐입니다. 최대한 빨리하죠.

대기실 반대편에 테이블이 하나 더 있고 세속적인 물건들이 좀 더 부주의하게 흩어져 있었다. 영어, 스페인어, 프랑스어, 중국어 신문들, 페이지 끝이 접힌 일본판《보그》, 프랑스어로 된『트와일라잇』두 권, 스페인 로맨스 소설, 독일어판『먹고 기도하고 사랑하라』. 나는 아까 앉아 있던 텔레비전 앞 자리로 갔다. 흑인은 다시 서성이고 있었다. 이제는 소리까지 냈는데, 자기도 모르게 흘러나오는 짧고 뚝뚝 끊어지는 불평과 신음이었다. 그 소리를 들으니 형이 좋아하는 피아니스트가, 연주하면서 애를 쓰느라 그런지 황홀해서 그런지 비슷한 소리를 내는 괴짜가 떠올랐다. 내가 가져온 책은 펼쳐지지도 않은 채 무릎에 놓여 있었다. 더램에서 앨러스테어와 재회하기로 한 시간이 왔다가 지나갔다. 그리스식 새해 케이크가 잘렸다.

체첸 공화국 그로즈니가 최악이었다. 8주 동안 민간인 2만 5000 명이 죽었다. 어두운 겨울날들은 폭격으로 팬 구멍을 피하다가 순교자 리본을 달고 미누카 광장에 누운 시체들에 걸려 넘어졌다. 폭격으로 죽지 않은 체첸 사람들은 러시아 징집병들에게 잡혀 지하실에 갇혔고, 길거리에서 포로의 어머니들이 울면서 석방해달라고 애원했다. 밤이면 앨러스테어와 기자들은 80킬로미터 떨어진 곳에서, 징발된 하사뷰르트 유치원에서 작은 유아용 침대를 여러 개 붙여서 만들었지만 여전히 너무 작은 침대에 누워서 잤다. 그들은 아이들의 그림과 수채화로 장식된 방에서 씻지도 못해서 악취 때문에 손수건으로 코를 가렸다. 그림 속에는 토끼와 마법사, 나비와 유니콘, 황금 단지로 쏟아지는 무지개 밑에서 손을 잡고 있는 막대기 같은 가족이 있었다. 발밑은 초록색 풀밭이고 하늘은 맨 꼭대기의 파란 띠였다. 꿈은 꾸지 않거나 기억하지 못했다. 묵직한 방탄조끼를 입고 종일 뛰어다니는 것만 해도 충분히 꿈 같았다. 한편 체첸 사람들, 체첸 전사들은 기쁘게 죽는 듯했다. 왜 그렇지 않겠는가? 기꺼이 죽음을 무릅쓰는 사람은 강력하다. 죽고 싶지 않은 자들과 맞설 때는 더욱 그렇다. 나를 굶기고, 모욕하고, 나의 도시를 부수고 나의 희망을 빼앗으면서 무엇을 기대하는가? 목숨을 걸고 싸우지 않을 것이라고? 내가 순교자가 되기를 원하지 않을 것이라고? 나에게 남은 명예는 그것밖에 없는데? 러시아의 어머니들과 무지개에 속아 넘어가는 약한 자여, 영국으로 돌아가서 폭죽을 터뜨리고 무료 디저트가 딸려 나오는 코스 요리나 먹으면서 새해를 즐겨라. 우리는 너의 인정 따위 필요 없다. 너의 '증언' 따위 필요 없다. 너의 '공감'에는 상상력이 없다. 러시아인들이 너보다 낫다. 러시아인들조차 군데군데 오줌 구멍이 난 눈밭에서 손가락을 호호 불고 발을 구르며 이 빠진 군용 컵으로 샴페인을 마신다. 이것이 너희에게는 색다른 경험이지만 우리에게는 감옥이다. 세상은 왜냐고 묻는다. 저 사람들은 왜 서로를 죽이지? 왜 해결을 못 하지? 왜 저렇게 많은 사람이 죽어야 하지? 하지만 더 나은 질문은 왜 저렇게 많은 사람이 살고 싶어 하지 않느냐는 것이다.

햇살 좋은 토요일이면 자원봉사자 몇 명이 아픈 아이들 두어 명을 근처 공원으로 데리고 나가서 놀았다. 나는 주로 래클런과 함께 나갔는데, 그는 편안한 침묵을 지킬 줄 알고 세심했다. 어느 날 오후, 둘이서 블룸즈버리 광장에 앉아 우리가 데리고 나온 아이들을 지켜보고 있을 때 래클런이 멀리 철제 울타리를 가리키며 원래 있던 울타리는 제2차 세계대전 때 해체한 다음 녹여서 탄약을 만들었다고 말했다. 새로 세운 울타리는 더 낮고 종일 열려 있었다. 그때 이후로 광장은 사람들에게 항상 열려 있다. 그 이야기를 들은 다음부터 나는 블룸즈버리 광장을 지날 때마다 예전 울타리가 결국 어디로 갔을까 생각하게 되었다. 어느 전선으로, 누구의 몸속으로 갔을까. 그즈음 사담 후세인의 대량 살상 무기를 파괴하겠다는 호언장담이 용두사미의 결말을 향해 빠르게 달려가고 있었다. 블레어는 60년 전 미국에 진 빚을 갚을 때라고 선언했고, 영국이 남아 있는 모든 대량 학살 무기를 찾아내겠다고 맹세했다. 48시간 후, 클린턴은 이라크가 협력하기로 했다고 발표했다. 그로부터 한 달 뒤, 유엔특별위원회는 이라크가 협력하지 않고 있다고 보고했고, 영국과 미국의 폭격이 시작되었다. 나는 앨러스테어와 함께 더램의 늘 앉는 자리에 앉아서 사막여우 공습을 지켜보았다. 천장에는 크리스마스 깃발이 장식되어 있었고 바는 어중간한 뷔페로 탈바꿈하여 브랜디를 섞어서 데운 포도주가 담긴 가짜 가마솥과 민스파이가 놓여 있었다. BBC는 집중 폭격—동맹국들이 라마단을 존중하여 공격을 잠시 멈추기 전 마지막 광란—을 방송하는 내내 대조적이지만 똑같이 눈길을 사로잡는 색조의 영상을 내보냈다. 하나는 야자수의 실루엣을 배경으로 암갈색 연기와 주황색 불길이 치솟는 어둡고 화질이 떨어지는 영상이었고, 하나는 초록색으로 가득한 나이트비전 영상이었다. 티그리스 위에서 폭탄이 터지자 갑자기 아무 일 없는 대낮처럼 강물이 환하게 밝혀졌다. 날 내버려둬. 하얗게 번쩍이는 섬광 밑에서 티그리스강이 이렇게 말하는 듯했다. 내가 너한테 무슨 짓을 했다고 그래. 나를 평화롭게 놔둬.

그날 밤 텔레비전에서는 미 하원이 두 가지 사유로 클린턴 탄핵 표결을 실시했다는 뉴스도 나왔다. 이번에는 사람들이 그의 공교로운 외교를 비웃어도 나는 아무 말 하지 않았다.

내 옆에 앉은 앨러스테어도 거의 말이 없었고, 평소보다 암울한 분위기로 결연하게 술을 마셨다. 그때 나는 지난 10년 사이에—어쩌면 르완다에서, 또는 그로즈니에서, 어쩌면 어느 끔찍한 사건 때문이라고 콕 집어 말하기 힘들 정도로 서서히—그가 흔히 말하듯 정신을 놓은 것이 아닐까 생각하기 시작했다. 하지만 정신이 완전히 나간 것 같지는 않았다. 마치 안전을 위해서 그의 정신을 잠깐 빼앗았다가 얼마 뒤 무해한 생각을 할 때만 사용하라는 엄한 경고와 함께 돌려준 것 같았다. 나는 그렇기 때문에 앨러스테어가 바그다드의 어느 호텔 지붕 밑이 아니라 여기 블룸즈버리 술집에서 이 상황을 지켜보고 있다고 생각했다. 내가 그에게 나이트비전은 왜 초록색이냐고 물었다.

인광체. 앨러스테어가 대답했다. 인간의 눈은 다른 색보다 초록색에서 더 많은 색조를 구별할 수 있기 때문에 초록색을 쓰지.

책을 쓰셔도 되겠어요. 한참 뒤에 내가 말했다.

앨러스테어가 숨을 들이마시고 유리잔 안쪽 벽을 따라서 천천히 미끄러지는 라거 거품을 물끄러미 바라보았다. 대답이 떠올랐을 때는 한숨 돌린 표정이었다. 진정한 대답은 아니었지만 그것으로 충분했다.

그런 말이 있지. 앨러스테어가 말했다. 외신 기자가 중동에서 일주일을 보내면 고국으로 돌아가서 그 모든 문제에 대해 가벼운 해결책을 제시하는 책을 쓴다고. 한 달을 보내면 '만약'과 '그러나'와 '반면에'가 가득한 잡지나 신문 기사를 쓰지. 1년을 보내면 아무것도 안 써.

음. 내가 말했다. 당신이 꼭 뭔가를 해결해야 하는 건 아니잖아요.

그렇지. 앨러스테어가 잔을 들며 말했다. 그건 너도 마찬가지야.

그해 겨울에 당장 사용할 수 있는 화학적, 생물학적, 방사성, 또는 핵무기가 발견되지 않았다는 사실은 이원론적인 공황을 부채질할 뿐이었다. 그러한 상황이 되자 공원 울타리를 녹여 포탄과 소총 탄환을 만든다는 생각은 향수를 일으킬 만큼 예스럽게 느껴졌다. 물론 내가 블룸즈버리 광장에서 햇볕을 쬐며 앉아 머리 위에서 찍찍거리는 노래지빠귀의 울음소리를 듣고 있는 바로 그때 우리를 둘러싼 첨탑들이 전쟁에 징발될 것 같지는 않았다. 하지만 여객기를 몰고 적의 마천루로 돌진하는 것이 현대 전쟁에서 효과적인 방법이라고 누군가가 말하면 역시 그럴 것 같지 않다고 생각했을 것이다.

어느 날, 한쪽 귀에 붕대를 감은 남자애가 와서 먹을 것이 있냐고 물었다. 내가 아이에게 홉노브 비스킷을 주었다.

아이가 입에서 부스러기를 비처럼 떨어뜨리며 말했다. 나 비스킷 먹고 있어요.

그렇구나. 래클런이 말했다.

사랑해요. 아이가 말했다.

나도 사랑해. 래클런이 말했다.

아이가 땅을 쪼는 비둘기들을 잠시 보더니 다시 나를 보았다.

나 비스킷 먹고 있어요. 아이가 말했다.

그러네. 내가 대답했다.

사랑해요.

내가 고개를 끄덕였다. 나도 사랑해.

아이가 우리에게 같은 말—사랑해요와 나 비스킷 먹고 있어요—을 서너 번 반복한 다음 비스킷을 다 먹고, 그리고 아마 우리에 대한 사랑도 끝내고, 비둘기들을 향해 달려가자 새들이 뒤뚱거리면서 흩어졌다.

그러자 아랍어를 하는 나의 꼬마 친구가 은밀하게 나를 보며 다가왔다. 내가 비스킷을 주었지만 아이는 거절했다.

아이가 래클런을 보더니 영어로 조심스레 말했다.

아빠는 내가 남자애가 되면 좋겠대요.

……다시 말해볼래?

바바는 내가 남자애래요!

그런 다음 갑자기 뒤꿈치로 빙 돌아 달려가버렸다.

이런. 래클런이 말했다. 저게 무슨 소리야?

나도 모르겠어. 쟤 어디가 아픈지 알아?

래클런이 고개를 저었다. 보기보다 어리다는 것밖에 몰라.

얼마 후 우리는 그 아이가 선천성부신과형성이라는 희귀병을 앓고 있음을 알게 되었다. 보통 부신피질자극호르몬, 즉 ACTH라는 자극제는 뇌하수체에서 생성되어 혈액을 타고 신장 위의 부신으로 이동한다. 부신에 도착한 ACTH는 필수 기능이 많은 스테로이드호르몬 코르티솔이 필요하다고 알린다. 그러나 코르티솔이 바로 생성되는 것은 아니다. 효소가 전구물질을 변환시켜 코르티솔을 만든다. 선천성부신과형성에 걸린 신체에는 핵심 효소가 없기 때문에 코르티솔이 만들어지기 직전에 작업이 중단된다. 그 결과 전구물질은 증가하지만 코르티솔은 항상 부족하다. 또한 코르티솔이 있어야 ACTH 전달이 중단되기 때문에 뇌하수체는 ACTH를 점점 더 많이 보내서 부신을 자극하고, 결국 부신이 비정상적인 크기로 부풀어 오른다.

코르티솔은 성장, 신진대사, 조직 기능, 수면 패턴, 기분을 조절하는 정상적인 내분비 활동에 필요하다. 코르티솔 결핍을 치료하지 않으면 치명적일 수 있고, 저혈당, 탈수, 체중 감소, 현기증, 저혈압, 심지어는 심혈관 허탈까지 일으킬 수 있다. 또한 문제가 되는 것은 코르티솔로 전환되지 못한 전구물질로 인해 나타나는 증상인데, 남성호르몬으로 알려진 안드로겐 과다 분비도 그중 하나이다. 그 결과 선천성부신과형성에 걸리면 세 살짜리 남자아이가 자기 베이비시터만큼 심한 여드름이 나거나 겨드랑이에 털이 나기도 한다. 마찬가지로 같은 질병에 걸린 여자아이는 어렸을 때부터 체모가 나고 급격히 성장하거나 심지어는 찻잔과 인형보다 트럭과 트랙터를 더 좋아하는 등 남성적인 특징을 보일 수 있다. 보통 사춘기 나이가 되면 목소리가 더 낮아지고 가슴도 나오지 않으며 생리를 하지 않거나 아주 가볍게만 한다. 이론적으로 일부 환자는 남성화 단계에 이르기도 하는데, 초기 증상이 나타났을 때 병원에 가면 의사가 체내 안드로겐 수치를 낮추기 위해서 합성 스테로이드를 처방하기 때문이다.

가끔은 출생 때부터 문제가 드러난다. X 염색체가 두 개인 아기가 평범한 크기의 클리토리스 대신 작은 남성 성기처럼 보이는 거대 클리토리스를 가지고 태어날 수 있다. 요도와 질이 합쳐져서 하나의 구멍이 되고 음순이 완전히 이어져서 음낭처럼 보일 수도 있다. 그러나 초음파검사를 해보면 체내에 아주 평범한 자궁과 난관, 난소, 자궁 경부를 모두 갖추고 있다는 사실이 드러날 것이다. 사실 외부 재건술을 받으면 언젠가 아이를 잉태하기 위해서 필요한 것을 전부 갖추게 된다(물론 다른 누군가의 정자는 빼고 말이다). 나의 꼬마 아랍 친구는 모호한 외음부를 가지고 태어났지만, 당시 아이의 부모와 시리아의 산부인과 의사가 이 아이를 여자애라고 불러야 한다는 사실을 알아차리지 못할 정도는 아니었다. 그러나 최근에 사타구니가 점점 더 남근과 비슷해 보이는 등 다른 징후들이 나타나자 가족들이 깜짝 놀라 병원을 찾게 되었다. 코르티솔 수치를 조절해야 하는 것은 분명했다. 그러나 성별을 어떻게 할 것이냐 하는 문제가 남아 있었다. 의사들은 호르몬 대체 요법과 생식기관 성형술을 실시해서 계속 여자아이로 살아야 한다고 생각했다. 아이의 어머니도 여기에 찬성하는 편이었다. 그러나 아이의 아버지는 생각이 달랐다. 그의 고향에서는 아들이 우월하다. 아들은 곧 명성이며, 그에게 자부심을 준다. 그의 고향에는 이런 말도 있었다. 아이를 낳을 수 있는 여자보다 불임인 남자가 낫다고. 아이의 아버지는 이렇게 말했다. 사실 난 얘가 남자애라는 사실을 항상 알고 있었어. 처음부터 실수였던 거야. 남자애처럼 생겼잖아. 남자애처럼 굴고. 남자애가 되면 훨씬 살기 쉬워질 거야. 얜 남자애야.

선천성부신과형성은 치료법이 없다. 이것은 이중나선에 결함이 있는 유전자를 부모로부터 각각 하나씩 총 두 개 물려받았을 때 나타나는 유전적 질병이다. 보통 이 유전자는 열성이다. 부모가 모두 열성유전자를 가지고 있으면 아이가 결함이 있는 유전자를 두 개 물려받아서 증상을 보일 확률이 25퍼센트이다. 결함이 있는 유전자를 하나만 물려받을 (그래서 유전자를 보유할) 확률은 50퍼센트, 정상 유전자만 물려받아 아무런 영향을 받지 않을 확률은 25퍼센트이다. 상염색체 열성 질환은 동족 부부의 자손 사이에서 특히 흔하다. 부부가 같은 조상으로부터 똑같은 돌연변이 유전자를 물려받을 가능성이 높기 때문이다. 관계가 가까울수록 부부가 공유하는 유전자의 비율도 더 크다. 공유 유전자의 비율이 클수록 그 자손이 공유 유전자의 동형접합자가 될 위험도 커진다. 다시 말해서, 상염색체 열성 질환은 특정 문화권에서 특히 흔하다. 부족 내에서 전해 내려오는 갖가지 이유 때문에—가족의 유대를 강화하고, 계급 내 여성의 지위를 유지하기 위해서, 적절한 결혼 상대를 쉽게 찾기 위해서, 가족의 전통과 가치, 재산, 부를 보존하기 위해서—사촌과의 결혼이 용인되고 통례로 여겨질 뿐만 아니라 권장되는 문화권에서 말이다.

부시 대통령이 임무 완수를 선언하고 유엔이 이라크에 대한 제재 조치를 대부분 해제한 지 약 7개월이 지난 2003년 12월, 나는 13년 만에 형을 만났다. 웨스트할리우드에 살면서 경제학 박사과정을 3학기째 다니던 나는 로스앤젤레스 공항에서 파리를 거쳐 암만으로 갔다. 운전기사가 공항으로 나를 마중 나와서 베이리지에서 온 부모님이 나를 기다리는 호텔에 데려다주기로 되어 있었다. 우리는 암만에서 차를 타고 사막을 건너 바그다드로 갈 예정이었는데, 열 시간 정도 걸리는 여정이었다. 제재 조치와 침공 전에는 암만에서 바그다드까지 비행기로 한 시간도 안 걸렸으므로 암만에 도착했다는 것은 거의 다 왔다는 뜻이었다. 그러나 이제는 반쯤 왔다는 뜻이 되었다.

공항에 도착했지만 운전기사가 없었다. 아니, 운전기사는 무척 많았고 다들 나를 태우고 싶어 했지만 내 이름이 적힌 종이를 든 사람은 없었다. 나는 부모님의 호텔 주소가 샤를드골행 비행기 좌석 주머니에 놓고 내린 공책에 적혀 있음을 문득 깨달았다. 한 시간쯤 뒤, 나는 만나기로 약속한 운전기사를 찾으려는 노력을 포기하고 여러 기사들과 신중하게 이야기를 나눈 끝에 25만 디나르, 즉 약 80달러에 호텔 다섯 군데까지 태워주겠다는 남자를 찾았다.

차를 타고 가면서 기사는 내 최종 목적지가 바그다드라는 말을 듣고 무척 기뻐하며 야심을 드러냈다. 제가 데려다드리죠! 당장 데려다드릴게요! 아침이면 도착할 겁니다!

나를 사막의 유괴범들에게 팔아넘기려는 속셈일 가능성이 아주 높았다. 나는 그에게 고맙지만 호텔에서 좀 쉰 다음에 남은 여행을 계속하고 싶다고 예의 바르게 설명했다. 그러나 운전기사는 기세가 꺾이지 않았을 뿐 아니라 더욱 기뻐하는 듯했다. 네! 완벽해요. 쉬세요, 제가 아침에 다시 와서 모셔다드리죠. 그의 말은 이런 뜻이나 다름없었다. 더 잘됐죠. 사막에서 당신을 팔아넘길 약속을 미리 잡은 다음에 출발할 수 있으니까요.

부모님은 세 번째 호텔에 있었다. 내가 프런트로 갔더니 담당 직원이 통화 중이었다. 잠시 후 그가 수화기를 어깨에 대자 나는 손님 중에 알라 자파리 씨 부부가 있는지 물었다. 누구시죠? 아들입니다. 담당 직원이 눈을 크게 떴다. 그가 어깨에 놓인 수화기를 가리키며 말했다. 당신을 태워 오기로 한 기사인데요. 당신이 어디 있냐고 묻는군요. 내가 물었다. 그 사람은 어디랍니까? 직원이 말했다. 공항이랍니다. 내가 말했다. 아니에요. 제가 지금 공항에서 오는 길인데,

절대 거기 없었어요. 직원이 고개를 끄덕이고 상냥한 표정으로 나를 살피더니 수화기를 다시 귀에 대고 내 말을 전했다. 수화기 너머에서 잘 들리지 않는 욕지거리가 튀어나와서 우리 둘 다 움찔했다. 직원은 누가 나를—잃어버린 지갑이나 손목시계를 설명하듯이—설명하는 말을 듣는 것처럼 다시 한번 오랫동안 나를 살펴보더니 아직도 심한 말이 쏟아져 나오는 전화를 끊었다.

직원이 고개를 저으며 말했다. 전 이 사람을 압니다. 틀림없이 안 갔을 거예요.

호텔 방문을 연 어머니는 머리에 스카프를 두르고 있었다. 어머니는 베이리지에서는 보통 스카프를 두르지 않았고, 나는 새까만 천이 달걀 모양으로 얼굴을 감싸니 턱 밑 살이 보기 싫게 강조된다고 처음으로 생각했다. 또 어머니는 나이가 들면서 몸을 약간 숙이고 걷게 되었는데, 제대로 숙이면 힘을 유지할 수 있다고, 심지어는 힘이 난다고 했다. 그즈음 내가 집으로 전화를 걸어서 어떻게 지내시냐고 물으면 아버지는 어머니가 전날 밤에 잠을 잘 잤는지 못 잤는지로 대답하곤 했다. 어머니의 불면증과 그 영향은 폴터가이스트 같았고, 아버지는 예전에 대략 한 달에 한 번씩 "파티마가 오늘은 다른 사람이란다, 조심해라"라고 경고했던 것처럼 어머니의 불면증에 대해서 나에게 경고했다. 암만에서 만난 어머니는 나를 보고 자식을 만난 반가움에 얼굴을 빛냈지만 나는 어머니에게 잠이 필요하다는 것을 알아차렸고 차를 타고 가는 동안 좀 쉬실 수 있기를 바랐다. 나 역시 차를 타고 가면서 좀 쉬고 싶었다. 그러나 우리가 포옹을 나눈 뒤 아버지가 나를 한쪽으로 데려가더니 어머니가 자는 것은 괜찮지만 아버지와 나 둘 중 한 명은 계속 깨어 있어야 한다고 말했다. 우리는 이라크에 새벽쯤 도착하기 위해 한밤중에 출발하기로 되어 있었다. 가는 길은 대부분 단조로웠기 때문에—관목지와 사구가 끝없이 이어졌다—기사가 졸지 않도록, 또는 아버지의 표현에 따르자면 장난을 치지 않도록 경계하는 것이 낮이든 밤이든 똑같이 중요했다.

우리를 이라크까지 데려다줄 기사는 공항에 나를 마중 나오기로 했던 바로 그 사람이었는데, 너그럽게 화를 억누르며 깔보는 듯한 태도로 나에게 인사했다. 그의 장갑 쉐보레 서버번은 창문에 색필름을 입힌 데다 뒷면이 길고 상자처럼 생겨서 장의차 같았다. 나는 아마 자려고 애를 썼어도 못 잤을 것이다. 속도가 올라갈 때마다 나는 깜짝 놀랐다. 전조등 한 쌍이 우리에게 다가올 때마다 험악하고 은밀하게 어둠을 헤치고 다가오는 느낌이었다. 기사는 운전대를 양손으로 꽉 잡고서 놀고 있는 무릎을 들썩거리며 입술을 잘근잘근 씹었다. 흡연자가 분명했다. 차에서 담배 냄새가 났고 물건을 두는 칸마다 담배가 있었지만—**중국 면세품**이라고 적힌 말버러 수십 개가 햇볕 가리개와 좌석 주머니마다 꽂혀 있었다—출발하기 전에 아버지가 담배는 좀 참아달라고 요청했다. 나는 처음 한 시간 내내 머릿속으로 이 요청에 대한 찬반양론을 펼쳤다. 기사가 우리를 바그다드에 안전하게 데려다주기 위해서 니코틴이 필요하다면 담배를 피우게 해주어야 한다. 열 시간 동안 간접흡연을 한다고 죽지는 않을 것이다. 하지만 최근에 담배를 끊은 아버지는 큰돈을 냈다. 3500달러였다. 그러니 기사가 하고 싶은 대로 하게 놔둬야 할 이유가 어디 있을까?

우리는 4시가 조금 안 돼서 국경에 도착했다. 기사가 속도를 줄이면서 조수석 앞 사물함을 열고 미화 20달러 뭉치를 꺼냈다. 그는 자동 차창을 열고 지폐를 세더니 일반 요금이라도 내는 것처럼 국경 수비대에게 돈을 건넸다. 외국인 있습니까? 수비대 중 한 명이 아랍어로 말했다.

기사가 고개를 저었다. 전부 이라크 사람입니다.

그런 다음 기사가 말버러를 건넸다. 한 명당 두 갑씩이었다. 기사가 창문을 자동으로 올리고 빠져나가려 하는데 도로에 서 있던 대원 하나가 돌아서서 한 손을 들었다.

기사가 창문을 다시 내리고 담배 두 갑을 내밀자 대원이 고맙다는 말도 없이 주머니에 넣었다. 그런 다음 바그다드에 대해서 뭐라고 말했다. 기사가 고개를 끄덕였고, 대원은 걸어갔다.

중간 좌석에 앉아 있던 내가 고개를 돌려 아버지를 보며 표정으로 물었다. 눈가가 거뭇하고 머리에 스카프를 두른 어머니는 올빼미 같았다.

무슨 일입니까?

바그다드까지 좀 태워달랍니다.

수비대원이요?

기사가 고개를 끄덕였다.

이라크 첩보원인가요?

기사는 다리를 가볍게 떨면서 몸을 숙여 백미러를 볼 뿐, 아무 대답도 하지 않았다.

어떻게 해야 합니까? 아버지가 물었다.

제발요. 운전기사가 말했다. 자는 척하세요. 말하지 마시고요.

화장실에 가고 싶어요. 어머니가 조용히 말했다.

죄송합니다. 기사가 고개를 돌려 우리를 보면서 다급하게 말했다. 멈추라고 할 때까지는 멈출 수가 없어요. 조용히 하셔야 합니다. 억양 때문에 들킬 거예요. 빨리, 최대한 빨리 데려다드릴 테니까 제발 아무 말도 하지 마세요.

턱수염을 기른 회색 군 작업복 차림의 커다란 남자가 다가오고 있었다. 운전기사가 잠금장치를 풀자 대원이 조수석 문을 열고 내 앞자리에 앉았고, 차가 기울었다. 사바 알카이르. 대원이 말했다. 사바 알누르. 기사가 대답했다. 좋은 아침입니다. 우리 가족은 아무 말도 하지 않았다. 기사가 문을 다시 잠그고 기어를 넣은 다음 차를 몰기 시작했고, 도로에 서 있는 대원들에게 비키라고 손짓했다. 새로 탄 승객이 좌석을 조정하고 또 조정하자 내가 다리를 뻗을 공간이 반으로 줄었다. 그런 다음 대원이 햇볕 가리개로 손을 뻗더니 말버러 한 갑을 빼서 셀로판 포장을 벗기고 담배를 한 개비 꺼냈고, 그 뒤 여섯 시간 동안 쉬지 않고 담배를 피웠다.

할머니의 집은 내 기억보다 작았지만 형은 기억보다 컸다. 뚱뚱

해진 것은 아니었다. 몇몇 사람들이 나이가 들면서 그렇듯 더 말랑하고 넉넉해진 것은 아니었지만 단단하고 균형 잡히면서도 전체적으로 더 커졌다. 내가 머릿속 공간을 확보하기 위해서 형을 20퍼센트 줄여 기억하기라도 한 것 같았다.

형은 또한 내 기억보다 잘생겨졌다. 뺨의 혈색이 더 좋고 미소를 더 자주 지었으며 눈가에 긴 주름이 생겼다. 부모님과 내가 할머니네 거실로 들어가자 새미가 자리에서 일어나 양손을 허리에 얹더니 내 예상이 깨졌음을 안다는 듯이 한참 동안 나를 보며 싱긋 웃었다. 나는 무엇을 예상하고 있었을까? 형이 내가 기억하는 새미와 더 비슷하면서도 덜 비슷할 것이라고. 더욱 소년 같으면서도 덜 소년 같을 거라고. 귀 뒤쪽이 희끗희끗해졌을 것이라고. 귀 뒤쪽은 약간 희끗희끗했지만 아무 변함 없는 모습들이 그보다 더 신기했다. 네모반듯한 이마. 입가의 묘한 그림자. 나는 이 생기발랄한 유물 때문에 묘하게 기분이 좋았다. 길을 가다가 낯선 사람에게서 12년 만에 고등학교 화학 선생님과 같은 샴푸 향을 맡으면 묘하게 기분이 좋은 것처럼 말이다. 우리는 스스로 발전했다고 생각하고 의식의 찌꺼기를 버렸다고 생각하지만 프렐 샴푸 냄새만 살짝 맡아도 1992년으로 돌아간다.

어느 날 오후, 둘이서 마당에 앉아 있는데 새미가 담배를 피우며 오렌지를 하나 따서 껍질을 벗기라며 나에게 던졌다. 새미는 몇 년 전에 의대를 졸업하고 교정 수술 병원인 알와사티에서 수련의로 일하고 있었다. 전쟁이 일어나기 전에는 대부분 코 성형, 가슴 성형,

지방 흡입, 고관절 치환술 환자였지만 지금은 매일 로켓탄 부상을 지혈하고, 유산탄 파편을 핀셋으로 뽑고, 화상에 붕대를 감았다. 보건국에서 1990년대에 사담 후세인의 군대에서 탈영했다가 한쪽 또는 양쪽 귀가 잘린 사람들의 귀 재건술을 지원한다는 이야기가 있었고, 형은 기대하는 것 같았다. 형은 어쨌거나 로켓탄 부상을 지혈하는 대신 귀 재건 수술을 한다는 것은 싸움이 조금쯤 잠잠해졌다는 뜻일 거라고 말했다. 안 그렇겠니?

우리는 잠시 침묵했고, 그러다가 내가 런던 소아과 병원에서 알았던, 귀 대신 흰강낭콩 같은 것을 달고 태어난 남자아이 이야기를 했다. 형은 풀밭에 담배를 끄며 비꼬듯이 대답했다. 우리가 고쳐야 할 게 자연의 실수밖에 없으면 얼마나 좋겠니.

그러나 형은 대체로 차분해 보였다. 물론 현재 상황에 대해서가 아니라 살면서 자신이 선택한 것들에 대해서 말이다. 누구도 형에게 중요하지 않은 일을 한다고 비난할 수 없었다. 침공 이후 수없이 많은 미군이 도시를 순찰했지만 전부 약탈당했기 때문에 바그다드에서 제대로 돌아가는 병원은 알와사티밖에 없었다. 9개월이 지났지만 점점 더 많은 의사들이 시내로 통근하기를 거부하거나 아예 이라크를 떠났기 때문에 직원도 물품도 여전히 모자랐다. 평시에는 차로 25분 걸리는 거리였지만, 아버지와 내가 형이 일하는 모습을 보러 갔을 때에는 한 시간 반이 넘게 걸렸다. 어디선가 석유 운반차가 폭발하는 바람에 병목현상이 생겼고, 병원으로 사상자들이 쏟아져 들어왔다. 병원 입구에서 바퀴 달린 침대에 누군가의 시체를 신자 어떤 남자가 흐느꼈다. 그는 양손으로 자기 얼굴을 가렸다가 하늘을 향해 두 팔을 들고 외쳤다. 왜입니까? 왜죠? 저들은 왜 이런 짓을 하는 겁니까? 뭘 원하는 거죠? 돈입니까? 왜죠? 병원으로 들어가자마자 또 다른 이동식 침대에 열 살쯤 되는 아이가 누워 있었다. 양쪽 다리는 피에 흠뻑 젖은 거즈로 감싸여 있고 아이는 딴 세상에 가 있는 것처럼 체념하여 눈을 깜빡거렸다. 아이는 보호자 없이 혼자 온 듯했고, 아버지와 내가 새미를 찾으면서 한쪽에서 기다리고 있을 때 어떤 의사가 우리에게 와서 아이를 가리켰다.

누가 얘를 돌보고 있죠?

우리도 모릅니다. 아버지가 대답했다.

의사가 로비를 향해 돌아서더니 서로 밀고 밀리면서 눈물을 흘리고 기도를 드리는 사람들을 향해 외쳤다.

누가 얘를 돌보고 있습니까?!

왈리드가요! 누군가 소리쳤다.

의사는 별로 만족스럽지 않은 듯 아이를 보며 얼굴을 찌푸렸고, 간호사가 우리를 직원 식당으로 안내했다. 식당 한쪽 구석의 텔레비전에서 아랍 드라마가 흘러나왔고 곧 수술복 차림의 형이 나타났다. 어젯밤에 유산탄 파편에 맞은 젊은 남자가 수술실에서 형을 기다리고 있다고 했다. 아버지가 우리도 수술하는 것을 볼 수 있냐고 물었다.

어제 이런 겁니까? 새미가 수술대 위의 남자에게 물었다.

남자가 고개를 끄덕였다. 해 질 무렵에요. 빵을 사러 나갔었어요.

새미가 남자의 상체에, 양쪽 팔 바로 밑에 구멍을 두 개 뚫어서 폐에 찬 피를 빼냈다. 남자가 비명을 질렀다. 마취제는 병원에 너무나 부족한 물품들 중 하나였기 때문에 이 환자는 마취제를 조금밖에 투여받지 못했고, 아무도 마취제를 더 놓아주지 않았다.

알라후 아크바르!* 남자가 외쳤다.

조명을 더 비춰줘요. 새미가 말했다.

조수가 램프의 각도를 바꿔 남자의 몸을 비추는 동안 환자 양쪽에 서 있던 두 남자가 그를 잡아 눌렀다. 형이 환자의 팔 아래 구멍으로 튜브를 집어넣고 위치를 조정하자 남자의 피부가 고무찰흙처럼 흉골에서 밀려났다.

이슬람교도라면 다른 이슬람교도한테 이런 짓을 하지 않을 겁니다! 남자가 외쳤다. 내 아들은 두 살인데 얼굴이 날아갔어요! 저들은 왜 이런 짓을 하는 겁니까? 왜요?

새미가 남자의 복부에 주사기를 꽂았다. 형이 삽관한 구멍 주변을 다시 파고들기 시작하자 나는 눈을 감고 나와버렸다. 30분쯤 지나서 다시 갔더니 수술실은 텅 비어 있었다. 직원 식당으로 돌아가자 이제 텔레비전은 꺼져 있고 두 남자가 주전자 물이 끓기를 기다리면서 나흘 전 사담이 포획되었다는 소식이 진짜인지 미국이 선전용으로 퍼뜨린 거짓말인지를 두고 언쟁을 벌이고 있었다. 로비로 나간 나는 다리에서 피를 흘리는 남자아이 옆에 선 아버지와 형

* 아랍어로 '위대한 신이여!'라는 뜻.

을 발견했다. 아버지는 추운 사람처럼 팔짱을 끼고 있었고 형은 담배를 피우고 있었다. 또 다른 의사가 새미 옆에 서서 역시 담배를 피우고 있었다. 나는 저 사람이 왈리드인가 보다고 짐작했다. 이동식 침대 반대편에 세 남자가 서 있었는데, 두 사람은 싸웁* 차림이었고 한 사람은 흰색과 빨간색이 섞인 카피예**를 검고 풍성한 수염 밑에서 묶었다. 와티크에서 발견했습니다. 남자들 중 하나가 말했다. 자유나에 산대요. 이름은 무스타파랍니다. 지난주부터 부모님을 못 봤다는군요. 나는 그제야 소년─사람들이 자기 이야기를 하고 있는데도 벽을 보면서 계속 눈을 이상하게 깜빡거렸다─옆에 선 남자들을 자세히 보았고, 검은 수염을 기르고 흰색과 빨간색이 섞인 카피예를 목에 두른 남자가 앨러스테어임을 알아보았다.

알함라 호텔 정문에는 다음과 같은 안내문이 테이프로 붙어 있었다. **당부의 말씀. 총은 반드시 보안 담당자에게 맡겨주십시오. 협조에 감사드립니다.**

안으로 들어가니 낙타색 터틀넥을 입은 남자가 프런트에 앉아서 아랍어 십자말풀이를 하고 있었다. 그의 책상에는 회중시계, 금속 탐지기, 칼라슈니코프 자동소총이 있었는데, 총열이 내 사타구니를 향하고 있었다. 새미와 나는 양팔을 들고 몸수색을 받았다.

무거운 목재 문을 열고 들어가자 기자들의 크리스마스 파티가 벌

* 발목까지 내려오는 아랍 남성 전통 의상.
** 아랍 국가에서 머리에 두르는 천.

써 진행 중이었다. 식당의 붉은 벽들, 붉은 식탁보, 벽에서 흐릿한 빛을 비추는 돌출 촛대들 모두 연옥의 고급 레스토랑을 연상시켰다. 나비넥타이를 맨 웨이터 두 명이 한쪽 구석에 서서 말없이 지켜보았는데, 셔츠 천이 어찌나 얇은지 그 아래 탱크톱의 윤곽이 다 드러났다. 또 다른 구석에는 다른 이라크인이 앉아서 피아노곡으로 편곡한 빅밴드 곡을 연주하고 있었다. 낡은 금색 업라이트피아노는 식당을 향해 놓여 있었고, 이리저리 교차하는 내부의 선들은 창문에 걸린 커튼과 똑같은 꽃무늬 커튼으로 일부 가려져 있었다. 그러나 밖은 어두웠고 호텔 창유리에는 촘촘한 아가일 무늬의 방범창이 달려 있었기 때문에 창문이 없는 것이나 다름없었다.

식당 한가운데에서 해외 통신원, 카메라맨, 사진기자, 계약직 직원들이 술을 따르고 시가를 자르며 흥겹게 어울렸다. 대부분 남자였지만 여자도 몇 명 있었고, 어떤 남자가 딱 달라붙는 화이트 진 차림의 여자를 구석으로 몰아넣고 어째서 지금 상황이 베트남과 다르지 않은지 프랑스 억양으로 설명하고 있었다. 저항을 진압하려다가 중립적인 사람들의 분노를 사는 거죠. 우리는 바깥으로 나가 수영장 옆에서 앨러스테어를 발견했다. 그는 촛불을 밝힌 식탁 앞에 앉아서 술병과 재떨이를 딸각거리면서 젊은 미국인 남자에게 무슨 이야기를 하고 있었고, 미국인이 쓰고 있는 유엔난민고등판무관 UNHCR이라고 적힌 모자가 그의 정체를 알려주었다. 두 사람은 시가를 피우고 있었는데 미국인은 앨러스테어만큼 노련하지 않았다. 앨러스테어는 이제 카피예를 벗었으므로 나는 그의 수염은 진짜지만 검은색은 아니었음을 알 수 있었다.

그는 이렇게 말하고 있었다. 1990년대에 유심히 주의를 기울이던 사람이라면— 유고슬라비아, 보스니아, 소말리아에서 뭔가를 배운 사람이라면—지금 상황을 예상했을 거야. 군대를 해산하고, 정부를 위해서 일하던 사람들을 전부 해고하고, 사람들의 직업과 수입과 자부심을 빼앗아놓고 달리 뭘 기대할 수 있겠나? 우리가 불쑥 찾아와서 투표함을 건네줄 때까지 둘러앉아서 주사위 놀이나 하고 있겠어? 군수품이 어디에 숨겨져 있는지 뻔히 아는데, 게다가 그걸 지키는 사람도 없는데, 이들이 우리에게 무기를 겨누는 게 정말 놀라운 일인가?

형광 램프들이 수영장에 비쳐서 한 줄로 늘어선 여러 개의 달처럼 어른거렸다. 수영장 반대편에는 턱걸이대가 설치되어 있었는데, 우리가 이야기를 나누는 동안 인상적일 만큼 근육질인 실루엣이 성큼성큼 다가가서 뛰어올라 잡더니 열정적으로 턱걸이를 하기 시작했다. 남부 억양을 쓰는 고등판무관은 불을 붙이지 않은 쪽도 참을 수 없을 만큼 뜨겁다는 듯이 시가를 양손으로 끊임없이 번갈아 잡으며 말했다.

음, 우리한테 어떤 선택지가 있었죠?

다른 미국인이 말했다. 왜 무슨 일이든 더 빨리하지 않은 거지? 말하자면, 우리가 별로 섬세하지 않은 제안을 했을 때 사담이 반항하는 의미에서 쿠르드족과 시아파를 살해했을 때 말이야. 개입하지 말라는 이해할 수 없는 명령 때문에 우리 군대의 코앞에서 수천 명이 죽었잖아? 군대가 있었는데도 말이야. 슈바르츠코프 정전협정을 확실하게 어긴 행동이었는데. 그때 우리는 왜 아무것도 안 했지?

굉장히 예외주의적인 말이군. 앨러스테어가 말했다.

그래서? 미국인이 말했다. 예외주의가 문제가 되는 건 나쁜 정책을 정당화하기 위해서 쓸 때뿐이야. 무지가 문제야. 자기도취가 문제고. 하지만 운이 좋아서 예외적으로 부유하고, 예외적으로 교육받고, 예외적으로 민주적인 나라에 태어나 예외적인 행동—예외적으로 너그럽고, 현명하고, 인간적인 행동—을 열망하는 것은…….

UNHCR 모자를 쓴 남자가 현명하게 고개를 끄덕이고 연기를 둥그렇게 내뿜자 담배 연기가 타원형으로 늘어지더니 수영장 위에 모여든 옅은 연기에 녹아들었다. 그때로부터 2년도 안 돼서 바로 이 수영장에 자살 폭탄 테러범의 시체 조각이 떠다니게 되지만, 비교적 고요한 이라크의 크리스마스였던 그날 밤에는 사담이 이미 붙잡혔으므로 결국 머지않아 도덕적인 세상이 회복되리라고 기대하지 않기란 불가능했다. 턱걸이하는 남자에게서 시선을 떼지 않은 채 담배에 불을 붙이는 형을 보면서 나는 대화를 듣지 않고 있을지도 모른다고, 또는 듣고 있지만 끼어들 가치가 없다고 여길지도 모른다고 생각했다. 하지만 그때 새미가 운동하는 실루엣을 여전히 지켜보면서 숨을 내쉬고 이렇게 말했다.

서구가 정말로 원하는 것은 그저 중동 때문에 불편함을 겪지 않는 것일 수도 있지 않을까요? 협박당하지 않고, 지나치게 비싼 석유 값을 요구받지도 않고, 화학무기나 핵무기의 위협을 받지 않는 것 말입니다. 그런 문제가 아니라면 덜 신경 쓰지 않을까요?

아닙니다. UNHCR 모자를 쓴 남자가 말했다. 저는 평범한 미국 인이 이라크가 평화롭고 민주적인 나라가 되면 좋겠다고 말할 때 그 말이 진심이라고 생각해요. 자유롭고 세속적인 나라가 되기를 원하는 거죠. 당분간은 불가능할 것을 알지만요.

하지만 우리가 당신들보다 부유해지는 것은 원하지 않겠지요. 당신들보다 막강해지는 것은요. 끝이 없어 보이는 잠재력은 그대로 유지한 채 국제적인 영향력이 더 커지는 것 말입니다.

UNHCR 모자를 쓴 남자는 당황한 것 같았다.

글쎄요. 앨러스테어가 조용히 말했다. 상상하기 힘들군요. 하지 만 흥미로운 발전이겠군요, 지정학적으로 말입니다. 네.

식당 안에서는 기자, 카메라맨, 계약직 직원들이 길쭉한 식탁에 모여 앉아 누군가의 어머니가 메인주에서 페덱스로 보낸 허니 베 이크드 햄을 썰고 있었다. 나는 앨러스테어와 함께 식탁 끝에 앉았 다. 우리에게 고기 두 접시가 전달되었고 앨러스테어가 두 접시를 다 먹었다. 그가 음식을 먹는 동안 나는 마지막으로 만났을 때, 즉 5년 전 런던에서 봤을 때보다 그가 더 생생해 보인다는 사실을 깨 달았다. 몸이 더욱 기운 넘치고 민첩해 보였다. 사상자라는 문제만 빼면 전쟁 지역에서의 삶이 정말로 더 좋다는 듯이 말이다. 나는 전쟁을 비판하면서 동시에 그 에너지에 끌리는 것이 가끔 위선적 으로 느껴지지 않느냐고 물었다. 앨러스테어가 여전히 고기를 씹 으며 고개를 끄덕이고 이렇게 말했다. 그래, 맞아, 매순간 죽음보다 딱 반걸음 앞서서 살아가는 것에는 짜릿한 면이, 심지어는 중독적인 면이 있지. 하지만 무슨 일이 일어나고 있는지 목숨을 걸고 지켜보며 기록할 준비가 된 사람들이 없다면 우리 정부가 우리의 이름을 걸고 무슨 짓을 하는지 나머지 사람들이 어떻게 알겠나? 나는 요즘 가짜 저널리즘의 확산 때문에, 무엇보다도 자극하고 즐기기 위해서 만든 듯한 추측과 편파적인 의제와 선정주의의 불협화음 때문에, 나의 정부가 내 이름을 걸고 무엇을 하고 있는지 그 어느 때보다도 모른다는 느낌이 든다고 지적했다. 앨러스테어가 술을 마시며 어깨를 으쓱하고 동의한다는 듯 고개를 끄덕였다. 그래, 음, 멍청함이 만든 지옥은 항상 존재하지.

앨러스테어가 8년 전 카불에서 있었던 일을 나에게 이야기해준 것도 이날 밤이었다. 그때 그는 동료와 함께 일을 끝내고 짐을 챙기고 있었는데, 아프가니스탄 소년이 달려와서 카메라맨의 가방을 낚아챘다. 앨러스테어는 몇 분 뒤 우연히 지나가는 경찰을 보고 불러 세워서 소년의 생김새를 설명했다. 키 170센티미터 정도에 나이는 열네다섯 살쯤 되어 보이고 하늘색 셔츠에 짙은 초록색 카피예를 두르고 있었다고, 저쪽으로 갔다고 말이다. 몇 분 뒤 경찰이 소년을 데리고 돌아와서 앨러스테어에게 가방을 건넸다. 앨러스테어가 고맙다고 말했고, 소년은 경찰이 시키는 대로 사과했다. 그런 다음 경찰이 권총집에서 권총을 뽑더니 소년의 머리를 쏘았다. 앨러스테어가 말했다. 내가 마음속으로 몇 번이나 그 장면을 되돌려보면서 의도치 않게 끼어든 것을 후회했을지 상상이 가겠지. 폭력이 회사의 광고 수입을 창출하고 내가 바로 그 폭력을 보도한다면 내가 폭력을 영속화하는 세력의 일부가 아니라고 하기 힘들겠지. 맞아, 그래서 나는 밤에 잠을 잘 못 자. 그날 이후 일을 그만둘까 생각했는데 말이야, 그만두면 그건 그것대로 또 미칠 것 같아. 내가 일을 할때, 아드레날린이 솟구칠 때는 관조적이라고 부를 만한 상태는 아니지. 하지만 영국으로 돌아가서 저녁을 먹으러 나가거나 지하철에앉아 있거나 웨이트로즈 슈퍼마켓에서 꼼꼼한 목록을 챙겨 온 다른손님들이랑 같이 카트를 밀면서 돌아다니고 있을 때면 머리가 빙빙돌기 시작해. 자유를 가진 사람들이 그것으로 무엇을 하는지—무엇을 하지 않는지—보면 그것을 바탕으로 그 사람들을 판단하지않기가 힘들지. 가장 평화롭고 민주적인 사회를 믿을 수 없을 만큼깨지기 쉬운 정지 상태라고 생각하게 돼. 제일 작은 분자까지도 평형이 필요한 정지 상태라고, 그래서 아주 조금만 흔들려도, 단 한 사람이라도 자기도취나 자아몰두에 빠져서 그 깨지기 쉬운 상태를 가볍게 생각하면 모든 것이 무너질 수 있다고 말이야. 우리 모두가 그토록 끔찍한 악행을 저지를 수 있는 종의 일원이라고 생각하면서이 세상에 머무는 동안 나는 인류에게 어떤 책임이 있을까, 신이 우리를 상대로 어떤 게임을 하고 있을까 생각하게 되지. 런던 에인절의 집에서 아내와 아들과 함께 『생쥐에게 쿠키를 주면』을 읽는 것보다 바그다드로 돌아오는 것이 더 좋다는 게 무슨 의미인지는 말할 것도 없고 말이야. 내가 평화와 고요함에 당황한다면, 내 안의 생화학적인 무언가가 폭력적인 구경거리와 분쟁을 가까이할 때 느끼는 자극을 갈구한다면, 나는 스펙트럼의 어디에 있는 거지? 다른 상황에서 나는 무슨 짓을 할 수 있을까? 내가 '그들'과 정말로 얼마나 다르지?

신을 믿으시는지 몰랐어요.

안 믿어. 아니, 불가지론자야. 불가지론으로 도망친 사람이지. 만델스탐의 시 중에 이런 게 있어. '괴로워하며 빠르게 지나가는 당신의 형체를 / 엷은 안개 속에서 나는 알아볼 수 없었지 / ─신이시여!─ 내가 실수로 말했네 / 그렇게 말할 생각도 없이.' 대충 이렇게 요약이 되지. 당신은 신을 믿나?

네.

알라?

내가 고개를 끄덕였다.

앨러스테어가 맥주잔을 내렸다.

뭐요?

아무것도 아니야. 난 그냥⋯⋯. 당신은 경제학자잖아. 과학자 말이야. 몰랐네.

방탄조끼를 입은 남자 네 명이 카드를 들고 와서 우리 옆자리에 앉았다. 군대에서 만든 카드로, 수배 중인 바스당원 및 혁명 사령관들 가운데 가장 중요한 52명이 실려 있었다. 게임은 텍사스 홀덤이었고, 테이블에 깔린 첫 번째 공통 카드는 케미컬 알리*였다. 이것

---

* 사담 후세인의 사촌인 알리 하산 알마지드의 별명. 화학무기로 쿠르드족을 공격하여 이러한 별명을 얻었다.

은 미국 병사들이 생포하거나 사살해야 할 수배자들의 이름과 얼굴을 익히게 하려는 의도로 제작, 배포된 카드로, 제2차 세계대전 때 공군 조종사들이 독일과 일본의 전투기 실루엣이 그려진 카드로 진 러미 게임을 한 것에서 아이디어를 가져왔다. 전통적으로 휴식 시간의 오락거리인 카드 게임을 통해서 우리가 겨냥하고 전멸시켜야 할 대상이 누구인지 가르치는 것은 묘한 전략이다. 가르치는 데에는 유리하다고 해도 미국인에게는 전쟁이 게임과 마찬가지라는 자극적인 함의가 오히려 손해는 아닐까 생각하게 된다. 내 옆에서 진행되는 게임에서 사담은 스페이드 A, 그의 아들 쿠사이와 우다이는 각각 클로버 A와 하트 A, 유일한 여성—미국에서 교육을 받은 후다 살리 마디 암마시, 즉 케미컬 샐리—은 하트 5였다. 이 카드 네 장을 포함해서 총 열세 장은 사진 대신 죽음의 신처럼 두건을 쓴 머리가 연상되는 평범한 검은색 타원형만 그려져 있었다. 나와 제일 가까이 앉은 남자가 플러시—얼굴 없는 카드들—를 내려놓을 때 나는 이 카드들이야말로 수배자들을 가장 인간적으로 보게 만든다고 생각했다. 이 카드들에는 얼굴이 없기 때문에 나 역시 아딜 압달라 마디(다이아몬드 2)나 우글라 아비드 사키르 알쿠바이시(클로버 2), 가지 함무드 알우바이디(하트 2), 라시드 탄 카짐(스페이드 2)으로 태어날 수도 있었음을 더욱 잘 보여주었다. 당신의 증조부가 다른 여자를 만났다면. 당신 부모님이 더 늦은 비행기를 탔다면. 당신의 영혼이 다른 대륙에, 다른 반구에, 다른 날 반짝 태어났다면.

한편, 웃으면서 잔을 부딪치고 술에 취해 캐럴을 부르는 소리가 이제 구석 피아노에서 흘러나오는 느리지만 꾸준한 크레셴도와 경쟁하기 시작했다. 나는 고개를 들어 형과 피아노 연주자가 의자에 같이 앉아서 각자 자신이 맡은 절반의 건반을 치면서 입에 문 담배가 흔들릴 정도로 이야기 나누는 모습을 보았다. 음악은 이제 콜 포터나 어빙 벌린의 곡이 아니라 시작도 중간도 끝도 없는 열띤 재즈—마구 몰아치다가 점차 부풀어 오른 다음 다시 가라앉기를 반복하는, 당당하면서도 세상의 종말처럼 불길하게 들리는 열광적인 즉흥 연주—로 바뀌었다. 두 사람의 연주를 듣고 있으니 무성영화의 소동이나 찰리 채플린의 추격전, 역사의 헤드라인이 하나씩 하나씩 벗겨질 때 나오는 음악이 문득문득 떠올랐다. 연주는 늦은 밤까지 멈추지 않았다. 햄을 전부 먹고 기자와 계약직 직원과 사진기자들이 모두 자러 간 뒤에도, 웨이터들이 더러워진 식탁보를 치우고 뒷면에 카무플라주 무늬가 그려진 카드들이 상자로 돌아간 뒤에도, 짙은 푸른빛의 수영장이 유리처럼 잠잠해지고 형이 입에 문 담배의 재가 길어지고 구부러져 떨어진 뒤에도 한참 동안 계속되었다.

나는 일본판《보그》를 내려놓고 감시창 쪽으로 갔다. 유리창 너머로 자판기 안에서 떨어지다가 걸린 주스 병을 어떻게든 꺼내려고 애쓰는 경비원들이 보였다. 내가 유리를 두드리자 두 남자가 바로 몸을 폈고, 내 쪽에 더 가까이 있던 경비원이 문으로 달려왔다.

생각해보니까 뭘 좀 마시고 싶네요. 내가 말했다.

그들이 나에게 물을 가져다주는 사이에 새로운 직원, 처음 보는 직원이 말없이 곁방을 지나 대기실로 들어오더니 흑인 남자에게 다가가 자리에 앉았다. 그가 말을 하는 동안 흑인 남자는 바닥을 뚫어져라 보면서 눈을 비비고 깜빡였다. 나이지리아 라고스에 대한 이야기였다. 아리크항공. 런던 크로이던에 오딜리치 양의 기록이 없음. 나는 물을 들고 몇 미터 떨어진 자리에 다시 앉아서 알파벳 순서에 따라《보그》를 다시 숙독하기 시작했다. 아스르 기도 시간*이거나 이미 지났지만—형광등밖에 없는 대기실에서는 알 수가 없었다—상황이 상황이니만큼 나는 눈에 띄지 않게 꼿꼿이 앉아서 코코로샤와 시폰에 몰두한 채 가만히 있는 것이 제일 좋겠다고 결론을 내렸다.

직원이 나간 다음 몇 분 동안 아무 일도 일어나지 않았다. 그러다가 흑인 남자가 일어나서 남자 화장실로 들어가더니 신음하기 시작했다.

잠시 후 신음은 탁탁 때리는 소리로 바뀌었고 소리가 점차 크고 빨라졌다.

내가 자리에서 일어나 다시 감시창 쪽으로 갔다. 주스 병을 무사히 꺼낸 경비원들이 테이블에 다리를 올리고 앉아서 잡담을 하며 감자칩 봉지를 주고받았다. 그들이 내 존재를 알아차리고 다시 문을 열자 나는 흑인 남자가 화장실에 들어가서 자해를 하는 것 같다고 말했다.

경비원들이 나를 지나쳐 서둘러 들어가더니 남자의 팔을 잡고 끌어냈다. 두 사람은 남자를 끌고 가서 자리에 앉힌 다음 발작적인 몸부림을 제압하려고 그의 양옆에 앉았다. 흑인은 가끔 몸을 격렬하게 흔들며 벗어나려 애썼다. 그러다가 결국 무너져 앉더니 머리를 뒤로 젖히고 손바닥을 천장으로 향했다. 성흔이 나타나기를 기다리는 순교자 같은 자세였다.

경비원들은 이제 어떻게 해야 할지 모르는 듯했다. 나를 믿고 사

* 이슬람교에서 의무적으로 드려야 하는 하루 다섯 번의 기도 중 오후에 드리는 기도.

람을 데려오도록 내보내도 될지 가늠이라도 하는 것처럼 한 명이, 이어 또 한 명이 내 쪽을 흘끔거렸다. 소리가 꺼진 텔레비전에 러시아의 옙파토리야에서 아파트가 폭발했다는 헤드라인이 올라왔다. 마셜제도에서는 비상사태가 선포되었고 스즈키는 금융 위기 때문에 생산 감축을 고려하고 있었다. 나는 타의에 의해 세상에서 한 발 물러나자 이 세상의 문제들이 죄 없는 사람들의 무작위적인 운이 아니라 그들의 멍청함이 빚어낸 결과로 보이기 시작하다니 참 재미있다고 생각했다. 우리는 그 상태로 가만히 있었다. 나는 문 근처에서 에비앙을 홀짝거리면서, 경비원들은 예측 불가능한 나이지리아인을 꽉 잡고서. 그러다가 10시 5분에 이제 거의 엄마처럼 느껴지기 시작한 데니즈가 차가운 카레 치킨 샌드위치를 가지고 돌아왔다. 이제 근무 시간이 끝난 데니즈로부터 내 사건을 넘겨받은 덩컨이라는 빨강 머리와 함께였다.

처음에 술라이마니야는 바그다드와 별로 다르지 않아 보였다. 가장 가까운 공항은 자동차로 열네 시간 거리였고 국경을 적어도 한 번은 넘어야 했다. 중년을 약간 넘긴 남자들이 고개를 숙이고 뒷짐을 진 채 어기적어기적 걸었고, 세 손가락으로 잡은 묵주가 달랑거렸다. 전력은 대부분 뒷마당이나 지붕의 발전기에서 생산되었다. 수돗물은 하루 중 절반만 나왔고, 물이 나오자마자 사람들은 단지 물을 저장하기 위해 지붕에 설치한 거대한 드럼통을 채우기 시작했다. 사실상 모두가 담배를 피웠다. 사실, 비슷한 점은 이 정도뿐일지도 몰랐다.

차이점 중 하나는 언어였다. 우리가 그곳에서 처음 맞이한 아침에 아버지와 나는 환전소를 찾아서 한 블록을 걸었는데, 정말 이상하게도 간판을 보면서 글자를 읽을 수 있고 발음도 할 수 있었지만 무슨 뜻인지 전혀 알 수 없었다. 쿠르드어와 아랍어는 철자를 음성

학적으로 쓰고, 문자가 기본적으로 똑같다. 페르시아어처럼 쿠르드어 문자가 몇 개 더 많지만 말이다. 그래서 우리는 은행이나 환전소를 찾으며 쿠르드어로 은행이나 환전소를 뜻하는 단어가 아랍어 단어와 어원이 같기를 바랐지만, 새미의 쿠르드인 기사가 와서 데려다줄 때까지 결국 찾지 못했다. 은행을 뜻하는 단어는 같지만 환전소를 뜻하는 단어는 다르다. 나는 어떤 어원에서 이 사소한 비대칭성이 비롯되었는지는 모르지만, 몇 세기에 걸친 문화와 사상의 차이를 보여준다고 짐작할 수 있었다.

또 다른 차이점은 치안이었다. 다후크에서 멀지 않은 도로에 갈림길이 하나 있다. 오른쪽으로 가면 얼마 지나지 않아 모술 외곽에 도착하고, 왼쪽으로 가면 쿠르디스탄에 남게 된다. 어느 쪽으로 가느냐에 따라 미국 여권을 내미는 행동이 무척 다른 결과를 낳는다. 우리는 왼쪽으로 갔다. 치러야 할 대가가 없지는 않았다. 자코에서 이라크와 터키 국경을 따라 술라이마니야까지 자동차를 타고 가면 아홉 시간이 걸린다. 만약 길을 꺾어서 모술로 간 다음 키르쿠크로 넘어가면 다섯 시간 정도 걸릴 것이다. 무사히 도착할 수 있다면 말이다. 할머니와 사촌 후세인은 키르쿠크를 통해서 왔는데, 미국 여권과 이라크 여권을 모두 가지고 다니는 후세인이 쿠르드 국경 건너편에서 잘못된 여권을 남에게 들키지 않고 올 수 있을 것인지 상당히 걱정이었다.

내가 이라크에 마지막으로 다녀온 지 1년 만에, 우리는 형과 자라의 약혼식 때문에 쿠르디스탄으로 갔다. 자라는 얼마 전에 바그다드대학을 졸업했는데, 술라이마니야 출신이었기 때문에 그곳 교육 병원에서 일자리를 얻어서 비교적 평화로운 북부에서 가정을 꾸리자고 새미를 설득했다. 이것은 형이 베이리지로 돌아와 4번가의 아일랜드인 의사가 운영하는 안과 근처에 병원을 개원하지 않는 한 부모님을 가장 행복하게 해줄 수 있는 최고의 소식이었고, 나 역시 급격한 안도감을 느꼈다. 11개월 전에 두 명의 자살 공격으로 쿠르디스탄의 두 주요 정당 사무실에서 100명이 넘게 죽고 적어도 비슷한 수의 사람들이 부상을 당했지만, 이러한 폭력 사태마저도 바그다드에서만큼 빈번하고 만연하며 무차별적이지는 않았다. 게다가 술라이마니야에서는 그래도 일이 합리적으로 진행되었다. 물론 서구의 기준에서 보면 그렇지 않았지만 이라크의 나머지 지역과 비교해서 쿠르디스탄이 얼마나 실용적인지 보면 무척 고무적이었다. 새로운 국회를 구성할 선거가 한 달도 남지 않았고, 쿠르드족은 자신들이 중대한 무언가의 일부라고 진심으로 믿는 듯했다. 쿠르드 민주당이 동부의 두 주를 지배했고 쿠르드 애국동맹이 술라이마니야를 지배했지만 사방에서 쿠르드 깃발—이탈리아의 삼색기를 90도로 돌린 다음 가운데 금빛 태양을 넣은 모양—이 휘날렸다. 아주 가끔 이라크 깃발이 보인다 해도 '신은 위대하다'라고 적히지 않은 사담 이전의 깃발이었다. 물론 우리는 신이 위대하다고 믿지요. 새미의 쿠르드족 기사가 내게 말했다. 다만 사담이 마치 신앙의 승리자인 척 깃발에 그런 말을 적는 건 안 된다고 생각합니다.

약혼식 날, 나는 자라의 아버지 하산과 함께 산책에 나섰다. 날씨는 약간 아쉬웠다. 아침마다 비가 오고 온종일 구름이 꼈으며, 깊은 계곡이었기 때문에 해가 너무 빨리 졌다. 그러나 풍경은 놀라웠다. 사방이 산이었고 샌타모니카 산지에서 볼 수 있는 것과 비슷한 관목들로 덮여 있었다. 사실 이라크에 가니 남부 캘리포니아가 생각나서 놀라웠다. 바그다드 주변 지역이 로스앤젤레스 동쪽 사막과 같다면 술라이마니야는 산들이 점점 커지면서 꼭대기에 눈이 쌓이는 샌타클래리타 주변일 것이다.

하산은 60대치고 인상적일 만큼 잘 걸었다. 그의 직업은 교사였는데, 내가 보기에는 아주 잘 맞았다. 그에게 질문을 하면, 예를 들어 여기는 겨울에 항상 흐린가요? 같은 아무리 지루한 질문이라도, 그는 기쁘게 미소를 지으며 말했다. 아아아, 그래요, 아주 좋은 질문입니다. 그 대답 뒤에는 놀라운 이야기가 있죠. 그런 다음 질문과 직접적으로 연관된 이야기로 시작해서 점점 나선으로 퍼져나가며 전혀 지루하지 않고 흥미로운 수많은 일화와 생각으로 이어지는 논설이 45분 동안 계속되었다. 그렇게 해서 우리는 세 시간 동안 고이자를 지그재그로 오르면서 아리스토텔레스, 라마르크, 드뷔시, 조로아스터교, 아부그라이브 교도소, 해나 아렌트, 그리고 탈바스화가 가져올 미지의 돌발 사태에 대해서 논했고, 하산은 더욱 진지한 주제들에 대해서 이야기할 때에도 달관한 듯한 활기를 잃지 않았다. 한번은 내가 시내에 호텔을 새로 짓는다는 이야기를 들었다고, 긍정적인 신호 같다고 말하자 하산이 멈춰 서더니 새 호텔을 100개 지어도 모자랄 것이라고, 쿠르디스탄으로 오는 관광객이 너무 많을 거라고 선언했다. 내가 미심쩍은 눈으로 바라보자 그가 말했다. 아니, 아니에요. 지금을 생각하면 안 돼요. 미래를 생각해야죠. 좀 더 오래 지내다 가시면 좋겠군요. 그러면 이곳의 아주 멋진 산과 계곡들을 보여줄 텐데 말입니다. 두고 봐요. 사방에서 사람들이 몰려들 겁니다.

미래를 생각하라. 하지만 내가 2003년부터 2005년 사이에 이라크에서 총 7주를 보내면서 받은 주된 인상을 말하자면, 미래의 의미가 미국에서와는 아주 다르다는 것이었다. 오랫동안 이라크에서—비교적 운이 좋은 북부에서도—미래란, 결국 그때가 왔을 때 자신이 죽지 않고 살아 있다고 가정하더라도, 훨씬 더 혼란스러운 가능성으로 여겨졌다. 약혼식 날 저녁 식사 자리에서 형은 이제 곧 가족이 될 사람들에게 새해 결심이라는 것을 설명하려고 애썼다. 형이 말했다. 미국에는 새로운 해에 자기 행동의 어떤 면들을 바꾸겠다고 스스로와 약속하는 전통이 있어요. 자라의 가족은 말도 안 된다고 생각했다. 그들이 말했다. 도대체 자기가 뭐라고 미래의 자기 행동을 통제할 수 있다고 생각하는 거지? 형이 대답했다. 음, 자신이 통제할 수 있는 것들을 바꾸는 거죠. 채소를 더 많이 먹겠다고 결심할 수 있잖아요. 아니면 운동을 더 하겠다거나. 매일 밤 자기 전에 책을 조금 읽을 수도 있죠. 그러자 교육 병원의 엑스레이 기사인 자라의 어머니가 대답했다. 하지만 다음 달에 채소를 살 수 있을지 어떻게 알아? 아니면, 내일 당장 통금령이 내려져서 일이 끝나고 체육관에 가거나 공원에서 달리지 못하게 될지 누가 알아? 발전기가 망

가져서 손전등으로 책을 읽어야 하고, 그러다 배터리가 다 되면 촛불을 켜고 읽고, 그러다 초가 다 타면 침대에 누워서 책을 아예 못 읽을 수도 있잖아. 그럼 잘 수밖에 없을 텐데?

이와 반대의 경우를 보자. 다음 날 형과 나는 형이 인터넷 광고에서 본 중고 야마하 피아노를 보러 도시 반대쪽으로 차를 타고 가서 카페에 앉아 아침을 먹었는데, 옆자리에 미국인 기자 두 명과 스코틀랜드인 기자 한 명이 앉아서 운전기사에게 계획을 얘기하고 있었다. 우선 우리는 여기에 가고 싶어요. 11시에는 거길 떠나서 여기로 갈 거고, 1시 반에는 여기로 갈 겁니다. 기사는 눈썹을 찌푸리고 당혹한 표정으로 들었다. 이야기는 한층 더 나아갔다. 아! 미국인 기자가 말했다. 그리고 15일에는 아르빌에서 열리는 회의에 참석하고 싶어요. 운전기사는 상하이까지 차를 몰고 갔다가 화요일까지 돌아와달라는 말이라도 들은 표정이었다. 아르빌은 여기서 아주 멀었고, 15일은 지금과 아주 멀었다. 이라크에서는 너무 먼 훗날에 대해서 이야기하면 보통 이렇게 반응했다. 글쎄, 보자…… 신은 자비로우시니까. 이것은 그래, 좋아, 그때가 되면 얘기하자, 라는 뜻이었다. 하지만 이 미국인 기자에게는 2주 뒤에 아르빌에 가지 못하는 것이 놀라운 일이다. 그때까지 그녀는 15일에 당연히 아르빌에 있을 것처럼 계획을 세울 것이다. 누가 그날 다른 곳에서 회의가 있다고 하면 그녀는 아마 이렇게 말할 것이다. 아, 거긴 못 가. 아르빌에 가거든. 지금으로부터 2주 뒤이고 아르빌은 200킬로미터 떨어져 있지만, 우리의 결연한 미국인은 마음속으로 이미 그때의 그곳에

가 있다. 음, 두고 보자. 신은 자비로우시니까.

　야마하는 반짝거리는 검은색 소형 그랜드피아노로, 술라이마니야에서 30년 동안 산 영국 여성의 소유였는데 그녀는 이제 남편이 죽어서 셰퍼즈부시로 돌아가게 되었다. 그녀는 불만스러운 표정을 한 청년도 두고 가는 것이 분명했는데, 이두근을 보니 그는 우리에게 팔려는 피아노보다 페르시아 양탄자에 빽빽하게 놓인 웨이트리프트 기구에 관심이 더 많은 듯했다. 새미가 뚜껑을 열고 치면서 소리를 확인해봐도 되냐고 묻자 남자는 무관심하게 손짓한 다음 부엌으로 돌아가 마늘을 튀겼다. 놀랄 것도 없이 피아노는 음이 맞지 않았지만, 형은 불협화음에 살 마음이 꺾이기보다는 어렵지 않지만 매혹적인 의학적 수수께끼를 만난 것처럼 흥미를 보였다. 형은 이상하게 들리는 모차르트 곡을 짤막하게 친 다음 한 음씩 차례로 길게 눌러보았다. 각각이 괜찮은 악기의 순수함과 울림을 가지고 있는지 확인하려는 것 같았다. 음이 합쳐질 때에만 삐걱거리고 얽혔다. 한편, 나는 양손을 주머니에 넣고 작은 방을 둘러보면서 계속 아르빌에 대해서 생각했다. 나는 미래에 대해서, 심지어는 과거에 대해서도 생각하지 않고 바로 지금 나에게 일어나는 일만 생각하기로 결심했다. 불행히도 그것은 잠들려 애쓰지만 잠들려 애쓰고 있다는 생각을 멈출 수 없어서 잠들지 못하는 것과 약간 비슷하다. 아랍어가 적힌 체 게바라 포스터를 보니 아르헨티나인 논문 지도 교수와 약속을 다시 잡지 않았다는 생각이 떠올랐다. 커피 잔 자국이 동그랗게 남은 커피 테이블에《하울라티스》신문이 쌓여 있었는데, 그것을 보자 두 달 전에 헤어진, 재활용을 열심히 하던 여자가 떠올랐다. 테이블에는 뚜껑을 딴 와일드타이거 맥주 캔과 캐멀 담뱃갑을 구겨놓은 것처럼 생긴 도자기 재떨이도 있었다. 어쩔 수 없이 나의 은둔 생활과 비교가 되는 쿠르드 독신남의 생활상을 완성시키는 물건이었다. 그러나 거기에 서서 묘하게도 진짜 담뱃갑 같은 재떨이에 마음을 빼앗긴 나는 내가 혼자라는 것에 대해서, 내 논문에 대해서, 가장 마지막으로 신청한 지원금 결과를 언제 알게 될지에 대해서, 부모님과 내가 다음 날 바그다드까지 차를 타고 갈 긴 여정에 대해서 생각하지 않을 수 있었고―심지어 내 생각의 흐름과 그 가치에 대해서도 생각하지 않았다―이 모든 것을 다르게 표현한다면, 아마 행복했다고 말할 수 있을 것이다.

새미가 미화 100달러짜리 지폐를 세는 동안 나는 피아노를 더 잘 보려는 것처럼 바벨을 넘어 다가갔다. 피아노 뒤에 금색 테를 두른 커다란 거울이 걸려 있었는데, 거기에 비친 내 모습은 어김없이 실망스러웠다. 모든 거울이 그렇듯이 그것은 한 사람의 의식에 들어 있는 온갖 세상들 속의 세상들을 놀라울 만큼 담아내지 못했고, 너무나 둔하고 정적인 겉모습만 보여줄 뿐 그 안의 끊임없는 변화무쌍함을 드러내지 못했다. 새로운 환경, 상쾌한 산지 산책, 새해가 밝으면서 생긴 할 수 있다는 느낌에 고무된 나는 술라이마니야에 머무는 동안 아주 오랜만에 삶에 조금 더 익숙해진 느낌, 가능성이 더 많아진 느낌이 들었다. 어쩌면 대학을 졸업하고 매디와 함께 보낸 첫 여름보다도 더욱 그랬다. 나는 술라이마니야에서 일상의 짐을 벗은 데다 고요하고 만족스러워 보이는 형의 모습에 자극을 받아서 내가 어떤 갈림길에 다가가고 있다고, 내 삶을 형의 삶과, 또 이라크의 조상과 그 어느 때보다도 더 가까이 이끌어줄 의미 있는 일탈에 다가가고 있다고 생각했다. 바로 여기 미래가 있었다. 바로 이곳이 내가 지상에서 머무는 동안 가장 중요한 혁명이 일어나는 곳이었고, 주머니 속 또 하나의 여권 덕분에 대담해진 나는 그 혁명을 목격하고 그것이 결실을 맺는 데 한몫하고 싶었다.

내 느낌은 그랬다. 그러나 새미의 새로운 피아노 뒤 거울 속의 나는 그토록 많은 가능성으로 가득한 사람처럼 보이지 않았다. 반대로, 11년이나 입은 청바지에 일주일 동안 깎지 않은 수염, 닳아서 해진 갭의 윈드브레이커를 입은 나는 나중에 읽게 되는 문구―형이상학적인 폐소공포증과 항상 한 사람일 수밖에 없다는 황량한 운명에 대한 내용―의 화신에 더 가까워 보였다. 이것은 아마 우리의 상상만이 해결할 수 있는 문제일 것이다. 하지만 그러고 보면, 상상으로 먹고사는 사람조차 궁극적인 구속에 영원히 묶일 수밖에 없다. 그녀는 자신이 선택한 것을 향해서 자기 마음에 드는 각도로 거울을 들 수 있지만―자기애를 더욱 확실히 배제하기 위해서 스스로의 모습은 프레임에 들어가지 않도록 들 수도 있지만―거울을 들고 있는 것은 항상 그녀라는 사실에서 벗어날 수 없다. 당신의 눈에 거울 속에 비친 당신이 안 보인다고 해서 모두의 눈에 안 보이는 것은 아니다.

이제 형과 과묵한 쿠르드인은 배달 조건에 합의한 후 피아노 의자에 든 물건을 꺼내고 있었다. 나는 낡은 악보 뭉치, 손으로 쓴 음표가 몇 개 그려져 있지만 몇 마디 만에 끝나버린 오선지, 무하마드 살리 딜란의 시집이 나오는 것을 지켜보았다. 또 낡은 로열 오페라 하우스 엽서가 나오자 형이 감탄하며 거울 왼쪽 아래 테에 꽂았고, 『문고판 스티븐 크레인』1977년판도 있었다. 물건을 계속 꺼내는 동안 스티븐 크레인의 책이 나에게 맡겨졌고, 나는 「불행 시험」「사치 시험」「전쟁 일화」를 뒤적이다가 이런 문구를 발견했다. '세상에서 가장 쓸모없는 문학은 어떤 나라의 사람들이 다른 나라의 사람들에 대해서 쓴 것이라고—감히 누가 묻는다면—말할 수 있을 것이다.' 1895년에 멕시코에 대해서 쓴 에세이를 가리키는 말이었지만 상황이 상황이니만큼 이 분노가 개인적이고 예지적인 것처럼 느껴졌고, 나는 돌아가는 차 안에서 형에게 그 구절을 읽으니 앨러스테어가 했던 말, 외국인 기자가 중동에 오래 머물수록 중동에 대해 쓰기 힘들어진다는 말이 떠올랐다고 말했다. 이 말을 처음 들었을 때는 변명처럼, 제대로 된 글을 쓰는 것이 너무 힘들어서 쓰지 못한 것에 대한 알리바이처럼 들렸지만 앨러스테어와 시간을 보낼수록—그리고 중동에서 시간을 보낼수록—더욱 공감하게 되었다고 했다. 어쨌든, 무지와 고압적인 태도보다는 겸허와 침묵이 낫다. 어쩌면 동양과 서양은 정말 영원히 화해하지 못할지도 모른다, 곡선과 점근선처럼 기하학적으로 결코 교차하지 못할 운명일지도 모른다. 형은 별로 큰 인상을 받지 않은 듯했다. 무슨 말인지는 알겠어. 형이 이렇게 말하며 맥도널이라는 패스트푸드점에서 나온 10대 아이들을 위해서 속도를 늦추었다. 하지만 예술가란 어떤 경험들 사이를 마음대로 오갈 수 있는 강력한 기억에 지나지 않는다고 말한 사람도 크레인 아니었나?

　부모님과 내가 바그다드에 도착한 날, 주지사 알리 알하이다리와 경호원 여섯 명이 암살당했다. 나의 낙관주의는 침몰했고, 점점 더 길어지는 북부와 남부의 차이점 목록에 남부가 훨씬 더 정치화되었다는 항목이 추가되었다. 하지만 그럴 만도 했다. 바그다드는 수도였고, 북부의 상황이 훨씬 더 안정적이었으며, 쿠르드족에 관한 한 선거 결과는 필연적 결론이었다. 물론 술라이마니야에서 내가 아는 건 형과 형의 운전기사와 자라와 그녀의 친척들뿐이었지만 바그다드에서 부모님과 나는 수많은 친척들에게 둘러싸여 있었고, 친척들은 항상 무척 정치적이었다. 아직 바그다드에 살고 있는 친척 아주머니 아저씨 여덟 명 중에서 두 명은 그린존*에서 일했고, 자이드 삼촌을 포함한 세 명은 선거에 출마했다. 그러나 정치적인 것은 길거리에서도 쉽게 볼 수 있었는데, 예를 들어 할머니네 길 끝 광고판에는 이렇게 적혀 있었다. 우리 아이들에게 더 나은 나라를 물려주기 위하여. 투표함 사진 위에 이 문구와 모두가 투표해야 하는 날짜가 적혀 있었기 때문에 이 말을 다음 뜻으로 해석하지 않기가 어려웠다. 그래, 우리 세대에게는 실패한 싸움, 절망적이고 끔찍한 혼란일지도 모르지만 처음으로 투표를 하면 우리 아이들이 더

* 각국 대사관과 정부 공관이 밀집한 고도의 보안 지역.

나은 나라를 물려받을지도 몰라. 신은 자비로우시니까.

실제로 내가 바그다드에서 본 사람들은 모두 두려워하고 있었고, 작년보다 훨씬 더 심했다. 그들은 강도를 당하거나, 총에 맞거나, 칼에 찔리거나, 인질로 잡히거나, 폭발로 날아갈까 봐 걱정했다. 밤에는 나가지 않았다. 매일 출근길을 바꾸었다. 어느 날 오후, 자이드 삼촌의 기사는 하이알지하드부터 알자드리야까지 똑같은 자동차가 계속 보인다는 사실을 알아차렸다. 가끔은 우리보다 앞서고, 가끔은 뒤처지고, 가끔은 한두 차로 건너편에 있었지만 항상 근처에 있었다. 기사는 우연일지 모른다고 말하면서도 주요 도로에서 내려서 알바야로 한참 두른 다음 원래의 경로로 돌아갔다. 효과가 있었다. 아니면 괜한 우려였거나, 우리를 쫓는 사람들이 포기했거나, 그날의 정찰은 끝내기로 한 것일지도 몰랐다. 핵심은 바그다드 사람들의 마음속에 항상 이런 생각이 있었고, 작년보다 훨씬 더 심했다는 것이다. 작년—2003년 말과 2004년 초—에 사람들은 어찌할 바 몰랐다. 조심했다. 대화는 이러한 의문들을 중심으로 진행되었다. 이 사람들은 누구지, 왜 갑자기 우리에게 자유를 주고 싶어 하지? 정말로 원하는 게 뭐지? 얼마나 있을 거지? 그러나 2005년 1월이 되자 토론의 중심 질문은 이렇게 바뀌었다. 저 사람들은 왜 저렇게 못됐지? 진작부터 이런 상황을 만들 계획이었나? 정말 저렇게까지 무능할 수가 있을까? 그리고. 과연 헌법이 마음에 들지 않아도 우리가 나라를 직접 꾸려나가게 내버려둘까?

너희는 달에도 갔다 온 사람들 아니냐. 내가 미국인이라는 말을 듣고 삼촌의 친구 중 하나가 말했다. 정말로 원한다면 이 정도는 바로잡을 수 있다는 거 우리도 알아.

하지만 나는 바로잡고 싶었다. 아닌가? 그냥 저절로 바로잡아지기를 원했을까? 일주일 전에—역설적이게도, 바로 일기의 헛됨에 대해 형과 나눈 대화에 자극을 받아서—나는 다시 일기를 써보기로 했다. (맞다, 새해 결심이다.) 그러나 그다음 주에 바그다드에서 일기장을 들고 자리에 앉을 때마다 『적과 흑』의 화자가 작가는 정치적 대화 대신 한 페이지를 점선으로 메우고 넘어가려 했다고 말하는 부분이 떠올랐다. 상상의 작품 속에서 정치는 연주회 도중에 울리는 총소리와 같기 때문이다. 그 소리는 귀가 찢어질 듯 시끄럽지만 어떤 에너지도 전달하지 못한다. 다른 악기 소리와 조화를 이루지 않는다. (책 발행인은 그러면 별로 우아하지 않다고, 이렇게 경박한 내용에 우아함까지 없으면 가망이 없다고 경고한다. 그리고 인물들이 정치 이야기를 하지 않는다면 그것은 1830년의 프랑스가 아니라고, 작가의 책은 그가 주장하는 거울이 될 수 없다고 말한다.) 음, 나 역시 2005년 바그다드에서 나눈 모든 정치적 대화 대신 점선으로 메우고 싶었다. 하지만 그렇게 했다면 몰스킨 노트 한 권 가득 점선밖에 없을 것이다. 어쨌든 가족과 친구들과 나는 상상의 작품 속 인물이 아니었다. 우리는 힘겨운 진짜 삶을 살아가는 진짜 사람들이었고, 그 속에서 정치는 연주회 도중의 총성 같은 것이 아니다. 때로 정치는 연주회 도중에 울리는 진짜 총성이고, 따라서 정치에 대해서 이야기할 때 느끼는 다급함이 더욱 다급해진다. 친척들은 내가 미국 전황보고실에 연줄이라도 있는 것처럼, 이곳 상황에 대해 탄원할 독점적인 수단이라도 갖고 있는 것처럼 바그다드가 예전에 어떤 모습이었는지 설명하며 애원하곤 했다. 1970년대에만 해도 바그다드가 지금의 이스탄불 같았다고 말했다. 관광객과 사업가들로 북적이고, 떠오르는 중동의 번영하는 세계적인 수도였다고 말이다. 이란 사태 이전, 사담 후세인 이전, 제재 조치와 이라크 해방 작전과 지금과 같은 상황 이전에는 그들의 나라 역시 문화의 나라, 교육과 통상과 아름다움의 나라였고, 사람들이 사방에서 그것을 보고 그 일부가 되러 왔다. 그런데 지금은 어떤가? 아마르, 저 문밖의 혼돈이, 광기가 보이니? 밤이면 나는 점선으로는 안 된다는 사실을 마음에 새기면서 할아버지가 정부에서 일하던 시절부터 간직해온 책과 사진과 편지를 열심히 보았는데, 이것들 역시 내가 용기를 내서 밖으로 나갔을 때 보았던 것과 전혀 다른 바그다드를 생생하게 설명했다. 내가 보는 바그다드는 식사를 하거나 시를 읽거나 사랑을 나누는 시간은커녕 단 1분도 정치에 대해서 잊을 수 없는 곳이었다. 거의 아무것도 통하지 않았다. 거의 어떤 것도 아름답지 않았다. 내가 미국에서 가장 불행했던 순간에도 당연했던 질서와 치안이 여기에서는 다른 세상의 불가사의한 사치 같았다. 『이것이 인간인가』에서 두 단어를 빌리자면 아름다움의 부정이었다.

우리가 이라크를 떠나기 하루 전, 오전 중반쯤 내가 아버지, 자이드 삼촌과 함께 삼촌의 손자를 보러 다녀왔더니 손님이 와 있었다. 할머니가 커피를 준비했고 어머니와 자이드 삼촌을 포함한 우리 여섯 명은 앞마당에 앉아서 이야기를 나누었다. 대부분의 대화가 그렇듯 때때로 이야기가 잠시 멈추었는데, 그때마다 손님은 이런 말로 정적을 깨뜨리려 했다. 이것도 결국은 지나갈 거야. 이 말은 틱 증상처럼 우리가 대화를 나누는 동안 여섯 번쯤 반복되었다. 이것도 결국은 지나갈 거야. 이것도 결국은 지나갈 거야. 한 번은 손님이 그 말을 한 다음 고개를 들었다가 내 얼굴에 떠오른 미심쩍은 표정을 보았다.

그가 말했다. 내 말은, 이런 식으로 영원히 계속될 수는 없잖아, 안 그래?

당시 해방된 바그다드에서는 이것이 낙관주의로 여겨졌다. 이렇게 끔찍한 상황이 영원히 계속될 리 없다는 흐릿하고 우울한 생각이 말이다. 사실 나는 그것을 참기 힘들었고, 떠나지 않는 우울함에 죄책감까지 슬며시 더해지면 더욱 그랬다. 부모님과 함께 집으로 돌아가는 비행기에 오를 날을 헤아리는, 습관적으로 앞날을 생각하는 미국인으로서의 죄책감. 모두가 숙명론자인 것은 아니야. 자이드 삼촌이 나를 설득하려 애썼다. 정치 활동을 하는 사람들은 작년보다 더 똑똑하고 더 세련됐어. 작년에는 재작년보다 더 똑똑하고 세련됐었고. 몇십 년이나 기다렸던 기회를 보면서 그것을 이용하려고 열심히, 재빨리 움직이고 있어. 과거의 실수를 마음에 새기면서 앞날을 미리 생각하고 있어. 정적들은 경쟁이 아니라 폭력을 선택했고, 그건 곧 사람들이 투표를 하면 우리가 이긴다는 뜻이야, 헌법을 제정할 거라는 뜻이야. 그러면 누가 가로채지 않는 한 질 수 없는 게임이 되겠지. 중요한 상황이야. 선거가 정말로 자유롭고 공정하게 치러지면 미국인들이 좋아하지 않는 결과가 나올 거다. 하지만 누가 가로채지 않는다 해도 헌법이 제정되고 나면 상황은 더 힘들어질 거야.

내가 납득한 것처럼 보였거나 적어도 설득에 열린 듯 보였던 것이 틀림없다. 어머니와 아버지와 내가 자동차에 가방을 실은 다음 작별 인사를 하려고 진입로로 돌아갔을 때 자이드 삼촌이 나를 한쪽으로 데리고 가서 그린존에서 일해볼 생각이 없냐고 물었으니 말이다. 삼촌의 친구가 새로운 경제 프로젝트와 관련하여 정부와 유엔 사이의 연락책으로 뽑혔는데, 기술적인 면을 잘 따라갈 수 있고 다양한 사람들이 관련된 협상 과정에 조언을 제공할 수 있는 믿을 만한 사람을 원한다고 했다. 나는 삼촌에게 그런 제안을 받으니 기분이 좋다고, 도울 수 있다면 영광이겠다고 말했는데, 거짓말은 아니었다. 하지만 먼저 박사 학위를 끝내는 것이 내 정신 건강에 무척 중요해지고 있었으므로 언제 이라크로 돌아올 수 있을지 잘 모르겠다고도 말했다. 삼촌의 눈에 실망한 기색이 떠오르는 걸 보고 내가 얼른 덧붙였다. 어쨌든 알았어요. 생각해볼게요. 자이드 삼촌이 말했다. 신중하게 생각해보고 최대한 빨리 결론을 알려주렴. 너는 아주 특별한 위치에 있어. 네 도움을 받아서 우리가 조국을 도울 수 있잖니, 아마르. 우리가 암리카의 생각대로 재건되지 않으리라는 것을, 암리카도 우리가 그렇게 되길 바라지 않는다는 것을 너도 잘 알고 있겠지. 그러니 우리에게 돌아오렴. 빨리 돌아와. 삼촌은 마지막 말을 반복하면서 나를 꿈에서 깨우려는 것처럼 어깨를 잡고 부드럽게 흔들었다.

2007년 여름이 되자 수업과 교습이 끝나고 논문만 남았다. 논문은 하루에 한 문단이라는 아주 꾸물거리는 속도로 진행되고 있었다. 나는 로스앤젤레스가 문제라고, 또는 로스앤젤레스에서 생긴 인터넷 중독이 문제라고 결론을 내렸기 때문에 웨스트할리우드의 아파트를 재임대하고 동쪽으로 160킬로미터 떨어진 샌버나디노 포리스트의 빅베어 호숫가 오두막을 여름 동안 빌렸다. 오두막에는 장작 난로, 산이 보이는 경치, 그리고 보통 평면 스크린이 있으리라 예상하는 벽에 앤설 애덤스의 복제화가 걸려 있었다. 내가 이곳에 도착해서 거미 한 마리를 변기에 넣고 물을 내린 다음 제일 처음 한 일은 부엌 식탁을 거실로 옮기는 것이었다. 나는 그 자리에서 교과서와 데이터에 둘러싸여 밤늦게까지 쉽고 능숙하게 논문을 열심히 쓰는 내 모습을 그려보았다. 두 번째로 한 일은 다시 차에 올라 인터넷 카페를 찾으러 나간 것이었다. 진입로를 막 빠져나갔을 때 전화기가 울렸고, 아버지가 자이드 삼촌이 납치되었다고 알려주었다.

그 일은 삼촌 집 바로 앞에서 벌어졌다. 출근 시간에 운전기사가 삼촌을 태우러 와서 뒷좌석 문을 열었을 때 다른 차가 진입로에 서더니 두 남자가 내려서 칼라슈니코프 자동소총을 삼촌의 머리에 겨누었다. 타파달, 암무. 한 명이 자기들 차의 앞좌석 문을 열며 말했다. 어서 타세요, 삼촌.

다음 날 아침, 알리아 숙모는 5만 달러를 요구하는 전화를 받았다.

하지만 카림은 그 절반을 제시했어. 아버지가 말했다.

카림이 누구예요? 내가 물었다.

우리 중개인.

열흘 뒤, 반시아파가 16개월 사이 두 번째로 알아스카리를 폭탄 공격했다. 사마라와 바그다드에 통금령이 내려졌고 시아파는 보복으로 수니파 사원에 불을 질렀다. 자이드 삼촌은 여전히 실종 상태였다. 카림을 처음 고용했을 때 그는 삼촌의 운전기사에게 납치범들이 삼촌을 어디에 태웠는지 물었다. 앞좌석에요. 기사가 말했다. 다행이군요. 카림이 말했다. 앞좌석이면 다행이에요. 인질을 트렁크에 태우면 정치적인 이유로 죽일지도 모르지만, 앞좌석에 태우면 수니파인지 시아파인지 신경 쓰지 않는다는 뜻입니다. 몸값 때문에 납치한 것이고, 돈을 받기 위해서 인질을 돌보지요. 그러니 협상을 합시다. 하지만 시간이 지날수록 납치범들의 연락은 짧고 드물어졌고, 그 뒤에는 빅 야지드라는 사람이 더욱 드물게 연락하여 더 간결한 지시를 내렸다. 그는 원래의 납치범에게서 자이드 삼촌을 너무 비싸게 샀다고 투덜거렸고, 카림의 이론은 더 믿기 어려워졌다. 캘리포니아의 전원에 틀어박힌 나는 전화기를 확인하고 또 확인했고 호수 물이 선창에 평온하게 철썩거리는 소리를 들었지만 논문은 별로 쓰지 못했다. 오후에는 오랫동안 자전거를 타거나 인터넷 카페에서 어슬렁거렸는데, 거기에서 폰스킨에 사는 패러라는 여자를 만나서 몇 번 잤을 때 그녀가 나를 7월 4일 야외 파티에 초대했다. 알고 보니 작은 파티였고, 내가 생각했던 것보다 덜 시끄러운 대학생들의 모임이었다. 해가 지고 호수에서 불꽃놀이가 시작되기를 기다리는 동안 누가 픽셔너리 게임*을 하자고 했다. 나는 패러의 팀이었고 우리 팀에는 여자가 두 명 더 있었다. 여자애들이 테이블 위로 몸을 숙일 때마다 선드레스가 벌어져서 파스텔색 브래지어 레이스가 드러났다. 내가 6년 만에 처음 맥주병의 뚜껑을 땄을 때 누군가가 '올 플레이'를 뽑았다. 모래시계를 뒤집은 다음 다들 몸을 숙이고 소리를 지르며 맞히기 시작했는데, 당연하지만 모래가 떨어질수록 소리는 더 크고 다급해졌다. 사람. 사람들. 손을 잡은 사람들. 춤추는 사람들. 화난 사람. 못된 사람. 편지를 든 못된 사람. 주차권. 성명서. 『나의 투쟁』. 칼 마르크스. 가방. 자루. 돈. 강도. 은행 강도. 강탈. 도적. 부치 캐시디. 〈우리에게 내일은 없다〉. 〈개 같은 날의 오후〉. 강탈. 그건 누가 이미 말했어. 불평 금지! 비슷한 발음……. 속눈썹. 머리카락. 아름답다. 핸섬하다. 핸섬이랑 비슷한 발음! 밴섬, 캔섬, 댄섬, 팬섬, 갠섬…….

어느 순간 패러가 고개를 들고 나를 보며 의미심장하면서도 못마땅한 표정을 지었다. 그런 다음 그녀가 자동차를 그렸다.

그런 다음 막대기 같은 사람 두 명이 손을 잡고 차 옆에 서 있는 그림을 그렸다.

그런 다음 두 사람 중 한 사람과 자동차 앞좌석 사이에 화살표를

---

* 팀을 나눈 다음 카드를 뽑아서 단어를 보고 그림을 그려서 맞히는 게임. '올 플레이'를 뽑은 경우 두 팀 중에서 먼저 맞히는 팀이 이긴다.

그렸다. 그런 다음 트렁크에 엑스표를 그렸다.

아. 내가 말했다. 납치.

패러가 눈을 크게 뜨며 고개를 끄덕였고, 달러 표시가 그려진 구겨진 종이 가방같이 생긴 것을 연필로 쿡쿡 찔렀다. 그녀는 그림을 꽤 잘 그렸다.

몸값! 내 옆의 여자가 외쳤다.

협박 편지! 테이블 반대편에서 누군가가 외쳤다. 그는 우리 팀이 아니었다. 아무튼, 작은 모래시계의 모래가 거의 다 내려왔다. 마지막으로 그림을 돌려보면서 검사를 할 때 규칙에 까다로운 사람 두 명 이상이 기호를 쓰면 안 된다고, 달러 기호도 마찬가지라고 지적했다. 누가 이겼는지 기억이 나지 않는다. 충격적인 일을 겪은 다음 그 직전 순간을 생각할 때 떠오르는 것은 대개 후회스러운 일들, 돌아보면 자신의 옹졸함과 구제할 수 없을 만큼 근시안적인 생각을 드러내는 사소한 일들이다. 다음 날 아버지가 전화를 해서 알리아 숙모가 남편을 풀어주는 조건으로 합의한 4만 달러를 보냈지만 자이드 삼촌의 시체가 포치 아래 비닐봉지 안에서 발견되었다고, 머리에 총알이 박혀 있었다고 알려주었다.

자파리 씨? 이쪽으로 와주시겠습니까?

나는 천천히, 우스만 이맘의 연락처에서 물러나 문 앞으로 가서 덩컨 앞에 섰다.

유감이지만 좋은 소식은 아닙니다. 그가 나에게 감정이입하듯 당근색 눈썹을 찌푸리며 말했다. 오늘은 입국하실 수 없습니다.

나는 기다렸다.

죄송합니다. 당신이 우리에게 밝히지 않은 이유로 여기 온 것이 아니라는 점을 제 상사가 납득하지 못해서요.

이스탄불로 가는 길에 잠깐 경유하는 겁니다!

저희가 그 말을 믿지 않을 근거도 없습니다만. 죄송합니다. 저는 당신이 빠져나갈 만한 구멍을 찾아보려고 애썼습니다. 정말이에요. 하지만 불행히도 입증 책임은 승객에게 있거든요, 승객이 경유 시스템을 이용하거나—

내가 왜—

—위협을 제기하지 않으리라고 말입니다.

내가 입을 닫았다.

죄송합니다. 그가 다시 말했다. 오늘 입국 자격이 안 되는 것뿐입니다. 다음에 입국 자격이 있다는 것을 다른 출입국 관리소 직원에게 납득시키면 그때 다시 검토할 겁니다. 이번에 입국을 거부당했다고 해서 영국에 영영 오실 수 없다는 뜻은 아닙니다.

내일은요?

내일 뭐요?

제가 내일 입국 허가를 받을 가능성이 있습니까?

아니요.

그럼 이제 어떻게 되는 거죠?

음, 항공사와 이야기해봤는데요, 한 시간 뒤에 로스앤젤레스로 돌아가는 비행 편이 있답니다. 좀 촉박하긴 하지만, 수하물 검색을 끝내고 탑승 수속을 바로 하면 그 비행기에 타실 수 있을 겁니다.

여기 그냥 있으면 왜 안 되죠?

덩컨이 선웃음을 지었다.

진심입니다. 내가 말했다. 저는 이라크에 가야 하고, 여기서 일요일 아침에 출발하는 이스탄불행 비행 편을 예약했는데, 그때까지 여기 구류실에 머물면 안 될 이유라도 있습니까? 제가 왜 로스앤젤레스로 돌아가고 싶겠어요?

……물어보겠습니다.

그래주시면 좋겠군요.

여기서 주무셔야 할 텐데요.

괜찮습니다.

그는 다시 한 시간 동안 돌아오지 않았다. 알지 못하는 또 한 시간. 지구 자전의 24분의 1. 내가 뭘 하고 있어야 하는지, 전에 무엇을 했어야 하는지 생각하지 않으려 애쓰는 또 다른 60분. 하산은 4년 전, 그의 딸과 내 형의 약혼식 날 오후에 나와 같이 고이자에 오를 때, 좋았던 옛 시절에 바스당 당원은 시곗바늘처럼 코밑수염 한쪽을 다른 쪽보다 약간 짧게 잘라서 정체를 몰래 드러냈다고 말했다. 특히 8시 20분을 가리키는 시계처럼 왼쪽이 오른쪽보다 약간 더 짧았는데, 지금 맞은편 벽에 걸린 시계가 바로 그 시간을 지나 꾸준히 기어가자 내 심장이 마구 뛰고 추위 때문에 손가락이 파래지기 시작했다. 형은 지금 어디 있을까? 편안할까? 따뜻할까? 먹을 것과 마실 물은 있을까, 시계를 볼 수 있을 만큼 주변이 환할까? 8시 25분. 8시 30분. 소리가 꺼진 텔레비전에서 〈이스트엔더스〉가 끝나고 〈멋진 인생〉이 나오고 있었다. 엘 둔야 마클루바. 크리스마스의 미국은 정말 그렇다. 참, 엘 둔야 마클루바를 쓰는 경우가 또 있다. 불만이나 믿을 수 없음을 나타낼 때이다. 보통 현대적인 발전이 말도 안 된다고 생각할 때 쓴다. 백악관에 흑인이 들어간다는 얘기 들었어? 엘 두냐 마클루바! 세상이 뒤집혔군! 이러한 의미에서 영어의 '세상이 뒤집어졌다'도 비슷한 표현인데, 이 말은 무정부주의적 기원을 가진 노래 적어도 두 곡의 제목이자 마르크스주의 역사학자 크리스토퍼 힐이 영국 혁명의 급진주의에 대해서 쓴 책 제목이기도 하다. 첫 번째 노래는 1643년 영국 신문에 발표된 시로 처음 나왔다고 하는데, 의회가 크리스마스는 엄격하게 종교적인 행사로 치러야 하며 따라서 크리스마스와 관련된 즐거운 전통을 모두 폐지해야 한다고 선언하자 이에 대한 항의의 뜻으로 만들어진 것이었다. 천사들은 희소식을 전했고, 목동들은 기뻐하며 노래했네. / ……왜 우리가 좋은 풍습을 버려야 하는가? / 하지만 만족하세, 시대가 한탄할 것이니, 세상이 뒤집어졌다네. 물론 크리스마스 전통을 지키고 싶은 영국인들의 입장에서 세상을 뒤집은 것은 의회였다. 내 아름다운 사촌 라니아가 보기에는 크리스마스를 축하하는 전통 자체가 뒤집힌 세상이었다.

9시 10분. 9시 15분. 9시 25분. 지구가 동쪽으로 약 1610킬로미터 자전하고, 태양 주변을 약 10만 7000킬로미터 돌고, 은하중심 주변을 약 67만 5000킬로미터 돌고, 우주를 약 360만 킬로미터 도는 시간. 즉, 우리는 시속 약 438만 3610킬로미터의 속도로 우주를 여행하고 있다. 그리고 우리 모두 하늘에 무늬를 그리는 찌르레기 떼처럼 거의 똑같이 움직인다. 천문학적으로 거의 똑같은 곳에 닻을 내리고 있으며, 방위는 특히 북쪽을 집이라고 부르는 인간들이 최근에야 발명한 것이다. 1마일과 한 시간 역시 적도의 북쪽에서 발명되었다. 1마일은 유럽을 행군하면서 밀레 파수움, 즉 1000걸음마다 땅에 막대를 꽂았던 로마 침략자들이 발명했고, 한 시간은 하루 중 태양이 비추는 부분을 열두 개의 구획으로 나눈 고대 이집트인들이 발명했다. 그러나 이슬람의 하루는 해가 질 때 시작한다. 제정 러시아에서 1마일은 7만 4676킬로미터였다. 오스트레일리아 사람들은 액체의 용적을 가장 유명한 도시에 있는 항구의 물의 양으로 측정한다. 분열은 새로운 것이 아니다. 불일치. 용어의 충돌. 반대자는 항상 존재했다. 세상에 혁명이 필요하다고, 피를 좀 흘리는 것이 유일한 방법이라고 생각하는 사람은 항상 존재했다. 역사는 반복된다는 생각의 문제점은, 그렇게 생각하면 새로 배우는 것도 없이 스스로 만족하게 된다는 것이다. 그렇다, 우리는 유고슬라비아, 보스니아, 소말리아에서 뭔가를 배워야 했다. 또 한편, 인간은 죽인다. 인간은 아무리 작다 해도 자기 것이 아닌 것은 빼앗고 자기 것은 지킨다. 인간은 말로 안 되면 폭력을 쓰지만, 말로 안 되는 이유는 카드를 전부 쥔 사람들이 귀를 기울이지 않기 때문일 때도 있다. 그렇다면 착한 사람, 열심히 일하면서 관대하고 온건한 원칙을 지키며 사는 사람이 술라이마니야에서 피아노를 배우러 간 아이를 데리러 오후 5시에 집을 나섰을 때, 미화 10만 달러를 손에 넣을 더 좋은 방법을 생각해내지 못한 사람들이 총을 겨누며 그를 납치한다면, 이것은 누구의 잘못인가?

어젯밤에 앨러스테어가 나에게 경고했다. 비행기에 탑승하려고 줄을 서서 기다리고 있을 때, 이메일을 통해서였다. 이 나라의 모범적인 출입국 관리소 직원이 나를 들여보내도 된다고 생각했더라면 그는 아마 지금 더램에서 나에게 똑같은 경고를 하고 있을 것이다. 네 형보다 너 같은 사람이야말로 그런 놈들이 바라는 최고의 목표일 거야. 자기들이 싫어하는 두 정당과 관련된 정치적인 시아파 집

안 출신에, 게다가 그린존에 연줄이 있고, 게다가 미국에 가족과 모아둔 달러가 있는 미국 시민이라고? 상상이 되나? "겨우 돌 하나로 새를 이렇게 많이 잡다니!"

좋습니다, 자파리 씨. 여기 계셔도 됩니다. 하지만 이제부터 34시간 동안 저희의 책임 대상이 되려면 먼저 의사에게 검진을 받으셔야 합니다.

미국이 다시 미국다워졌군. 오바마가 당선된 날 밤, 내가 혼잣말을 했다. 말실수는 아니었지만 분명 아무 생각 없이 한 말이었다. 만델스탐이 신에 대해서 썼던 말처럼, 그렇게 말할 생각이 없었는데 말이다. 한 달 조금 더 전에, 이드*가 10월 2일이었는데, 바로 그날 밤 조 바이든이 부통령 토론에서 세라 페일린과 언쟁을 벌였다. 그날 밤 페일린은 로널드 레이건의 말을 인용했다. 자유가 소멸되기까지는 한 세대가 채 걸리지 않습니다. 우리는 아이들에게 핏줄을 통해서 자유를 물려주는 것이 아닙니다. 우리는 자유를 위해 싸우고 자유를 지켜서 아이들에게 물려주고, 아이들도 똑같이 하도록 만들어야 합니다. 그렇지 않으면 우리는 인생의 황혼기에 우리 아이들에게, 또는 아이들의 아이들에게 이렇게 말하고 있을 겁니다. 한때, 아주 예전에는 미국의 남자와 여자가 자유로웠단다, 라고 말입니다. 그러나 레이건의 말은 국가 안보에 대한 것이 아니었다. 이

---

* 라마단 금식월의 종료를 축하하는 3일간의 축제.

것은 1961년에 미국의학협회 여성보조단체 앞에서 사회주의화된 의료의 위험에 대해서―즉, 메디케어에 대해서―했던 말이었다.

나는 웨스트할리우드의 아파트에서 홀로 이드 축제를 맞이하여 어머니가 보내준 클라이차*를 먹으며 단식을 끝내고 있었고, 다음 날 아침 지도 교수에게 논문을 제출해야 했기 때문에 43쪽이나 되는 표와 각주를 마저 인쇄하기 위해서 낑낑거리며 잉크 카트리지를 새로 끼우고 있었다. 나는 페일린 주지사가 틀린 정보로 공격을 퍼붓는 소리를 들으면서 정계에 들어가기에는 너무 늦었을까 생각하기 시작했다. 현재 상황이 마음에 들지 않으면 바꾸어라. 눈을 굴리며 앉아만 있으면 아무 소용 없다. 선한 자들이 아무것도 하지 않으면 악이 승리한다, 등등. 그러나 오바마가 선거에서 이기자 나는 갑자기 그 상황이, 또는 앞으로 펼쳐질 상황이 마음에 들었다. 그의 전임자들이 망쳐놓은 것들이 너무 심하거나 수습 불가능하지만 않다면 말이다. 거의 8년 동안 겪어왔던 정치적 우울감이 사라졌고, 심지어 대통령 당선인의 우월한 성품 덕분에 다른 나라들의 환심을 살 수 있을 것이라고까지 상상했다. 혹은, 우리를 싫어하는 사람들은 우리가 누구를 뽑든 신경이나 쓸까? 아니면, 지적이고, 언변이 뛰어나고, 매력적이고, 분별 있고, 앞을 내다볼 줄 알고, 외교적인 사람―아주 부러워할 만한 지도자―을 선출했기 때문에 우리를 더욱 미워할까?

* 대추야자, 견과류 등의 재료를 넣고 다양한 모양으로 굽는 이라크의 쿠키.

지금 나를 검진하는 격의 없는 의사는 유쾌한 사람—친절하고, 유능하고, 세심하게도 나의 범죄에 관심을 보이지 않는 사람—이었지만, 그럼에도 불구하고 필요하지도 않은 검진을 받는 것은 특이한 경험이었다. 나는 무력하다는 괴로움 외에는 신체적 이상이 전혀 없었고, 건강한지 가장 확인하고 싶은 대상은 내가 아니라 이제 두 번이나 사라진 형이었기 때문이다. 랄와니 박사는 인도 억양이 강하지만 완벽한 영어를 구사했고 진료실 벽에 자그마치 네 개나 되는 대학 졸업장이 붙어 있었기 때문에 나는 영국 의사가 법정 휴일인 크리스마스 다음 날 5번 터미널의 창문도 없는 방에서 야간 근무를 하지 않으려면 어느 정도의 성공을 거두어야 하는지 궁금해졌다. 키 175센티미터. 체중 67킬로그램—영국 단위로는 10.5스톤. 평소 몸무게랑 같은가요? 네? 좋습니다. 아아아아 해보세요. 이제 혀를 입천장에 대보세요. 양팔을 올리세요. 자, 양손을 주먹 쥐어보세요. 이제 주먹으로 저를 밀어보세요. 좋습니다. 좋아요. 손가락을 코에 대보시겠어요? 제 손가락에 대보세요. 이제 두 동작을 최대한 빨리 반복해보세요. 방광에 문제가 있습니까? 사정할 때 문제가 있나요? 좋아요. 이제 몸을 구부려보세요. 척추를 천천히 펴면서 일어나보세요. 저쪽으로 걸어가세요. 이제 이쪽으로 돌아오세요. 좋습니다.

피를 약간 뽑을 겁니다. HIV 검사 결과도 알려드릴까요?

글쎄요. 내가 말했다. 그럴 가능성은 극히 적은데요. 하지만 네, 알려주세요.

그가 금속 줄칼을 작은 지휘봉처럼 들었다. 이제 눈을 감고 제가
이걸로 당신 뺨을 건드릴 때마다 지금이라고 말씀하세요.

……지금.

지금.

지금.

지금.

지금.

지금.

지금.

지금.

좋습니다. 자, 눈은 그대로 감으시고, 대답해보세요. 뾰족한가요,
뭉툭한가요?

뾰족합니다.

뭉툭합니다.

뾰족해요.

뭉툭해요.

뾰족해요.

뾰족해요.

뭉툭해요.

뭉툭해요.

뾰족해요.

뭉툭해요.

좋습니다. 자, 눈을 감은 채로 제가 손바닥에 놓는 물건이 뭔지 말씀해보세요.

종이 클립.

열쇠.

연필.

10센트.

그가 웃었다. 5페니였습니다. 함정이죠.

그가 회전의자를 타고 진료실 반대편으로 가서 거울 쟁반에 놓인 검안경을 집어 들고 의자를 굴려 돌아오더니, 내게 입맞춤이라도 할 것처럼 얼굴을 가까이 가져왔다. 그의 피부는 깨끗하고 고무 같은 냄새가 났다. 나는 그의 콧구멍으로 드나드는 숨소리를 들으면서 눈알을 굴려 흰자를 잔뜩 드러냈다.

눈 뒤에서 뛰는 정맥이 보이는군요.

에?

네. 좋습니다.

그의 목록에 적힌 마지막 검사는 복부 전체 엑스레이였고―이물질이 없는지, 내가 이해하기로는 창자에 헤로인을 넣은 풍선이 없는지 확인하는 절차였다―내가 옷을 다시 입을 때 의사가 말했다.

그래서, 무슨 일을 하시죠?

경제학자입니다.

아? 어떤 경제학자요?

글쎄요. 내가 바지 지퍼를 올리며 대답했다. 논문 주제는 위험 회

피였어요. 지금은 구직 중이죠.

랄와니가 상냥하게 고개를 끄덕였다.

그때, 아마 그가 관대한 사람, 두 번 다시 만날 일 없는 지적이고 진보적인 동지라고 느꼈기 때문인지, 내가 덧붙였다.

선거에 출마할까도 생각 중이에요.

순간, 랄와니의 얼굴이 조심스러운 기쁨으로 굳어졌다. 내가 우리 두 사람 모두가 아는, 그러나 그에 대한 우리 각자의 생각은 아직 명확하지 않은 지인에 대해서 말하기라도 한 것 같았다. 솔직히 말하자면 나의 선언에 나 자신도 놀랐다. 그러나 나는 진지했다, 기나긴 구류 시간만큼이나 진지했다. 내 생각이 뚜렷해 보이자 랄와니가 박수를 치며 소리쳤다.

멋지군요! 어디서요?

캘리포니아에서요. 내가 대답했다. 아마 제13선거구일 거예요.

랄와니가 큰 인상을 받아 경의를 표하는 것처럼 고개를 끄덕였고, 내가 운동화 끈을 묶고 다시 일어서자 그가 눈을 가늘게 뜨고 먼 과거를 회상하는 듯한 눈빛을 했다. "저는 앞날은 모릅니다." 그가 약간 극적으로 말했다. "400년, 500년쯤 지나면 어떻게 될지 누가 말할 수 있을까요. 하지만 이것만큼은 확실합니다. 가톨릭 신자가 그 자리를 차지할 수도 있고, 이슬람교도가 그 자리를 차지할 수도 있지요. 안 될 것은 없어 보이는군요." 그런 다음 만족스러운 듯 한쪽 고무장갑을 벗고 손을 내밀었다. 음, 자파리 박사. 제가 보기에는 좋은 생각 같군요. 자파리 의원. 자파리 대통령. 행운을 빕니다. 어쩌면 당신이 형을 만나고 돌아오면 우리를 이 혼돈에서 꺼내줄 수 있을지도 모르겠군요.

나는 대기실로 돌아가면서 어쩐지 짐을 벗은 기분, 더 가벼워지고 심지어는 기운이 솟는 느낌이 들었다. 신체의 건강을 확인하는 과정에 그 신체를 벗어서 진료실 바닥에 두고 온 것 같았다. 새미의 눈 뒤쪽 정맥은 아직 뛰고 있을까? 정맥이 아직 그의 눈 뒤에 있을까? 3년 전 여름, 어머니가 알츠하이머를 진단받은 직후에 아버지가 《시애틀 타임스》기사 링크를 이메일로 보내왔다. 바그다드와 바쿠바 사이 도로에서 얼굴에 총을 맞은 두 살짜리 무함메드라는 아이에 대한 기사였다. 무함메드는 가족들과 함께 친척 집에 갔다가 집으로 돌아오는 중이었는데 무장한 사람 몇 명이 SUV를 세우더니 무기도 없이 차에 타고 있던 사람 다섯 명 중 네 명에게 AK-47 소총을 겨누었다. 무함메드의 삼촌은 살해당했고 어머니는 큰 부상을 입었다. 네 살짜리 누나만 무사했다. 무함메드에게 발사된 총알은 오른쪽 눈을 망가뜨리고 왼쪽 눈을 스쳤다. 아이는 이라크에서, 그다음에는 이란에서 몇 달 동안 입원 생활을 하다가 인도주의 단체의 도움을 받아 각막이식으로 시력을 되찾기 위해서 시애틀 의료센터로 이송되었다. 우울한 이야기를 전해서 미안하구나. 아버지는 지난 달 내내 우리가 주고받은 모든 연락이 우울하지 않았던 것처럼 이렇게 썼다. 하지만 이 아이의 사망한 삼촌이 지난 1월에 할머니 댁으로 우리를 만나러 온 사람이라고, 앞마당에 앉아서 이것도 결국은 지나갈 거라고 여러 번 말했던 사람이라고 알려줘야 할 것 같았다.

그 사람의 말이 옳았던 것 같다.

이제 자정이 다 되었지만 머리 위에서 대기실 형광등이 구역질 나는 극지방의 태양처럼 웅웅거리며 색깔 없는 빛을 계속 비추었다. 그리고 너무 추웠다, 창문도 없는 방치고는 놀라울 만큼 추웠다. 나는 정전기 때문에 자꾸 달라붙는 얇은 담요와 일회용 거즈로 감싼 작은 베개를 받았는데, 둘 다 침대의 온기나 편안함을 흉내 내지 못했다. 참, 나는 더 이상 혼자가 아니었다. 내 발치 근처에서 절뚝거리는 여자가 바닥을 쓸며 지나갔고, 20대 후반쯤 되어 보이는 금발 여자가 대기실 안쪽에 앉아서 조용히 울고 있었다. 그녀는 꽤 여러 시간 전에 흑인 남자가 앉았던 자리에 다리를 꼬고 앉아서 외투를 개어 무릎에 올려놓았고, 옆자리에는 내 것과 똑같은 베개와 담요가 가지런히 놓여 있었다. 그녀가 숨을 내쉬거나 코를 풀 때마다 외투에 달린 모자의 검은 모피가 물결쳤다. 내 외투는 여행 가방에, 등산화와 장난감 주판 사이에 돌돌 말려 들어가 있었다. 나는 23시간 전에 지금과 무척 다른 내일을 예상하며 로스앤젤레스에서 출발할 때 입었던 가벼운 파카만 걸치고 있었다. 웨스트할리우드의 기온은 13도였다. 봄 날씨 같다고 할 수는 없었지만 논문 지도 교수와 마지막 상담을 끝내고 집으로 돌아오는 길에 내가 사는 거리 끝 카페 야외석에 앉아서 달걀 요리를 주문해야겠다고 생각할 정도로 따뜻했다. 나는 지금도 읽고 있지 않은 바로 그 포스트 케인스 가격 이론에 대한 책을 가지고 있었고, 브런치를 주문하고 탑승 수속을 마친 다음 책을 펴고 겨우 집중하려는데 5달러짜리 갓 짠 블러드오렌지 주스가 나와서 단번에 마셨다. 주스는 과육이 많고 달콤했고, 그것을 마시고 나니 책에 적힌 단어들이 더 빽빽하고 멀어 보였다. 하늘 높이에서 오후의 달이 태양 빛을 반사하고 있었다. 그때 전화기가 삑 울리더니 화면에 **부모님**이라는 글자가 떴고, 다시 삑 울리더니 매디가 메리크리스마스, 인샬라, 라고 메시지를 보냈다. 그런 다음 전화기가 세 번째로 울렸을 때 팔꿈치 옆에 빵 한 바구니와 잼이 놓였고, 나는 아버지가 30분 전 자라에게서 받은 소식을 전해 들은 다음 나이프를 내려놓고 베벌리 대로에서 서쪽으로 줄지어 가는 자동차들을 보았다. 대부분 SUV였고 가끔 낡은 해치백이나 세단도 있었다. 길쭉한 흰색 리무진과 상어처럼 칠한 밴, 그리고 미국 국기를 느긋하게 펄럭이는 번쩍이는 빨간 소방차도 있었다. 아버지가 울면서 한 말에 따르면 그들은 10만 달러를 요구했다. 하산 측은 7만 5000달러를 제시했다. 차들은 내 맞은편 열린 창문에 비친 자기 모습을 향해 다가왔기 때문에 스스로를 향해서, 동쪽과 서쪽으로 동시에 달리는 듯했다. 보닛과 바퀴와 앞 유리는 반물질이 되어 사라지고 깃발은 자기 자신을 먹어치웠다.

III

에즈라 블레이저의
무인도에
가져갈 음반

2011년 2월 14일
런던 BBC 방송국에서 녹음

진행자 : 이번 주 표류자는 작가입니다. 펜실베이니아 이스트피츠버그 스퀴럴힐 출신의 똑똑한 소년은 앨러게니대학을 졸업하자마자 《플레이보이》《뉴요커》《파리 리뷰》에 글을 발표했습니다. 전후 미국 노동계급에 대한 단편들을 통해서 아주 솔직하고 인습에 얽매이지 않는 뛰어난 작가로 명성을 얻었지요. 스물아홉 살에는 첫 장편소설 『나인 마일 런』을 발표해서 세 번의 전미도서상 중 첫 번째 상을 받았습니다. 그 이후 스무 권의 소설을 발표했고, 펜/포크너상, 미국예술문학아카데미의 소설 부문 금메달, 두 번의 퓰리처상, 국립예술메달 등 수많은 상을 받았고, 지난 12월에는 — "넘치는 창의력과 절묘한 복화술의 힘으로 아이러니와 연민을 통해 현대 미국인의 삶이 가진 놀라운 이질성을 증명함으로써" — 문학계에서 모두가 가장 탐내는 영광을 얻었습니다. 바로 노벨문학상이죠. 미국뿐 아니라 이곳 영국과 해외에서도 널리 존경받는 그의 작품은

서른 개 이상의 언어로 번역되었습니다. 하지만 현실의 그는 은둔자이며, 그의 표현에 따르자면 맨해튼 문학계의 "치명적인 허황함과 광란"보다 롱아일랜드 동쪽 끝의 오래된 별장에서 누리는 신성함을 더욱 선호합니다. "글쓰기는 대담하게, 일상은 보수적으로." 바로 에즈라 블레이저입니다.

이 질문부터 시작할까요, 에즈라 블레이저 씨? 인습에 얽매이지 않는 당신 소설의 주인공들은 순전히 기발한 상상의 산물인가요?

에즈라 블레이저 : [웃음] 제 상상력이 그 정도로 기발해야 그렇겠지요. 아뇨. 분명 아닙니다. 하지만 자전적이라거나 '사실'과 '허구'를 구분하려는 무의미한 시도에 갇혀 있다는 말도 마찬가지로 틀린 말일 겁니다. 애초에 소설가가 그러한 구분을 내팽개치는 데에는 타당한 이유가 있으니까요.

진행자 : 그 타당한 이유가 뭐죠?

에즈라 블레이저 : 어쨌거나 우리의 기억이 상상력보다 더 믿을 만한 것은 아닙니다. 하지만 불가항력적으로 소설에서 뭐가 '진짜'이고 뭐가 '상상'인지 생각하게 된다는 것은 저도 인정합니다. 이어 붙인 자국이 없는지 살피고, 어떻게 만들어냈는지 알아내려 애쓰게 되지요. 스스로도 항상 따르지는 않는 충고를 뿌리는 습관은 아주 오래된 겁니다. "상형문자를 쓸 때는 대담하게, 수렵채집은 보수적으로"라는 거죠.

진행자 : 평론가들이 당신에게 항상 친절하지는 않았습니다. 신경 쓰이나요?

에즈라 블레이저 : 저는 제 작품에 대한 글을 접하지 않으려고 최대한 노력합니다. 평론을 읽어서 저한테 좋을 게 없어요, 제 작품을 찬양하든 부정하든 마찬가지죠. 저는 제 작품을 누구보다도 잘 압니다. 결점을 알아요. 제가 뭘 못하는지 알죠. 이제는 뭘 할 수 있는지도 확실히 알고요. 처음에는 저에 대한 글을 발견하는 족족 읽었습니다. 하지만 제가 거기서 뭘 얻었겠어요? 물론 지성이 넘치는 사람들도 내 글에 대해서 쓰지만, 저는 그 사람들이 저 말고 다른 작가에 대해서 쓴 글을 읽는 게 좋습니다. 칭찬이 자신감에 도움이 될지도 모르지만, 자신감은 칭찬 없이도 살 수 있어야 해요. 최근작에 대한 서평을 읽는다고 해서 미칠 듯이 괴로워하며 다음 책을 쓰는 18개월에 도움이 되지는 않습니다. 서평은 독자를 위한 거죠, 작가가 아니라.

진행자 : 어린 시절에 대해서 이야기해주시죠.

에즈라 블레이저 : 다들 제 어린 시절 이야기는 충분히 들었을 것 같은데요.

진행자 : 당신은 세 아이 중 막내로 태어나서─

에즈라 블레이저 : 아니, 정말로요. 차라리 음악이 제 인생에 어떻게 들어왔는지 이야기하고 싶군요. 저는 자라면서 고전음악을 한 번도 듣지 못했습니다. 사실 고전음악에 대해서 무지한 소년 특유의 경멸 같은 것을 품고 있었죠. 고전음악은 다 가짜라고, 오페라는 특히 그렇다고 생각했습니다. 하지만 아버지는 오페라 감상을 좋아하셨어요. 이상한 일이죠, 많이 배우지도 못했는데─

진행자 : 철강 노동자셨지요.

에즈라 블레이저 : 에지워터 철강의 회계사였습니다. 하지만 주말에는 라디오로 오페라를 들으셨는데, 아마 토요일 오후에 오페라 프로그램이 있었을 거예요……. 아나운서 이름이 밀턴 크로스였습니다. 그의 목소리는 낮고 감미로웠고, 메트로폴리탄 오페라하우스에서 오페라를 방송했는데, 아버지는 소파에 앉아서 여기저기 접어서 표시한 『오페라 100선』을 들고 〈라 트라비아타〉나 〈장미의 기사〉를 라디오로 듣곤 하셨죠. 그리고, 글쎄요, 저는 좀 이상하다고 생각했습니다. 우리 집에는 전축도 책도 없었기 때문에 라디오가 오락의 중심이었는데, 토요일 오후에는 아버지가 몇 시간씩 독차지했지요.

진행자 : 아버지에게 음악적 소질이 있었습니까?

에즈라 블레이저 : 가끔 샤워를 하면서 노래를 부르셨죠. 아리아를, 아리아의 짧은 단락을 부르셨는데, 그러면 어머니가 부엌에서 나와 꿈결 같은 미소를 지으며 말했어요. "네 아버지는 목소리가 참 아름다워." 제 주인공들과 달리 저는 행복한 가정 출신입니다.

진행자 : 정말로 아버지의 목소리가 아름다웠나요?

에즈라 블레이저 : 나쁘진 않았어요. 하지만 저는 대중음악에 사로잡혔죠. 전쟁이 발발했던 1941년에 저는 여덟 살이었고, 전쟁 당시의 노래를 전부 들었지요. 그런 다음 청소년이 되었을 때는 전부 낭만적인 노래들이었는데—

진행자 : 예를 들면요?

에즈라 블레이저 : [잠시 침묵 뒤 노래] "작은 카페를요, 맘젤. 우리 만남을요, 맘젤. 라다다다다다다ー." 아니면, "글로카 모라는 어떤가요?". 제가 이 노래를 기억하는 건, 형이 입대하기 직전에 유행했기 때문이에요. 우리는 저녁 식사 시간에 항상 라디오를 들었는데 〈글로카 모라는 어떤가요?〉가 나올 때마다 형이 꽤 괜찮은 아일랜드 억양으로 따라 불렀지요. 형이 복무하러 떠난 다음 어머니는 이 노래가 나올 때마다 우셨습니다. 어머니가 울기 시작하면 제가 일어나서 말했어요. 이리 와요, 엄마, 우리 춤춰요.

진행자 : 몇 살이셨지요?

에즈라 블레이저 : 1947년에요? 열셋, 열넷이었죠. 이게 제 첫 음반입니다. 〈글로카 모라는 어떤가요?〉 엘라 로건이 부른 버전으로요, 아일랜드의 에설 머먼이죠.

진행자 : 실제로는 스코틀랜드 사람이지만요.

에즈라 블레이저 : 정말요? 다들 알아요?

진행자 : 그런 것 같군요.

에즈라 블레이저 : 엘라 로건이 스코틀랜드인이라고요?

진행자 : 그렇습니다.

* * *

진행자 : 뮤지컬 〈피니언의 무지개〉 중에서 〈글로카 모라는 어떤가요?〉를 엘라 로건의 노래로 들려드렸습니다. 에즈라 블레이저 씨,

춤 상대가 어머니만은 아니었겠지요? 연애의 첫 시작은 어땠나요?

에즈라 블레이저 : 글쎄요, 말씀하신 것처럼 저는 곧 여자애들과 춤을 추기 시작했습니다. 프롬에서. 파티에서. 한 친구한테 파티에 딱 맞는 완벽한 지하실이 있었어요. 다른 친구들은 돈도 별로 없고 아파트에서 살았지만 이 친구의 부모님에게는 커다란 주택과 완벽한 지하실이 있었기 때문에 거기서 파티를 했죠. 그런 파티에서 우리는 빌리 엑스타인에게 열광했습니다. 목소리가 낮은 바리톤이었고, 우리는 그 흑인 특유의 목소리에 매료되었지요. 재즈 가수는 아니었지만 재즈풍의 노래를 몇 곡 부르긴 했어요. [노래] "나는 아이티에 모자를 두고 왔다네! 어느 잊혀진─." 하지만, 아닙니다. 제가 원하는 곡은 이게 아니에요. 우리가 제일 좋아했던 건 여자애들과 아주 천천히 춤을 출 수 있는 곡, 최대한 꽉 끌어안을 수 있는 곡들이었죠. 그게 그 지하실 댄스 플로어에서 우리가 할 수 있는, 섹스에 최대한 가까운 것이었으니까요. 여자애들은 처녀였고, 대학을 졸업할 때까지도 처녀였죠. 하지만 댄스 플로어에서는 여자 친구에게 사타구니를 밀착할 수 있는데, 만약 상대방도 당신을 사랑하면 같이 밀착했고 당신을 못 믿으면 엉덩이를 멀리 빼고 춤을 췄죠.

진행자 : 온 가족이 함께 듣는 프로그램인데요.

에즈라 블레이저 : 실례했군요. 궁디를 뒤로 뺐습니다.

진행자 : 그리고 엑스타인은요?

에즈라 블레이저 : 엑스타인은 '원버튼 롤'이라는 정장을 입었어요. 좁은 옷깃이 길고 허리 밑에서 단추 하나로 잠그는 옷이죠. 넥타

이는 넓은 윈저 매듭으로 맸고, 셔츠 칼라는 크고 동그랗게 말려 있었어요, '빌리 엑스타인 칼라'라고 하죠. 저는 수요일 밤과 토요일에 옷에 자수를 놓거나 문구류에 이름을 새겨주는 가게에서 일했는데, 직원 할인가로 펄 그레이의 원버튼 롤 정장을 살 만큼 돈을 모았지요. 첫 정장이었습니다. 빌리 엑스타인이 피츠버그의 크로퍼드 그릴에서 노래를 부를 때 친구와 저는 정장을 입고 몰래 들어갔는데, 아아, 살아 있다는 것은 지극한 행복이지만 젊다는 것은 정말 천국이었지요!

진행자 : 두 번째 음반은요?

에즈라 블레이저 : 〈섬하우〉.

* * *

진행자 : 빌리 엑스타인이 부른 〈섬하우〉였습니다. 에즈라 블레이저 씨, 당신은 앨러게니대학을 졸업한 뒤 입대했습니다. 어땠나요?

에즈라 블레이저 : 저는 2년 동안 군복무를 했습니다. 한국전쟁에 징집되었는데 다행히도 한국이 아니라 독일로 보내졌지요, 제3차 세계대전에 대비하는 미국인 약 25만 명과 함께요. 저는 MP, 즉 헌병대였습니다. 마인츠의 리 부대에 주둔했죠. 이제 나이와 질병 때문에 지금 보시는 것처럼 쪼그라들었지만, 그전에는 키 188센티미터에 몸무게가 90킬로그램이었습니다. 권총과 곤봉을 찬 커다란

근육질 헌병이었어요. 헌병으로서 제 전문 분야는 교통 통제였습니다. 제3차 세계대전은 없었지만 차들은 많았죠. 제가 헌병대에서 배운 교통 통제의 핵심은 차들이 당신 엉덩이 옆으로 흘러가도록 하는 겁니다. 보실래요?

진행자 : 춤추는 것 같겠군요.

에즈라 블레이저 : 춤추는 것 같죠, 맞아요! 그 이야기 압니까?

진행자 : 모를 것 같은데요.

에즈라 블레이저 : 랍비가 되려고 공부 중이던 청년이 결혼을 앞두고 수염이 바닥에 닿는 나이 많고 현명한 랍비를 찾아가서 말했습니다. "랍비여, 저는 무엇이 허용되고 무엇이 안 되는지 알고 싶습니다. 금지된 일은 하고 싶지 않아요." 그가 늙은 랍비에게 물었죠. "우리가 같이 침대에 들어서 제가 그녀 위로 올라가 성교를 하는 건 괜찮습니까?" "괜찮네! 괜찮고말고." 랍비가 말했죠. "그녀가 배를 대고 엎드린 상태로 성교를 하는 건 괜찮습니까? 제가 위로 올라가서요?" "괜찮네! 괜찮고말고. 완벽해." 랍비가 말했습니다. "저희가 침대 가장자리에 앉고 그녀가 제 위로 올라와 마주 보면서 하는 건요?" "괜찮네! 괜찮고말고." "선 자세로 마주 보면서 하면요?" "안 돼!" 랍비가 외쳤습니다. "절대 안 되지! 그건 꼭 **춤추는 것** 같잖나!"

진행자 : 다음 음반은요.

에즈라 블레이저 : 음, 젊을 때 군대에 가면 당신의 스승이 되는 사람, 당신이 모르는 세상을 아는 사람을 만나게 되는 경우가 많습니

다. 저는 독일에서 예일대학을 졸업한 사람과 같이 지냈는데, 밤이면—그는 막사에 전축을 가지고 있었죠—그 사람이 드보르자크를 틀었어요. 드보르자크라니! 저는 그 이름의 철자는 고사하고 어떻게 읽는지도 몰랐는데 말입니다. 저는 고전음악에 무지했어요. 무지했고 적대적이었죠, 유치한 아이처럼요. 글쎄, 어느 날 밤에 그가 튼 음악을 듣고 저는 정말 깜짝 놀랐습니다. 당연히 첼로 협주곡이었죠. 카살스였을 겁니다. 나중에 재클린 듀 프레가 연주하는 곡도 들었는데, 물론 아주 훌륭했지만, 제가 처음 들은 건 카살스였으니 그걸로 하죠. 제가 좋았던 것은 그 짜릿함, 정맥에 전류가 흐르는 듯한 그 극적인 효과였지요…….

***

진행자 : 파블로 카살스와 조지 셀이 지휘하는 체코 필하모닉 오케스트라의 드보르자크 첼로 협주곡 B단조였습니다. 에즈라 블레이저 씨, 독일에서 군인으로 지내는 건 어땠나요?

에즈라 블레이저 : 음, 저로서는 썩 즐겁진 않았습니다. 교통 통제는 좋았어요. 제복을 입는 것도, 터프가이 헌병 역할도 좋았죠. 하지만 그때는 1954년이었습니다. 전쟁이 끝난 지 9년밖에 안 됐어요. 그리고 전쟁이 끝나고 몇 년이 지나서야 나치가 유럽 유대인들을 완전히 말살했다는 사실이 그 끔찍함과 함께 드러났지요. 그래서 저는 독일인을 좋아하지 않았습니다. 견딜 수가 없었어요. 그들

이 독일어로 말하는 게 너무 듣기 싫었지요. 그 언어라니! 그런데 그때, 아아, 웬걸, 어떤 여자를 만났지 뭡니까. 금발에 푸른 눈, 굵고 예쁜 턱선을 가진 순수 아리아 혈통의 독일 여자였지요. 대학생이었는데, 시내에서 책을 들고 가는 그녀를 보고 제가 뭘 읽느냐고 물었습니다. 그녀는 사랑스러웠고, 영어를 좀 했어요. 잘하지는 않았지만 영어를 말하는 방식이 매력적이다 싶었지요. 그녀의 아버지는 전쟁에 참전했었는데, 저에게 그 부분은 별로 매력적이지 않았습니다. 제가 나치의 딸과 사랑에 빠졌다고 했을 때 우리 가족이 어떻게 생각할까 상상하면 부끄러웠어요. 그래서 아주 곤란한 연애였고, 저는 그 이야기로 첫 책을 쓰려고 했었습니다. 물론 쓰지 못했지요. 하지만 네, 처음으로 쓰고 싶었던 책은 전쟁이 끝난 지 9년밖에 안 됐을 때 군인인 제가 독일인 여자와 사랑에 빠진 이야기였습니다. 저는 그 여자를 데리러 가지도 못했어요, 그 가족을 만나고 싶지 않았으니까요. 그 여자에게는 이 문제가 결정적이었죠. 우리는 한 번도 싸우지 않았지만 그녀는 울었습니다. 저도 울었어요. 우리는 젊었고, 사랑했고, 울었습니다. 삶이 날린 최초의 강편치였죠. 그녀의 이름은 카타였습니다. 어떻게 됐는지, 지금 어디 있는지는 몰라요. 독일 어딘가에서 제 책을 읽을지도 모르겠군요.

진행자 : 그리고 쓰려고 했던 첫 책은요? 어디 갔죠? 어딘가 서랍에 들어 있나요?

에즈라 블레이저 : 없어졌어요. 오래전에 없어졌죠. 분노로 가득한, 끔찍한 내용을 50장쯤 썼습니다. 저는 스물한 살이었고 상대방

은 열아홉 살이었어요. 사랑스러운 여자였죠. 그게 답니다.

진행자 : 네 번째 음반은요.

에즈라 블레이저 : 음, 군복무가 끝났을 때 유럽을 더 둘러보고 싶어서 그곳에서 전역을 했습니다. 커다란 더플백, 군용 더플백을 메고, 군복 외투를 입고, 제대할 때 받은 돈 300달러 정도를 들고 있었죠. 기차를 타고 파리로 가서 6구의 작고 허름한 호텔로 들어갔습니다. 화장실을 쓰려면 한밤중에 일어나야 하고 복도로 나가면 전등을 찾을 수가 없는, 더듬더듬 스위치를 찾아서 켠 다음 여섯 걸음만 가면 불이 다시 꺼지는 그런 호텔이었죠. 화장실에 겨우 도착하면 더 큰 문제가 기다리고 있죠, 전후 시절의 화장지는─가족 프로그램에서 화장지 얘기를 해도 됩니까?

진행자 : 괜찮아요.

에즈라 블레이저 : 화장지가 손톱 다듬는 줄 같았어요. 사포도 아니에요, 줄칼이지.

진행자 : 그래서 당신은 파리에 1년 동안 살았고─

에즈라 블레이저 : 1년 반입니다.

진행자 : ─전역 후에 말이지요.

에즈라 블레이저 : 네. 저는 오데온역 근처에 살면서 카페 오데온에 자주 갔고, 물론 어떤 여자를 만났지요. 준비에브. 준비에브에게는 작고 털털거리는 검정 오토바이가 있었는데─그때 파리는 오토바이 천지였어요─밤이면 그걸 타고 오데온으로 날 만나러 오곤 했습니다. 어쨌든 이 여자는 별로……. 음, 물론 그녀는 예뻤지만,

말하자면 밤거리의 여자였어요. 하지만 제 군대 동기처럼 음악을 좋아했고, 저에게 포레의 실내악을 가르쳐주었습니다. 바로 그때 첼로의 아름다움도 배웠지요. 그래서 저는 『러닝 개그』에서 마리나 마콥스키가 첼로를 연주하게 만들었어요. 몇 달 동안 저는 첼로만 듣고 싶었습니다. 그 소리에 전율했지요. 포레의 작품 중에 아름다운 피아노 악구도 있지만 중요한 건 첼로였어요, 그 놀라운 [첼로처럼 낮게 으르렁거린다]—첼로만이 낼 수 있는 아주 깊은 소리 말입니다. 거기 사로잡혔습니다. 경쾌하기도 하고 신선하기도 하고, 정말 멋지지요. 그런 음악은 처음 들어봤어요—〈맘젤〉에서 아주 멀리 왔죠, 그때야말로 '맘젤'의 도시에 있었지만요. 모든 것들이 어떻게 다가오는지, 정말 말도 안 됩니다. 모든 게 사고예요. 삶은 하나의 커다란 사고죠. 아, 그런데 이 여자를 독일 여자처럼 사랑하지는 않았습니다. 어쩌면 그 수많은 슈투름 운트 드랑*이 없어서 그랬겠지요.

***

진행자 : 가브리엘 포레의 첼로 소나타 1번 D단조, 토머스 이글로이의 연주로 들려드렸고요, 피아노는 클리퍼드 벤슨이었습니다. 말씀해주시죠, 에즈라 블레이저 씨, 그 즈음 《파리 리뷰》가 창간되지 않았나요?

* sturm und drang, 독일어로 '질풍노도'라는 뜻.

에즈라 블레이저 : 아, 맞습니다. 그 사람들은 1953년, 1954년에 파리로 왔던 것 같군요. 그러니까 1~2년 뒤에요. 물론 저는 다들 알았습니다. 조지, 피터, 톰. 블레어. 빌. 독. 대단한 사람들이죠. 매력적이고, 모험심 넘치고, 문학에 대해서 진지하고, 다행히도 전혀 학구적이지 않았지요. 당시 파리에는 해외에 거주하는 미국인의 모험 같은 분위기가 아직 있었어요. 피츠제럴드, 헤밍웨이, 맬컴 카울리,《트랑지시옹》, 셰익스피어앤드컴퍼니 서점, 실비아 비치, 조이스.《파리 리뷰》사람들은 자기 일을 아주 낭만적으로 여겼죠. E. E. 커밍스 시를 아세요? "잡지를 만드세 / 문학 따위는 지옥에 가라지…… 대담할 만큼 음탕한 것을……." 그들은 낭만적이면서도 단호했고, 아주 새로운 일을 하고 있었죠. 결국 그들도 저와 마찬가지로 재미있기 때문에 파리에 머물렀지만요. 재미가 아주 많았지요.

진행자 : 그때 글을 쓰고 계셨나요?

에즈라 블레이저 : 노력하고 있었죠. 저는 유쾌할 만큼 시적인 단편들을, 아주 섬세한 단편을 썼는데 뭐에 대한 것이었냐면……. 아, 저도 모르겠습니다. 세계 평화. 센강에 비치는 분홍색 햇빛. 그게 문제였어요, 젊음의 미쳐 날뛰는 감상이요. 또 다른 문제는 제가 인물들을 서로의 삶에 억지로 밀어 넣으려고 끊임없이 애쓴 거죠, 인물들이 이야기를 나눌 수 있도록 길모퉁이나 카페에 억지로 심었습니다. 그래야 인간의 분열을 넘어 서로 여러 가지를 설명할 수 있으니까요. 하지만 전부 지나치게 작위적이었습니다. 작위적이고 쓸데없이 참견했죠. 정말이지, 가끔은 인물이 알아서 하도록, 말하자면

공존하도록 놔두어야 하거든요. 인물들의 경로가 교차해서 서로 뭔가를 가르쳐줄 수 있으면 그건 괜찮습니다. 그렇지 않으면, 음, 그것도 흥미롭죠. 또는, 흥미롭지 않으면 좀 보강해서 다시 시작해야 할 겁니다. 하지만 적어도 현실을 배신하지는 않아요. 저는 20대 때 이 문제로 항상 애를 썼습니다. 매혹적인 글로 의미 있는 집중성을 억지로 만들어내려고 항상 노력했지요. 그 결과가 문장만 보면 흠이 없지만 어떤 울림도, 존재 이유도, 자연스러움도 없는 갑갑한 단편들이었습니다. 아무 일도 일어나지 않았어요. 한번은 조지에게 단편을 보여줬더니 그가 이렇게 시작하는 쪽지를 보내주더군요. '친애하는 에즈, 당신은 분명히 재능이 있지만 주제가 필요해. 이건 E. M. 포스터가 쓴 『코끼리 왕 바바』야.'

진행자 : 다음 음반은요.

에즈라 블레이저 : 음, 우리는 자주 가던 클럽에서 쳇 베이커가 아마 바비 야스파와 연주하는 것을 들었는데요, 뛰어난 피아니스트 모리스 밴더도 자주 왔었지요. 어느 날 그들이 연주하는 〈하우 어바웃 유?〉를 들었던 기억이 나는데, 내가 있는 곳에, 내 앞에 아직 있는 것에 완전히 압도당했었지요. 전부 다요! 젊을 땐 메인 이벤트가 시작할 때까지 기다리지를 못하지요. 저는 그때 아무것도 기다리지를 못했어요! 생각은 없고 돌진만 있었죠—항상 앞으로 돌진하는 겁니다! 그런 느낌 기억납니까?

＊＊＊

진행자 : 쳇 베이커, 바비 야스파, 모리스 밴더, 브누아 케르생, 장 루이 비알의 연주로 〈하우 어바웃 유?〉를 들려드렸습니다. 에즈라 블레이저 씨, 왜 파리를 떠났는지 말씀해주시겠어요?

에즈라 블레이저 : 왜 떠났냐고요. 저도 한편으로는 늘 왜 그랬을까 생각했습니다. 저의 일부가—대담한 부분이—이성적인 부분에게 늘 말했지요. 그냥 남는 게 어때? 여자들 때문이라도 말이야. 파리에서의 호색적인 생활은 제가 앨러게니에서 알던 것과 전혀 달랐으니까요. 하지만 또, 1년 반쯤 지났을 때는 정말 집으로 가야 했습니다. 제 글은, 글이라고 부를 수 있다면 말이지만—음, 저는 제가 뭘 하고 있는지 몰랐습니다. 말씀드린 것처럼 그건 시적이고 감상적인 쓰레기였고 주제도 없었지요. 그래서 저는 집으로 왔습니다. 피츠버그로요. 부모님이 계셨고, 누나도 결혼하고 아이를 낳아서 그곳에 살았는데, 물론 그런 삶이 파리에서 살다 온 저를 위한 것은 아니었지요. 저는 피츠버그를 항상 사랑했습니다, 특히 최악의 모습이었을 때 사랑했죠. 물론 그것에 대해서 썼습니다, 깨끗하게 정비하기 전의 피츠버그에 대해서요. 지금은 피츠버그가 아주 깨끗한 도시, 금융과 기술의 도시지만 그 당시에는 길거리에서 숨만 쉬어도 죽을 수 있었습니다. 공기가 까맣고 스모그가 잔뜩 끼어 있었고—'뚜껑 열린 지옥'이라고들 했죠—기차가 덜컹거리며 지나가고, 거대한 공장들이 있고, 아주 극적인 곳이었어요. 제가 떠나지 않았다면, 운이 좋았

다면 피츠버그의 발자크가 되었을지도 모릅니다. 하지만 저는 가족으로부터 벗어나야 했습니다. 뉴욕으로 가야 했죠.

진행자 : 그곳에서 발레를 발견하셨지요.

에즈라 블레이저 : 발레랑 발레리나를요. 어쨌든 발란친의 전성기였으니까요. 호화로웠습니다. 아주 새로웠죠. 저는 스트라빈스키를 발견했고, 버르토크와 쇼스타코비치를 발견했습니다. 그러면서 모든 것이 변했지요.

진행자 : 첫 번째 부인이 무용수였지요.

에즈라 블레이저 : 처음 두 부인이 무용수였죠. 상상이 가겠지만 두 사람은 서로 싫어했습니다. 하지만 그건 다른 이야기고요. 저는 에리카와 결혼했는데—

진행자 : 에리카 세이들이죠.

에즈라 블레이저 : 네, 에리카 세이들요. 나중에 유명해졌지만 저와 결혼했을 때는 그냥 평범한 무용단원이었는데, 저는 그녀에게 푹 빠졌습니다. 전부 다 새로웠어요. 전부 다요! 갑자기 제 눈앞에 나타났지요. 그 새로움이, 발견의 전율이 우아하고 아름다운 젊은 여성의 모습으로 제 앞에 나타났습니다. 에리카는 빈에서 태어났어요. 빈 국립오페라발레학교를 다녔는데, 열네 살까지 가족과 함께 빈에서 살다가 부모님이 이혼을 하면서 미국인이었던 어머니가 뉴욕으로 데려왔고, 에리카는 발란친 무용단에 들어가 자취를 감췄습니다. 결혼하고 1년이 지났을 때 에리카가 〈일곱 가지 대죄〉에서 독무를 췄고, 그걸로 끝이었습니다. 두 번 다시 그녀를 보지 못했어요.

권투 선수랑 결혼한 것이나 마찬가지였지요. 항상 연습 중이었어요. 공연이 끝나고 무대 뒤로 가서 만나면 권투 선수처럼 땀 냄새가 났어요. 여자들 전부 냄새가 났죠. 8번가의 스틸먼 체육관 같았다니까요. 에리카는 작고 원숭이 같은 얼굴을 가졌는데—무대 위에서는 아니죠, 무대 위에서는 머리가 크고 눈이랑 귀밖에 안 보였죠. 하지만 무대 뒤에서 보면 무함마드 알리와 15라운드 경기를 뛰고 온 것처럼 보였습니다. 아무튼, 저는 에리카를 전혀 볼 수가 없었어요. 제가 발견한 것은 그 시절의 남자들은 좀처럼 발견할 수 없는 것, 즉 자기 일에 여념이 없는 여자, 자기 일과 결혼한 여자였습니다. 그래서 우리는 헤어졌어요. 그리고 저는 다른 무용수를 만났죠. 똑똑한 행동은 아니었습니다. 데이나였죠.

진행자 : 데이나 폴록이군요.

에즈라 블레이저 : 데이나는 에리카 정도의 무용수는 아니었지만, 그래도 대단했습니다. 제가 왜 또 그런 짓을 했는지 모르겠어요. 똑같은 짓을 했고, 똑같은 일이 벌어졌죠. 그래서 그다음에는 바텐더랑 결혼했습니다. 하지만 그녀도 밤에 근무를 했죠.

진행자 : 아이를 갖지 않은 것을 후회하지 않으세요?

에즈라 블레이저 : 아니요. 저는 친구들의 아이들을 아주 좋아합니다. 그 애들을 생각하고 통화도 하고 생일 파티에도 가지만, 저에게는 더 중요한 일이 있었지요. 그리고 일부일처제는, 부모 노릇을 하는 데 도움이 되지만…… 음, 저는 일부일처제를 썩 좋아하지 않습니다. 하지만 덕분에 발레, 발레 음악을 알게 되었지요. 그런 다음

모든 것을 알게 되었습니다. 모차르트, 바흐, 베토벤, 슈베르트, 제가 좋아하는 슈베르트의 피아노곡들, 베토벤 4중주, 위대한 바흐의 소나타, 파르티타, 골드베르크 변주곡, 으르렁거리는 첼로곡들을 연주하는 카살스. 다들 이런 음악을 좋아합니다. 이제는 이런 음악들이 〈맘젤〉 같아졌지요.

진행자 : 그럼 여섯 번째 음반에 대해서 들어볼까요.

에즈라 블레이저 : 최근에 친구가 니진스키의 일기 초판을 줬습니다. 그가 죽고 나서 아내 로몰라가 엮은 책인데, 자기 마음에 안 드는 부분은 빼버렸다고 하더군요. 댜길레프와 관련된 부분이겠지요. 그녀는 댜길레프를, 그가 니진스키에게 끼치는 영향력을 질투했고 니진스키가 댜길레프 때문에 병에 걸렸다고 비난했으니까요. 아무튼 지금은 새로운 판본이 나왔는데, 빠진 부분이 복원되었다더군요. 하지만 제가 읽은 건 부인이 엮은 판본이었고, 책에 무슨 짓을 했든 그래도 정말 대단한 책이었습니다. 책을 읽으면서 저의 또다른 첫사랑인 〈목신의 오후〉를 다시 듣게 되었지요. [웃음] 하지만 이제는 여기서 반항이 들려요—어떤 뒤틀림, 상상으로 만들어낸 힘에 대한 예속 말입니다. 아아, 니진스키가 목신으로 나오는 영상이 없으니 가진 것으로 만족해야겠군요. 드뷔시입니다.

* * *

진행자 : 드뷔시의 〈목신의 오후 전주곡〉, 엠마누엘 파후드와 클

라우디오 아바도가 지휘하는 베를린 필하모닉의 연주로 들려드렸습니다. 에즈라 블레이저 씨, 당신은 우울함이 '지킬 수 없는 행복이 지나간 뒤 찾아오는 불가피한 충격'이라고 썼는데요. 이 말이 당신에게도 진실이었던 때가 몇 번이나 있었나요?

에즈라 블레이저 : 음, 우울함이 찾아올 때마다 진실이지만, 다행히도 저에게 그런 일은 두세 번밖에 없었습니다. 처음은 제가 너무나 사랑했던 여자가 떠났을 때. 두 번째는 제가 너무나 사랑했던 여자가 떠났을 때. 세 번째는 형이 죽어서 제가 유일한 블레이저가 됐을 때죠. 그래요, 네 번일지도 모르겠군요. 하지만 아무튼, 어떤 우울함이든―감정적 우울이든 경제적 우울이든―그 말은 사실입니다. 너무 높이 올라간 뒤에만 그렇게 되죠. 우리는 힘과 안전과 통제라는 거짓된 개념으로 너무나 고양되고, 그런 다음 그것들이 전부 무너져서 우리를 뭉개면 그 높이 때문에 바닥이 더욱 깊게 느껴집니다. 추락이 가파르기 때문에, 또 추락이 다가오고 있음을 보지 못했다는 모멸감 때문에 더욱 심해지지요. 말씀드렸다시피 가끔은 개인적인, 가끔은 경제적인, 가끔은 심지어 정치적인 우울이 찾아옵니다. 우리는 상대적으로 평화롭고 번영한 시절을 겪고 나서 안심하면서 멋진 기술과 맞춤 이자율과 열한 가지 종류의 우유로 우리 삶을 아주 세세한 부분까지 관리하는 것에 익숙해졌습니다. 이것은 일종의 내면화로, 한없이 좁아지는 시야로, 우리가 획득한 것도 만든 것도 아니지만 필수적인 설비는 지금처럼 영원히 존재할 것이라는 막연한 기대로 이어집니다. 우리는 시민의 자유라는 가게는 다른 사람

이 보고 있다고, 그러니 우리는 볼 필요가 없다고 믿습니다. 우리의 군사력에 필적할 상대는 없고, 어쨌든 광기는 적어도 대양을 하나 건넌 곳에 있습니다. 하지만 갑자기 인터넷으로 종이 타월을 주문하다가 고개를 들어보면 우리가 바로 그 광기 안에 들어가 있지요. 우리는 어리둥절합니다. 어쩌다 이렇게 됐을까? 일이 이렇게까지 진행되는 동안 나는 뭘 하고 있었지? 지금 생각하면 너무 늦을까? 어쨌든, 뒤늦게 내 상상력을 애써 넓혀봐야 무슨 소용이 있을까? 제 젊은 친구 중 하나가 이것에 대해서 나름대로 꽤 놀라운 소설을 썼습니다. 우리가 어디까지 거울을 뚫고 들어갈 수 있는지, 우리의 사각지대를 줄이기 위해서 어떤 삶을, 한 사람의 의식을 어디까지 상상할 수 있는지에 대해서요. 겉보기에는 작가와 아무 상관 없어 보이는 소설이지만 사실은 자신의 유래를, 특권을, 순진함을 초월하겠다고 결심한 사람의 베일에 가려진 초상입니다. [부드러운 웃음] 그런데 이 친구는, 그녀는—. 아니, 아닙니다. 그 말은 안 하겠습니다. 이름은 말하지 않을 거예요. 신경 쓰지 마세요. 아무튼 그렇고요. 그, 뭐라고 했었죠? 전쟁은 신께서 미국인에게 지리를 가르치는 방법이다.

진행자 : 정말 그렇게 생각하시는 건 아니죠.

에즈라 블레이저 : 저는 지도에서 모술이 어딘지 바로 짚어내지 못하는 사람이 상당히 많다고 생각합니다. 하지만 신은 데이비드 오티즈의 홈런을 보살피느라 너무 바빠서 우리에게 지리를 가르치는 일에는 별로 관심이 없지요.

진행자 : 음악을 더 듣도록 하죠.

에즈라 블레이저: 얼마나 남았죠?

진행자: 두 곡요.

에즈라 블레이저: 두 곡이라. 이제 겨우 저의 30대까지 왔는데 말입니다. 영원히 안 끝나겠군요. 다음 음반은 슈트라우스의 〈네 개의 마지막 노래〉입니다. 독일에 있을 때는 안 들었어요. 그땐 바그너도 못 들었죠. 나중에야 정신을 차렸습니다. 저는 키리 테 카나와가 부르는 〈네 개의 마지막 노래〉를 아주 좋아합니다. 싫어하는 사람이 어디 있겠습니까?

* * *

진행자: 키리 테 카나와가 부르는 〈임 아벤드로트〉, 앤드루 데이비스가 지휘하는 런던 심포니 오케스트라가 함께했습니다. 에즈라 블레이저 씨, 아까 아이가 없는 것을 후회하지 않는다고 하셨는데요, 사실은 당신이 유럽에서 자식을 보았다는 소문이 있었습니다. 이 소문에 사실이 어느 정도 있나요?

에즈라 블레이저: 저에게는 아이가 둘 있습니다.

진행자: 아이가 있다고요?

에즈라 블레이저: 쌍둥이죠. 물어보셨으니 대답하는 겁니다. 무례한 질문이지만요. 제 친구에 대해서 말씀드렸었죠? 까만색 작은 오토바이를 타던, 저에게 포레를 가르쳐준 친구 말입니다. 음, 제가 파리를 떠날 즈음에 그녀가 임신을 했는데, 당시 저는 그 사실을 모

른 채 미국으로 돌아왔습니다. 돌아와야 했어요. 거기서는 생계를 꾸릴 수단이 전혀 없었거든요.

진행자 : 서로 연락은 안 하셨나요?

에즈라 블레이저 : 한동안 편지를 주고받았는데, 그녀가 갑자기 사라졌습니다. 1956년이었죠. 그러다가 1977년에 프랑스에서 제 책이 나오게 되어서 홍보차 파리에 일주일 머물렀습니다. 담당 출판사 근처의 몽탈랑베르 호텔에 묵었는데, 바에서 편집자와 이야기를 나누고 있을 때 젊은 여성, 아주 예쁜 여성이 다가와서 프랑스어로 이렇게 말했어요. 실례합니다만, 당신이 제 아버지인 것 같아요. 저는 생각했죠, 좋아, 이런 식으로 접근하고 싶다면야 뭐. 그래서 제가 말했습니다. 앉으세요, 마드무아젤. 그러자 그녀가 자기 이름을 말했는데, 물론 제가 아는 성이었지요. 준비에브가 절 만났을 때 이 여성과 같은 나이였어요. 그래서 제가 말했죠. 준비에브 모모 씨의 딸인가요? 그녀가 말했어요. 위, 즈 쉬 라 피에 데 준비에브 에 즈 쉬 보트르 피예.* 그래서 제가 말했습니다. 그럴 수가 있나? 몇 살이지요? 그녀가 나이를 말했습니다. 그래서 제가 말했죠. 하지만 내가 당신 아버지라고 어떻게 확신하죠? 그녀가 말했습니다. 어머니가 말씀해주셨어요. 내가 말했죠. 여기서 나를 기다렸습니까? 위. 내가 파리에 오는 걸 알았어요? 위. 그런 다음 그녀가 말했죠. 남동생이 이리로 오는 중이에요. 네? 남동생은 몇 살이죠? 동갑이에요. 맞아

* 프랑스어로 "네, 저는 준비에브의 딸이고, 당신의 딸이에요"라는 뜻.

요, 당신은 딸에다가 아들까지 있어요. 그랬더니 편집자가 일어서면서 말했죠. "번역 이야기는 다음에 하죠."

진행자 : 너무 침착하게 말씀하시지만, 그때는 충격이었겠군요.

에즈라 블레이저 : 어마어마한 충격이자 어마어마한 기쁨이었죠. 애들을 키울 필요가 없었잖아요. 성인이 되어서야 만났으니까요. 다음 날 밤, 저는 두 아이와 그 어머니까지 만나 같이 저녁 식사를 하면서 멋진 시간을 보냈습니다. 이제 그 애들도 아이를 낳았어요, 제 손자들이죠. 저는 손자들에게 완전히 푹 빠졌습니다. 제 자식들도 좋아하지만, 자그마한 프랑스 손자들한테는 완전히 푹 빠졌죠.

진행자 : 비밀 가족을 만나시나요?

에즈라 블레이저 : 제가 1년에 한 번 파리에 가죠. 프랑스에서 만나지만, 가십에 휘말릴까 봐 미국에서는 거의 만나지 않습니다. 이제는 미국에서 만나도 되겠군요. 저는 아이들을 경제적으로 도와줍니다. 아이들을 사랑하지요. 소문이 있는지도 몰랐어요. 어떻게 들었습니까? 어떻게 알았죠?

진행자 : 작은 새가 말해줬어요.

에즈라 블레이저 : 작은 새가 말해줬군요. 영국식 억양으로 들으니 그 말이 아주 감미롭네요.

진행자 : 스코틀랜드 억양이에요.

에즈라 블레이저 : 당신도 스코틀랜드 사람이었군요. 전부 스코틀랜드인이네. 다음에는 오바마도 스코틀랜드 사람이라고 하겠네요.

진행자 : 아무튼 에즈라 블레이저 씨, 당신이 기록을 바로잡을 기

회를 좋아할지도 모른다고 생각했습니다.

에즈라 블레이저 : 음, 확실히 제 예상보다 중요한 라디오 Q&A였군요. 자식이 있다고 폭로당했으니까요. 그렇습니다. 저에게 일어난 것은 정말 멋진 일입니다. 기적적인 일이죠. 아까 말씀드린 것처럼, 삶은 사고예요. 사고 같아 보이지 않는 것도 사고죠. 물론 처음 시작부터가 말입니다. 거기서부터 시작하죠.

진행자 : 이 사고가 당신의 작품에 영향을 끼쳤나요?

에즈라 블레이저 : 제가 애들을 키웠으면 그랬겠지요. 하지만 제가 키우지 않았습니다. 그리고 아뇨, 저는 그 애들에 대해서 쓴 적 없습니다, 직접적으로는 말이죠. 제가 지금 이런 이야기를 하고 있는 것 자체도 놀랍군요. 왜 거짓말을 안 했는지 모르겠어요. 당신이 기습했으니까 그랬지만요. 게다가 당신은 너무 매력적이고 젊은 여성이잖아요. 저는 노쇠한 늙은이고요. 이제 제 삶에 전기적 사실이 더해지거나 빠져도 상관없습니다.

진행자 : 노쇠하지 않으셨어요.

에즈라 블레이저 : 노쇠 그 자체죠.

진행자 : 마지막 음반입니다. 뭘 들을까요?

에즈라 블레이저 : 알베니스의 〈이베리아〉에 나오는 곡입니다. 알베니스가 말년에 쓴 작품인데요—그는 40대에, 제가 알기론 신장 질환으로 죽었습니다—들으면서 꼭 염두에 두셔야 할 것이 있습니다. 이 작품은 웅장한 폭발과 연기를 피워 올리는 불꽃을 남기고 곧 죽을 사람의 정신에서, 그 감성에서 나왔다는 사실이죠……. 생

각 같아서는 여기 같이 앉아서 한 시간 반짜리 작품을 전부 듣고 싶군요. 각 곡은 바로 앞 곡을 바탕으로 전개되기 때문에 별도의 곡이지만 같이 들으면 훨씬 더 풍성해지는데, 점점 더해지는 강렬함 때문에 마음이 아플 정도입니다. 그 반향. 순수함. 집중. 저는 바렌보임의 버전을 좋아하는데, 부분적으로는 그와 에드워드 사이드의 관계 때문이죠. 물론 사이드 본인도 죽기 전에 말년의 양식에 관한 에세이를 썼습니다. 자신의 삶이, 따라서 자신의 예술적 공헌 역시 곧 끝난다고 예술가가 인식하면 작품에 결연함과 평온함이든 비타협적인 태도와 난해함, 모순이든 스며들게 되므로 그러한 인식이 예술가의 양식에 영향을 끼친다는 개념입니다. 하지만 예술가가 겨우 마흔여덟 살에 죽는다면 그것을 '말년의 양식'이라고 할 수 있을까요? 신장결석으로 인한 극심한 통증과 싸우면서 어떻게 그토록 놀랍고, 명랑하고, 당당한 걸작을 작곡했을까요? 아까 말했듯이 전곡을 당신과 함께 듣고 싶지만 그만 마무리하라고 손짓하고 계시니까, 두 번째 트랙인 〈엘 푸에르토〉를 듣도록 합시다. 제가 알기로 정확한 용어로는 사파테아도zapateado라고 하는데, 멕시코의 탭댄스 음악이라는 것 같군요.

* * *

진행자 : 이사크 알베니스의 〈이베리아〉 중 〈엘 푸에르토〉, 다니엘 바렌보임의 피아노 연주였습니다. 말씀해보세요, 에즈라 블레

이저 씨. 일부일처제는 왜 안 되죠?

　에즈라 블레이저 : 일부일처제가 왜 안 되냐고요. 좋은 질문이군요. 일부일처제는 자연을 거스르니까요.

　진행자 : 소설을 쓰는 것도 마찬가지죠.

　에즈라 블레이저 : 동의합니다.

　진행자 : 하지만 당신은 일부일처제의 장점을, 즐거움을 경험하셨잖아요.

　에즈라 블레이저 : 제가 일부일처제일 때는, 네, 그랬습니다. 하지만 저는 이제 독신이고, 독신이 된 지 한참 되었지요. 놀랍게도 독신은 정말 최고로 즐겁습니다. 소크라테스인가, 그의 제자 중 하나가 그런 말을 하지 않았나요? 노년에 독신이 된다는 것은 마침내 타고 있던 야생마의 등에서 내린 것과 마찬가지라고 말입니다.

　진행자 : 물론 독신도 자연을 거스르죠.

　에즈라 블레이저 : 노년에는 아닙니다. 자연은 노년의 독신을 사랑해요. 어쨌든, 저는 쌍둥이로 우리 종의 장수에 기여했습니다. 그 아이들도 자기 아이를 낳아서 기여했죠. 제 할 일은 했어요.

　진행자 : 본인도 모르게 말이죠.

　에즈라 블레이저 : 그게 아마 최고의 방법이겠죠. 저는 진화의 도구가 되는 것이 즐겁습니다. 보통 당신이 젊을 때, 젊고 혈기 왕성할 때 진화가 지목하죠, "내가 원하는 건 **너야**"라고요.

　진행자 : 엉클 샘처럼 말이죠.*

　에즈라 블레이저 : 네, 엉클 샘처럼요. 스코틀랜드인치고는 잘 아

시는군요. 진화는 톱해트를 쓰고 염소수염을 기르고서 당신을 가리키면서 말합니다. **내가. 원하는 건. 너야.** 사람들이 섹스에 열광하는 건 자기도 모르게 진화를 위해 복무하는 거죠.

진행자 : 그럼 당신은 훈장을 많이 받은 군인이 되겠군요.

에즈라 블레이저 : 전투를 좀 봤다고 할 수 있죠. 퍼플하트 훈장도 있고. 해안에도 상륙했습니다. 저는 1950년대에, 1960년대의 성 혁명이 일어나기 훨씬 전에 해안에 상륙해서 포화를 맞으며 밀고 올라간 세대였지요. 우리는 심한 반대에 맞서 용감하게 싸우면서 해안에서 밀고 올라갔고, 그러고 났더니 꽃을 들고 다니는 히피족이 다중 오르가슴을 느끼면서 피투성이 시체가 된 우리들 사이를 터벅터벅 걸어 다닌 겁니다. 참, 노쇠함에 대해서 물으셨지요. 이렇게나 늙으면 어떠냐고요. 짤막하게 대답하자면, 내 할 일을 하면서 뭘 보든 마지막인 것처럼 보라고 스스로에게 계속 상기시키는 겁니다. 마지막이 될 수도 있으니까.

진행자 : 끝이 걱정되나요?

에즈라 블레이저 : 나는 끝을 인식하고 있습니다. 어쩌면 3년, 5년, 7년, 기껏해야 9년이나 10년 뒤에는 끝에 다다르겠죠. 그 뒤에는 노쇠한 정도가 아닐 겁니다. [웃음] 카살스가 아닌 이상은 말입니다. 참, 카살스는 피아노도 치는데, 90대 때 어느 기자에게 지난 85년

---

* 머리글자가 'US'로 같기 때문에 미국을 의인화할 때 많이 쓰이는 상징이다. 세계대전 당시 톱해트를 쓰고 염소수염을 기른 엉클 샘이 보는 사람을 가리키며 "내가 원하는 건 너야"라고 말하는 모병 포스터가 유명하다.

동안 매일 똑같은 바흐의 피아노곡을 쳤다고 말한 적이 있습니다. 기자가 지겹지 않냐고 묻자 카살스가 말했죠. 아니, 그 반대입니다, 그 곡을 칠 때마다 늘 새로운 경험, 새로운 발견입니다, 라고요. 카살스는 부레*를 치면서 마지막 숨을 내쉬었을지도 모르죠. 하지만 나는 카살스가 아닙니다. 저는 지중해식 식단을 뽑지 않았어요. 끝을 어떻게 생각하냐고요? 저는 끝에 대해서 생각하지 않습니다. 완전함에 대해서, 나의 전 생애에 대해서 생각하죠.

진행자: 일생 동안 이룬 것에 만족하십니까?

에즈라 블레이저: 더 잘할 수는 없었다는 점에서 만족합니다. 나는 작품에 대한 의무를 피한 적이 없습니다. 열심히 일했지요. 최선을 다했어요. 최선을 다했다고 생각하지 않는 결과물을 세상에 내놓은 적은 없습니다. 대단치 않은 책 몇 권 낸 것을 후회하느냐고요? 별로 안 합니다. 세 번째 책을 내려면 첫 번째 책과 두 번째 책을 먼저 내야 해요. 우리는 한 권의 긴 책을 쓰는 게 아닙니다, 그건 너무 시적인 시각이죠. 하지만 커리어는 하나죠. 그렇게 생각하면 계속해나가기 위해서 작품 하나하나가 전부 다 필요합니다.

진행자: 지금 뭔가 쓰고 계신가요?

에즈라 블레이저: 어마어마한 3부작을 시작한 참입니다. 사실, 오늘 여기 오기 전에 첫 페이지를 썼지요.

진행자: 그런가요?

* 17세기경 프랑스 오베르뉴 지방에서 시작된 춤곡.

에즈라 블레이저 : 넵. 한 권당 352쪽이 될 겁니다. 이 숫자의 중요성에 대해서는 자세히 설명할 필요 없고요. 끝을 먼저 쓰고 있지요. 그러니까 끝, 시작, 중간의 순서가 될 겁니다. 처음 두 권은 중간, 시작, 끝이 될 거고요. 마지막 권은 시작만 있을 겁니다. 이 기획은 내가 스스로 뭘 하고 있는지 모르고, 항상 몰랐다는 사실을 세상에 증명할 거예요.

진행자 : 얼마나 걸릴까요?

에즈라 블레이저 : 아, 한두 달 정도요.

진행자 : 에즈라 블레이저 씨, 무인도 해안에 파도가 몰아쳐서 음반을 전부 쓸어 가려고 하면 뭘 구하러 달려가시겠어요?

에즈라 블레이저 : 이런. 한 장만요? 그 섬이 대체 어딥니까?

진행자 : 아주 멀어요.

에즈라 블레이저 : 아주 멀다. 주변에 아무도 없습니까?

진행자 : 없어요.

에즈라 블레이저 : 저랑 무인도밖에 없군요.

진행자 : 맞아요.

에즈라 블레이저 : 또 뭘 가지고 갈 수 있죠?

진행자 : 성경. 아니면, 그쪽이 더 좋다면, 토라요. 아니면 코란이나.

에즈라 블레이저 : 그 책들은 절대 안 가져갈 겁니다. 그 책들을 두 번 다시 못 보면 아주 행복하겠군요.

진행자 : 『셰익스피어 전집』도 있어요.

에즈라 블레이저 : 아주 좋군요.

진행자 : 그리고 원하는 책을 한 권 더 가져갈 수 있습니다.

에즈라 블레이저 : 그건 나중에 말하죠. 그리고 또요?

진행자 : 사치품 하나요.

에즈라 블레이저 : 음식.

진행자 : 음식은 저희가 알아서 할 거예요. 식량은 걱정 마세요.

에즈라 블레이저 : 그럼 여자를 데려가겠습니다.

진행자 : 죄송해요, 말씀드렸어야 하는데. 다른 사람은 데리고 가실 수 없습니다.

에즈라 블레이저 : 당신도 안 돼요?

진행자 : 안 됩니다.

에즈라 블레이저 : 그럼 인형을 가져가지요. 공기인형. 내가 골라서. 내가 원하는 색으로.

진행자 : 그건 드리도록 하죠. 음반은요?

에즈라 블레이저 : 음, 정말 좋아하는 것들만 골랐기 때문에 계속해서 듣고 싶은 음반이 뭔지 콕 집어 말하기가 힘들군요. 어떤 날은 〈피니언의 무지개〉를 듣고 싶은 기분이고 또 어떤 날은 드뷔시를 듣고 싶은 기분이니까요. 하지만 위대한 고전 작품 중 하나여야 할 것 같군요, 슈트라우스의 〈네 개의 마지막 노래〉의 고조되는 느낌을 항상 감상할 수 있을 테니까요. 네 곡 다 가져가도 됩니까?

진행자 : 죄송해요…….

에즈라 블레이저 : 세게 나오시는군요.

진행자 : 제가 정한 규칙이 아니거든요.

에즈라 블레이저 : 누가 정했죠?

진행자 : 저희 프로그램을 만든 로이 플롬리가요.

에즈라 블레이저 : 그 사람도 스코틀랜드인입니까?

진행자 : 시간이 다 돼가는데요.

에즈라 블레이저 : 좋아요. 〈임 아벤드로트〉. 그 곡과 함께라면 섬에서의 나날을 견딜 기운이 날 것 같군요, 나랑 공기인형 여인이랑 말입니다. 어쩌면 우리는 같이 아주 즐겁게 살지도 모르겠군요. 아주 조용하게.

진행자 : 그리고 책은요?

에즈라 블레이저 : 음, 내 책은 확실히 아닙니다. 『율리시스』겠군요. 평생 두 번 읽었죠. 지금까지는 말입니다. 끝없이 풍성하고 끝없이 당황스러운 책이에요. 아무리 여러 번 읽어도 새로운 수수께끼를 만나지요. 하지만 확실히 집중해서 읽으면 무척 재미있습니다. 물론 나는 시간이 아주 많을 테니, 좋습니다, 조이스의 『율리시스』, 주석이 달린 판본으로 하죠. 주석이 왜 필요한지 말씀드리지요. 조이스의 천재성, 그 익살스러운 천재성 때문에 정말 어마어마하게 재미있고, 박학다식한 내용도 정말 흥미롭고, 이 책의 배경인 더블린이라는 도시는 이 책 그 자체인데요, 저의 도시가 아닙니다. 저도 조이스처럼 피츠버그에 대해서 썼더라면 좋았겠군요. 하지만 제가 누나와 어머니와 아버지와 친척 아주머니 아저씨들과 조카들과 함께 피츠버그에 계속 살았어야 쓸 수 있었겠죠. 조이스가 그랬다는

건 아닙니다. 그는 더블린에서 빠져나올 수 있게 되자마자 트리에 스테로, 취리히로, 결국에는 파리로 갔지요. 아마 더블린으로 돌아가지 않았을 겁니다. 하지만 더블린과 그곳의 수십억 가지 세세한 특징에 평생 집착했지요. 소설에서 더블린을 완전히 새로운 방식으로 포착하는 데 집착했어요. 그 박식함, 재치, 풍성함, 그 모든 것의 어마어마한 새로움…… 세상에, 정말 대단해요. 하지만 주석이 없으면 나는 그런 것들을 놓치고 말 겁니다. 호메로스와의 유사성에는 별로 관심이 없어요. 사실 전혀 관심이 없지요. 하지만 무인도에서는 흥미가 생길지도 모르겠군요, 달리 할 일도 없잖아요? 공기 인형 여인이 완벽하다고 해도 그녀와 시간을 보내는 데에는 한계가 있으니까요. 그러니, 네, 저는 조이스와 함께 가겠습니다.

진행자 : 감사합니다, 에즈라 블레이저 씨, 저희에게 이런 이야기를 들려—

에즈라 블레이저 : 그런데 공기인형 여인의 가장 마음에 드는 부분은—육체적인 의미가 아니라 감정적인 의미에서 말인데요—마찰이 없다는 점입니다. 저의 사랑스러운 무용수들을 정말 사랑했지만 마찰도 끊임없이 존재했거든요. 제가 아니라 발란친에게 속해 있었으니까요.

진행자 : ……사랑에 대해서 이야기할 때 항상 소유격을 쓰시나요?

에즈라 블레이저 : 쓰지 않을 수가 없지요! 사랑은 휘발성입니다. 저항할 수 없죠. 억누를 수 없어요. 우리는 사랑을 길들이려고, 이름

을 붙이고 계획을 세우려고, 심지어는 6시부터 12시 사이에, 파리지앵의 경우에는 5시부터 7시 사이에 붙들어두려고 최선을 다하지만, 이 세상에 존재하는 사랑스럽고 저항할 수 없는 것들이 다 그렇듯 결국 당신의 손에서 빠져나갑니다. 그래요, 때로는 그 과정에서 할큄을 당하기도 하지요. 삶에서 가장 혼란스럽고 무정형적인 것에도 질서와 형태를 부여하려는 것이 인간의 본성이에요. 누군가는 법률을 만들어서, 도로에 선을 그려서, 강에 댐을 세우거나 동위원소를 격리하거나 더 좋은 브래지어를 만들어서 그렇게 하지요. 누군가는 전쟁을 합니다. 누군가는 책을 써요. 망상이 가장 심한 사람들이 책을 쓰죠. 우리는 끊임없는 대혼란을 정리하고 말이 되게 만들려고 애쓰면서 깨어 있는 시간의 대부분을 보낼 수밖에 없습니다. 실제로는 존재하지 않는 패턴과 조화를 만들어내는 거죠. 사랑을 불붙게 하고 유지하는 것 역시 똑같은 충동, 길들이고 소유하려는 광증—반드시 필요한 어리석음—입니다.

　　진행자 : 하지만 사랑 안에서 자유를 키우는 것이 중요하다고 생각하지 않으세요? 자유와 믿음을요? 아무 기대도 없는 감사의 마음을 말입니다.

　　에즈라 블레이저 : 다음 음반으로 넘어가죠.

　　진행자 : 이제 당신에게 아이가 있다는 것을 우리도 알게 되었는데요, 에즈라 블레이저 씨……. 후회는 없나요?

　　에즈라 블레이저 : 당신을 더 일찍 만나지 않은 게 후회스럽군요. 이게 당신 직업인가요?

진행자 : 네.

에즈라 블레이저 : 즐거워요?

진행자 : 물론이죠.

에즈라 블레이저 : 물론이라. 음, 제가 스페인에 사는 어떤 시인을 아는데요, 이제 60대가 된 아주 멋진 시인인데, 30대 때, 20대 후반인지 30대 초반에는 아주 모험심이 강했지요. 마드리드의 술집을 전부 돌아다니면서 제일 늙은 사람을 찾아서 집으로 데려갔어요. 그게 그녀의 임무였습니다. 마드리드에서 제일 늙은 사람과 자는 것 말이에요. 그렇게 해본 적 있어요?

진행자 : 아니요.

에즈라 블레이저 : 지금부터 시작할래요?

진행자 : ……당신이랑 말인가요?

에즈라 블레이저 : 나랑 말이지요. 결혼했어요?

진행자 : 네.

에즈라 블레이저 : 결혼했다고요. 음. 안나 카레니나의 경우에는 오래 안 가던데요.

진행자 : 네.

에즈라 블레이저 : 에마 보바리도 그렇고.

진행자 : 네.

에즈라 블레이저 : 당신의 경우에는 오래갈까요?

진행자 : 안나와 에마는 끝이 좋지 않았죠.

에즈라 블레이저 : 애는요?

진행자 : 둘이에요.

에즈라 블레이저 : 애 둘에 남편이라.

진행자 : 맞아요.

에즈라 블레이저 : 음, [웃음] 남편은 잊어버립시다. 당신은 아주 매력적인 여자고, 나는 이 시간이 아주 즐거웠어요. 내일 밤에 음악회에 갈 건데, 표가 두 장입니다. 친구가 같이 가기로 했지만 그는 다음에 가도 괜찮을 겁니다. 폴리니가 런던에 왔어요, 그 대단한 마우리치오 폴리니가 왔다고요. 베토벤의 마지막 피아노 소나타 세 곡을 연주할 겁니다. 그렇다면, 내가 〈무인도에 가져갈 음반〉 방송에서 당신에게 할 마지막 질문은 뭘까요? 내일 밤, 마우리치오 폴리니, 로열 페스티벌 홀. 딱 한 여자만 데려갈 수 있는데, 그 여자가 당신이면 좋겠군요. 자. 어때요? 할 마음 있어요?

상상, 타자를 이해하려는 노력

  리사 할리데이의 첫 장편소설 『비대칭』은 2017년 화이팅상을 수상했고, 2018년 《뉴욕 타임스》와 《뉴요커》 《타임》 등 여러 매체에서 올해의 책에 뽑혔으며, 버락 오바마 전 미국 대통령 역시 그해 가장 좋았던 책 중 하나로 꼽은 바 있다. 총 세 개의 장으로 구성된 이 소설은 1장에서 20대의 젊은 작가 지망생과 70대 유명 소설가의 이야기를 들려주다가, 2장에서는 미국/이라크 이중국적을 가진 청년 아마르가 형을 만나러 이라크로 가는 길에 히스로 공항에서 억류당하는 이야기로 갑자기 넘어가고, 3장에서는 다시 1장에 등장했던 소설가 에즈라 블레이저의 라디오 인터뷰를 보여준다. 이 독특한 형식은 소설의 전개에서 무척 중요한 역할을 한다. 1장과 2장은 서술 방식도 이야기 자체도 무척 다르기 때문에 독자는 책을 읽을수록 두 이야기가 도대체 어떻게 연관될지 점점 더 궁금해진다. 이 궁금증은 비교적 짧은 3장에 가서야 자칫하면 놓칠 수도 있는 무척 간접적인 방식으로 해소된다. 그 순간 우리는 어긋난 뼈가 맞춰지는 듯한 충격을 느끼고 소설 전체를 다른 시각으로 되새김질하게 된다. 책을 덮은 후에도 한참 동안 생각을 정리하고 작가에게 감탄하며 소설의 역할에 대해 생각하게 만드는 이 소설의 여운은 바로 이 형식에서 나온다.

1장은 20대의 편집자 앨리스가 소설가 에즈라 블레이저를 우연히 만나는 것으로 시작한다. 앨리스는 글을 쓰고 싶다는 바람을 남몰래 품고 출판사에 다니는 젊은 여성이고, 블레이저는 이미 퓰리처상을 여러 번 받고 매년 노벨문학상 후보에 오르며 가는 곳마다 사람들이 알아보고 인사를 건네는 유명 작가이다. 순진하지만 속을 잘 드러내지 않는 앨리스와 오만하지만 너그러운 노작가의 관계는 가볍게 시작하지만 두 사람이 서로에게 끼치는 영향은 옷을 적시는 이슬비처럼 아주 서서히 커져간다. 언젠가 글을 쓰고 싶지만 자신의 이야기는 별로 중요하지 않은 게 아닐까, 내가 "하고 싶었던 말은 이미 그가 다 한 게 아닐까" 스스로에 대한 의구심에서 벗어나지 못하는 앨리스는 블레이저를 곁에서 보면서 애정과 동경, 질투를 동시에 느낀다. 경계를 늦추지 않던 블레이저는 앨리스에게 돈을 주거나 사소한 심부름을 시키기도 하고 다소 강압적으로 통제하기도 하지만 그녀에게 점차 빠져들며 카뮈와 아렌트, 프리모 레비 등 여러 작가들의 책을 소개하고 고전 영화를 권한다. 두 사람의 관계를 허구라고 생각하면 권력의 차이가 분명하기 때문에 마음 한구석이 불편한 것은 사실이다. 그러나 실제로 작가가 20대 때 한 유명 작가의 연인이었다는 사실을 알고 나면 오히려 두 사람의 관계가 개인과 개인의 현실적인 관계로 보이기 시작하고, 사랑과 두려움을 비롯해서 두 사람 사이에 오가는 수많은 양가적인 감정에 조금 더 공감할 수 있다.

　2장은 이라크로 가는 경유지 런던에서 옛 친구를 만나려던 아마르가 출입국 관리소를 통과하지 못하는 장면으로 시작한다. 의미 없이 반복되는 질문과 기다림 사이사이 아마르가 회상하는 과거를 통해서 우리는 그의 가족, 전 연인, 이라크에 살고 있는 친척들뿐만 아니라 그의 생각과 고민까지 알게 된다. 3인칭 시점으로 서술되는 1장에서 우리는 앨리스와 블레이저의 생각과 감정을 재치 있고 간결하지만 어딘가 비뚤어진 대화와 행동을 통해서 주로 짐작하지만, 1인칭 시점으로 서술되는 2장에서는 아마르가 자신의 생각과 감정을 직접적으로 설명한다. 따라서 우리는 미국으로 가는 비행기에서 태어나 이슬람교도로서 뉴욕에서 자란 아마르가 어떤 혼란과 두려움을 느끼는지, 어렸을 때 미국으로 이민 왔지만 이라크를 계속 그리워하다가 결국 그곳으로 돌아가 의사가 된 형 새미가 어떤 희망과 기대를 안고 있는지, 아들들에게 다른 삶을 주기 위해서 고향을 떠나왔지만 결국 큰아들을 이라크로 돌려보낼 수밖에 없는 부모의 마음이 얼마나 안타깝고 불안한지 생생하게 느낄 수 있다. 특히 이라크에 대한 자부심이 넘치는 새미가 언젠가 전 세계의 여행객들이 이라크로 모여들 것이라고 당당하게 예언할 때 우리는 전쟁과 혼란으로만 기억되는 나라 이라크 역시 빼어난 자연경관과 훌륭한 문화 유적을 가진 땅이었음을 상기하게 되고, 따라서 이라크 전쟁 이후의 정치적 불안과 혼란을 더욱 안타까운 마음으로 공감하며 지켜보게 된다.

마지막 3장에서 에즈라 블레이저는 아마르가 영국에서 즐겨 듣던 라디오 프로그램에 출연하여 만약 무인도에 간다면 어떤 음반을 가져갈지 소개하면서 자신이 살아온 이야기를 들려준다. 인터뷰 중간에 상상력의 중요성을 역설하던 그는 "젊은 친구 중 하나가" 상상력에 대해서 쓴 "꽤 놀라운 소설"을 언급하면서 2장이 사실은 앨리스가 쓴 소설임을 암시한다. 그제야 독자들의 마음속에서 소설 곳곳에 뿌려진 힌트들—"매사추세츠 출신의 성가대원 소녀가 과연 이슬람교도 남성의 의식을 불러올 수 있을지" 생각하는 앨리스, 언젠가 달을 진짜 모습 그대로 반사된 태양의 빛으로 묘사하겠다는 결심, "예술가란 어떤 경험들 사이를 마음대로 오갈 수 있는 강력한 기억에 지나지 않는다"는 인용문 등등—이 별자리처럼 서로 연결되고, 우리는 책장을 덮고 머릿속으로 소설의 맨 앞으로 돌아가 이야기를 다시 더듬어본다.

우리는 인종과 성별, 국적, 권력의 차이를 넘어 서로를 이해할 수 있을까? 앨리스는 블레이저에게 자신의 이야기가 아니라 더욱 중요한 것—전쟁, 독재, 세계정세—에 대해서 쓰고 싶다고 지나가듯 말한다. 결국 그 말은 나와 내 주변에 매몰되지 않고 더 넓은 세상을, 더 많은 사람들을 이해하고 싶다는 뜻이었을 것이다. 매사추세츠 출신 성가대원 백인 소녀 앨리스와 이라크 시아파 출신 이슬람교도 아마르는 비대칭의, 그야말로 대척점에 놓인 인물이다. 그러나 2장에서 아마르가 그토록 생생하게 털어놓았던 고민과 불안, 슬픔은 사실 앨리스가 치열하게 상상한 결과물이었다. 나와 전혀 다른 배경과 생각, 감정을 가진 사람을 상상한다는 것은 그 사람을 이해하고 싶다는 바람이자 이해하려는 노력이다. 결국 소설을 쓰거나 읽는다는 것은 내 좁은 경험의 한계를 넘어 타자를 이해하고 공감하기 위해 노력하겠다는 선언이다. 이 책은 우리가 수많은 비대칭에도 불구하고 서로를 이해할 수 있는지 묻고, 상상을 통해서 그렇게 할 수 있다고 대답한다.

2021년 7월

허진

비대칭

지은이 리사 할리데이
옮긴이 허진
펴낸이 김영정

초판 1쇄 펴낸날 2021년 7월 31일

펴낸곳 (주)현대문학
등록번호 제1-452호
주소 06532 서울시 서초구 신반포로 321 (잠원동, 미래엔)
전화 02-2017-0280
팩스 02-516-5433
홈페이지 www.hdmh.co.kr

ISBN 979-11-90885-89-8 03840

* 책값은 뒤표지에 있습니다.
* 파본은 구입처에서 교환해드립니다.